范用 编

買書瑣記

上编

生活·讀書·新知 三联书店

Copyright © 2023 by SDX Joint Publishing Company.
All Rights Reserved.

本作品版权由生活·读书·新知三联书店所有。
未经许可，不得翻印。

图书在版编目（CIP）数据

买书琐记．上编/范用编．—北京：生活·读书·
新知三联书店，2023.9
（闲趣坊）
ISBN 978-7-108-07615-1

Ⅰ．①买… Ⅱ．①范… Ⅲ．①散文集-中国-当代
Ⅳ．①I267

中国国家版本馆 CIP 数据核字 (2023) 第 069578 号

责任编辑	卫 纯	
装帧设计	薛 宇	
责任校对	常高峰	
责任印制	卢 岳	
出版发行	生活·讀書·新知 三联书店	
	（北京市东城区美术馆东街 22 号 100010）	
网　　址	www.sdxjpc.com	
经　　销	新华书店	
印　　刷	河北松源印刷有限公司	
版　　次	2023 年 9 月北京第 1 版	
	2023 年 9 月北京第 1 次印刷	
开　　本	850 毫米×1168 毫米　1/32　印张 16.25	
字　　数	307 千字	
印　　数	0,001-5,000 册	
定　　价	58.00 元	

（印装查询：01064002715；邮购查询：01084010542）

出版说明

为继承中国现代文明传统，追慕闲情雅致的文化趣味，自二〇〇五年起，我们刊行"闲趣坊"丛书，赢得读者和市场的普遍认可，至今已达三十余种。这套书以不取宏大叙事、不涉形而上话题为原则，从现当代作家、学人的散文随笔中，分类汇编，兼及著述，给新世纪的中国读书人提供一些闲适翻看的休闲读物。

"闲趣坊"涉及二十世纪以来文化生活的诸多面向：饮食、访书、茶酒、文房、城乡与怀旧，表现了知识阶层和得风气之先者，有品位、有趣味的日常，继而通过平凡琐事，映射百年中国的人情世态，沧海桑田。"闲趣坊"的精神内核不在风花雪月，而是通过笔酣墨饱的文章，倡导一种朴实素雅、温柔敦厚、不同流俗的生命观，是对三联书店"知识分子精神家园"意涵的解读与发扬。

在日新月异的今天,我们认为正视和尊重这份价值仍有必要。希望新版"闲趣坊"能够陪伴新一代读者,建设"自己的园地",有情、有趣、有追求地生活。

生活·讀書·新知 三联书店
二〇二三年四月

目 录

1	前言	
1	买《安龙逸史》(摘录)	鲁迅
3	厂甸	周作人
8	卖文买书(摘录)	郁达夫
18	旧书铺	茅盾
23	书	巴金
27	买书	朱自清
31	买旧书	施蛰存
34	手握旧卷,倍觉情深	冯至
38	大小书店及其他	谢六逸
41	城隍庙的书市	阿英
52	西门买书记	阿英

56	海上买书记	阿 英
66	我爱书店	徐 迟
69	买书	叶公超
72	旧书店	叶灵凤
74	香港的旧书市	戴望舒
79	几种版画书	黄 裳
88	老板	黄 裳
96	琉璃厂	黄 裳
104	买书记趣	黄 裳
114	读廉价书	汪曾祺
123	旧书寻梦	王辛笛
128	书忆	邓云乡
144	书肆书价杂谈	邓云乡
158	书的梦	孙 犁
166	我和书	唐 弢
172	由旧书想起的	张中行
177	白门买书记	纪果庵
189	北平旧书肆	商鸿逵
194	购买西书的回忆	周越然
202	书癖	冯亦代
210	忆武库街	舒 芜
219	恋念生活书店	孙祥元

222	邓之诚先生买书	雷梦水
228	朱自清先生买书记	雷梦水
232	三十年代开封新书业	梁　永
238	买书结缘	范　用
244	我的书摊儿情结	程树榛
249	琅嬛琐记	林　辰
267	访书奇遇	倪墨炎
280	买旧书的又惊又喜	倪墨炎
284	闲话"家珍"	韩　羽
290	琉璃厂寻梦记	姜德明
299	买旧书	钟叔河
304	记北京旧书店	刘自立
312	"文革"中的琉璃厂	王学泰
321	淘书者在路上	李　辉
329	四里山与致远书店	汪家明
333	牯岭拾遗	朴　子
342	华夏何处觅旧书	宋庆森
352	卖书记	姜德明
358	烧书记	姜德明
364	沪上访书记	姜德明
373	天南海北访好书	韩石山
377	杭州访书记	方交良

380	上海访书记	方交良
384	一次"淘书"的微茫记忆	孙玉石
389	莫五九的"第二个春天"	顾 军
393	旧书肆	老雕虫
406	网上淘书记	彭拥华
409	长春访书记幸	张阿泉
413	书肆梦回	宣树铮
418	搜书记	谢其章
447	在中国书店买书	孙卫卫
451	逛旧书摊记	秋 禾
457	在香港逛二楼书店	王 璞
461	爱书和藏书	宋遂良
464	旧书缘深解亦难	韦 泱
469	何妨一上楼书店	傅月庵
473	无名书店	傅月庵
478	茉莉二手书店	傅月庵
483	海上淘书记	傅月庵
487	旧书有什么好玩的？	傅月庵
491	台北旧书街沧桑	傅月庵
499	光华断想	傅月庵
506	百城堂书店	傅月庵

前　言

我爱跑书店，不爱上图书馆。在图书馆想看一本书，太费事，先要查卡片，然后填借书单，等待馆员找出书。

上书店，架上桌上的书，一览无余，听凭翻阅。看上的，而口袋里又有钱，就买下。

生平所到的城市，有的有书店街，如重庆武库街，桂林太平路，上海福州路，都是我流连忘返的地方。旧书店更具有吸引力，因为有时在那里会有意外的惊喜，如重庆米亭子，桂林中北路，上海卡德路、河南路。我在旧书店买到鲁迅先生印造的几种书：《海上述林》《引玉集》《梅斐尔德木刻士敏土之图》《铁流》《毁灭》，都是可遇不可求。这几种书印数都很少，《士敏土之图》只印了二百五十本，《引玉集》三百五十本，《海上述林》五百部。还在旧书店买到曹禺签名赠送郑振铎的精装本《日出》，夏衍赠送叶灵凤的一九二七年创造社出版的《木犀》，上面有夏公题词："游镇江、扬州得此书于故书铺中,以赠此书之装帧者霜崖(叶灵凤)老弟。"还买到过田间签名赠送艾思奇的诗集《中国·农村的故事》。如今都成为我的珍本藏书。

跑书店的另一乐趣是跟书店老板、店员交朋友。还在当小学生时,我跟镇江的一家书店店员交上朋友,时隔五十多年,他还记得我,从台湾带上家人到北京看望我这个小友。我写了一篇《买书结缘》讲这件事,现在也印在本书中。

由于有此癖好,我对别人记述逛书店买书的文章也有兴趣阅读,现在我把它们汇编为《买书琐记》,以贡献于同好。

尽管多方努力,仍有部分本书作者未能取得联系,请版权持有人见书后致函三联书店,以便寄奉样书和稿酬。

范 用
二〇〇四年五月

范用先生编《买书琐记》、《买书琐记》[续编],分别初版于二〇〇五年、二〇〇九年,共印行了五版。此次借"闲趣坊"书系修订新版之机,将二书分别重组成帙,上编为国内淘书记(含港、台地区),下编为海外访书记,内中篇目并无增损。希望如此更便利于读者。特此说明,并志纪念爱书的范用先生。

生活·讀書·新知 三联书店编辑部
二〇一二年九月

买《安龙逸史》(摘录)

鲁迅

清朝有灭族,有凌迟,却没有剥皮之刑,这是汉人应该惭愧的,但后来脍炙人口的虐政是文字狱。虽说文字狱,其实还含着许多复杂的原因,在这里不能细说;我们现在还直接受到流毒的,是他删改了许多古人的著作的字句,禁了许多明清人的书。

《安龙逸史》大约也是一种禁书,我所得的是吴兴刘氏嘉业堂的新刻本。他刻的前清禁书还不止这一种,屈大均的又有《翁山文外》;还有蔡显的《闲渔闲闲录》,是作者因此"斩立决",还累及门生的,但我细看了一遍,却又寻不出什么忌讳。对于这种刻书家,我是很感激的,因为他传授给我许多知识——虽然从雅人看来,只是些庸俗不堪的知识。但是到嘉业堂去买书,可真难。我还记得,今年春天的一个下午,好容易在爱文义路找着了,两扇大铁门,叩了几下,门上开了一个小方洞，里面有中国门房、中国巡捕、白俄镖师各一位。巡捕问我来干什么的。我说买书。他说账房出去了，没有人管，明天再来罢。我告诉他我住得远，可能给我等一会呢？他说，不成！同时也堵住了那个小方洞。过了两天，我又去了，改作上午，以为此时账房也许不至于出去。但这回所得回答却更其绝望，巡捕曰："书都没有了！卖完了！不卖了！"

我就没有第三次再去买，因为实在回复的斩钉截铁。现在所有的几种，是托朋友去辗转买来的，好像必须是熟人或走熟的书店，这才买得到。

（选自《鲁迅全集》第六卷《病后杂谈》，人民文学出版社一九八一年版）

厂甸

周作人

琉璃厂是我们很熟的一条街。那里有好些书店、纸店、卖印章墨盒子的店，而且中间东首有信远斋，专卖蜜饯糖食，那有名的酸梅汤十多年来还未喝过，但是杏脯蜜枣有时却买点来吃，到底不错。不过这路也实在远，至少有十里罢，因此我也不常到琉璃厂去，虽说是很熟，也只是一个月一回或三个月两回而已。然而厂甸又当别论。厂甸云者，阴历元旦至上元十五日间琉璃厂附近一带的市集，游人众多，如南京的夫子庙，吾乡的大善寺也。南新华街自和平门至琉璃厂中间一段，东西路旁皆书摊，西边土地祠中亦书摊而较整齐，东边为海王村公园，杂售儿童食物玩具，最特殊者有长四五尺之糖葫芦及数十成群之风车，凡玩厂甸归之妇孺几乎人手一串。自琉璃厂中间往南一段则古玩摊咸在焉，厂东门内有火神庙，为高级古玩摊书摊所荟萃，至于琉璃厂则自东至西一如平日，只是各店关门

休息五天罢了。厂甸的情形真是五光十色,游人中各色人等都有,摆摊的也种种不同,适应他们的需要,儿歌中说得好:

新年来到,糖瓜祭灶。
姑娘要花,小子要炮。
老头子要戴新呢帽,
老婆子要吃大花糕。

至于我呢,我自己只想去看看几册破书,所以行踪总只在南新华街的北半截,迤南一带就不去看,若是火神庙那简直是十里洋场,自然更不敢去一问津了。

说到厂甸,当然要想起旧历新年来。旧历新年之为世诟病也久矣,维新志士大有灭此朝食之慨,鄙见以为可不必也。问这有多少害处?大抵答语是废时失业,花钱。其实最享乐旧新年的农工商他们在中国是最勤勉的人,平日不像官吏教员学生有七日一休沐,真是所谓终岁作苦,这时候闲散几天也不为过,还有那些小贩趁这热闹要大做一批生意,那么正是他们工作最力之时了。过年的消费据人家统计也有多少万,其中除神马炮仗等在我看了也觉得有点无谓外,大都是吃的穿的看的玩的东西,一方面需要者愿意花这些钱去换快乐,一方面供给者出卖货物得点利润,交易而退各得其所,不见得有什么地方不对。假如说这钱花得冤了,那么一年里人要吃一千多顿饭,算是每顿一毛共计大洋百元,结果只做了几大缸粪,岂不也是冤枉透了么?饭是活命的,所以大家以为应该吃,但是生命之外还该有点生趣,这才觉得生活有意义,小姑娘穿了布衫还要朵花戴戴,老婆子吃了中饭还想买块大花糕,就是为此。旧新年除与正朔不合外别无什么害处,为保存万民一点生趣起见还是应当存留,不妨如从前那样称为春节,民间一切自由,公署与学校都该放假三天以至七天。——话说得太远了,还是回过来谈厂甸买书的事情罢。

厂甸的路还是有那么远,但是在半个月中我去了四次,这与玄同半农诸公比较不免是小巫之尤,不过在我总是一年里的最高纪录了。二月十四日是旧元旦,下午去看一次,十八十九廿五这三天又去,所走过的只是所谓书摊的东路西路,再加上土地祠,大约每走一转要花费三小时以上。所得的结果并不很好,原因是近年较大的书店都矜重起来,不来摆摊,摊上书少而价高,像我这样"爬螺蛳船"的渔人无可下网。然而也获得几册小书,觉得聊堪自慰。其一是戴氏注《论语》二十卷合订一册,大约是戴子高送给谭仲修的罢,上边有"复堂所藏"及"谭献"这两方印。这书摆在东路南头的一个摊上,我问一位小伙计要多少钱,他一查书后粘着的纸片上所写"美元"字样,答说五元。我嫌贵,他说他也觉得有点贵,但是定价要五元。我给了两元半,他让到四元半,当时就走散了。后来把这件事告诉玄同,请他去巡阅的时候留心一问,承他买来就送给我，书末写了一段题跋云：

"民国廿三年二月廿日启明游旧都厂甸肆，于东莞伦氏之通学斋书摊见此谭仲修丈所藏之戴子高先生《论语注》，悦之，以告玄同，翌日廿一玄同往游，遂购而奉赠启明。"跋中廿日实是十九，盖廿日系我写信给玄同之日耳。

其二是《白华绛柎阁集》十卷，二册，一函。此书我以前有，今偶然看见，问其价亦不贵，遂以一元得之。《越缦堂诗话》的编者虽然曾说"清季诗家以吾越李莼客先生为冠，《白华绛柎阁集》近百年来无与辈者"，我于旧诗是门外汉，对于作者自己"夸诩殆绝"的七古更不知道其好处，今买此集亦只是乡曲之见，诗中多言及故乡景物殊有意思，如卷二《夏日行柯山里村》一首云："溪桥才度廎篷船，村落阴阴不见天。两岸屏山浓绿底，家家凉阁听鸣蝉。"很能写出山乡水村的风景，但是不到过的也看不出好来罢。

其三是两册丛书零种，都是关于陆氏《草木鸟兽虫鱼疏》的，即焦循的《诗陆氏疏》，南菁丛刻本，与赵佑的《毛诗陆疏校正》，聚学轩本。我向来很喜欢陆氏的《虫鱼疏》，只是难得好本子，所有的就是毛晋的《陆疏广要》和罗振玉的新校正本，而罗本又是不大好看的仿宋排印的，很觉得美中不足。赵本据《郘亭书目》说它好，焦本列举引用书名，其次序又依《诗经》重排，也有他的特长，不过收在大部丛书中，无从抽取，这回都得到了，正是极不易遇的偶然。翻阅一过，至"流离之子"一条,赵氏案语中云:"窃以鸮枭自是一物,今俗所谓猫头鹰,……哺其子既长,母老不能取食以应子求,则挂身树上,子争啖之飞去,其头悬着枝,故字从木上鸟,而枭首之象取之。"猫头鹰之被诬千余年矣,近代学者也还承旧说,上文更是疏状详明有若目击,未免可笑。学者笺经非不勤苦,而于格物欠下工夫,往往以耳为目,赵书成于乾隆末距今百五十年矣,或者亦不足怪,但不知现在何如,相信枭不食母与鸟不反哺者现在可有多少人也。

(选自《周作人书话》,北京出版社一九九六年版)

卖文买书（摘录）

郁达夫

早餐后上书店去看了一回新到的洋书，有一部中国小说《第二才子风月传》的英译本在书架上，翻下来一看，原来是从法文重译出来的，英译名 The Breeze in the Moon-light，书名真译得美丽不过。

上各处去走了一趟，就买了一部《风月传》来读，一直读到将夜。这书的著者不详，然而旧小说中像这样 Romantic，Perfect 的东西，实在少有。我初见外国译书的名目的时候，以为总不外乎一部平常的传奇小说罢了，然而打开来一读，觉得作者笔致的周到，有近代中国名作家所万赶不上的地方。空的时候当作一篇文章来介绍介绍，好教一般新作家得认识认识这位无名的作家。

（一九二七年七月一日）

早晨去城站买书，买了一部定远方濬师著的《蕉轩随录》，是同治年间的笔记，笔墨很好，掌故也很多，刻本也好，只花了六块大洋。此外又买了一部吴修龄氏的《围炉诗话》，此书盖可与贺黄公《载酒园诗话》、冯定远《钝吟杂录》鼎足而立者也（见他的自负语）。

（一九三〇年二月十四日）

上书铺去看看出版的新书之类，只觉得新的粗制滥造的东西多起来了，或者是我自己为时代所淘汰了罢，新出的东西，可以看看的，真一册都没有。

（一九三〇年五月二十九日）

买《湖墅小志》一部，并前购之《湖墅诗抄》与《湖墅杂诗》两册，关于湖墅的文献，可算收全了，若做关于拱宸桥的小说，已够作参考矣。

（一九三二年十一月三日）

晚饭后，上湖滨去漫步，在旧书铺内，见有"海山仙馆丛书"中之《酌中志》一部，即以高价买了回来。此书系明末宦官刘若愚所撰，对于我所拟做的历史小说《明清之际》，很有足资参考之处。前在上海买的《酌中志余》，系此书的续著，为另一人所撰，宫廷以外的文献记录，收集颇多，尤以记东林党事为详尽。

（一九三二年十一月九日）

午前出去,买了一部《诗法度针》,一部《皇朝古学类编》(实即姚梅伯选《皇朝骈文类编》),一部大版《经义述闻》。三部书,都是可以应用的书,不过时代不同,现在已经无人过问了。

(一九三五年六月二十五日)

因事出去,回来的途中,买萧季公辑《历代名贤手札》一部,印得极精,为清代禁书。

(一九三五年六月二十八日)

买越南志士阮鼎南《南枝集》一部,只上中下三卷,诗都可诵。

(一九三五年七月五日)

回来的路上,买郎仁宝《七修类稿》一部,共五十一卷加《续稿》七卷,二十册。书中虽也有错误之处,但随笔书能成此巨观,作者所费心力,当亦不少。《寄园寄所寄》之作,想系模仿此稿者,也是类书中之一格。

(一九三五年七月六日)

买删订唐仲言《唐诗解》一部,系罕见之书,乃原版初印者。

(一九三五年七月十五日)

上午上湖滨去走走,买《瓯北诗话》等书数册,赵瓯北在清初推崇敬业堂查慎行,而不重渔洋,自是一种见地。《诗话》中所引查初白近体诗句,实在可爱。

(一九三五年九月十三日)

在大街上买《紫桃轩杂缀》一部,《词苑丛谈》之连史纸印者一部,都系因版子清晰可爱,重买之书。

(一九三六年二月六日)

买书又三四十元;中有明代《闽中十子诗抄》一部,倒是好著。

(一九三六年二月八日)

午前起床后,即至南后街,买《赏雨茅屋诗集》一部并《外集》一册;曾宾谷虽非大作手,然而出口风雅,时有好句。与邵武张亨甫的一段勃豀,实在是张的气量太小,致演成妇女子似的反目,非宾老之罪。

(一九三六年二月十日)

买《闽诗录》一部,钱塘张景祁之《研雅堂诗》一部;张为杭州人,游宦闽中,似即在此间住下者,当系光绪二十年前后之人。

(一九三六年二月十六日)

晨起即去南后街买书十余元,内有《小腆纪传》一部,内《自讼斋文集》残本一部,倒是好书。

(一九三六年三月三日)

上午进城,买了一部伊墨卿的《留春草堂诗抄》,一部陈余山的《继雅堂诗集》;两部都系少见之书,而价并不贵。

(一九三六年三月六日)

过寿古斋书馆,买李申耆《养一斋文集》一部,共二十卷,系光绪戊寅年重刊本,白纸精印,书品颇佳。外更有阳湖左仲甫《念宛斋诗集》一部,版亦良佳;因左为仲则挚友,所以出重价买了来,眉批多仲则语。

(一九三六年四月十九日)

饭后又遇见了一位江苏的学生,和他在旧书店里走了几个钟头,买了一册Edna Lyall的小说 *A Hardy Norseman*(1889),读了几页,觉得描写的手腕,实在不高明。我从前已经读过这一个著者的一册小说 *Donovan* 了,觉得现在的这一本她晚年的作品,还赶不上她的少作。按此小说家本名Ada Ellen Bayley,卒于一九〇三年,有 *Won by Waiting*(1879), *Donovan*(1882), *We Two*(1884), *Doreen*(1894), *Hope the Hermit*(1898)等小说,都不甚好,当是英国第三四流的女作家。

(一九二六年十一月二十三日)

买了一本记Wagner的小说名*Barrikader*,是德国Zdenko Vou Kraft做的,千九百二十年出版。看了数页,觉得作者的想象力很丰富,然而每章书上,总引有Wagner的自传一节,证明作者叙述的出处,我觉得很不好,容易使读者感到Disillusion的现实。

(一九二七年一月三日)

看葛西善藏小说二短篇,仍复是好作品,感佩得了不得。昨天午后从街上古物商处买来旧杂志十册,中有小说二三十篇,我以为葛西的小说终是这二三十篇中的上乘作品。

(一九二七年一月六日)

午后因为天气太好,不知不觉,竟走了出去,又买了一本《新潮》新年号,内有葛西善藏的一篇小说名《醉狂者之独白》,实在做得很好。此外又买了许多英文小说:*Laura*, by Ethel Sidgwick;*Memoirs of A Midgen*, by Walter de la Mare;*Debts of Honor*, by Maurus Jökai;*Translated into English*, by Arthur B. Yoland;*O. Pioneers*, by Willa S. Cather。这几个作家的书,我从前都已经读过了。Ethel Sidgwick的*Promise*,Walter de la Mare的*Henry Brocken*,Maurus Jökai的*Eyes Like the Blue Sea*(?)和Willa S. Cather的*One of Ours*等,都是很好的小说。

其中尤其是Maurus Jökai的东西,使人很能够快乐地读下去。他虽是一个匈牙利的作家,然而小说里却颇带有

Cosmopolitic的性质。鲁迅也读了他的许多小说，据鲁迅说，Jökai是他所爱读的一个外国作家。他的东西，虽然不深刻，然而使人读了，不至于讨厌，大抵Popular的作家，做到这一步，已经是不凡了。张资平的小说，还不能赶上他远甚。并且他也是一位实行革命的人，和我国的空谈革命，而只知升官发财者不同。

（一九二七年二月十二日）

回来的途上买了许多旧书。有一本Max Geissler的小说 *Das Heidejahr*，却是很好的一本Heimatkunst的创作，德文学史家Bartel也很称赞Geissler。

此外还有一本美国的E. N. Westcott著的 *David Harum*，此书久已闻名了，想读它一读。Westcott是Central New York人，生于一八四七年九月二十四，以肺病卒于一八九八年的三月三十一。*David Harum* 是在他死后出版的，而现在已经成了一部不朽的名著，代表纽约的商人气质的大作了。可怜作者竟没有见到他的著作的成功，比我还要悲惨些。

（一九二七年二月十四日）

在外国书铺子里，买了一本Leonard Merrick著的小说 *Cynthia*。按这一个作家，专描写艺术家的生活，颇有深沉悠徐之趣，其他尚有 *The Worldlings*（1900），*Conrad in Quest of His Youth*（1903），*The House of Lynch*（1907），*The Position of*

Peggy Harper（1911）等。有暇当再去收集些来翻读。

（一九二七年二月十五日）

酒喝了许多，但终喝不醉，就跑上旧书铺去买书，买了一本 John Trevena 的 *Heather* 来读。这一本是他做的三部曲之一。第一部名 *Furze the Gruel*，这是第二部，第三部名 *Granite*。第一部表现 Gruelty，第二部表现 Endurance，第三部表现 The Spirit of Strength。其他的两部，可惜我没有买到。听说 Trevena 只有这三部小说，可以说是成功的，其余的都不行。这三部小说是描写 Dartmoor 的情景，大约是 Local Colour 很浓厚的小说。

读了几页这屈来文那的 *Heather*，也感不出兴味来，自怨自艾，到午前的两点，才入睡。

（一九二七年三月四日）

上中国银行及邮局去了一趟，马上走回家来，并且买了一本 *Moral Pathology*，系千八百九十五年出的书，著者为 Arthur E. Giles，内容虽则很简单，但是难为他在那一个时候，能够见得到这些精神的现象，读了一遍，很有所得。

（一九二七年三月十日）

买了一本 L. H. Myers 的小说 *The Orissers*。迈衣爱氏是一个新进的作家，他的小说雄壮伟大有俄国风，中国人大约还没有人读过他的东西,我打算读完后,为他介绍一下,可使中国目下的那些英文学家晓得晓得。

(一九二七年五月二十七日)

晚上访王独清、华林等于金神父路,买了一本 Wilkie Collins 的小说,名 *No Name*。柯林斯的小说,结构很好,是后来许多通俗小说家的先驱,虽则不是第一流的作家,但是在小说匠的流辈里,可以算得一位健将。他的 *The Woman in White* 已经是妇孺相知的通俗书了。

(一九二七年六月二十八日)

傍晚过北四川路,买了一本 *Life and Art*,by Thomas Hardy 和一本 *Blind Man's Buff*,by Louis H'emon。Louis H'emon 的小说,实在做得好,可惜原书买不到,所以只能读他的英译。我已读过一册他的 *M. Ripois and The Nemesis*,还有他的名著 *Maria Chapdelaine* 却还没有读过,总要去买到它来一读。

(一九二七年十月二日)

到上海后,又将二十天了,买了许多书,读了许多小说。这中间觉得最满意的是 Emile Zola 的一篇小说 *The Girl in Scarlet*,系 Rougon Macquart 丛书的第一册,写法国大革命时 Rougon Macquart 一族的阴谋诡计,和兄弟诸人不同的性质。背景在法国南部的 Plassans,以革命热情家 Miete(女孩)和

Sylve're(男孩)二人为开场收束的人物。她和他的爱情纯洁，变幻颇多，两人终为革命而死。其间有Rougon Piérre阴险的凶谋，有Adelaide变态的性欲，实在是一部很大的小说，有翻译的价值的。

（一九二七年十一月八日）

早晨起来，就出去买了那两本美国作家的旧书来。一本是Frank Stockton's：*The Associate Hermits*，一本是S. O. Jewett's：*The Life of Nancy*。读了一遍，觉得Stockton的Narrative又Simple，又Humorous，并且又Powerful。Jewett的艺术，虽赶不上Mary E. W. Freeman，但也是很Light，很Plain，也不失为一个女作家中的铮铮者。她的小说里，表现地方色彩很浓厚，不过力量弱一点，我只读了一篇四十余页的她的这*The Life of Nancy*，就能够知道她的全部作品的趋向实质了。她的名著是*The Country of the Pointed Firs*。

（一九二八年一月十二日）
（选自《卖文买书》，生活·读书·新知三联书店
一九九五年版）

旧书铺

茅盾

来重庆的人，常常被街道的新旧名称弄得头痛。当然新名称有它方便的地方，可是你雇人力车时如果只说一个"中正路"，那恐怕你就不大受欢迎。因为中正路并不短，车夫们懒得多费口舌问明你究竟要到中正路的哪一段，旧名称却比较的富于精确性了。然而一位不知道重庆街道旧名称的"特点"的新客也往往有点小烦恼；譬如说，他会站在"小梁子"的口上问人："小梁子在何处？"因为重庆街道的旧名称往往是在一直线上分段而题名的，和别处的一条街只有一个名称不同。

从这些街道的旧名称看来，可知旧时重庆各街也颇"专业化"。例如"鸡街""骡马市""打铁街"之类，单看名目便可想象从前这些街的特殊个性了。我不知道旧时重庆有没有一条旧书铺集中的街道，但照今日重庆还保存着旧日面目那一小段连衡对宇的旧书铺集团看来，这或者也就是从前的旧书街了。

不过这段街的旧名称却叫作"米亭子"。

这里的旧书铺集团,共计不过六七单位(连摊子也在内),说多呢实在不多,可是说它少么,似乎今日重庆市内也还找不出第二处有这样多的单位集中起来的旧书市场。当然不是说这里的旧书最多,比这里各单位所有旧书的总数还要多些的大旧书铺,我想重庆市内也不是绝对没有,可是单位之多而又集中,俨然成为小小一段的"旧书街",则恐怕除此以外是没有的。

至于块然独处的大大小小的旧书铺——或文具而兼旧书之铺,则在今日重庆市内外,几乎是到处可见的了,可是也得说明:无论是"米亭子"或其他单独的旧书铺,旧书诚然是旧书,可不能用抗战前我们心目中的所谓"旧书"来比拟,今天的旧书,只是"旧"书而已,战前一折八扣的翻版书,今天也在那些旧书铺内,俨然珍如宋椠元刊;一九三〇年香港或上海印的报纸本小说(其实也有土纸本在发售),也成为罕见之珍品。合于往日所谓"旧书"的标准的旧书,自然也不是没有,只是太少了,说不上比例。差可说是约占百分之一二的,是木板的线装书(这比一折八扣的版本自然可以说是"旧"些了罢),然而这又是医卜星相之类占多数,我曾在两处看见两部木板线装的——一是《曾文正日记》,一是《诗韵合璧》——那书铺老板视为奇货可居,因为这两种是在医卜星相之外的。

但是千万请莫误会,今日重庆的这些旧书铺对于读书人是没有贡献的，比方说，从沦陷区来的一位青年，进了这里的某大学，他来时身无长物，现在至少几本工具书非买不可了，那他就可以到那些旧书铺去看看，只要不怕贵，他买得到一部十年前出版的《综合英汉大辞典》——这是现在此地可能买到的最好的英文词典。又比方说，一位写作者如果打算随便"搜罗"一点旧材料，破费这么几天工夫，上城下城，上坡下坡，出一身臭汗，总也可以略有所获，十年前的旧杂志有时竟能淘到若干，但自然，怕贵是不行的。

当真不是夸大其词，这些旧书铺有时真有些"珍贵"的书本。原版的外国文书籍，极专门而高深的，也会丢在报纸本的一折八扣书之间，有一位朋友甚至还找到了一册有英文注释的希腊古典名著，因此竟引起他学习希腊文的兴趣。不过这是可遇而不可求罢了。有些英文或法文的原版丛书，虽只零落数册，而亦非难得之书，可是扉页上图记宛在，说明这是战前某某大学或某某学术机关的故物。这样的书，如何颠沛流徙了数千里，又如何落在旧书铺中，想象起来真不能叫人不生感慨；这样的书，放在家里虽不重视，但在别一意义上，可实在算得是具有"藏珍"资格的"旧书"了罢？可喜而又可怪者，是这样的书，近来愈见其多，常常可以遇到了。这一件小事，如果推想开去，却又叫人觉得可忧而又可悲。

最后，我们来谈一谈旧书的价钱。

先述一二近事，桂柳沦陷之时，有人流亡到贵阳，旅费不继,卖掉一部丙种《辞源》,得价一万元——这还是急等钱用贱卖了的,独山克复以后,有人在重庆买得一部报纸本的《鲁迅全集》,出价二万五——这也是沾了时局的光的。看了这两件"买卖",旧书的时价,略可概见,一句话,旧书时价虽然赶不上米布,更赶不上高级化妆品,可也够惊人了;今日重庆一家小小旧书铺,论其货价,谁敢说它没有几百万;倘以旧时币值计,直堪坐拥百宋千元!但今天不过是白报纸本道林纸本的铅印书而已。旧书价格之提高,似与供求关系无涉。旧书价是跟着粮价走的,这也有一个小小故事不可不记。有人在"米亭子"某铺看到一部《综合英汉大辞典》(袖珍本),索价二千六百元,买不起,隔了两天再去看,却已涨为三千元了。问何以多涨四百,则答曰:"这几天粮价涨了呀!"书是精神食粮,书价跟着粮价走,似亦理所当然。

但是今日重庆的旧书铺老板计算他的货价尚有另一原则,此即依纸张(白报纸或道林纸)及书之页数为伸缩,即使是极不相干的书,只要纸好,页数多,则价必可观,这简直是在卖纸了!自有旧书铺以来,这真是历史的新的一页。对于这样的"现实主义",版本权威只能摇头叹息。所以今日重庆跑旧书铺的人,决不是当时在北平跑琉璃厂,在上海跑来青阁的人们了。

今天是一个"伟大"的"现实主义"的时代,今天重庆跑旧书铺的人,绝大多数是为了某一个小小的"现实"的目的,

"发思古之幽情"者,恐怕百不得一二罢?旧时也还有坐在旧书铺里看了半天书的人,今天也没有了;今天如果有这样的好学者,那不是在旧书铺中,而在"新书店"内了。

不过,旧书铺的内容虽然变了,但从"市上若无,则姑求之于旧书铺"这一点看来,今天重庆的旧书铺还是"旧书铺",只是所有者是现实意义的"旧"书罢了。可以说旧书铺也染上了战时的色调了,这也是"今日重庆"之一面。

(选自《旅行杂志》,一九四五年一月十九卷一期)

书

巴金

在大街上几家古本屋里耽搁了两个钟头,抱了十多本《现代日本文学全集》出来,这里面有了森鸥外,岛崎藤村,有岛武郎,谷崎润一郎,芥川龙之介,志贺直哉和别的一些文人。金一元五十钱也。确实是很便宜的罢。上了自动车,心里还颇高兴,因此又想起了一件事情。

离开上海的前两天,无意间买了一本美国版的《沙宁》,是有插图的大字本,而且是作为新书买来的,价三元。我觉得很便宜。不过据一个朋友说在别的书店去买,也只要花这样的价钱。就是这同样的书,北平北京饭店内的法文图书馆的伙计曾向我讨过二十元的高价。相差得这么多!书贾们的赚钱的欲望也就大得可惊了。我并没有听错话,因为说话的是中国人,而且同去买书的还有我哥哥。结果那天我花去四元买了一本"现代丛书"版的,译文是一样,却是没有插图的小字本。这种版本在别处只售价三元的事情，我并不是不知道。

在上海红鸟书店买法文书也会常常遇到这种情形。有一次我要买一本小册子，大概是在巴黎公社殉难的 Varlin 氏的纪念册罢，原价两个法郎，以为花四五角钱，就可以了。问那位中国伙计，他却毫不客气地向我要两块钱。他的那副吃人的面孔和声音就把我骇跑了，以后我几乎不敢再进这书店去。过了几天我有一次路过环龙路，又记起了那书，终于壮了胆子走了进去，这一次遇见的是一个法国人，结果付了八角大洋把那小册子拿走了。这样看来外国商人的贪心还比那给他帮忙的中国伙计的贪心小一点罢。而在外人卵翼下做奴隶的中国人对于同胞的那种气焰，也就够叫人齿冷了。

在中国西洋书店里这种情形是很普通的。邮政局是衙门，早有人说过。西洋书店是衙门也是真的事情。从前连商务印书馆也仿佛摆过衙门的架子呢！现在大概是改良了。还有，在中国我很少到大的商店里去买东西，因为我走进那些地方，就好像进了衙门去递呈文；这心情我在法国，在日本却没有感到。

这些话似乎离题太远了。我应该回转来说说图书馆的事情。在中国假若有一个完备的图书馆，我们也就可以少受书店伙计们的闲气了。譬如倘使北平图书馆有一本英译本的《沙宁》的话，我也不会像朝耶路撒冷似的在各西书店去搜求这本书了。我不妨明白地说一句话罢，北平图书馆作为一个装饰品，是无愧的。而作为一个为人民设备的图书馆，那就完全放弃了它的责任了。一般人不需要的那样堂皇的建筑在那里是有的；而一般人需要的普通的书籍在那里却常常缺乏了。我找过 E. Zola，找过 H. Ellis，找过 E. Carpenter……他们的重要著作却没有一部。我更可以夸张地说，我要读的书，那里全没有。我为了找书不知道白跑了若干次，但如今北平图书馆却以"为国家搜集善本书的责任"自豪了。事实上像那用一千八百元的代价买来的《金瓶梅词话》，对于现今在生死关头挣扎着的中国人民会有什么影响呢？难道果如那些文化膏药式的学者所说，一民族的存亡全系于文化，而文化的精华就在于这般古董么？

自动车走过海边的一站停了，我望见一只刚开出的轮船。这轮船是往中国去的罢。我不觉把眼睛抬得高高地往西边看。

附　记

听说北平图书馆方面发表了答复我的文章，可惜我没有机会读到。一个朋友写了文章为我"声援"，这也近乎多事。又一个做过北大教授的朋友对我说：左拉的书那边有，曾有一本法文目录寄给过他。这当然是真话。不过在馆内的目录里却查不着，我要看也无法看了。至于霭理斯的七卷《性心理》、加本特的全集等等，我查了好几次目录，都没有查着。也许这种书是有的,只是不做教授的我们不配看罢了。我应该道歉,因为我以前不明白文化城里的图书馆的特别的使命。现在明白了,所以人也就变聪明了。

(选自《点滴》,开明书店一九三四年四月版)

买书

朱自清

买书也是我的嗜好,和抽烟一样。但这两件事我其实都不在行,尤其是买书。在北平这地方,像我那样买,像我买的那些书,说出来真寒碜死人;不过本文所要说的既非诀窍,也算不得经验,只是些小小的故事,想来也无妨的。

在家乡中学时候,家里每月给零用一元。大部分都报效了一家广益书局,取回些杂志及新书。那老板姓张,有点儿抽肩膀,老是捧着水烟袋;可是人好,我们不觉得他有市侩气。他肯给我们这班孩子记账。每到节下,我总欠他一元多钱。他催得并不怎么紧;向家里商量商量,先还个一元也就成了。那时候最爱读的一本《佛学易解》(贾丰臻著,中华书局印行)就是从张手里买的。那时候不买旧书,因为家里有。只有一回,不知哪儿检来《文心雕龙》的名字,急着想看,便去旧书铺访求:有一家拿出一部广州套版的,要一元钱,买不起；后来另买到一部，书品也还好，纸墨差些，却只花了小洋三角。这部书还在，两三年前给换了磁青纸的皮儿，却显得配不上。

到北平来上学入了哲学系，还是喜欢找佛学书看。那时候佛经流通处在西城卧佛寺街鹫峰寺。在街口下了车，一直走，快到城根儿了，才看见那个寺。那是个阴沉沉的秋天下午，街上只有我一个人。到寺里买了《因明入正理论疏》《百法明门论疏》《翻译名义集》等。这股傻劲儿回味起来颇有意思；正像那回从天坛出来，挨着城根，独自个儿，探险似的穿过许多没人走的碱地去访陶然亭一样。在毕业的那年，到琉璃厂华洋书庄去，看见新版韦伯斯特大字典，定价才十四元。可是十四元并不容易找。想来想去，只好硬了心肠将结婚时候父亲给做的一件紫毛（猫皮）水獭领大氅亲手拿着，走到后门一家当铺里去，说当十四元钱。柜上人似乎没有什么留难就答应了。这件大氅是布面子，土式样，领子小而毛杂——原是用了两副"马蹄袖"拼凑起来的。父亲给做这件衣服，可很费了点张罗。拿去当的时候，也踌躇了一下，却终于舍不得那本字典。想着将来准赎出来就是了。想不到竟不能赎出来，这是直到现在翻那本字典时常引为遗憾的。

重来北平之后，有一年忽然想搜集一些杜诗。一家小书铺叫文雅堂的给找了不少，都不算贵；那伙计是个麻子，一脸笑，是铺子里少掌柜的。铺子靠他父亲支持，并没有什么好书；去年他父亲死了，他本人不大内行，让伙计吃了，现在长远不来了，也不知怎么样。说起杜诗，有一回，一家书铺送来高丽本《杜律分韵》，两本书，索价三百元。书极不相干而索价如此之高，荒谬之至，况且书面上原购者明明写着"以银二两得之"。第二天另一家送来一样的书，只要二元钱，我立刻买下。北平的书价，离奇有如此者。

旧历正月里厂甸的书摊值得看；有些人天天巡礼去。我住得远，每年只去一个下午——上午摊儿少。土地祠内外人山人海摩肩接踵地来往。也买过些零碎东西；其中有一本是《伦敦竹枝词》，花了三毛钱。买来以后，恰好《论语》要稿子，便选抄了些寄去，加上一点说明，居然得着五元稿费。这是仅有的一次，买的书赚了钱。

在伦敦的时候，从寓所出来，走过近旁小街。有一家小书店门口摆着一架旧书。上前去徘徊了一下，看见一本《牛津书话选》（*The Book-Lover's Anthology*），烫花布面，装订不马虎，四百多面，本子也不小，准有七八成新，才一先令六便士，那时合中国一元三毛钱，比东安市场旧洋书还贱些。这选本节录许多名家诗文，说到书的各方面的；性质有点像叶德辉氏《书林清话》，但不像《清话》有系统；他们旨趣原是两样的。因为买这本书，结识了那掌柜的，他后来给我找了不少便宜的旧书。有一种书，他找不到旧的，便和我说，他们批购新书按七五扣，他愿意少赚一扣，按九扣卖给我。我没有要他这么办,但是很感谢他的好意。

(选自《朱自清散文全集》,江苏教育出版社一九九六年十二月版)

买旧书

施蛰存

吾乡姚鹓雏先生有句云:"暇日轩眉哦大句,冷摊负手对残书。"近来衣食于奔走,殊无暇日,轩眉哦句之乐,已渺不可得,只有忙里偷闲,有时在马路边看见旧书店或旧书摊,倒还很高兴驻足一番。我觉得这"冷摊负手对残书"的确是怪有风味的。

上海的旧书店,大概可以分为三种,第一种是卖线装旧书的,这就等于骨董店,价钱比新书还贵。第二种是专卖中西文教科书的,大概在每学期开始时总是生意兴隆得很,因为会打算盘的学生们都想在教科书项下省一点钱下来,留作别用,横竖只要上课时有这么一本书,新旧有什么关系呢。第三种是卖一般读物的西文书的,也就是我近年来常常去消遣那么十几分钟的地方。

在中日沪战以前,靶子路虬江路一带很有几家旧书店,虽然它们是属于卖教科书的，但是也颇有些文学艺术方面的书。我的一部英译莫泊桑短篇小说全集便是从虬江路买来的。

西文旧书店老板大概都不是版本专家，所以他的书都杂乱地堆置着，不加区分，你必须一本一本地翻，像淘金一样。有时你会得在许多无聊的小说里翻出一本你所悦意的书。我的一本第三版杜拉克插绘本《鲁拜集》，就是从许多会计学书堆里发掘出来的。但有时，你也许会翻得双手乌黑而了无所得。可是你不必抱怨，这正也是一种乐趣。

蓬莱路口的添福书庄，老板是一个曾经在外国兵轮上当过庖丁的广东人，他对于书不很懂得。所以他不会讨出很贵的价钱来。我的朋友戴望舒曾经从他那里以十元的代价买到一部三色插绘本魏尔仑诗集，皮装精印五巨册，实在是便宜的交易。

说到这部魏尔仑诗集，倒还有一个好故事。望舒买了此书之后一日，来了一个外国人，自称是爱普罗影戏院的经理，他上一天也在添福书庄看中了这部书，次日去买，才知已经卖出了，他从那书店老板处问到了望舒的住址，所以来要求鉴赏一下。我们才知道此公也是一个"书淫"，现在他已在愚园路和他的夫人开了一家旧书铺。文学方面的书很多，你假如高兴去参观参观，他一定可以请你看许多作家亲笔签字本，初版本，限定本的名贵的书籍的。他的定价也很便宜，一本初版的曼殊斐儿小说集 Something Childish 只卖十五元，大是值得。因为这本书当时只印二百五十部，在英国书籍市场中，已经算是罕本书了。

买旧书还有一种趣味,那就是可以看到各种不同的题字和藏书帖(Exlibris)。我的一本爱德华利亚的《无意思之书》,本来是一种儿童用书,里页上却题着:

To John
Fr. his loving wife Erza X'mas,1917.

从此可以想象得到这一双稚气十足的伉俪了。藏书帖是西洋人贴在书上的一张图案,其意义等于我国之藏书印,由来亦已甚古。在旧书上常常可以看到很精致的。去年在吴淞路一家专卖旧日本书的小山古书店里看见一本书中贴着一张浮世绘式的藏书帖,木刻五色印,艳丽不下于清宫《皕美图》(即《金瓶梅》插绘),可惜那本书不中我意,没有买下来。现在倒反而有点后悔了。

(选自《施蛰存散文选集》,百花文艺出版社二〇〇四年八月版)

手握旧卷，倍觉情深

冯至

自从懂得读书以来，我买过多少册书，我心中没有数儿；我接受过多少友人和不识者的赠书，我心中没有数儿；我丢失过多少书，心中也没有数儿；现在家里书橱内和书架上放着多少册书，我同样是没有数儿。但是在这不计其数的书中，有几本书跟我结下了不解之缘。那几本书既不是著名的版本，也不是豪华的精装，可是我总忘不了它们，烦闷时经常取出它们，欣赏吟味，像是多年老友，一见面就有许多话要说似的。外文书暂且不提，先谈一谈我那几本情同知己的中文书。

远在二十年代，我在北京大学读书，过着穷苦的学生生活。我的长兄在哈尔滨教书，他有时从他低廉的薪金里节省几元钱寄给我供我零用。有一回他寄给我三块大洋，我从邮局取出钱来，立即跑到琉璃厂商务印书馆，用六角钱买了一部"四部丛刊"影印明初刊本《精选陆放翁诗集》，共二册，分前后二集。前集选者为罗椅,后集选者是刘辰翁,二人都生活于宋末元初。放翁诗作极为丰富,今存约九千三百首。这两集精选可以说是陆诗的精华,我很喜欢读。我曾在书眉上写有这样的评语:"前集所选多闲情逸致之作,不能代表放翁诗全面,刘辰翁编选之后集,则慷慨悲歌,读之使人振奋,盖与选者身世及思想水平有关也。"这个评语对于前后二集似乎有所轩轾,平心而论,两集正好互相补充,可以看出诗人的全貌。那时陈炜谟与我同住一室,他也常借去诵读,他用红铅笔圈点诗中的佳句,颇有见地。时隔多年,书中朱笔的圈点并未退色,更增添我对于这部书的感情。

也是在北大读书的时期,一天我和杨晦逛东安市场,在一家旧书摊上忽然发现一批外文文学书,有英文的,有德文的,书面上都写有"袁文薮"字样。杨晦从中选购了几本英文书,同时他还感慨地说,这些书原来的主人一定很有文学素养,想必是生活上遭逢不幸,才把他心爱的书卖出。不料在抗日战争胜利后,我回到北平,在东安市场旧书摊上又发现一批书,其中有一部是日本明治三十年(一八九七)京都文求堂出版的《杜诗评钞》,沈德潜选,大家合评。这部书也是两册,两册的封面上都用毛笔写有"文薮购于东京"字样。这时我不像上次那样不知袁文薮是何许人了。我知道袁文薮留学日本时,曾与鲁迅合作,计划出版杂志《新生》,后来计划未能实现,他到英国学法律去了。于是我买了这部《杜诗评钞》。后来我又从鲁迅早期的日记里一再读到关于袁文薮的记录。我追念前尘，对于这部书有了偏爱。我藏有杜诗不同的版本，但每逢我想读杜诗时，常首先取出这部书来读。

我在北大学习的后期，友人顾随在天津教书，他常在放假时来北京和朋友们相聚。一次我们谈到明末逸民归庄的《万古愁曲》，顾随连带着说，与归庄同时，山东有个贾凫西，自称木皮散人，作鼓词一部。他没有见到过这部鼓词，只听说作者愤世嫉俗，把古往今来的历史概括为八个字"直死歪生，欺软怕硬"。可是过了没有几天，我在北大第二院对门的一家书店里看到一本线装蓝色封面的小书，书签上写着"木皮散人鼓词"，扉页后面有"乙丑孟冬影印"字样（乙丑即一九二五年）。我欢喜若狂，觉得好像这本书是书商专门给我影印送到我常常走访的书店里来的。我立即把鼓词买回来阅读，里边对历代的帝王将相肆意嘲弄，把历来堂皇富丽的正面文章都说成是滑稽的伎俩。虽然有些词句过于偏激，但淋漓尽致，当时不满现状的青年人读了，也颇能痛快一时。我尤其喜欢鼓词里关于宋朝的一段，说宋朝"三百年的江山倒受了二百年的气，掉嘴的文章当不得厮杀"；又说"满朝里通天讲学空拱爪，铁桶乾坤半边塌"；最后唱到文天祥殉国，陆秀夫投海，"这是那宋家崇儒重道三百载，天遣下两位忠臣来报他"。书前有署名统九骚人的两篇序，写于丙辰（一七三六）、丁巳（一七三七）两年。序里有这样的话："窃谓感慨既深，言之痛切，尺幅穷万古之变,片言发千载之覆。如贾先生之鼓词,即谓子美诗史、屈平天问以来,堪步后尘焉,盖未多愧也。"

鼓词中有句云"几年家软刀子割头不觉死",鲁迅曾一再引用,一见于《坟·后记》(一九二六),一见于《老调子已经唱完》(一九二七)。揣想鲁迅引用时也是根据这个小册子,因为鲁迅在《书苑折枝》(一九二七)一文中说:"近长沙叶氏刻《木皮道人鼓词》,昆山赵氏刻《万古愁曲》,上海书贾又据以石印作小本,遂颇流行。"他紧接着说:"二书作者生明末,见世事无可为,乃强置己身于世外,作旁观放达语……"

文中由于这几册书提到的几位师友,都已先后逝世,缅怀故人,手握旧卷,不禁倍觉情深。

大小书店及其他

谢六逸

近年以来,上海的书店逐渐增多,卖旧书的也有几家,我以为是一种好现象!但也适用"姑且说"三个字,一国——不,这个范围太大,应该说一地方——的文、野的区分,当作文化传播事业之一的书肆经营,也常视为重要的标准(自然是指有意义的书店而言)。依我的偏见,如果每条街上都有一二家有意义的书店和一所邮政分局,这便是国家富强的预兆了。

视为文化事业之一的书店经营,并不是"托拉斯式""百货店式"的一家大书店可以包办得了的。不幸十余年来,国内大资本的书店只有一家,于是从幼稚园的生徒以至未戴"角帽"以前的少年青年的精神的粮食,一齐都被他们把持着;所有著作翻译的人都不得不仰他们的鼻息。主持"编辑生杀权"的人物,正如日本镰仓长谷的大佛一样,巍巍然端坐着,一般"善男信女"都顶礼膜拜于下,这个比喻并不算过分。

现在的情况又有不同,就是小资本的书店的增加。别的书籍我不知道,单就文艺方面的来说,大书店的销售往往不如小书店。每逢一书出世,大书店登广告是肯登的,但是他们绝不肯在装帧、纸质、印刷上面讲求,因为对于所谓"血本"有关。反之,小书店常以刊行文艺书籍为他们的主要任务。他们自己也许就是执笔著作的人,因此对于装帧等等都肯研究改善,他们的牟利心,有的较大书店好些。此外则大书店的发行所墨守成法(二十年来寄送各种杂志,都是紧紧地裹成圆筒状,举此一事,可慨其余),把一切书籍高高地搁在架上,架前立着"店员",在店员之前又深沟高垒似的造了黑漆漆的高柜台;不用说买书的人不能够纵览书的内容,连小学生去买书也像进了裁判所一样。有一次我见一个小学生去买书,手里拿着纸条,站在柜台前面叫了几声,没有人理睬,这时我的拳头真有点发痒了。对于这些地方,欧洲中古武士的气质,也不能说是不适用。

我的话有点"出轨"了,再说回来。小书店的书可以任人取阅,买者有充分端详的机会,买一本书不大会上当。因此学生们都喜欢亲近小资本的书店,过了学生时代的人也同然。

若就著作者的便利说,以书稿托付大书店,对于版税的着落,似乎可以放心。每年到了约定了的时期,即把销售的部数与版税通知作者,也没有隐瞒版税或以多报少的弊病,也许可以说这就是从他们的"金钱主义"的信义心而来的结果,但根本上还是区区小数,"何足挂齿",教科书的利息已经饱满得可以了。因此之故,对于书稿的出版就非常之慢。杂志的难产已经可笑了,而书稿印刷之姗姗,更加"发松"。第一年交稿,第二年发排,第三年初校,第四年二校……第六年末校。经之营之,七年成之,于是定价四五角的书才放到发行所的高架上去。

小资本的书店似乎没有这个毛病,但是品类不齐,有的是"公子哥儿"在那里"玩票客串",有的是"贵人智士"在那里"干着玩玩",有的是"时代先驱"在那里"标榜主义",为经营书店而经营的实在很少。因此著作人的血汗的版税就有点危险了。

小书店之中,也并非全是不以信义为重的,他们有时难免以多报少,排三版说只有两版,不按期算版税;实在有时现金周转不过来,所以不得不如此。如其著作者是当代的大家,当然又在例外,不特不必去催索版税,小老板们自然会送上门来的。若自问并非"闻人"的作者,则大小书店对于他们,都互有利弊。

小书店的前途如何,实在难说。总之,有信义有旨趣的老板终是有望的。在如像我这种不会著作的人看来,一切小书店都是好的,我每逢走过小书店的门外,我总觉得愉快,虽然没有钱去买。

(选自《谢六逸文集》,商务印书馆一九九五年版)

城隍庙的书市

阿英

熟悉上海的人,都知道城隍庙,每天到那里去的人是很多很多,有的带了子女,买了香烛,到菩萨面前求财乞福。有的却因为那里是一个百货杂陈,价钱特别公道的地方,去买便宜货。还有的,可说是闲得无聊,跑去散散心,喝喝茶。至于帝国主义者,当然也要去,特别是初到中国来的;他们要在这里考察中国老百姓的落后风俗习惯,以便在《印象记》一类书里进行嘲笑、侮辱。我也常常的到城隍庙,可是我却另有一种不同于他们的目的,说典雅一点,就是到旧书铺里和旧书摊上去"访书"。

我说到城隍庙里去"访书",这多少会引起一部分人奇怪的,城隍庙那里,有什么书可访呢?这疑问,是极其有理。你从"小世界"间壁街道上走将进去,就是打九曲桥兜个圈子再进庙,然后从庙的正殿一直走出大门,除开一爿卖善书的翼化善书局,你实在一个书角也寻不到。可是,事实没有这样简单,要是你把城隍庙的拐拐角角都找到,玩得幽深一点,你就会相信城隍庙不仅是百货杂陈的商场,也是一个文化的中心区域。有很大的古董铺、书画碑帖店、书局、书摊、说书场、画像店、书画展览会,以至于图书馆,不仅有,而且很多。对于这一方面,我是相当熟习的,就让我来引你们畅游一番吧。

我们从"小世界"说起。当你走进间壁的街道,你就得留意,哪儿是第一个"横路",第一个"湾"。遇到"湾"了,不要向前,你首先向左边转去,这就到了一条"鸟市";"鸟市",是以卖鸟为主,卖金鱼、卖狗,以至卖乌龟为副业的街。你闲闲地走去,听听美丽的鸟的歌声,鹦哥的学舌,北方口音和上海口音的论价还钱,同时留意两旁,那么,你稳会发现一家东倒西歪的,叫作饱墨斋的旧书铺。走进店,左壁堆的是一直抵到楼板的经史子集;右壁是东西洋的典籍,以至于广告簿;靠后面,是些中国旧杂书;二十年来的杂志书报,和许多重要又不重要的文献,是全放在店堂中的长台子上,这台子一直伸到门口;在门口,有一个大木箱,也放了不少的书,上面插着纸签——"每册五分"。你要搜集一点材料吗?那么,你可以耐下性子,先在这里面翻;经过相当的时间,也许可以翻到你中意的,定价很高的,甚至访求了许多年而得不着的,自然,有时你也会花了若干时间,弄得一手脏,而毫无结果。可是,你不会吃亏。在这"翻"的过程中,可以看到不曾见到、听到过的许多图书杂志，会像过眼云烟似的温习现代史的许多断片。翻书本已是一种乐趣，而况还有一些意想不到的收获呢？中意的书已经拿起了，你别忙付钱，再去找台子上的。那里多的是整套头的书，《创造月刊》合订本啦，第一卷的《东方杂志》全年啦，《俄国戏曲集》啦，只要你机会好，有价值的总可以碰到，或者把你残缺的杂志配全。以后你再向各地方，书架上，角落里，桌肚里，一切你认为有注意必要的所在，去翻检一回，掌柜的决不会有什么误会和不高兴。最后耗费在这里的时间，就是讲价钱了，城隍庙的定价是靠不住的，他"漫天开价"，你一定要"就地还钱"，慢慢的和他们"推敲"。要是你没有中意的，虽然在这里翻了很久，一点不碍的，你尽可扑扑身上的灰，很自然地走开，掌柜有时还会笑嘻嘻地送你到大门口。

在旧书店里，徒徒的在翻书上用工夫，是不够的，因为他们的书不一定放在外面，你要问："老板，你们某一种书有吗？"掌柜的是记得清自己的书的，如果有，他会去寻出来给你看。要是没有，你也可以委托他寻访，留个通信处给他。不过，我说的是指的新书，要是好的版本，甚至于少见的旧木板书，那就要劝你大可不必。因为藏在他们架上的木板书虽也不少，好的却百不得一。收进的时候，并不是没有好书，这些好书，一进门就会被三、四马路和他们有关系的旧书店老板挑选了去，标上极大的价钱卖出，很少有你的份。但偶尔也有例外。说一件往事吧。有一回,我在四马路受古书店看到了六册残本的《古学汇刊》,里面有一部分我很想看看,开价竟是实价十四元,而原定价只有三元,当然我不买。到了饱墨斋,我问店伙,"《古学汇刊》有吗?"他想了半天,跑进去找,竟从灶角落里找了二十多册来,差不多是全部全了。他笑嘻嘻地说:"本来是全的,我们以为没有用,扔在地下,烂掉几本,给丢了。"最后讲价,两毛钱一本。这两毛一本的书,到了三、四马路,马上就会变成两块半以上,真是有些恶气。不过这种机会,毕竟是不多的。

带住闲话吧。从饱墨斋出来,你可以回到那个"湾"的所在,向右边转。这似乎是条"死路",一面是墙,只有一面有几家小店,巷子也不过两尺来宽。你别看不起,这其间竟有两家是书铺,叫作葆光的一家,还是城隍庙书店的老祖宗,有十几年悠长的历史呢。第一家是菊舲书店,主要的是卖旧西书和旧的新文化书,木板书偶尔也有几部。这书店很小,只有一个兼充店伙的掌柜,书是散乱不整。但是,你得尊重这个掌柜的,在我的经历中,在城隍庙书市内,只有他是最典型,最有学术修养的。这也是说,你在他手里,不容易买到贱价书,他识货。这个人很欢喜发议论,只要引起他的话头,他会滔滔不绝地发表他的意见。譬如有一回,我拿起一部合订本的《新潮》一卷:"老板,卖几多钱?"他翻翻书:"一只洋。"我说:"旧杂志也要卖这大价钱吗?"于是他发议论了:"旧杂志,都是绝版的了,应该比新书的价钱卖得更高呢。这些书,老实说,要买的人,我就要三块钱,他也得挺起胸脯来买;不要的,我就要两只角子,他也不会要,一块钱,还能说贵么?你别当我不懂,只有那些墨者黑也的人,才会把有价值的书当报纸卖。"争执了很久,还是一块钱买了。在包书的时候,他又忍不住地开起口来:"肯跑旧书店的人,总是有希望的,那些没有希望的,只会跑大光明,哪里想到什么旧书铺。"近来他的论调却转换了,他似乎有些伤感。这个中年人,你去买一回书,他至少会重复向你说两回:"唉,隔壁的葆光关了,这真是可惜!有这样长历史的书店,掌柜的又勤勤恳恳,还是支持不下去。这个年头,真是百业凋零,什么生意都不能做!不景气,可惜,可惜!"言下总是不胜感伤之至,一脸的忧郁,声调也很凄楚。当我听到"不景气"的时候,我真有点吃惊,但马上就明白了,因为他的账桌上,翻开了的,是一本社会科学书,他不仅是一个会做生意的掌柜,而且还是一个孜孜不倦的学者呢!于是,我感到这位掌柜,真仿佛是现代《儒林外史》里的异人了。

听了菊龄书店掌柜的话,你多少有些怅惘吧?至少,经过间壁葆光的时候,你会稍稍地停留,对着上了门板而招牌仍在的这惨败者,发出一些静默的同情。由此向前,就到了九曲桥边。这里,有大批的劣货在叫卖,有业"西洋景"的山东老乡,把裸体女人放出一半,摇着手里的板铃,高声地叫"看活的",来招诱观众。你可以一路看,一路听,走过那有名的九曲桥,折向左,跑过六个铜子一看的怪人的把戏场,一直向前,碰壁转弯——如果你不碰壁就转弯,你会走到庙里去的。转过弯,你就会有"柳暗花明"之感了。先呈现在你眼帘里的,会是几家镜框店,最末一家,是发卖字画古董书籍的梦月斋。你想碰碰古书,不妨走进去一看,不然,是不必停留的。沿路向右转,再通过一家规模宏大的旧书店,一样的没有什么好版本的书店,跑到护龙桥再停下来。护龙桥,提起这个名字,会使你想到苏州的护龙街。在护龙街,我们可以看到一街的旧书店,存古斋啦,艺芸阁啦,欣赏斋啦,来青阁啦,适存斋啦,文学山房啦,以及其他的书店,刻字店。护龙桥,也是一样,无论是桥上桥下,桥左桥右,桥前桥后,也都是些书店、古玩店、刻字店。所不同于护龙街者,就是在护龙街,多的是"店",而护龙桥多的是"摊";护龙街多的是"古籍",护龙桥多的是"新书";护龙街来往的,大都是些"达官贵人",在护龙桥搜书的,不免是"平民小子";护龙街是贵族的,护龙桥却是平民的。

现在,就以护龙桥为中心,从桥上的书摊说下去吧。这座桥的建筑形式,和一般的石桥一样,是弓形的,桥下面流着污浊的水。桥上卖书的大"地摊",因此,也就成了弓形。一个个盛洋烛火油的箱子,一个靠一个,贴着桥的石栏放着,里面满满地塞着新的书籍和杂志,放不下的就散乱地堆铺在地下。

每到吃午饭的时候，这类的摊子就摆出了，三个铜子一本，两毛小洋一扎，贵重成套的有时也会卖到一元、二元。在这里，你一样地要耐着性子，如果你穿着长袍，可以将它兜到腰际，蹲下来，一本一本地翻。这种摊子，有时也颇多新书，同一种可以有十册以上。以前，有一个时期，充满着真美善的出版物，最近去的一次，却看到大批的《地泉》和《最后的一天》了，这些书都是崭新的，你可以用最低的价钱买了下来。比"地摊"高一级的，是"板摊"，用两块门板，上面放书，底下衬两张小矮凳，买书的人只要弯下腰就能拣书。这样的"板摊"，你打护龙桥走过去，可以看到三四处；这些"摊"，一样的以卖新杂志为主，也还有些日文书。一部日本的一元书，两毛钱可以买到；一部《未名》的合订本，也只要两毛钱。《小说月报》，三五分钱可以买到一本；这里面，也有很好的社会科学书，历史的资料。我曾经用十个铜子在这里买了两部绝版的书籍：《五四》和《天津事变》，文学书是更多的。这里不像"地摊"，没有多少价钱好还。和这样的摊对摆的，是测字摊，紧接着测字摊就有五家"小书铺"，所谓"小书铺"，是并没有正式门面，只是用木板就河栏钉隔起来的五六尺见方，高约一丈的"隔间"。这几家，有的有招牌，有的根本没有，里面有书架，有贵重的书，主要的是卖西书。不过这种人家，无论西书抑是中籍，开价总是很高，商务、中华、开明等大书店的出版物，照定价打上四折，是顶道地，你想再公道，是办不到的；杂志都移到"板摊"上卖，这里很难见到。我每次也要跑进去看看，但除非是绝对不可少的书籍，在这里买的时候是很少的。这样书铺的对面，是两三家的碑帖铺，我与碑帖无缘，可说是很少来往。在护龙桥以至于城隍庙的书区里，这一带是最平民的了。他们一点也不像三、四马路的有些旧书铺，注意你的衣冠是否齐楚，而且你只要腰里有一毛钱，就可以带三二本回去，做一回"顾客"；不知道只晓得上海繁华的文人学士，也曾想到在这里有适应于穷小子的知识欲的书市否？无钱买书，而常常在书店里背手对着书籍封面神往，遭店伙轻蔑的冷眼的青年们，需要看书吗？若没有图书馆可去，或者需要最近出版的，就请多跑点路，在星期休假的时候，到这里来走走吧。

由此向前，沿着石栏向左兜转过去，门对着另一面石栏的，有一家叫作学海书店的比"板摊"较高级的书铺，里面有木板旧书，有科学，有史学，哲学，社会科学，文学书；门外的石栏上，更放着大批的"鸳鸯蝴蝶派"的书。你也可以花一些时间，在这里面浏览浏览，找找你要买的书。不过，他们的书，是不会像摊上那么贱卖的。一部绝版的《新文学史料》，你得花五毛钱才能买到，一部《滨海故人》或是《天鹅》，也只能给你打个四折。在这些地方，你还有一点要注意，如果有一本书名字对你很生疏，著作人的名字很熟习，你不要放过它。这一类的书，大概是别有道理的。外面标着郭沫若著的《文学评论》(是印成的)，里面会是一本另一个人作的《新兴文学概论》。外面是黄炎植的《文学杰作选》，里面会是一部张若英的《现代文学读本》。外面是蒋光慈的什么女性的日记，里面会是一册绝不是蒋光慈著的恋爱小说。外面是一个很腐朽的名字，里面会是一部要你"雪夜闭门"读的书，至于那些脱落了封面的，你一样的要一本一本地翻，也许那里面就有你求之不得的典籍。离开这家书铺，沿店铺向右转进去，在这凹子里，又有一家叫作粹宝斋的店。这书店设立的不久，书也不多，木板旧籍也很少，但辛亥革命前后的历史文献却极多，而且很多罕见的。如果你是研究近代文史的，这粹宝斋你必得到到，但要想买到新文学的文献，或者社会科学书，是很难以如愿的。看过这家书店，你可以重行过桥了，过桥向右折，是一个长阔的走廊，里面有一个卖杂书的"书摊"，出了"廊"，仍归回到了梦月斋的所在。到这时，护龙桥的书市，算你逛完了，但是，此行你究竟买到几册书呢？

跟着潮水一般的游客，你去逛逛城隍庙吧。各种各样的店铺，形形色色的人群，你不妨顺便地去考察一番。随着他们走进城隍庙的边门，先看看最后一进的城隍娘娘的卧室，两廊用布画像代塑佛的二殿，香烟迷漫佛像高大的正殿，虔诚进香的信男信女，看中国妇女如何敬神的外国绅士，充满了"海味"的和尚，在这里认识认识封建势力，是如何仍旧地在支配着中国的民众，想一想我们还得走过怎样艰苦的路程，才能走向我们的理想。然后，你可以走将出去，转到殿外的右手，翻一翻城隍庙唯一的把杂志书籍当报纸卖的"书摊"。这"书摊"，历史也是很长的了，是一个曲尺的形式的板架，上面堆着很多的中外杂志和书。我再劝你耐下性子，不要走马看花似的，在这里好好地翻一翻，而且在你翻的时候，你可以旁若无人地把看过的堆作一堆，要买的放在一起，马马虎虎地把拣剩的堆子摊匀一下。卖书的是一个很和气的人，无论你怎么翻，怎么拣，他都没有说话，只是在旁边的茶桌上和几个朋友谈天说地，直到你喊"卖书的"，他才笑嘻嘻的走了过来。在还价上，你也是绝对的自由，他要十个铜子，你还一个，也没有愠意，只是说太少。讲定了价，等到你付钱，发现缺少几个，他也没有什么，还会很客气的向你说："你带去看好了，钱不够有什么关系，下次给我吧。"他是如此的慷慨。这里的书价是很贱，一本刚出版的三四毛钱的杂志，十个铜子就可以买了来，有时还有些手抄本，东西典籍之类。最使我不能忘的，是我曾经在这里买到一部黄爱庞人铨的遗集。

城隍庙的书市并不这样就完。再通过迎着正殿戏台上的图书馆的下面，从右手的门走出去，你还会看到两个"门板书摊"。这类书摊上所卖的书，和普通门板摊上的一样，石印的小说，《无锡景》《时新小调》《十二月花名》之类。如果你也注意到这一方面的出版物，你很可以在这里买几本新出的小书，看看这一类大众读物的新的倾向，从这些读物内去学习创作大众读物的经验，去决定怎样开拓这一方面的文艺新路。本来，在城隍庙正门外，靠小东门一头，还有一家旧书铺，这里面有更丰富的新旧典籍，"一·二八"以后，生意萧条，支持不下，现在是改迁到老西门，另外经营教科书的生意了。如果时间还早，你有兴致，当然可以再到西门去看看那一带的旧书铺；但是我怕你办不到，经过二十几处的翻检，你的精神一定是很倦乏了。

一九三四年
（选自《阿英文集》，生活·读书·新知三联书店一九八一年版）

西门买书记
——《城隍庙的书市》续篇

阿英

只要身边还剩余两元钱,而那一天下午又没有什么事,总会有一个念头向我袭来,何不到城里去看看旧书?于是,在一小时或半小时之后,我便置身在那好像是自己的"乐园"似的旧书市场之中了。有一两家的店伙,当他们看到我时,照例的要说一句:"×先生,好几天不进城了。""新近收到什么书吗?"我也照例地问。不过,在最近,失望的次数,是比较多的,除去一册周氏弟兄在日本私费印的《域外小说集》,没有得到特别使我满意的书。"为什么没有新的来呢?"看过了架上的书,自己感到失望以后,总欢喜这样的追究。他们的回复也总是:"唉!现在是不比前几年了,进得多,卖得快。有还是有的,但是我们不敢多收。"这话是很实在。就拿城隍庙的旧书市场来说,在《城隍庙的书市》中,曾经对停业的邻人表示无限惋惜的菊龄书店主人,也就不得不受不景气的影响而停业呢。"没有生意""清淡极了",现在走到哪里去,时时飞过耳畔的,不外是这一类的话。然而没有法,嗟叹尽管嗟叹,既没有别的方法,只有慢慢地忍受下去。结果,便成了如此的不死不活的状态了。

　　虽然没有以前那样的"好书时时见",若果常常的去,也还能有所得。店铺虽然愈趋衰落,石桥上的摊子,还好像一折书的大贱卖,却日日在那里"新陈代谢"。这些书摊,拿四马路的新书店来说,是属于"薄利倾销"的一类。在这里,可以用十五个铜子买一本寻了很久的杂志,两毛钱买到一部将近十年的杂志合订本,或者新的禁书。我从这里收到的重要资料,记忆所及,就有《民潮七日记》等等。而几毛钱买到《洪水》二卷的合订本,也是有过的事。和我以前所说的一样,只是看机会如何而定。摊家的生活大概是很苦的,薄利倾销,利已经是不多,而一遇到阴雨连朝的时候,更是不能做生意,只有坐吃。也有一两家兼售古书了,但他们不认识货,开价往往是胡天胡地,就是遇到残本,也视若拱璧,实际上并不是什么难得到的本子。我每次到了那里以后,总会有第二个念头袭来,不景气是到了城隍庙的旧书摊了。从那里走到庙前,烧香拜佛的人,也会使人感到日渐的少,没有往日那样的旺盛。世有城隍庙的张宗子么?我想写《城隍庙梦忆》,现在也是到了时候了。

　　经过长时期的疲劳,有些感到了饿。走到庙前,便又照例的踱进那在右手的食物店,便休息,便检查一回所买到的书，吃一毛钱的酒米圆。时间还早，向哪儿去呢？靠东头的一家旧书店是停业了。于是我再走向西门。只要有二十个子，洋车就可以乘到蓬莱市场。在临近市场，博物馆转角的地方，如果发现哪天有旧书摊的时候，我总是下车看一看，不然，就让车子一直拉到目的地。走到市场里面，光看看卖古旧书的传经堂，这是上海旧书店书价最便宜的一家。要是那一天对于古旧书的访求没有什么兴味，就走出右手的边门，弯到场外靠西头的一条横马路上去。这里有的是地摊，一处两处，五处六处，有卖旧书的，也有卖一折书的。这里的书价，比之城隍庙，也许要大一点，但不会使人失望，一样的常常有难得的书。我的一部《中国青年》合订本，几年前被一个朋友烧了，今年我在这里又买到，价钱也只两毛一本。这卖书的人很知趣，当我买了这部书，他就问："先生，我还有一部禁掉的《新青年》，你要么？"我知道他有些门槛。"在哪里？"我问。他说："在家里，你先生要的话，我们可以约定日子，我带到这里来。"像这样的事，我不知道遇过几次。有时他们没有，但只要委托他们代找，他们是会到处为你去寻访的。

沿着西门的电车轨道走吧。这一带没有地摊，然而多的是新旧书店，招牌我没有抄下来，我不能一一地告诉你。但能以说的，就是这地方也有难买到的书。甚至有偷来卖的刚出版的书。问题是书价不会很低，新的总得六折，旧的也要三四折不等。因为西门是一个学校区，教科书特别的多，几家大书铺里尤其多。我对这条街没有什么好感,过门不入,是常有的事。不过,西门的书市,到这里并没有完,于是再走向辣斐德路,新建筑的道上。这里连续有几个书摊,比过去的那几个区域贫乏。但要买一点维新以后的小说的话,不妨停在这里捞捞。可以买到最初在中国出现的托尔斯泰的小说,《小说林》一类的小说期刊,新的章回小说之类。古旧书也有,只是好的千不得一。再向前进,如果天色还早的话,走不到多少路,会看到在一条横马路上,堆满着人,排列着各色各样的地摊。就从这里向北,就到了上海有名的"黑市",要买些文房四宝,不妨在这里寻觅。要买书架、书桌,也可以在这里买。虽没有真正端溪砚,他们开价到六七元的好砚,也可以找出几方。还有,就是有几个地摊,也在卖旧书,大都是儿童读物,鸳鸯蝴蝶派小说。走完了这条路,再回到辣斐德路向前,走不到贝勒路口,这儿是存在着这条马路上最后的一爿旧书店。到这时,灯总会来火了,腋下的书,大概也挟得不少了,"回家"一个念头,又会马上袭来。但在喊车之前,我总得先看看自己的口袋,究竟还剩几个钱。

一九三六年
(选自《阿英文集》,生活・读书・新知三联书店
一九八一年版)

海上买书记

阿英

从郑振铎《佝偻集》里，看到了几篇关于买书的话，连带想起他在《欧行日记》里所说的一些，感到买书的艰苦，和获得好书时的愉快，真是被他说尽了。

获得了不经见的珍秘书籍，有如占领了整个世界，这说法虽不免有些夸张，但欢快的心情，确实不是语言文字所能表达的。因此，钱谦益在无可奈何，不得不出卖他的宋版《后汉书》时，就不免有"如后主失却南唐"的感叹。

不过甘苦尽管相同，获得的经过究竟各异。想到自己为着一些书，弄得节衣缩食，废寝忘餐，其艰苦也多可记。有所感发，特拉杂存之，作为个人买书生活的一段回忆。正是：

米星儿没一颗，
菜根儿无一个。

空把着几本文章做什么?

最使我不能忘怀的,是一部《三袁集》的买到。那是什么时候,已经不能记起了。从来青阁的书目上,看到《玉璠集小修稿》的名字,下面注着"缺中郎一卷,可谓遗憾"的话。当时,我已有《白苏斋类集》初刻本,《钟定袁中郎集》,并《袁小修集》,因其残缺也就没有注意。

有一天,去来青阁买书,偏遇着已经卖出。买书的人,大概总有这样心理,当满怀热望走进一家书铺,而什么都得不着,懊丧的情形,是难以言状的。所要的得不着,还总想另捞一两本书去。于是停住不走,问东问西,看架上书,翻地上书,……我当然不会成为例外。

这时我想起了《三袁集》。初意也不过是看看版本而已。哪知翻阅一过,竟使我快活得要跳起来。原来《中郎集》虽缺,全目是有的,而版本又是那样的可爱。小修诗不曾见过,这里所收又如此的多。我决定把它买下。经过许多时间的论价,他们让了一些,就定夺了。

约有一星期,把钱筹措齐了,取回了这五册书,心中的高兴,是不可言的。但又来了第二个问题,到什么地方去寻访缺少的中郎一卷呢?我把这事委托了各旧书店,特别是常常到内地收货的传经堂。我知道希望很少,但我幻想能够"遇"得着。

又是很久，各方面的消息，都如石沉大海，问到时，大家只有摇头。去年的夏天，传经堂又去收书了，当快要回来的时候，我几乎每天从环龙路跑到蓬莱市场去等。有一天，因为过于热了，我没有去。哪知第二天去，铺主已在前一天回来了。

胡乱地把他收来的书翻了一过，买了几部，但我托他找的，一本也没有。我感到很失望。无意的回过头去，看学徒在那里修补一部明版书，凑近一看，竟忍不住地叫了起来。原来这正是我好久寻访不到的《三袁集》里的《中郎稿》。

"太奇巧了！"我这样想。接着就知道，这一卷书，已经于昨天到上海时卖了出去。铺主忘记我曾托过他了。我一定要他替我设法。他很为难，说那买主也爱这本书。我说："在他得着，依旧是一个残本，而我却可把这部书配全。"后来，我急得没法，便征得铺主同意，先把这一沓散页带走。

经过中间人和对方好几次磋商，总算说好了，我把一部袁照校刊的梨云馆本《中郎集》调换给他。这部书一直放在家里好几个月，我不敢拿回去修，我深恐又发生其他波折。结果，是受古替我重装的。

也是去年的事。在北平文奎堂的书目上，看见有《潇碧堂集》二十卷，续集十卷出售。袁无涯刻本中郎集五种，我是有的，但从不曾听到过有什么《潇碧堂集续集》。这是一部很少见的书，便决定去买。

那时我很窘，又一心想买，便想了一个办法，买了一元邮票寄去，要求文奎堂把书寄给上海和他们有来往的书店，告诉他那几家和我相识。因为这几家，我是都可以欠账的。从此，我以为自己又得到了一种珍本。

两星期快乐的梦，到底是被击得粉碎，原来竟是骗人的，哪里有什么《潇碧堂集续集》？这是一部印刻极劣的明版书，大约是当时的翻印本，《续集》云者，实是《瓶花斋集》的易名。我不但失望，也非常气愤。徒然做了两星期以上的没有报酬的梦。

不过珍本也有无意获得的时候。我再说买《珊瑚林》的事。无意中发现了这一部明刻书是《德山暑谭》的全稿，《暑谭》只是其间的四分之一，是选本。后来，他的门人又把全稿刻了，就是这一部书，共分两卷，有陈继儒的序。我看被删的部分仍多佳作，且此书很少见，也决定买了下来。

从讲价到定夺，总算是很顺利，便付了定洋，言明晚间取书，要店里替我重订一下。问题就发生在这"晚间取书"上。我走进门，一个店伙迎头就说："这部书缺了十八页，怎么办？"我有点惊奇。接着另一个年轻的说："我们老板回来，把我们骂了一顿，说是卖得太便宜了。"我这才懂得缺页是怎么回事。再接着来了一个有胡须的，望了这年轻的一眼："我看这样，你先生且拿去，这缺页，将来我们设法替你补。"

当时，我气愤极了，我要他们把藏的拿出来。闹了很久，没有结果，他们一口咬定是原缺的。我深悔当时为什么不数一数。我明知道他们要留着这十八页书,将来好敲我一回竹杠。我懊恼得把定洋要了回来,说:"我不买了。"

约有三星期,我再去那里,重行抽出这部书来看,缺页果然补上了,书价已经涨高了两倍。我忍不住地质问他们:"明明是原来的,朱笔圈也前后一样,你们为什么这样骗人!"他们却一口咬定是以重价配来的。

以后一连几个月,我在那里买了好几回书,总不再提起这一部。而这书因开价过高,也没有人肯买。直到过了年。一次我又愤愤地讲到,大概他们也知道照这样价钱是不会脱手,就再来要我买。终结是我照原价添了一倍,他们照改价让了三分之一,把它买了回来。这是一部很少见的难得的本子,虽然冤枉地多出了一倍钱,我始终感到欢喜。

买书真是不易。譬如买《徐文长集》,得到有图的《四声猿》本,以为是了不起了,却不知还有二种附刊他的笔记的本子。我之买《梅花草堂全集》,其情形也大体类似,因为此书有两种,名同而实异。

何以言之?原因是张大复的著作,都题作全集,文集刻《梅花草堂全集》,笔记也刻作《全集》。卖书的人,版本是懂得的,内容却并不理解。《梅花草堂笔谈》十四卷,流传得较多,也较易得,而文集十六卷,因是禁书,却很难买到。但他们一般的只知道有两种卷数不同的本子。

受古不知从哪里收到了一部《文集》，他们并不知道这并非《笔谈》，只晓得多二卷，便把价提高了一倍。大概总有不少的人，以为这就是《笔谈》，价格既高，就一直没有人买。

有一天，我在那里闲着没事，谈起了这部书，告诉他们我买得的，价钱只有他们的一半，他们以多两卷为辞，拿出来给我看。哪知并非《笔谈》，而是禁毁的文集。

我知道这是一部极难得的书，而受古和富晋，却是"漫天开价"，不许你"就地还钱"的人家，便仍作为多二卷的《笔谈》来和他们论价，他们照规定的让了一点，我也就买了下来。

这部书买得并不公道，但如果受古知道并非《笔谈》，其开价恐怕要更多呢。不买又到哪里去找？我很庆幸得到了这部难以买到的书，虽说为了选部书，在经济上受了不少的累。

以后，还在受古家买到一部《婆罗园清语》，是虞德园的校刻本，有屠隆亲笔刻序。是全本，和《宝颜堂秘笈》的选本不同，他们作为宝颜堂本卖给了我，及至知道，才非常失悔。不过像这样幸运的事，究竟是不多见的。

"幸运"以外，也有"非幸运"的一面。于我买王季重集子的经过上，可以见之。发端也是在受古，他们给我看四册衬装的残书，是王季重的《游唤》《游庐山记》《律陶》《弈律》《状志铭》，清初复刻本，索价很昂，我没有要。

蟫隐庐的新书目出来了,里面有《王季重全集》残本出售。我跑去看,计《避园拟存》《杂文序》《时文序》《尔尔集》《传》《杂记》《状志铭》各一卷,共十四本,各种完全,无残缺。也是清初复刻本。《避园拟存》《尔尔集》等且是禁书。开价并不高,当时我就买了来。

因为买得这七卷书,就颇有把受古《游唤》四册买来配补的意思,但这里面是重了《状志铭》两册。和受古商议,一点也不肯让价。《状志铭》拆开买,那更是办不到的。无可如何,只有照定价买了来。同样的两册书,超过了那边十四册的价钱,真有些愤愤!

不久,又在一个店伙手里,遇到了明版的《王季重历游记》。直到后来见得原刻本,买到明版《名山胜概记》,才知道我买得的,并不是什么原刻,而是用《名山胜概记》里的一本衬装的。

去年,我看到了明版的《王季重十种》,内容没有我几次所凑合起来的多,书贾竟大标其为《王季重全集》,售价抬高到二百元,真是可笑。他的《文饭小品》,是一直到现在还不曾见到过,不知将来有遇着的机会没有?

最近作《李伯元传》,买《海天鸿雪记》的事,是更奇巧了。好久买不到这部书,心里很焦急,后来翻一家的旧书目,看到这一书名,就立刻跑去买。店伙找了很久,找不到,约第二天再去。第二天依旧是找不出来，他们还坚持说没有卖掉。此书不得，在《李伯元传》上，是一大阙典，只得再委托他们。他们说，书一定在的，什么时候找到，是一点把握都没有。一团高兴，差不多灰冷了下来。

隔了两天，我去一家门摊书店，看看他们替我找到没有，依旧是一个失望。在那里闲谈些时，只得告别回家。正要出门，一个人提了两大扎书来卖，打开他手里拿的书目来看，不禁使我心花怒放起来，开头的一部，竟是我焦急在寻的《海天鸿雪记》四本。

他的开价是四元，共七十二册书。门摊书店的老板只肯出一元。两人拗住了。大约这是一个仆人，忽然的道："那么，书且放在这里，我回去问问看。"跑走了。有了这样的机会，我哪能不等待？真冤枉，一直候到太阳下山，竟再见不到这个人的影子。

怎么办呢？便和店主人商议，让我把《海天鸿雪记》带回来连夜的看掉，明天再送还，买得下就买，买不下就退还他。彼此都是很熟的朋友，自没有什么不可以的。哪知第二天去，又等了半天，此人仍不见来。第三天仍旧没有消息。弄得我简直不知要怎样才好。

到第四天，他还没有来。那时我也等不得了，便挑了几部，留下三元钱在那里，叫他们全部买下，剩下的四十几本，就送给他们去卖。一元的让价，总不会再有问题的。又过了四五天，我才知道他们最后是以两元定局的，店里赚了一元现洋，得了几十册书。

我分了来的，是《海天鸿雪记》四本、《文明小史》两本、《新繁华梦》五本、《女界现形记》十一本，比平时的购价便宜多了！较之旧书店定《海天鸿雪记》价为四元，那是相差得更远。综计几天的辛苦，《海天鸿雪记》外，还得到《文明小史》的复本，以赠久访而不得的友人，我的欢喜也就可知了。正是：

踏破铁鞋无觅处，
得来全不费工夫！

其实，如果只"遇"不"求"，那也就不会有这样的一些苦恼，但在具有一定目标做学问的时候，又怎么办得到？何况"遇"得到也并非容易的事。如我今年之连续得到《黄平倩先生集》《袁小修日记》《徐芳悬榻编》，在我，可以说是一种例外。弹词小说，我虽不着意的求，年来却收得不少的好本子，大概是收藏家不注意及此的原因。如乾隆刻本《玉堂春全传》、乾隆本《赵胜关传》《双玉燕传》、同治本《诗发缘传》、抄本《马如飞珍珠塔》、嘉庆本《白獭传》、乾隆本《双玉镯前后传》、嘉庆本的《燕子笺弹词》，都是我所喜爱的。

虽然在这一方面用过很大的功夫，但几度思量，却觉得买书究竟是一件太苦的事，在我个人，是矛盾尤深。因为旧书的价格都是可观的,价高的有时竟要占去我一个月或两个月的生活费,常常使自己的经济情况,陷于极端困难。而癖性难除,一有闲暇,总不免心动,要到旧书店走走。瞻仰前途,我真不知将如何是了!……在我个人想,总还有一篇《上海卖书记》好写吧。正是:

孜孜写作缘何事?
烂额焦头为买书。

一九三六年
(选自《阿英文集》,生活·读书·新知三联书店
一九八一年版)

我爱书店

徐迟

我爱书店,新书店和旧书店。呵哟,太可爱了。不过,人老了,不能上书店了,我也许有好几年没有上书店了吧?

现在我回想起自己一生上过的那许多的书店来了。首先就想起童年时上过的书店,我家乡的一家南林书店。我的嫡堂哥哥在那里当经理,不然我是不敢去的,他让我看那里的书。我还记得买了一本书,那是我从书店里买的第一本书,叫《将来的花园》,那诗人叫徐玉诺。那时我又瘦又小,初级小学读完了,进了一家书塾,不知怎的已经爱上了书,然后就考上了初级中学。记得我还从那家书店里买了一本笛卡尔的书,但没有看懂。

后来我上了上海的一家书店,新月书店,在那里看书的时候,有一个老太太看到我,很吃惊地说,你这么小就跑书店了!于是照顾我看书,非常慈祥地介绍我看这本那本,都是新月派的诗人和大有学问的名家。但不记得我买了哪几本书。

那时在上海,商务印书馆很大,简直像一个皇宫,比中华书局小不了多少,真是琳琅满目呵,走进去就不想出来。那么多的好书,书是香的,是美的,我的魂都掉在里面了。书是贵的,但也真是比较便宜的了,书是那么精彩的东西,几毛钱就买一本了。贵的书买不起就不买,便宜的书就买它一两本,便宜的书不一定不好看,价钱贵的书也不一定那么好。到北新书店去买鲁迅,到现代书店去买戴望舒。上海四马路有那么多的书店,外国书店则在南京路上,一家英国的别发公司,一家美国的中美图书公司。在虹口,有一家内山书店,是日本的书店,也卖外国书。外国书贵些,买外国书就上旧书店或旧书摊去买。呵,上海市有那么多的旧书店和旧书摊。

说起旧书摊真是太可爱了。可惜现在旧书店已经没有了,旧书摊更不用说了,这真是一件令人遗憾的事。上海愚园路口曾有一家三开间门面的大旧书店,书很多,老板叫柯希纳尔先生,是个可亲近的老头儿,我永远也忘记不了他。我到过巴黎的旧书摊,在鸟语花香的塞纳湖中小岛上,旧书摊比鸟语还要好听,比花香还要烂漫和芬芳,遗憾的是我不懂法文。在华盛顿大使馆旁边,过一座桥,地铁对过的旧书店太可爱了,一个下午我在里面翻箱倒柜似的搜索了一遍,买了六本书回来,主要的收获是福克纳的《八月的光》和评论这本书的一本书。在希腊雅典的旧书店里,我买了人类最早的克里克岛的旅游书,从那里进入了保存至今的格诺修斯迷宫。

我在重庆旧书店里,买到过希腊大字典,还有悲剧诗人埃斯库罗斯的全集,英文希腊文对照的集注本,可惜从北京迁来武汉时把它丢失了。我在北碚的一家小小的旧书店里,买到了英文本的斯汤达的《红与黑》,现在还放在书架上。很可惜的是五十年代,我忽然发了一个怪论,"从今以后,我要读的是生活这一部大书了",于是开始在全国旅行,从那以后就很少跑书店了,到现在简直一家书店也不跑了。

书店好就好在书多,它能锻炼你精选好书的能力!

(选自《光明日报》,一九九六年七月二十四日)

买书

叶公超

以译《鲁拜集》传名于后世的Fitzgerald，有一天呆坐在他的小书房里，怒视着围绕他的书。愤怒之下，致书友人云："我写这信告诉你我最近的决断。我想把所有的书都卖去，或烧去，只留下《圣经》、字典、《失乐园》、颇普的诗各一部，放在我书案上，最好都就在手边，那样，我再不会找不着我要用的书了，至少我会知道我此处只有这四部书，别的，世间别的书都在别处，不在我的架上。你一定觉得可笑，假使我告诉你我刚才白生一阵气，找了半天一部我并没有的书……我忽感到我书架上无用的书实在太多了……"这是一八七三年写的，这位先生已然是六十四岁了。他买了我想至少有四十年的书才悟到这步，未免令人感觉此道之难也。最苦恼的是，他绝不忍真的卖去这些"无用"的书的，至于烧那更不必追究了。不卖不烧就是继续地保存着它们的"无用"，其实也就是它们的

"用"。书的有用与无用者不在书而在人。人用着它,它便有用,大有"相公厚我,我厚相公"之势;人用不着它,它便无用,顿时变成寄生虫一般的可恶,甚至要为人变卖,付焚,其潦倒狼狈之状犹不能击动我们的同情与容忍。我要替书说句公道话:不要这样没有良心,书是有生命的东西,有脉搏有知觉的朋友。朋友也只有一时之用,或仅仅一度的关系,但日后遇见总不免打个招呼,甚而停下寒暄一阵。你想他总算朋友,他想你居然以朋友看待,于是彼此拿出笑容,彼此容忍,彼此拉手再见。这样之后,便算朋友了。既为朋友,见面自必招呼,自必寒暄,自必拿出笑容,自必容忍。书从铺里到我们的架上不能说不是一度的关系,至少你曾看过它,看过之后,或敬它,或爱它,或憎它,或恨它。既有这种经过,我便主张容忍它与你的关系。

藏书家我想一定不会有这种麻烦,至少如汲古阁、海源阁、䛬宋楼等等的主人们绝不是我们这样慈悲的善心人。在他们,取舍一经决定似乎就不再有别的问题了,除非后来发现自己被骗了,但这也容易解决,只是难过而已。买书来看,或预备来看的人,久而久之总得容忍一些"此刻无用"的朋友,否则一面买,一面卖,或一面烧,生活更不堪忍受了。但这只是问题的一面而已。同样困难的还有买什么或先买什么再买什么;对于愤于树立原则的人,就是,哪类的书应当自己买,哪类的书应当到图书馆去借。这样一来,问题马上就严重起来了。古人没有图书馆的方便，反倒容易处置：有钱见着要的书就买，买了不用，安排在架上，望望也好，再为子孙留下一点书香，更觉可为。二十世纪的读书人可苦了。除非你住的靠近伦敦博物院，或国会图书馆，或牛津博得利安，总有你要的书图书馆没有的。就是明知道它有，你也未必总愿意去借，况且还有许多不许你借回家的书，而惯于在孤静的斗室中看书的你又不肯天天按着钟点到那公众阅览室里去看。同时，个人的经济能力又有限，禁不住要妄想买到一部永久有用的书。前几年我曾把个人的书分放在三面书架上，一面是要读的各种书，一面是备查的参考书，再一面是既不读又不查的书。我当时并且立下一条原则：参考书以后不买了，不读不查的书绝不买，要读的书，非读不可的，先到图书馆去借，没有，再决定买不买。今天，三年后，三面书架上的书已不分彼此了，同时放不下的书又另占了一整面墙的架子。关于买书，我如今只有感慨，没有原则了。

旧书店

叶灵凤

每一个爱书的人，总有爱跑旧书店的习惯。因为在旧书店里，你不仅可以买到早些时在新书店里错过了机会，或者因了价钱太贵不曾买的新书，而且更会有许多意外的发现：一册你搜寻了好久的好书，一部你闻名已久的名著，一部你从不曾想到世间会有这样一部书存在的僻书。

当然，有许多书是愈旧愈贵，然而那是Rare Book，所谓孤本，是属于古书店，而不是旧书店的事。譬如美国便曾有过一家有名的千元书店，并不是说他资本只有一千元，乃是说正如商店里的一元货一样，他店里的书籍起码价格是每册一千元。这样的书店，当然不是一般人所能踏进去的地方。

上海的旧西书店，以前时常可以便宜的价格买到好书，但是近年好像价格提高了，生意不好，好书也不多见了。外滩沙逊房子里的一家，和愚园路的一家一样，是近于所谓古书店，主人太识货了，略为值得买的书，价钱总是标得使你见了不愉快。卡德路的民九社，以前还有些好书，可是近来价钱也贵得吓人了，而且又因为只看书的外观的缘故，于是一册装订略为精致的普及版书，有时价钱竟标得比原价还贵。可爱的是北四川路的添福记，时常喝醉酒的老板正和他店里的书籍一样，有时是垃圾堆，有时却也能掘出宝藏。最使我不能忘记的，是在三年之前，他将一册巴黎版的乔伊斯的《优力栖斯》，和一册只合藏在枕函中的《香园》，看了是纸面毛边，竟当作是普通书，用了使人不能相信的一块四毛钱的贱价卖给了我。如果他那时知道《优力栖斯》的定价是美金十元，而且还从无买得，《香园》的定价更是一百法郎以上，他真要懊丧得烂醉三天了。不过，近来却也渐渐地识货了。

沿了北四川路，和城隍庙一样，也有许多西书摊，然而多是学校课本和通俗小说，偶尔也有两册通行本的名著，却不是足以使我驻足的地方。

对于爱书家，旧书店的巡礼，不仅可以使你在消费上获得便宜，买到意外的好书，而且可以从饱经风霜的书页中，体验着人生，沉静得正如在你自己的书斋中一样。

[选自《读书随笔》（一集），生活·读书·新知三联书店一九八八年版]

香港的旧书市
——这里有生意经,也有神话

戴望舒

香港人对于书的估价,往往是会使外方人吃惊的。明清善本书可以论斤称,而一部极平常的书却会被人视为稀世之珍。一位朋友告诉我,他的亲戚珍藏着一部"中华民国邮政地图"待价而沽,须港币五千元(合国币四百万元)方肯出让。这等奇闻,恐怕只有在那个小岛上听得到吧。版本自然更谈不到,"明版康熙字典"一类的笑谈,在那里也是家常便饭了。

这样的一个地方,旧书市的性质自然和北平、上海、苏州、杭州、南京等地不同。不但是规模的大小而已,就连收买的方式和售出的对象,也都有很大的差别。那里卖旧书的仅是一些变相的地摊,沿街靠壁钉一两个木板架子,搭一个避风雨的遮棚,如此而已。收书是论斤断称的,道林纸和报纸印的书每斤出价约港币一二毫,而全张报纸的价钱却反而高一倍;有硬面书皮的洋装书更便宜一点,因为纸板"重秤",中国纸的线装书，出到一毫一斤就是最高的价钱了。他们比较肯出价钱的倒是学校用的教科书、簿记学书、研究养鸡养兔的书等等，因为要这些书的人是非购不可的，所以他们也就肯以高价收入了。其次是医科和工科用书，为的是转运内地可以卖很高的价钱。此外便剩下"杂书"，只得卖给那些不大肯出钱的他们所谓"藏家"和"睇家"了。他们最大的主顾是小贩。这并不是说香港小贩最深知读书之乐，他们对于书籍的处理是更实际一点，拿来做纸袋包东西。其次是学生，像我们这种并不从书籍得到"实惠"的人，在他们是无足重轻的。

旧书摊最多的是皇后大道中央戏院附近的楼梯街，现在共有五个摊子。从大道拾级上去，左手第一家是"龄记"，管摊的是一个十余岁的孩子（他父亲则在下面一点公厕旁边摆废纸摊），年纪最小，却懂得许多事。著《相对论》的是爱因斯坦，歌德是德国大文豪，他都头头是道。日寇占领香港后，这摊子收到了大批德日文学书，现在已卖得一本也不剩，又经过了一次失窃，现在已没有什么好东西了。隔壁是"焯记"，摊主是一个老是有礼貌的中年人，专卖中国铅印书，价钱可不便宜，不看也没有什么关系。他对面是"季记"，管摊的是姐妹二人。到底是女人，收书卖书都差点功夫，虽则有时能看顾客的眼色和态度见风使舵，可是索价总嫌"离谱"（粤言不合分寸）一点。从前还有一些四部丛刊零本，现在却单靠卖教科书和字帖了。"季记"隔壁本来还有"江培记"，因为生意不好，已把存货称给鸭巴甸街的"黄沛记",摊位也顶给卖旧铜烂铁的了。上去一点,在摩罗街口,是"德信书店",虽号称书店,却仍旧还是一个摊子。主持人是一对少年夫妇,书相当多,可是也相当贵。他以为是好书,就一分钱也不让价,反之,没有被他注意的书,讨价之廉竟会使人不相信。"格吕尼"版的波德莱尔的《恋之华》和韩波的《作品集》两册只讨港币一元,希米忒的《莎士比亚字典》会论斤称给你,这等事在我们看来,差不多有点近乎神话了。"德信书店"隔壁是"华记"。虽则摊号仍是"华记",老板却已换过了,原来的老板是一家父母兄弟四人,在沦陷期中旧书全盛时代,他们在楼梯街竟拥有两个摊子之多。一个是现在这老地方,一个是在"焯记"隔壁,现在已变成旧衣摊了。因为来路稀少,顾客不多,他们便把滞销的书盘给了现在的管摊人,带着好销一些的书到广州去开店了,听说生意还不错呢。现在的"华记"已不如从前远甚,可是因为地利的关系(因为这是这条街第一个摊子,经荷里活道拿下旧书来卖的,第一先经过他的手,好的便宜的,他有选择的优先权),有时还有一点好东西。

在楼梯街,当你走到了"华记"的时候,书市便到了尽头。那时你便向左转,沿着荷里活道走两三百步,于是你便走到鸭巴甸街口。鸭巴甸街的书摊名声还远不及楼梯街的大,规模也比较小一点,书类也比较新一点。可是那里的书,一般地说来,是比较便宜点。下坡左首第一家是"黄沛记",摊主是世业旧书的,所以对于木板书的知识是比其余的丰富得多,可是对于西文书,就十分外行了。在各摊中,这是取价最廉的一个。他抱着薄利多销主义,所以虽在米珠薪桂的时期,虽则有八口之家,他还是每餐可以饮二两双蒸酒。可是近来他的摊子上也没有什么书,只剩下大批无人过问的日文书和往日收来的瓷器古董了。

"黄沛记"对面是"董莹光",也是鸭巴甸街的一个老土地。可是人们却称呼他为"大光灯"。大光灯意思就是煤油打气灯。因为战前这个摊子除了卖旧书以外,还出租煤油打气灯。那些"大光灯"现在已不存在了,而这雅号却留了下来。"大光灯"的书本来是不贵的,可是近来的索价却大大地"离谱"。据内中人说,因为有几次随便开了大价,居然有人照付了,他卖出味道来,以后就一味地上天讨价了。从"董莹光"走下几步,开在一个店铺中的是"萧建英"。如果你说他是书摊,他一定会跳起来,因为在楼梯街和鸭巴甸街这两条街上,他是唯一有店铺的——虽则是极其简陋的店铺。管店的是兄弟二人。那做哥哥的人称之为"高佬",因为又高又瘦。他从前是送行情单的,路头很熟;现在也差不多整天不在店,却四面奔走着收书,实际上在做生意的是他的十四五岁的弟弟。虽则还是一个孩子,做生意的本领却比哥哥更好,抓定了一个价钱之后,你就莫想他让一步。所以你想便宜一点,还是和"高佬"相商。因为"高佬"收得勤,书摊是常常有新书的。可是,近几月以来,因为来源涸绝,不得不把店面的一半分租给另一个专卖翻版书的摊子了。

在现在的"萧建英"斜对面,战前还有一家"民生书店",是香港唯一专卖线装古书的书店,而且还代顾客装潢书籍号书根。工作不能算顶好,可是在香港却是独一无二的。不幸在香港沦陷后就关了门,现在,如果在香港想补裱古书,除了送到广州去以外就毫无办法了。

鸭巴甸街的书摊尽于此矣,香港的书市也就到了尽头了。此外,东碎西碎还有几家书摊,如中环街市旁以卖废纸为主的一家,西营盘兼卖教科书的"肥林",跑马地黄泥涌道以租书为主的一家,可是绝少有可买的书,奉劝不必劳驾。再等而下之,那就是禧利街晚间的地道的地摊子了。

(选自《戴望舒全集·散文卷》,中国青年出版社一九九九年一月版)

几种版画书

黄裳

四十年前开始买旧书,前后大约有十年光景是最起劲的时期。买的书很杂乱,并无明确的目的,所以各种门类都有一点,不能形成系统的专藏,成不了气候。就说版画,也买到过十来种,大抵是明代晚期的制作,也就是中国版画艺术极盛时期的出品。这如果拿来和郑西谛、马隅卿、王孝慈诸君相比,简直就连小巫也算不上,不过这些书的收得,都各有一段故事,今天看来,也可以算作书林掌故了。

五十年代初,有一天到三马路的来青阁去闲坐。一位店员问我,有一本宋版的《尚书图》,要不要?打听下来,这原来是孙伯绳君的书,他买到以后,发现纸墨太新,印工太好,怀疑这不是真宋版,有点后悔了,想转手卖掉。我取来一看,是一本白麻纸精印、典型建本风格的宋刻版画,毫无可疑,就留下了。以极偶然的机缘,买到宋刻版画,实在是十分难得的巧遇。原书别无收藏印记，只有琳琅秘室主人胡心耘的两行小字跋尾，说是从费圯怀家流出的。过去未见著录。

传世有《六经图》或《七经图》，明万历中熙春楼吴氏刻本，大册。我前后收到过两本，分别为四明卢氏抱经楼和董斋昌龄所藏。对比下来，吴氏正是根据这个宋本翻刻的。只不过宋版今天只剩下了六经之一的《尚书图》而已。翻刻是忠实的，于此可见宋代的版画就已有非常高的水平，工细简直不下于明代中叶的作品，自然更多些端严气势。可能这就是孙君怀疑它不是宋刻的理由之一吧。

吴刻《六经图》于每卷首大题下都有熙春楼刻书记事一行。董斋所藏的一本，已将这一行割去，补以绵纸，上钤他的藏书大印。这当然是意图冒充宋版所做的手脚。昌龄是曹寅的外甥，楝亭藏书后来大部都到了他的手里，传世曹氏藏书往往都有两家藏印，可以知道流传的端绪。不过这书并无楝亭印，可知作伪的并非曹寅。此外，我还见过季沧华藏的汪文盛刻前汉书，也是用了同样的手法来冒充宋版的。可能这在清初是一种风气，藏书家意在夸奇斗富，难免出此下策。因此对季氏书目、楝亭书目中那些累累的宋版字样，不能无疑了。可能这中间就正夹带着这样的假货。

孙伯绳君是个很有意思的人，他喜欢收藏，最早是书画，曾由商务印书馆印过一册虚静斋藏画。后来又转而收藏鼻烟壶，最后是买书，常在来青阁里碰到。不过我们之间并没有什么矛盾，因为彼此买书的路子不同。他只买刻本，不买钞校，因为后者鉴别困难；他买明版书，只收白绵纸本，不收竹纸印本，又一定要初印干净的，那标准是纸白如玉、墨凝如漆。至于书的内容则不大过问。他曾由来青阁介绍从丰润张氏后人买到了结一庐旧藏的四种宋元版书，十分得意，曾约我到他家里去看宋本《花间集》。真是极精的宋本，还是席玉照家的旧装。他本打算重新装修，后来被徐森玉劝阻了。到底取原书一叶，制成锌版信笺，以为纪念。不久，他的兴趣又转移了，将这四种书连同其他明版一两百种，一起卖掉了。"文化大革命"初期，一次在电车上偶然相遇，他说刚印好《虚静斋藏书目》，要送我一册，问了我的住址，过两天就寄来，是一册手刻蜡版印的小册子，那几种宋元本都在目中，其他虽然都是些较常见的明刻本，但都是印刷精美的印本，也要算是难得深了。不久，又听说他已去世，详细情形不知道，自然也无从去打听。

我买到《尚书图》后，又有机会到北京去，就随身带着想给郑西谛看看。在团城他那有点阴暗的办公室里，西谛翻开书页就忍不住跳了起来，问我从哪里得到的，一定要留下，列入即将开幕的中国印本书展览会，就这样，《尚书图》归了北京图书馆。后经《中国版刻图录》收入，宋刻版画所著只四本，《东家杂记》外，此图最早亦最精。云"疑是绍熙前后建阳坊本"。

一九五〇年，上海旧书市场曾经热闹了一阵子。修文堂主人孙实君伙同古董商孙伯渊买到了无锡孙氏小绿天的藏书，就陈列在孙家，整整摆满了楼下的三间客厅。孙毓修是商务印书馆的旧人，曾写过一本《中国雕板源流考》，又编印过《涵芬楼秘笈》，翻印稀见的古书各有书跋。张元济编印《四部丛刊》，他也是重要的合作者之一。他自己也收藏古书，没有宋元本，以明刻为主，尤注意活字本。因为无锡安国是他的同乡先辈，所以更重视安氏桂坡馆的活字本以及安氏家集。身后家人出售藏书，曾将书目送请张元济先生订价，菊生先生按照过去的书价一一批出，这与五十年代初期的行市相差得太远了，最后折价为孙实君等三家合伙买得。

与此同时，修绠堂主人孙助廉又从北京买得姑苏王君九的遗藏若干种，带来上海。其中以毛抄和黄（荛圃）跋数种为最精。孙助廉又从抱经堂主人朱遂翔处陆续买得精本若干种，每天收进的旧书就摊放在温知书店楼上厢房里的大案子上，真有点版本展览的味道。我是每天午饭后都要过去看看的，真的看到了不少好书。

朱遂翔本来常在九峰旧庐主人王绶珊家走动，王氏的藏书绝大部分也都是他经手收进的。王氏身后，他从王家得到了一批精本，一直深藏密锁，不给人看。这时的抱经堂已经不大经营旧书了，虽然店还开着，四壁琳琅也摆满了旧书，但主人都在另外经营着金笔生意，颇为顺利。孙助廉就劝他将所藏精本出让，用这笔资本来经营笔厂，真的说动他，于是下了决心将藏书精粹扫数拿了出来。

就是在温知的楼上，我见到了宋刻的《文选五臣注》。这是一册残本，存卷三十。卷尾有二行云，"钱唐鲍洵书字，杭州猫儿桥河东岸开笺纸马铺钟家印行"，字体朴茂，抚印精美，卷中宋讳桓构等字均不缺笔，定为北宋刊本是有足够的条件的。赵万里先生因鲍洵曾于绍兴三十年写刻《释延寿心赋注》，说鲍洵一生可有三十年左右工作时间，因定此书为建炎三年升杭州为临安府之前，也就是南宋初期刻本（见《中国版刻图录》说明）。这一考订看来精密，而实际成为问题的关键期也不过三年而已。即使定为北宋末期所刻，也完全可以在鲍洵可能的工作时期以内。版本目录学者往往采取严格的标准，判定两宋刻本的分野，这与某些藏书家为了夸说所藏旧本之古，提前确定刊刻年代，是两种相反而实际同样不符合实际的表现。

与这本《文选》同时从抱经堂取来的书中，有一部《吴骚合编》，同样是令人为之眼明的精本。《合编》并不是稀见的书，过去在书肆里也见过不只一本。只是大抵后印，线条模糊了，甚至还有抄配的本子。这一本却是最初印的，卷中版画二十余幅都出自晚明著名刻工项南洲、汪成甫等之手。画面的工丽，人物衣褶的生动飘举，眉目之间的喜笑颦蹙，都用极纤细但却刚劲的线条表现出来。这是明季版画烂熟时期的代表作，书前还保存着绵纸印的扉叶，蓝印书名，朱印牌记，上面盖有云龙大图朱印，多是别本失去的。据为王家管理藏书的人说,这书出自杭州,悬价三百五十元,郑西谛争购未得,终归王绶珊。

从版本历史价值上着眼,自然是《文选》来得重要,但我还是选定了《合编》,书价高低也不论,先拿回来再说。后来勉力付出书值,不足部分,还车去了整整一三轮车旧书才找补齐全。这在我买书的经验中是不易忘怀的一件。正是所谓"书痴加人一等",今天想想,真不知当时何以会有如此的"豪兴"。

一九四九年冬到北京。抽暇去琉璃厂访书。当时旧书市场寥落,书店大都门可罗雀。偶然走进来薰阁,主人陈济川在上海时有点认识,让进去吃茶闲话。架子上书满满的,却没有什么可看,记得各种版本的《金瓶梅》就塞满了半架,就中还有崇祯本,不过已是后印的了。说起来似乎有点不可思议,《金瓶梅》在当时实在算不得什么宝书,几乎随手可得。就说崇祯本所附全图,也有极初印的本子在。后来影印万历本《词话》,就将这图印在卷首,也不加说明,其实《词话》本是白文无图的。马隅卿还用这图复刻了四叶,制成诗笺,就是"不登大雅之堂制笺",分赠友人,流传甚少。沈尹默也分得一盒,给我写信时曾经用过。

坐在店堂里既无书可看,我就提出看看他们积存的残本。后进有好几大间,满满地堆着旧书,这里倒颇有些善本,我选得了绵纸初印润大的嘉靖刻《宋文鉴》十几册,每册都有会稽钮氏世学楼藏书图记，又有莫友芝手写面叶与书根，就是莫氏得于皖口行营后来著录于《宋元旧本书经眼录》的那一本，本来已是残书了。又有嘉靖重庆府刻黑口本《蓝关记》一册，是敷衍韩湘子故事的。又正统头中刻《诗林广记》一厚册，存后集卷五之十。有阳平王瑛跋。皮纸极坚而薄，开版古朴。此书曾数见明刊本，大抵都是嘉靖前后翻元刻本，此本却未前见，可以作为明初宁夏复刻书标本。在积满灰尘的书架上，又抽得了一册版画，是崇祯本《壬午平海记》的卷首插图，是用连环画形式记录镇压"海盗"始末的官书，每两半叶合为一幅，图绘细密，刻工极精，举凡海上战斗，枭斩盗犯，抚贼散众、班师赏功等场面，无不细细描绘，是极好晚明历史的写真。全书共二十七图，并大字序两通。可惜的是书已被老鼠咬过，啮掉了下角的四分之一，作序人的姓氏也不能知道了。从王重民先生的《中国善本书提要》中知道美国国会图书馆藏有此书，二卷，崇祯间活字本。程峋撰。原书是峋官苏松兵备道时镇压海艅军的往来书札、檄揭。看来这原来是一部书，只因卷首残破，遂为估人抽下，只以本文二卷出售，终于流出域外，这图却因残破而获存。又过了五年，又从苏州买到此图的残叶十二幅，却是完整的全幅，就将两书合装在一起。虽然是小小的一册版画，其离合完缺也自有这一番曲折的经历。访书的辛苦与快乐，更不是局外人所能领会的了。

　　解放初期，江苏各地的旧家藏书，大量流入上海，正当书市寂寞之时，书店无力收购，全部落入了还魂纸厂。这是极可惜的事。当时唐弢同志在华东文化部文物处工作，我曾建议他组织人力在这些"废纸"化浆之前加以拣选，虽然只是小规模地进行一个短时期，也不无收获。记得孤本《蟠室老人文集》残卷就是从纸厂的车间里拣得的。此书宋葛洪撰，东阳人。其文集原藏东阳葛氏祠堂，已有残佚，尚存十卷。现在则只剩下了两卷，是宋以后公私目录都没有著录的书。大字精刻黄绵纸初印，纸墨晶莹，夺人目睛。郑西谛南来观书，也极赞成这种办法，可惜工作没有持久深入，所选也只以旧本古刻为主。大量近代史料，都这样淘汰销毁了。当时人们还不大懂得利用经济规律处理问题。如能对还大量存在的旧书店铺，加以扶持，国家再用较高的价格（不过较高于废纸价而已）收购，则大量的图书文物就不会落入纸厂而转入坊肆，终于得到保存，不致造成无可挽回的损失了。

记得有一天走过陕西路上的秀州书社，主人朱惠泉告诉我，上海城内奚氏铸古庵的藏书已经卖给旧纸铺，就要转入还魂纸厂了。我就请他马上去看，尽量开包拣选，谅必有些好书。第二天又去，他只取出了两三本书给我看，说是纸铺怕麻烦，只打开了两三包，就不许再动了，只拣得了这两三本破书。其中一本《续复古编》黑格旧抄本的残卷，有鲍以文、何梦华藏印；还有一卷破画，倒是绵纸印本，已经是稀碎的一堆破烂了。买回来后请人装潢，经过整治，竟自楚楚可观，除脱去第一页的半幅图版外,其余竟毫无破损。这是一本明万历刻的《罗汉十八相》,大本方册,是新安诸黄最精美的版画。刻工有黄应瑞等六七人,都是当时的名工。人物衣冠都用极纤细而劲健的线条表现,有如富有弹性的金属系丝,人物颜面肢体,似乎都带有弹性的活力。衣饰层次分明,袈裟的厚重与内衣的轻柔都有差别显然的精细体现。飘举的衣裙更是生气益然。

像这样的方册版画,另外我在济南市上见到过一册《东方三大》图,版式如一,刻得较早,也不及此册的工丽。另外又曾看到过几本裹图,也是同样型式的大方册绵纸印本。可见晚明版画施用之广和风格之多样,自然也表现了时代气息,和那种世纪末的风调。

以上所说大抵都是近四十年前的旧事。公私合营以后,旧书肆都已合并,从业员也都另分配了工作。说到的几位书友,也都已去世。北京的琉璃厂重修以后,曾去过几次,不记得来薰阁是否还在,但从前那种吃茶闲话访书之乐,是不可再得了。这是想起来总不免觉得有点寂寞的。

(选自《黄裳文集》,上海书店出版社一九九八年四月版)

老板

黄裳

找回长久失去的旧书，是一种快事。深夜独坐，一灯荧然，一本本地翻看，读几段题跋，浏览一下内容，不知不觉就已到了夜深。这次找回的书几乎没有什么"善本"，还有许多是残卷。有的当年自己买来时就已是残书了，有的则是这一次被拖散的。但无论如何这总是一件快事，因为它确实为我带来许多愉快或惆怅的回忆。好像每本书都向我争相诉说着一个长长的故事。当年它是睡在什么地方的书架或地摊上，怎样偶然为我选中，带回家来，加上印记，读了一下以后就被塞在什么角落里。一直到十年前的某一天，忽然出发参加了一次集体旅行，……现在居然又回来了。这个故事是不完整的，中间有很长一段空白。不过这不要紧，因为我记起并感兴趣的是三四十年以前的旧交情。真是衣不如新、书不如故，旧书实在是很有情分的。

此刻手里拿着的是一本《徐俟斋先生年谱》，上虞罗振玉辑。仿宋铅印，白纸线装一册。虽然罗遗老是学者，他所印的许多书目前价钱都涨得使人不敢相信了，但这小册子却并不。学者的著作也应该是有点分量的，但这年谱似乎也并不。总之是疏略得很。旧时代的学者在作名人年谱时好像十九都有这种缺点，他们不肯或不能更广泛地搜集有关资料，特别是与谱主同时或稍后的人的文集，于是就只能弄成这个样子。《嘉业堂丛书》中印过的几种年谱，如查慎行、厉鹗等谱就都是如此。也许他们是在努力仿效着前人所撰韩柳年谱的风格吧，力求简古，但这是不能使读者满意的。至于罗振玉为什么要为徐枋做年谱，他在序文里说得明白：

呜呼！时至今日，廉耻之道，扫地尽矣。安得如先生者为之师表，俾顽廉而懦立。故予特撰此谱，以风示当世。世之览者，其亦怦然动其秉彝之好，而奋其观感之心否耶！

罗振玉在这里毫不隐蔽他的政治倾向与写作意图。他是"为遗老而遗老"派，借明之遗老徐枋为清之遗老打气，矛头是直指着代清而起的民国的。这其实并非一本"纯学术"的著作。

我的这本小册子还有一个特点是封面有郑孝胥的墨书题记三行："《徐俟斋先生年谱》。己未四月十九日，罗叔蕴嫁女于王国维之子。余过其居长乐里，叔蕴赠此册。"这就使此书变得更有趣些，好像是遗老在聚会，或学者大联欢。除了王国维，另外两位确是以行动实践了他们的誓言，但这与徐枋不相干。他们哪里肯学徐俟斋乙酉以后的二十年不入城市又二十年不出户庭呢？这就提醒我们，对有些人的好听言语必须留心，先加分析，再看行动，不可天真地贸然相信，这是很要紧的。

这本有点来历的书，我是从上海徐家汇的一家旧纸铺里得来的。

抗战的前一年，我家从北方移居上海，在徐家汇租了房子。这里已靠近"租界"边缘，出门走过一条马路就是交通大学，它就坐落在一条热闹大街的右首。街这边是租界，对面就是越界筑路。大店铺都集中在租界一边，对过只有一排小房子，开着一些小店。这中间有一家废纸店，只有一间门面，后面就是灶间。白天也总是亮着黯淡的电灯。四面墙上钉着木板叠成的书架，当中放一张长案，报纸、杂志、中文西文书本就胡乱地堆在这上面。老板是个四十多岁农民模样的汉子，剃着光头，常年穿一件没有领子的短上衣，腰间系着一根带子。胖胖的圆脸，满口南汇话。他是天主教徒，但好像并没有什么宗教气。那一排小房子是教堂的产业，好像他是为了取得租赁权才入教的。他没有什么文化，也没有另外的助手，他的妻子也是农民，另外有一个烧饭洗衣的小姑娘，好像是认来的干女儿。他手里总是拿着一杆秤，随时收购上门来出卖的旧报旧书，用不到看书名，只要认得秤码就行了。他唯一的爱好是喝两杯,因此脸常常是红红的,嘴里也总喷着酒气。每逢这时,他的脸上就要漾出快乐的笑。主顾不论大小,一律热情接待。

我是每天至少光临一次,每次用掉不超过点心零用钱的起码主顾,但很快就和他相熟,变成了忘年交的朋友。

因为地段好,店里书架上多的是旧法文书和日文书,可惜我都不能读,只能买些原版英文小说,自然也买新文艺书和杂志。线装书并不多,有的也只是残本。在这里我得到过几本汲古阁刻的《剑南诗稿》残册,是我买明版书的开始。但现在仍在手边的只剩下一本汪兆镛的《忆江南馆词》,薄薄的一本广东刻本了。

小店的开始起了变化是在"八一三"以后,土山湾变成了难民逃入租界的要道,人们携带着行李、箱笼、家私从安南巡捕架起的铁丝网架里拥进来。人们随身带不了的另外一切东西就自有另一些人代为装运并处置,这中间就包括了大量的书报……有很大一部分都就近卖在小店里。不很久,那一间的门面就已顶天立地,几乎连门板都关不上了。

这时我还是时时跳过铁丝网到小店里来看书,不过发现连插足也困难了,但老板脸上的笑容依旧,也许还更高兴些。这次我忽然发生了收集杂志的兴趣,《东方杂志》《国闻周报》《文学》《太白》《中流》《作家》《译文》……很容易就能找到全份或全年。我记得只花了两三个月就配齐了一整套《小说月报》(从茅盾接手改版起直至停刊),真是非常得意。有时还有意外的收获。一天,"逸经社"把全部货底都秤掉了。这中间不但有大量刊物存书,还有特印的稿纸、编辑部的文件、信札和作家的原稿。在这一大堆乱纸中我翻得了郁达夫《饮食男女在福州》的手稿,是用钢笔龙飞凤舞地写在大张的绿格稿纸上的。真是如获至宝,捧了回来。可惜的是这手稿后来失落了,不然,印在《郁达夫文集》卷前,怕要比目前的那些插图精彩到不知多少倍。

也许是老板听了我的宣传,也开始收集起杂志来。他的魄力比我大,终于集得一套完整的《东方杂志》和另一套《国闻周报》,又在小店后面的居民家里租了一间小屋存放。据说当时管理着天主教藏书楼的神父曾来看过,承认比楼里藏的一部还要完整。

老板的业务日益发展,另外又在拉都路(今襄阳路)租了一间房子作为临时仓库,把他认为珍贵的好书搬过去藏起来。这时他已开始经营木板线装书了。但那详情我不大清楚。有一些人家叫他去秤书,因为他是只会用秤的。有一次他告诉我,到一家人家去秤书,书都堆在楼梯下面的角落里。家里的女人高高站在二楼,倚着阑干,用手绢掩着鼻孔看他一捆捆地秤。他取出两部来给我看,是嘉靖小字本《吕氏家塾读诗纪》和另一本什么明抄,都是褚德彝的藏书。

他还说过,郑孝胥有一个妾就住在徐家汇附近,也叫他去买过书。不过"海藏楼"并不是藏书家,好像没有什么珍贵的书籍,只能有《徐俟斋年谱》这一类货色。

老板忽然风雅起来,请刻字摊刻了一只木图章,上面是四字白文"不读书人"。也并不在每一部书上都钤用。他是坦率的,也表示了对祖国典籍的美好的素朴感情。他知道这些书是珍贵的,但又不能知道那真实的价值,后来听说是跑到三马路去请教了。一位精明的北方书估成了他的好友,用使他感到意外的价钱把他秤来的书陆续买去,一转手获得了使他听了瞠目不知所云的价钱。从此,他就把挑剩下的书深藏密锁起来,不再示人,而对三马路的旧书店也从此深恶痛绝,不再接待,并常常对我发泄他的怨气。表示将来年纪大了,要在南汇乡下造两间房,把剩下的书藏在里面,即使不识字,就是每天摩挲一下也好。

不久我就离开了上海。几年后抗战胜利,回来的第二天,就抽空到徐家汇去访问。小店又恢复了最初的老样子,书报更加稀稀落落。老板还穿着他那件短袄,只不过两鬓斑白了。他的养女结了婚搬了出去,只剩下老夫妻两人过活。生意也清淡,只靠秤报纸敷衍局面。不过他的酒并未戒掉,也许比过去喝得还更多些。老太婆警告他当心高血压,早晚会中风的,他听了只是笑笑。租来的两间仓库早已退掉,他把希望寄托在那一套《东方杂志》上面,但那时可没有谁要买这种破烂货。

我早搬了家,事情也忙,去访问他的机会更少了。不过旧报纸积得多时,还是请他来秤得去。有一天,忽然接到他一封

老板　93

信，要我去一趟。见面后他从阁楼上床铺下面取出一册包得很仔细的旧书，郑重地交给我，这就是那次从褚礼堂家秤来的书中剩下的最后一本，北京客人打了多年主意他都没有出手，觉得应该让给我这个"藏书家"。他说："我早就看出来了，你会成为一个藏书家的。"这真使我受宠若惊，同时也确实为他的友情所感动了。问他价钱，不肯说，摇摇头，只是笑。最后是用一本书的版税（那是很菲薄的）外加几百斤旧报纸、杂志结清了书账。我觉得这是我用最低廉的代价买得的一本最好的书，因为这里面还浸满着浓重的友情。

这是一本明嘉靖刻的元代女诗人张玉娘的《兰雪集》。未见著录。过去只有明末孟称舜附刻在他的传奇后面的一种算是最早的旧本。我又买到过一本鲍以文手校的知不足斋抄本，鲍校只是意改，并未真见旧本，取此本对看，就可发现鲍氏的一些失误。

这以后又是久久地没有相见。

十年动乱中从奉贤干校回沪，要在徐家汇转车。每次我总是多走些路经过那家小店门口。那是冬天，只见一位老太太，穿着黑色的棉袄，戴着黑绒线结的暖帽，袖着手坐在收拾得非常干净的柜台前面，静静地看着街上熙来攘往的人群。店里收拾得很干净，一本破书也没有了，玻璃橱里只放着几件小孩子的花纸耍货，上面挂着几件小东西，全是没有人过问的货色。

老太太竟还认识我，一眼就看出了我是谁，还像当年那样热情地问这问那。问他老板呢？她十分平静地回答说，前两年死掉了，是中风死的。她平静地告诉我这个消息，嘴角还挂着微笑。

后来我又曾几次走过那间小店，老太太依旧用那种姿势平安地坐在那里，不过我没有再去招呼。后来又一次，没有看见老太太，柜台前换了两个女青年在招呼生意。这以后，我就不再走过，即使走过，也不再向小店张望了。

一九八三年十二月二十八日

（选自《黄裳文集》，上海书店出版社一九九八年四月版）

琉璃厂

黄裳

三年前来北京，住了十天。琉璃厂也去过一次，不过只是匆匆地走了一转，前后一总不过半小时。后来曾在一篇文章中说起，那次来京，没有买到一本旧书，没有听过一次京戏，觉得可惜。不料这句话被朋友记住了。他这次特地到吉祥去买了两张票，又约我吃过中饭一起到琉璃厂去看旧书。使我一下子弥补了三年前的两种缺憾，真是值得感谢。

六月初的骄阳已经很有点可怕了。马路平直而宽阔，不过路边的行道树却稀疏而矮小，提供不了多少绿荫。走过全聚德烤鸭楼大厦，走过鲁迅先生当年演讲过的地方——师大院外高墙，随后发现了一座有如小型汽车加油站似的"一得阁"墨汁店。加紧脚步，好不容易才奔到了琉璃厂。看见在荣宝斋对面正加紧恢复兴建原有书铺的门面与店房。"邃雅斋"和"来薰阁"的原址都已出现了青砖砌成的铺面，除了柱子是水泥构件以外，其他似乎都保存了原貌。橱窗镶上了精细镂花的木框，还没有油漆。这一切看了使人高兴，在大太阳底下也不禁伫立了好半晌。

接着我们就走进了中国书店。朋友和在这里工作的两位老店员相熟，我们被邀坐下来喝茶，看书，谈天。这一切都还能使人依稀想见当年琉璃厂的风貌。不过几十年过去，一切到底已经不再是从前的旧样了。

翻翻零本旧书，居然也买到了几册，没有空手而归。

《百喻经》二卷，一九一四年会稽周氏施银托金陵刻经处刻本。这是有名的书。三十七年前我在南京曾亲自跑到刻经处买过一本，不过已是新印，印刷、纸张都远不及这一本。但这是否就是原跋所称最初印的"功德书一百本"之一，却也难说，但初印则是无疑的。

此书已由江苏人民出版社印行，是为纪念鲁迅诞辰一百周年而重印的，而且有两种版本。但到底都不如这原刻的可爱。也许这就是为许多人所嘲笑的"古董气"，不过我想多少有一点也不要紧。

《悲盦居士文存一卷·诗剩一卷》。赵之谦撰。光绪刻本。作为书画金石家，赵㧑叔的声誉近来是空前地高涨了，印谱、画集都出版了不少。但他的诗文却极少为人所知。这虽然不过是光绪刻本，但并不多见，"诗剩"我还是第一次见到。薄薄的一本诗集，中间却有不少史料。太平天国攻下杭州，赵之谦逃到温州，这样，"辛酉以后诗"中就往往有记兵事和乱离情景的篇章，小注记事尤详。"二劝"诗并前序记平阳"金钱会"与瑞安团练"白布会"斗争情形甚详尽，是珍贵的史料。当然赵之谦是站在清朝官方一边的，他对太平天国的议论自然可想而知。

使我惊异的是，赵之谦对吕晚村也深恶痛绝，没有别的理由，只因吕是雍正帝钦定"罪大恶极"的"逆案"首要。诗注说："南阳讲习堂，留良居室也。籍没后犁为田。今则荒烟蔓草矣。"这是吕晚村故居的结局。诗注又说："然理学大儒合之谋反大逆，言行不相顾，不应至斯极也。往居都下，见书摊上有钞本留良论学书数篇，邵阳魏君源加墨其上，言留良人当诛，言不可废。余不谓然，取归摧烧之。"

这种推理方法与行动今天看来都是奇怪的。在赵㧑叔看来，"理学大儒"必然应该也是忠臣，如与这模式不合，就是"言行不相顾"了。当然更不必追究逆案的是非曲直。这是从典型的僵化头脑中产生的思想，是极有价值的一种标本。魏源就和他大不同，虽然不能不承认"其人当诛"，但却肯定了其人的思想，至少他明白两者之间应有区别。但赵之谦不能同意，取来一把扯碎烧掉了。这种行为简直不像是一个艺术家干得出来的。思想僵化之后就有可能化为卤莽灭裂以至疯狂，这里就是一个好证据。

像这样的旧书，是算不得"善本"的，但买到之后还是感到喜欢。这大概就是所谓"书癖"了吧。不用说更早,就是五十年代,像这样的书也多半没有上架的资格,它们大抵睡在地摊上。三十年来,琉璃厂(以至全国)旧书身价的"升格"是惊人的,根本的原因是旧书来源之濒于绝迹。这在我们的闲谈中也是触及了的,书的来源日渐稀少,这与全国机关学校大小图书馆的搜购有关。经营旧书的从业者也大大零落。仅有的一两位老同志都已白发盈颠,接班人则还没有成批成长起来,青年同志对这一"寂寞"的行业也缺乏热情。谈话中彼此都不免感到有点沉重,但也想不出什么"妙策"。

前一天正好访问了周叔弢先生。九十三岁的高龄了,他的精神依旧很好,眼睛能看小字,记忆力也一点都没有衰退。只是耳朵有点背了。只要一提起书来,还是止不住有许多话想说,他说的自然都是"老话",但有许多是值得思索的。

他听说琉璃厂在重建了,非常高兴。但又担心,这些老字号恢复以后,有没有供应市场充足的货色,有没有精通业务的从业员,读者、买书人能不能从琉璃厂获得过去那种精神、物质上的满足,好像都是问题。

典籍、文物、艺术品、纸墨笔砚……这些都不是单纯的商品,过去读者逛琉璃厂也不只是为了来买书。我想,我们至今还没有足够的、标准的、门类齐全的图书馆、博物馆,但在过去,我们却有很好的替代物。例如,人们到琉璃厂来在某种意义上说是奔向一所庞大的、五彩缤纷的爱国主义大学校、展览馆。不只能看,还能尽情欣赏、摩挲品味,可能时还能买回去。这是一座文化超级市场,门类之广博,品种之丰富,新奇货色的不时出现,对寻求知识的顾客带有强烈的诱惑。这一切,今天的博物馆、书店……一切文化设施都不可能完全代替。人们在这里得到知识,还受到传统精神文明的熏染、教养;封建文化中有精华也有糟粕,但归根结底爱国主义内容的比重是占着重要地位的。

过去人们到琉璃厂的书铺里来,可以自由地坐下来与掌柜的谈天,一坐半日,一本书不买也不要紧。掌柜的是商人也是朋友,有些还是知识渊博的版本目录学家。他们是出色的知识信息传播者与咨询人,能提供有价值的线索、踪迹和学术研究动向,自然终极目的还是做生意,但这并非唯一的内容。至少应该说他们做生意的手段灵活多样,又是富于文化气息的。

在书店里灌了几碗茶,依旧救不了燥渴,这时就不禁想到在左近曾有过一家"信远斋"。小小的屋子,门上挂着门帘,屋里有擦得干干净净的旧八仙桌、方凳,放在角落里的几只盛酸梅汤的瓷缸。那凉沁心脾、有桂花香气、厚重得有如琥珀的酸甜汁水,真是想想也会从舌底沁出津液来。那不过是用"土法"冰镇的,但在我的印象里却觉得无论怎样先进的冷冻设备都不可能达到同样的效果。也许关键不只在"冷",选料、配方、制作也有极大的关系。这样的"汤"吃了两碗以后就再也喝不下了,真是"三碗不过冈"。酸梅汤现在是到处可见了,人们一致公认这是好东西,还制成了卤、粉、汽水……但好像都与信远斋的味道有些两样。

不久前在银幕上曾出现过一批以北京地方为背景的作品,其中有些是相当突出的优秀制作。《茶馆》《骆驼祥子》《城南旧事》《如意》《知音》……广大观众对此表现了浓厚的兴趣。能不能把这看作一种"怀旧"的风呢?从现象上看好像很有点像。但这与好莱坞曾掀起过的怀旧浪潮并不就是一码事。像这样的社会文化现象的出现,那原因往往是非常复杂的。过去的事物中确有值得怀念的东西,历史不能割断,记忆难以遗忘,这是极自然的。不同人对同一事物的看法则大不相同,好恶也两样。往往许多人都喜欢某种东西,但取舍之点并不一致。鲁迅也是爱逛琉璃厂的,但与某些遗老遗少就全然不同。鲁迅北来也到过信远斋,买的是蜜饯,那是因为天冷了,酸梅汤已经落市了的缘故。

从几十年前起,在北京这地方就一直有许多人在不断地"怀旧"。遗老们怀念他们的"故国",军阀徒党怀念他们的"大帅",……随着岁月的推移,这中间很换了不少花样。但这与住在北京的普通老百姓的牵连则不大。比较复杂的是作为文化积累的种种事物。有几百年历史的名城,这种积累是大量的、丰富的。好吃的菜肴、点心,大家都爱吃;故宫、北海……旅游者也一致赞叹。吃着"仿膳"的小窝窝头而缅怀慈禧太后的,今天怕已没有;游昆明湖而写出吊隆裕皇太后的

《颐和园词》的王国维,也早已跳进湖里死掉了。总之,许多事物,在今天已只因其现实意义而为人民所记住,多时不见了就怀念。至于这些事物产生发展的政治历史背景,一般人是不大注意的,或简直忘却。这是完全不同的一种"怀旧",与任何时代的遗老遗少都扯不到一起去。

研究近代文化史文学史的专家,还没有把注意力更多地集中到近几十年以北京为中心产生的许多文化现象上,其实我倒觉得这是颇重要的,是了解新文化运动的产生与发展必不可少的环节。

以谭鑫培为代表的谭腔、以程砚秋为代表的程腔,为什么先后在北京这地方风靡了一世,我想这和当时的政治局势、人民心理都有极密切的关系。他们创造的新腔,正好表现了人民抑郁、愤激的复杂心情,新腔的特点是低回与亢奋的交错与统一。旧有的声腔,无论是黄钟大吕或响遏行云都已无法加以宣泄了。谭、程的声腔是不同的,这些差异也正好细致地反映了他们所处不同时代的细微变化。

以黄晦闻(节)为代表的新型宋诗流派,或"同光体"的发展继续,也可以看作一种时代的声音。梁启超喜欢集宋词断句作对联,同时搞这花样的还有一大批人。如其中有名的一联"更能消几番风雨,最可惜一片江山",就不能看作简单的文字游戏。它道出了住在北方的中国人的普遍心情。姚茫父(华)曾为琉璃厂的南纸店画过一套小小的笺样,每幅选吴文英词句，用简练的线条加以表现。我以为也不失为杰出的作品。画面境界的萧瑟荒寒，不只表现了画家自己同时也是人民的情怀。

三十年代林语堂编的《宇宙风》上，发表过不少记载北京风土、人情的文字，后来汇成了一本《北平一顾》，这应该说是有代表性的典型怀旧之作。过去我一直觉得这是没有积极意义的小品文、小摆设，发抒的是没落的感情与趣味。但后来想，这些文字都作于"九一八"与"七七"之间，那正是北平几乎已被国民党政府放弃了的时候，那么，这些文字就不能简单地划入闲适小品，而应更深入地体会那纸背的声音。

在那段时期，像这样的社会文化现象并不是个别的、孤立的。综合起来就能较为全面地反映人民的内心活动。在许多艺术家或并非艺术家说来，这就是他们反映社会现实的独特方法。

时代发展，社会变革必然要使许多事物化为陈迹，这有时是不可避免的、理所当然的。其中也有一些是还应该存留或以新的面貌恢复存在的。无论是哪一种情形，我们都应该加以分析、研究，为之作出可信的历史总结。这将为我们带来很大的好处。从而保持必要的清醒，不致陷入糊涂的、低级趣味的怀旧的泥坑，也可避免做出可笑的蠢事。对社会上存在或曾经存在过的一切事物，人们都必须表态，回避不了。而这正是对人们思想是否健康、成熟的一种考验。

一九八三年六月十日

（选自《黄裳文集》，上海书店出版社一九九八年四月版）

买书记趣

黄裳

朋友见告,最近市上出现了一批有关我的"文件",有我自己写的交代,"我与夏衍的黑关系"……凡七通,牵涉吴晗、周汝昌诸位,写于一九六九年一月至一九七〇年十二月。还有就是对我的揭发批判,主题是买卖旧书问题。作者共十三人,写于一九六八年十二月至一九七一年一月。虽未目睹,我相信这些"文件"都是真实的。

自"四人帮"倒台,落实政策以来,单位里已将我写的一大包交代发还给我,并嘱自行销毁,我即已遵命处理了。同时发还的还有我的几十本日记,上面画满了红笔着重线及批语,以及根据批注整理制成的卡片,也是一大包。几经踌躇,也还是将这编制完成的我的"起居注"忍痛处理了。至于今天忽然从什么地方出现了这些"遗珠",是哪位"有心人"着意保藏下来的,不知道。

自从康生给我下了"以伪乱真,投机倒把"八字批语后,从发还日记朱笔批语中知道,这批语几经传达,到了全一毛耳中,造反派如获至宝,想从这里打开缺口,有的放矢地搜集材料,以为罪证。看搜集材料的主题,如此集中,不离"康批"半步,而外调时运用了怎样启发诱导威胁手段,也是可想而知的。在干校的批斗大会上,做的就是这个表面文章。随后层层加码,威胁利诱,关入"请室",……最后出动大卡车两部,壮汉数十名,把我剩余的藏书,扫数抄去了,并宣布"按政策予以没收"。其"理论"根据,与这些外调材料当不无关系。

提供"材料"的十三位,除韩振刚记不起外,都与我有或多或少的关系。其中以书店从业员居多。从这个名单里,使我回忆起买书以来不少情事。

凡买书,没有例外先得经过一个学习并交学费的阶段。然后才能逐步"聪明"起来,明白是干了胡乱买下许多毫无价值,残零册籍的蠢事。随后就又有了好恶选择几重阶段。最先喜欢的是纸白版新的"大明版",却不懂是罕见还是习见。再进步些就染指于抄校,这是锻炼本领的好机会,能辨识旧抄新抄,认识诸家笔迹,辨别藏印真伪,算是多少有了些进步。宋元本不能轻易遇到,也没有必要的识力财力与胆量。戏曲、小说、方志、版画是不久前才提高了身价的,也需要一定的眼光。

随之而来的就是趣味的变化。一个时期有一定的爱好,过些时就可能"移情别恋",照过去藏家的习惯,有彼此交换藏品的,有卖掉旧藏别收新品的,都是常有的事。大藏家如傅沅叔、周叔弢也都如此。我就在天津市场书摊上看到习见的明版书,却有周叔老的藏印,想来必是早年所得,后又弃去的东西。至于易手之际,是赔了还是赚了,却并不重要。这就使我想起,在干校的班房里枯坐时,全一毛君就责令交代购书的账目,苦思不得,终于交了白卷。我买书喜作题记,却不像测海楼那样在每书首册注明买价若干、共若干册,真是悔之晚矣。

我曾买过一册拜经楼抄本《汲古阁书目》,是用别种藏书若干种换来的;为买《吴骚合编》,在现款外还被书店车去了两三轮车旧本书,算是搭头。一时有"书林豪客"之目,这都是年轻时所干的荒唐事,不可以得失论的。

五十年代初,偶然在来青阁看见一册宋建阳刻本《尚书图》,其是纸白版新、宋刻宋印的名物,问问才知道是孙伯绳君退还的,因为他看书太漂亮、太新了,怀疑靠不住。价一百元,当即买下了。后来到了北京,去团城访郑西谛,带了《尚书图》给他看,因为他是研究版画的。西谛一见大惊,问"多少钱买的?"随即扣下,送到刚开幕的雕板印刷展览会上去了。

还有山阴祁氏遗书的发现,有人说我是"狠捞了一把",其实我虽发现得较早,买到的却多是小册零本,后来书价日昂,大部头书出现,就写信告诉了郑西谛,后来由中央文化部收购了。如《东事始末》《万历大政汇编》《里居越言》等都是,"汇编"最初发现时是残本,后来又出现了漏收的两册,由我寄京配成全书。祁彪佳《远山堂曲品剧品》稿本的发现,更使郑西谛高兴得了不得,我在校印出版后,将原书送给了北京图书馆,有书影收入该馆的"善本图录"里。

我买书杂得很,没有专题,因此兴趣转移得也快。最早我收明人集部,后来发现浩如烟海,不易形成规模,就紧缩计划,想集成一百种嘉靖本,但常见书不收,后来也终于未能如愿。最后兴趣集中在清初集部,但也未成气候。这是受了邓之诚《清诗纪事初编》的影响的。

因为兴趣转移,就不能不换书。碰到初印本就换去旧有的后印本,为了买新的更喜欢更需要的书,也不能不卖去旧书。这还是"犹是开元全盛年"时的事。五七年后,降职降薪,下乡劳动,为了生活,就只好卖书,这是我去书最多的时候。检查旧目,十去八九。但还剩下得用两部卡车才能运走的余存。除解放初私营书店林立,情况特殊之外,我的卖书也有一个原则,对象是国家图书馆和书店,不入私家,例如我本藏有一批天一阁遗书,中多残本方志,因为家事急用,就一起让给了上海图书馆,是由"忠厚书庄"店主袁西江拿去的。书价随行就市,并不斤斤计较,现在只剩下了一册《大狩龙飞录》,因为开本阔大,书根旧迹犹存,留下了作为标本。

沈宗威是上海文管会的工作人员,本不相识,不知来历。

文管会也正在大力收书，此公常来问我征求藏品，因而让给该会的书颇不少。并不论价，只以当时行情为准。书市是常有变化的，虽然不如今日拍卖行情变动之巨。沈君曾以一册《枫江渔父词》见投，上有近代名人题属，悬价百金，在当时也算得是高价了。

俞子才是个画家，听说是吴湖帆的门人。由来青阁介绍去他家看书。其中有一部分书有潘伯寅藏印，另一部分则是振绮堂的旧藏。来路至今不明。俞君殷勤劝我成批选购，不肯零星选取。当时囊中没有如许书款，不得已只有求救于故友陈君，假得三百元，才凑齐书款，选取部分，载书而归，而其中颇有不甚喜欢的经部书，又急于归还借款，遂将其中数种托书友郭石麒销去，得以凑齐还债。这是我平生举债收书，迹近倒卖的一次，至今感到歉疚。俞君后又拿来禹之鼎画的王渔洋小像和几本书求售，画我是不买的，书中有一册黄荛圃批校手跋的《穆天子传》，颇似其迹。幸亏我有山东图书馆的原书影印本，两相比较，发现模仿得非常肖似，但终非真迹。此事至今也还清楚记得。

在干校时有揭发我的大字报，据称我曾从外地买得一船旧书，中有宋元旧本，发了大财云云，一时众口哄传，引起"公愤"。事实却是春秋书店的严阿毛，旧日曾在宁波倪姓家装池书籍，知道倪家尚存旧书一屋，即将论斤卖作还魂纸料，欲往收购，却没有路费，向我借了五十元得以成行。书到之日，通知我往看。书有七大麻袋，堆在书店隔壁的弄堂里，打开来看，多半是残零册籍，从中午直到傍晚，弄得两手乌黑，还只看了三袋。我选出了几十种，其中却有澹生堂抄本两册，但都是残本。还有铜活字本《唐文类》，范大澈钞本《史记摘丽》也是残书。全的只有《果堂集》和《第一香笔记》，还有点意思。如此而已。

此外还有"揭发"我"以伪乱真"的大字报，根据的也是康生的批语，举不出实例，只大抄《书林清话》中的老故事以充篇幅，是出题作文的应制之作，也可算得大字报中的"学术论文"。吸引力比起宁波贩书一案可是差得远了。

十三人中有两位"名家"，其实我只不过是心仪，未曾谋面。瞿凤起是铁琴铜剑楼的后人，藏书名家。潘景郑是滂喜斋潘祖荫的族中晚辈，也是有名有姓的版本学者，两位都在上海图书馆工作。我与这两位的香火因缘也还是书。五十年代初，瞿家的藏书本已全归北京图书馆，但不知如何手中还留下了一些，陆续在市上出现，被我买到了几种，如《元氏长庆集》的残卷，是明兰雪堂铜活字本；唐徐寅《钓矶文集》，钱遵王也是园桃花纸写本，有钱大昕手跋……都是难得的本子。潘景郑的藏书，同一时期也流落市上，我买得弘治本《元遗山诗集》，纸墨晶莹，是古香楼旧藏。后来又从苏州买得他的旧藏清刻多种，据书店说都是论秤而出的。以是因缘，就觉得瞿潘两君都非"路人"。只有一事觉得有些希奇，顾廷龙先生是上海图书馆馆长,与前面两位同事,过去也曾相识,外调者既找到瞿潘,绝无不找顾君之理,而他终未以一矢见遗,可见其间自有差别。何况我家被抄去的书,陈列在报社一间大房间里,正是顾起潜亲自鉴定,并手治书目的。当时不期而遇默然相对,光景如在目前,而三君俱成宿草,可叹息也。

韩士保是文海书店的店主,我与之相识还在解放前的一九四七年顷。韩在旧书业中算是个名人,他能将嘉业堂的藏书扫数搬到店中上架,真的成了三马路上的一道风景。一天我从他手中看到郑西谛手写的一册《纫秋山馆行箧书目》,说这批书是托他代售的,而且已有了售主,是一位四川商人。看过书目,知道这并非西谛藏书的重点,而索价也不是渺不可及的高价。心想这毕竟是他辛苦收集所得,散去不免可惜。当时年少气盛,就想设法筹款买下,使之得以保存。当时就议定了书价,嘱书店暂缓他售,等我设法筹款后成交。几经奔走,一两天后从朋友处借得小黄鱼和银元若干,赶紧从黄牛手中换得一袋金圆券,等我赶到书店,韩君却以市价早晚不同,议定的书价不算数了,因而悔约。这真使我陷入进退维谷的困境。收回那一袋金圆券么,无论如何也不可能换回借来的金条和银元,无从向朋友交代,没有法子,只好选了几种嘉业堂书作抵,作一了结。从此我就不再和"文海"打交道。这也算得是我年轻时干下的一件荒唐事。

在书市里走动久了,鉴赏的本领也相应增加,当然这都是交了"学费"的结果。同时也被书贾们誉为"门槛精"。所谓"门槛精"是多义的。不轻易上当受骗，有时还能"捡漏"，就是说能买到便宜书。其实据我的经验，好书都在书店里，只有能出高价才能获得书估的青睐，这是搜书的唯一捷径。至于什么"冷摊负手对残书"云云，不过是说说而已。一次走过一家旧货店，见墙角放着一堆破书，翻翻看，其中竟有一册雍正原刻初印的金冬心诗集，有盱眙王氏藏印，赶紧论斤买下，价约二角。试想今天如以二角原价上拍卖市场，岂非天大的笑话。从此事也可见数十年来书价涨落之巨，而"投机倒把"也不可一概而论的。

还有一次买到一册旧抄的张玉娘《兰雪集》，是按书市通行价格买进的。回来翻看。其中的朱校是鲍以文的手笔，只是没有题记、款识，"鲍校"与普通抄本的身价，则不可同日而语。

又一次，以平价买到一部王昶的《春融堂集》，回家细看，见有陈仲鱼藏印不少，且有吴兔床手写题词。还有一次，我在公私合营后的上海书店看书，见有两册康熙写本的《读书堂诗集》，未著撰人，其实是因《西征随笔》被雍正列入"年党"而杀头的汪景祺诗的钞稿本，却标着五元的价格。以上所说，都是书估卖"漏"了的实例，在我，则买书十年，所得"奇遇"，也仅此而已。

我既以"门槛精"而著称，在书店从业员中自然留下了相当深的印象。看写揭发材料的十三人中，不少是上海旧书业中人可知。但当日外调匆忙，没有去找苏杭书坊中人，实在是失策了。杭州清河坊抱经堂书店，主人是绍兴人，不知其名。每见我踏进书店，必如临大敌，不但不肯出示善本，即陈于案头的断烂残册，一经取阅，无不变为奇书，妄索高价，绝不少让。双目鼓出，咆哮如雷。是平生所遇仅有的书店店东。

我的藏书，几经淘洗，像大浪淘沙似的，所剩残余，已多少著录于几本"书跋"与"读书记"中。其最晚的一次淘洗，是在劫去藏书发还之后。我将一些残零书册，以及自己不喜欢的本子，一骨脑儿处理掉了，交给了旧友在苏州古旧书店工作的江澄波君。

江澄波君一九九七年出版了他的著作《古刻名抄经眼录》，记录了他平生所见的善本书，这本是我过去向他提出过的意见与希望。出奇的是其中竟有我所处理的一种"嘉庆刊本《碧城仙馆诗抄》"，说起来它本是没有资格收入"经眼录"的，连聊陪末座的资格也没有。不过其中自有一段因由。

上世纪六十年代初，陈寅恪的《论再生缘》完稿了，引起了广泛的注意。亦也引发了郭沫若对《再生缘》作者陈端生极大兴趣，前后写了好几篇考证文字，并搜求有关资料。通过阿英向我借去过陈端生妹子陈长生的诗集和这本《碧城仙馆诗钞》，因为作者陈文述是杭州人，与端生家族颇有关系，写过有关端生的诗。而陈文述却是一位十分无聊的人，以"仙人"自居,步袁枚的后尘,广收女弟子,招摇过市,曾因求诗不得,以伪作入集,为女词人太清春的揭露笑骂,一时传为笑柄。因此我也厌恶其人,把他的诗集毫无顾惜地处理掉了,不料它竟得厕身于"古刻名抄"之列,天下事类此者正多,殊不必大惊小怪也。

二〇〇四年七月盛暑
(选自《万象》第六卷第十期)

读廉价书

汪曾祺

文章滥贱,书价腾踊。我已经有好多年不买书了。这一半也是因为房子太小,买了没有地方放。年轻时倒也有买书的习惯。上街,总要到书店里逛逛,挟一两本回来。但我买的,大都是便宜的书。读廉价书有几样好处。一是买得起,掏出钱时不肉痛;二是无须珍惜,可以随便在上面圈点批注;三是丢了就丢了,不心疼。读廉价书亦有可记之事,爱记之。

一折八扣书

一折八扣书盛行于三十年代。中学生所买的大都是这种书。一折,而又打八扣,即定价如是一元,实售只是八分钱。当然书后面的定价是预先提高了的。但是经过一折八扣,总还是很便宜的。为什么不把定价压低,实价出售,而用这种一折八扣的办法呢？大概是投合买书人贪便宜的心理：这差不多等于白给了。

一折八扣书多是供人消遣的笔记小说，如《子不语》《夜雨秋灯录》《续齐谐》等等。但也有文笔好，内容有意思的，如余澹心的《板桥杂记》、冒辟疆的《影梅庵忆语》。也有旧诗词集。我最初读到的《漱玉词》和《断肠词》就是这种一折八扣本。《断肠词》的样子我到现在还记得，封面是砖红色的，一侧画一支滴下雨滴墨水的羽毛笔。一折八扣书都很薄，但也有较厚的，《剑南诗钞》即是相当厚的两本。这书的封面是米黄色的铜版纸，王西神题签。这在一折八扣书中是相当贵的了。

星期天，上午上街，买买东西（毛巾、牙膏、袜子之类），吃一碗脆鳝面或辣油面（我读高中在江阴，江阴的面我以为是做得最好的，真是细若银丝，汤也极好）、几只猪油青韭馅饼（满口清香），到书摊上挑一两本一折八扣书，回校。下午躺在床上吃粉盐豆（江阴的特产），喝白开水，看书，把三角函数、化学分子式暂时都忘在脑后，考试、分数，于我何有哉？这一天实在过得蛮快活。

一折八扣书为什么卖得如此之贱？因为成本低。除了垫出一点纸张油墨，就不须花什么钱。谈不上什么编辑，选一个底本，排印一下就是。大都只是白文，无注释，多数连标点也没有。

我倒希望现在能出这种无前言后记，无注释、评语、考证，只印白文的普及本的书。我不爱读那种塞进长篇大论的前言后记的书，好像被人牵着鼻子走。读了那样板着面孔的前言和啰唆的后记，常常叫人生气。而且加进这样的东西，书就卖得很贵了。

扫叶山房

扫叶山房是龚半千的斋名，我在南京，曾到清凉山看过其遗址。但这里说的是一家书店。这家书店专出石印线装书，白连史纸，字颇小，但行间加栏，所以看起来不很吃力。所印书大都几册作一部，外加一个蓝布函套。挑选的都是比较严肃的，有一定学术价值的古籍，这对于置不起善本的想做点学问的读书人是方便的。我不知道这家书店的老板是何许人，但是觉得是个有心人，他也想牟利，但也想做一点于人有益的事。这家书店在什么地方，我不记得了，印象中好像在上海四马路。扫叶山房出的书不少，嘉惠士林，功不可泯。我希望有人调查一下扫叶山房的始末，写一篇报告，这在中国出版史上将是有意思的一笔，虽然是小小的一笔。

我买过一些扫叶山房的书，都已失去。前几年架上有一函《景德镇陶录》，现在也不知去向了。

旧书摊

昆明的旧书店集中在文明街，街北头路西，有几家旧书店。我们和这几家旧书店的关系，不是去买书，倒是常去卖书。这几家旧书店的老板和伙计对于书都不大内行，只要是稍为整齐一点书，古今中外，文法理工，都要，而且收购的价钱不低。尤其是工具书，拿去，当时就付钱。我在西南联大时，时常断顿，有时日高不起，拥被坠卧。朱德熙看我到快十一点钟还不露面，便知道我午饭还没有着落，于是挟了一本英文字典，走进来，推推我："起来起来，去吃饭！"到了文明街，出脱了字典，两个人便可以吃一顿破酥包子或两碗闷鸡米线，还可以喝二两酒。

工具书里最走俏的是《辞源》。有一个同学发现一家书店的《辞源》的收售价比原价要高出不少，而拐角的商务印书馆的书架就有几十本崭新的《辞源》，于是以原价买到，转身即以高价卖给旧书店。他这种搬运工作干了好几次。

我应当在昆明旧书店也买过几本书，是些什么书，记不得了。

在上海，我短不了逛逛旧书店。有时是陪黄裳去，有时我自己去。也买过几本书。印象真凿的是买过一本英文的《威尼斯商人》。其时大概是想好好学学英文，但这本《威尼斯商人》始终没有读完。

我倒是在地摊上买到过几本好书。我在福煦路一个中学教书。有一个工友,姑且叫他老许吧,他管打扫办公室和教室外面的地面,打开水,还包几个无家的单身教员的伙食。伙食极简便,经常提供的是红烧小黄鱼和炒鸡毛菜。他在校门外还摆了一个书摊。他这书摊是名副其实的"地摊",连一块板子或油布也没有,书直接平摊在人行道的水泥地上。老许坐于校门内侧,手里做着事,择菜或清除洋铁壶的水碱,一面拿眼睛向地摊上瞟着。我进进出出,总要蹲下来看看他的书。我曾经买过他一些书——那是和烂纸的价钱差不多的,其中值得纪念的有两本。一本是张岱的《陶庵梦忆》,这本书现在大概还在我家不知哪个角落里。一本在我来说,是很名贵的:万有文库汤显祖评本《董解元西厢记》。我对董西厢一直有偏爱,以为非王西厢所可比。汤显祖的批语包括眉批和每一出的总批,都极精彩。这本书字大,纸厚,汤评是照手书刻印的。汤显祖字似欧阳率更《张翰帖》,秀逸处似陈老莲,极可爱。我未见过临川书真迹,得见此影印刻本,而不禁神往不置。"万有文库"算是什么稀罕版本呢?但在我这个向不藏书的人,是视同珍宝的。这书跟随我多年,约十年前为人借去不还,弄得我想引用汤评时,只能于记忆中得其仿佛,不胜怅怅!

小镇书遇

我戴了"右派"帽子,下放张家口沙岭子劳动。沙岭子是宣化至张家口之间的一小站。这里有一个镇，本地叫作"堡"（读如"捕"）。每遇星期天，节假日，没有什么地方可去，我们就去堡里逛逛。堡里有一个供销社（卖红黑灯芯绒、凤穿牡丹被面、花素直贡呢，动物饼干、果酱面包，油盐酱醋、韭菜花、青椒糊、臭豆腐），一个山货店，一个缝纫社，一个木业生产合作社，一个兽医站。若是逢集，则有一些卖茄子、辣椒、疙瘩白的菜担，一些用绳络网在筐里的小猪秧子。我们就怀了很大的兴趣，看凤穿牡丹被面，看铁锅，看扫帚，看茄子，看辣椒，看猪秧子。

堡里照例还有一个新华书店。充斥于书架上的当然是《毛选》，此外还有些宣传计划生育的小册子、介绍化肥农药配制的科普书、连环画《智取威虎山》《三打白骨精》。有一天，我去逛书店，忽然在一个书架的最高层发现了几本书：《梦溪笔谈》《容斋随笔》《癸巳类稿》《十驾斋养新录》。我不无激动地搬过一张凳子，把这几册书抽下来，请售货员计价。售货员把我打量了一遍，开了发票。

"你们这个书店怎么会进这样的书？"

"谁知道！也除是你，要不然，这几本书永远不会有人要。"

不久，我结束劳动，派到县上去画马铃薯图谱。我就带了这几本书，还有一套郭茂倩的《乐府诗集》，到沽源去了。白天画图谱，夜晚灯下读书，如此"右派"，当得！

这几本书是按原价卖给我们的，不是廉价书。但这是早先的定价，故不贵。

鸡蛋书

赵树理同志曾希望他的书能在农村的庙会上卖，农民可以拿几个鸡蛋来换。这个理想一直未见实现。用实物换书，有一定困难，因为鸡蛋的价钱是涨落不定的。但是便宜到只值两三个鸡蛋，这样的书原先就有过。

我家在高邮北市口开了一爿中药店万全堂。万全堂的廊下常年摆着一个书摊。两张板凳支三块门板，"书"就一本一本地平放在上面。为了怕风吹跑，用几根削方了的木棍横压着。摊主用一个小板凳坐在一边，神情古朴。这些书都是唱本，封面一色是浅紫色的很薄的标语纸的，上面印了单线的人物画，都与内容有关，左边留出长方的框，印出书名：《薛丁山征西》《三请樊梨花》《李三娘挑水》《孟姜女哭长城》……里面是白色有光纸石印的"文本"，两句之间空一字，念起来不易串行。我曾经跟摊主借阅过。一本"书"一会儿就看完了，因为只有几页。看完一本，再去换。这种唱本几乎千篇一律，开头总是："自从盘古开天地，三皇五帝到如今。"三皇五帝是和什么故事都挨得上的。唱词是没有多大文采的，但却文从字顺，合辙押韵（七字句和十字句）。当中当然有许多不必要的"水词"。老舍先生曾批评旧曲艺有许多不必要的字，如"开言有语叫张生","叫张生"就得了嘛,干吗还要"开言"还"有语"呢?不行啊,不这样就凑不足七个字,而且韵也押不好。这种"水词"在唱本中比比皆是,也自成一种文理。我倒想什么时候有空,专门研究一下曲艺唱本里的"水词"。不是开玩笑,我觉得我们的新诗里所缺乏的正是这种"水词",字句之间过于拥挤。这是题外话。我读过的唱本最有趣的一本是《王婆骂鸡》。

这种唱本是卖给农民的。农民进城,打了油,撕了布,称了盐,到万全堂买了治牙疼的"过街笑"、治肚子疼的暖脐膏,顺便就到书摊上翻翻,挑两本,放进捎码子,带回去了。

农民拿了这种书,不是看,是要大声念的。会唱"送麒麟""看火戏"的还要打起调子唱。一人唱念,就有不少人围坐静听。自娱娱人,这是家乡农村的重要文化生活。

唱本定价壹佰贰拾文左右,与一碗宽汤饺面相等,相当于三个鸡蛋。

这种石印唱本不知是什么地方出的(大概是上海),曲本作者更不知道是什么人。

另外一种极便宜的书是"百本张"的鼓曲段子。这是用毛边纸手抄的,折叠式,不装订,书面写出曲段名,背后有一方长方形的墨印"百本张"的印记(大小如豆腐干)。里面的字颇大,是蹩脚的馆阁体楷书,而皆微扁。这种曲本是在庙会上卖的。我曾在隆福寺买到过几本。后来,就再看不见了。这种唱本的价钱，也就是相当于三个鸡蛋。

  附常想到一个问题。北京的鼓词俗曲的资料极为丰富，可是一直没有人认真地研究过。孙楷第先生曾编过俗曲目录，但只是目录而已。事实上这里可研究的东西很多，从民俗学的角度，从北京方言角度，当然也从文学角度，都很值得钻进去，搞十年八年。一般对北京曲段多只重视其文学性，重视罗松窗、韩小窗，对于更俚俗的不大看重。其实有些极俗的曲段，如"阔大奶奶逛庙会""穷大奶奶逛庙会"，单看题目就知道是非常有趣的。车王府有那么多曲本，一直躺在首都图书馆睡觉，太可惜了！

一九八九年八月
（选自《汪曾祺散文》，浙江文艺出版社
二〇〇一年六月版）

旧书寻梦

王辛笛

一个人是要有点"好癖"（hobby）的，甚至积习既久，垂老难忘，而且也不尽然都是以无益之事，来遣有涯之生的。以我个人为例，平生最爱的就是逛书店，尤其是逛旧书店，往往一入其中，便好像有无数老友在期待着我良晤交谈，大有莫逆于心，相视而笑之感。

话说距今六十余年前，那时尚在天津读中学，就常常老远从南开跑到梨栈的天津书局去看新书，记得我就这样地和《创造》《洪水》《语丝》《北新》等刊物杂志结下了不解之缘。主持店务的那几位中年人，哪怕对我这么一个青年学生，接待也很殷勤亲切。相识久了，发现他们原来都是酷爱出版工作的知识分子，还为我提供不少方便，诸如预约、留书之类，真是有点亲如家人呢。也就是在这般时候，由于急切地要找一些杂志的 back numbers（过期刊物）或缺号，便又留心跑起旧书摊、旧书店来了。可惜天津毕竟是座工商城市，在这方面是无法和近在咫尺的北京相比拟的。

随后到北京进大学读书，我逛旧书店的热望终于得到了非凡的满足，不过，由于念的是外国语文系，就把注意力转向西文书籍了。课余之暇，除整天泡在图书馆书库中，每到周末，从清华进城，首先总要到王府井大街东安市场（今名东风市场）几家专售西文旧书的书店，如中原书局等溜他一圈，往往一个下午就在那里度过了。有时也常去琉璃厂、隆福寺的几家旧书店找几本古版线装书看看。路过有旧书地摊，也会驻足下来，流连一下。其心情正如深山探宝，其味无穷。

回想起来，那些年对专卖新书的英文书店却始终没有什么好感！那为数有限的几家，我也曾先后领教过，但实在只落得一例不高明的印象。天津、上海的伊文思是以卖外文教科书和文具为主，北京饭店附设的书店所备的书籍大都以供应外国旅游人士、传教士和所谓老"中国通"（old China hand）为对象，而上海的别发洋行（Kelly & Walsh）则是专门招徕大腹便便的洋商富贾作座上客了，没有多少具有高深文化水平或是典型文艺的书，完全不对胃口，再一看标价奇昂，折合当时外汇牌价总要高二三倍，显然是硬敲竹杠，这使我们这些年轻读者只好悻悻然而去矣！这期间，经过师友的介绍推荐，学会向英国伦敦的福艾尔（Foyles）书店和日本东京、东京桥的丸善书店写信打交道，要他们随时寄一些定期或不定期出版的旧书目录来，就是选中一些"二手"的文艺书，总是用C. O. D.（书到付款）的办法订购了来，这两家的邮购部服务得很好，没有让我失望过。

三十年代中叶，我教了一年中学的书之后去欧洲读书。在巴黎塞纳河畔，看到一排排旧书摊，一面看着圣母院建筑的入水倒影，一面听着秋风吹动书页画册的声音，深觉别饶风致，只是当时苦于自己的法文程度还只限于入门而已，远远谈不到沉湎其中的味道，这也是不无惆怅的事。待到了伦敦，一下火车，安置好行李旅宿，立刻奔向福艾尔旧书店，那情形就迥不相同了。由于本来有过邮购往来的关系，一见好几层的唐楼的倒影，就仿佛是老相识了。店内分室陈列，书架高与壁齐，任人攀登取阅，内容丰富不下于一个中型图书馆。我踱进去，有时随身带几片三明治当作一天的干粮，就不想出来了。

后来在爱丁堡的几年，当地的詹姆士·辛（James Thin）书店更是我每周必去两三次的处所。那地下室真是古香古色，琳琅满目，美不胜收。在那里，和在福艾尔一样，英国有名作家如哈代（Thomas Hardy）、萧伯纳（G. B. Shaw）、高尔斯华绥（John Galsworthy）、巴蕾（J. M. Barrie）、毛姆（S. Maugham）、普瑞斯特叶莱（J. B. Priestley）等人的亲笔签名本随处都是，当然价钱也是动辄以当时英镑计，贵得惊人，不是我们所能问津的。我的兴趣所在倒是在那些书架的角落里，偶然拨开厚积的灰尘一看，正是一本心爱的书，说它是"踏破铁鞋无觅处，得来全不费工夫"还不够,而更像是"众里寻他千百度,蓦然回首,那人却在灯火阑珊处",萍水相逢,直如梦遇,哪能轻易放过呢!每当黄昏时候,书店家都快上门了,我这才挟着书踱了出来。街上古老的煤气路灯已经点燃着了橙色的火团,远看像是萤火样的光,我踌躇满志地踏过了已经是秋雾弥漫的草原,回到侨居的寓所,拉起窗前的帘幕,便开始贪婪地翻阅起当天的狩猎物来,真是一卷在手,太上忘情,竟不知人间何世也!当然,也有时旁搜博采,一无所获,废然而返,则又不胜其惘然了。

海外归来,一直在上海工作,遇有空闲,也总还是改不掉爱跑旧书店的习惯。解放前,福州路的旧书店如来薰阁、修文堂等,善钟路(今常熟路)上几家旧书店也总有我的足迹。那时在白色恐怖下,友好很少往来,却往往在这些书店里,不期而遇到一些同样喜爱买书的老朋友,其中如郑振铎、巴金、靳以、陈西禾等人。旧友之外,也常会因购书而结识了一些新知,像谭正璧老先生,我就是这样认识他的呢。

我买旧书的主要兴趣在于买来有用,也就是为我所用的书我才买。既不是为装点门面,附庸风雅而买书,如有些富丽堂皇的客厅里,总要摆上廿四史、四部丛刊,以至大英百科全书之类,实际上,书主人却不见得会去翻阅一下的;更不是为了博取"藏书家"的虚名而专为追求宋元名椠,甚至等而下之,不惜贱进贵出,从中取利,做一名精明的俗客。因此,一本心爱的书，我总是一经买进，便不轻易让手于人了。

"文革"中，林彪、"四人帮"到处横行，气焰迫人，认为中外古今书籍不外乎都是"封、资、修"，"知识越多越反动"论大有市场，在此情势下，只好忍痛毅然毁弃自有的积存书籍不少。盖所谓"争取主动"者也！逮后见到图片中毛主席书斋仍然是芸签满架，则又有点嗒然若丧了。少年时，读到李清照写的《金石录后序》，略叙世间事物聚散靡常，似有前缘之意，一直在脑海中留下深刻印象，如此也大可不必介于怀了。可是，爱书成癖，到头来还是改变不大，可叹亦复可笑！近几年来，区区如我，又重新稍稍收集一些旧书来了，虽然如旧藏的木刻本明胡震亨的《唐音癸签》《黄鹤集千家注杜诗》等书一时已不可复得，但我终于在上海旧书店买到吴之振的《宋诗钞》，还是令我大喜过望的。何况，寒斋中除马、恩、列、斯、毛的著作之外，居然还保存着当年从爱丁堡詹姆士·辛书店中买来的一本小小的破旧的袖珍版（十九世纪重印本）约翰生（Samuel Johnson）著的《英语字典》呢！为此不可无记，但也适足以表明一九七三年致钱锺书兄诗有云"结习可知终少改，年年枉说旧年非"之正确欤！

（选自《海上文坛》，一九九一年第三期）

书忆

邓云乡

时光不断流逝,岁月不断前移,生活中总是过去、现在、未来,未来不可期,过去却是历历在目。

回顾平生,实在平淡,虽然经历了数不清的坎坷、贫穷、批斗、谩骂、冷遇、白眼……但经历的是这样的时代,是数不清的善良的庸人的共同遭遇,比起那些被时代的巨浪莫名其妙地无情吞噬的牺牲者,和殃及池鱼的可怜无告者,自思是幸运多了。因而对于一切的坎坷遭遇,自认为是必然的,平淡的,过去就过去了,留不下什么记忆,也值不得什么回忆……只是有一样最珍贵的友谊,常常出现在梦魂中,那就是"书"。它在舒畅的日子里,在困难的日子里,在苦恼的日子里……都曾给过我无私的安慰,任何人和物都不能代替的。记得在十年浩劫开头,最恐怖的日子里,家里破书被抄走之后,只留给我一本《辞海》,我在白天监督劳役之后,晚间回到家属宿舍中,还能有自由一条一条地翻阅,忘去了一切,感到是最大的安慰。

我对于书,似乎始终抱着趣味主义的宗旨去阅读的。除去小时候书房读书及后来上学校读教科书,教书时教教科书,以及十年浩劫中被罚背诵"老三篇"、背诵《敦促杜聿明等投降书》等篇章外,记忆中没有为兴趣、趣味之外的其他目的读过什么书。当然每个人的趣味,常常是随着年龄、知识、经历而变化的。当时最感兴味的东西,若干年而后,也许会变得索然无味,但那是另一个问题。兴趣、趣味虽然可以变化,但其趣和味的诱惑本身,则是永远存在的。对于"书",它本身的诱惑对我说来,一直是持久的,甚至可以说是"永恒"的。

对于每个人说来,童年的梦都是美丽的。我怎么学会看书,在乡间叫"看闲书",其情其景,今天还历历如在目前。

那是北国的一个山镇中发生的事。这个山镇在南面的山脚下,镇北一片杨树林,一条小河,过去是一条有名的大河,叫唐河。过了河不远又是北面的丘陵连着北山,这是一个不算穷也不算十分富有的山镇,古老的房屋、古老的十字街,年龄都在几百年以上。北面唐河的水昼夜不停地哗哗流过,声音越到夜间越响,似乎给人一种生死存亡的恐怖感。"县志"上记载着古老的诗:"夜静唐河响,清官不久长,富贵无三辈,英雄半世亡。"据说是二三百年前一位卸任的知县留下的,似乎已经注定了这个古老苦寒的地区的命运了。

我从读小学一年级,回到这个山镇,在家中私塾读了两年，又在镇上小学中挂了名，考试时到镇上学校去考，平时在塾中读，这样又过了两年，老书读完《论语》《孟子》，新式课本，也学到"算数"四则题、利率，以及自然、卫生等课程。也能做三四百字的作文了。但是还不会看书。山镇三月、六月的庙会都很热闹，十字街上搭满了货棚。我听人说"老不看《三国》、少不看《水浒》"。在野台戏中常看"长坂坡"的赵云、张飞，知道一些"三国"的故事，想到这些人的故事很神往。在一个卖书的货摊上，花积攒的压岁钱买了一套《三国演义》，这是我生平第一次买书，也是学会看书的第一位无声"老师"。

这套《三国演义》，全名叫《绣像全图大字足本三国演义》。"绣像"是书前面有书中主要人物的画像，"全图"是指每回前面有两张图。是有光纸石印的线装书。当时虽然已是三十年代初叶，都市中精装、平装的洋装书，到处可见，已不稀奇。但闭塞的山镇庙会书摊上，摆的却还都是有光纸石印的线装书，都是"卖文书"（措卖文具书籍的商贩）的小贩从保定、天津等处贩来的，而这些书却都来自遥远的上海，如锦章书局、会文堂等等。当时我记忆中没有见过其他地方印的书籍。至于小唱本则都是北京打磨厂"老二酉堂"之类的铺子印的了。

我买了这套宝书，捧回家中，打开书套，一本一本地看，看了好多不连贯的图，急于想知道每张图的故事，可是许多密密麻麻的字，我看不来，当时虽然我已背熟"吾善养吾浩然之气"及"环滁皆山也"之类的经书和古文，可是没有自己独立看过一本书，不知如何看。可又急于想知道图中的故事，便拿了一本找一个小铺子的账房先生，请他讲给我听。他拿了书，对图看了半天，把左拳往胸口上一抬，说道："张飞一勒马……"我瞪着眼睛急着听热闹的故事，可他盘腿坐在炕桌旁，只这"一勒马"，便没有下文了。我实在大失所望，无声地把书要回来走了。

我把它放在枕头旁，晚间在枕边映着炕桌上的二号煤油灯翻阅，开始总是一本本地看图，后来不知怎么连字也断断续续地看懂了。现在印象最深的就是"张翼德怒鞭督邮"那张画和那段文字，还有"三顾茅庐"中"骑驴过灞桥，独叹梅花瘦"那页插图和文字，闭目冥思，均清晰地浮现在面前，印象太深刻了。

当时我大概十岁吧，同母亲住在旧宅最后一个院子中，古老的房子，房后有几株高大的护房树，在寒冷的冬夜里，每晚母亲拉着我由前院和弟妹、姨母等人说笑完了，回到这黑乎乎的后院来睡觉，推开那敲着沉重门铃的大隔扇，进了堂屋，然后再进入里间，在炉火的红晕中点燃灯，然后安排入睡。我躺在暖和和的被窝中，听着窗外呼呼震撼屋瓦的西北风，却看起《三国演义》来……夏天如何看，记不清了，而冬天的印象，却永远留在我记忆的信息库中。

我看书从一开始就留下一个坏习惯,就是常常有头无尾,或是无头无尾。为什么呢?因为这套《三国演义》共两函,每函十本,乱放在我枕边,我每晚随意抽一本看,好看就看下去,不好看就换一本,看着感情上接受不了的,便不想再看,因而"五丈原"及"死诸葛吓走活孟达"之后的故事,我一直没看过。某些史实则是十来年后从历史教材上知道的,那味道就两样了。因此我从学会看书时,就是趣味主义和自由主义的阅读方法。对于那些以"读书"为救国救民、发家致富、飞黄腾达的"读书有用论者"说来,是不足为训的。

乡间衰败的破落官绅家中,总是有一些破书的,何况父亲也还是一位喜欢买书的人,有几间破旧的空房子中,几对老式大柜,里面堆的全是旧书,我常常一个人偷偷进去,打开橱门乱翻,一翻就是半天,听到喊我吃饭的声音,才偷偷跑出来,脸上手上沾满多年的灰尘,被大人骂两句,我也不响。这些书都是线装书,而且大半都是木板的。我根本看不懂,但却翻弄起来很有劲,这与其说是翻书,还不如说是一种寂寞的游戏。但也留下两个深刻的印象。一是我拿到扁宋体大字的木板书,总感到奇怪,一个人总是想:为什么把字写成这个样子呢?便也模仿着用毛笔画扁宋字。二是在书堆里偶然翻到有图画的书,记得有一套白绵纸彩色花鸟以及打水、舂米等图画书,有好几大本,当时在同镇一位留学日本的老先生家也见到同样这套书,十分好玩。可是因为年龄太小,不懂记书名,后来再未见过，也因未记书名无法找来再读。

教会我看文言闲书的是《三国演义》，而教会我看白话书的无声老师却不是什么文学名著，而是一本银行的宣传品。这如果让那些头戴桂冠以救世主自命的文学家，知道实际社会上有这种事，那会气歪鼻子的。事情是这样的，我常常趁父亲外出时，溜进前院的客房中乱翻抽屉，有一次我在下面抽屉中翻到一本橘红书皮的平装书，上写"我的储蓄计划"。家中很少见这种平装书，看着好玩，便拿了回来，想翻翻看，原是抱着好奇的心理。但前面几篇，都是图表、数字等等，没有看头。后面却有两篇长文，因为是白话文，又有标点，很容易看，一下我被吸引住了。一篇是一位浙江南田县乡间的小学五年级学生写的，写他如何在读书之余，帮父亲种田，自己抓空割草，卖给人家喂羊，又如何帮母亲养鸡，多养鸡、多生蛋……这些极富于江南农村生活的琐事，写来极有情趣，然后又细致地计算今天攒五个铜板，明天攒六个铜板，这样一年两年储蓄上百元钱。他的文字强烈地吸引着我，我从分省地图册上找到南田县这个小岛，这样我在偏僻的北方山镇中，想象着大海，想象着江南的水田，赤着脚戴着斗笠的少年……这些遐想，直到若干年后漂泊在江南时，才稍稍得到证实，但直到今天，我还没有到过南田，这篇文章的作者，想来现在也是七十上下的老人了。在风雨动荡的几十年中，他少年时的储蓄计划是否完成了呢？是否安然无恙呢？

另一篇是河南某地的一位私人医院护士写的。文章写得极为漂亮，可以说是一幅金色、斐色的梦幻图。她计划从她每月十多元工资中省下几元钱攒起来，积上几百元去读大学，她把医院院长的弟弟"二先生"作为心目中的爱侣，想象结婚之后有更多的收入，可以储蓄更多的钱……写她晚间洗完澡回到宿舍中，一个人躺在床上望窗帘上的月光，那样安静美好，充满了希望……

真是"天涯何处无芳草"，一个小城市的小护士，居然写出这样美好的文字，给我留下极为深刻的印象。可惜我把她的名字忘记了。这本书，我由乡下带到北京，后来又带到上海，直到抄家时，才被拿走，以后自然就不知下落了。而在我的记忆中，还常常思念它，是它第一个教会了我看白话文写的书。

在我学会看文言文闲书和白话文闲书后的不久，便到了当时号称"文化古城"的北平，过了一段时间，在放学的路上，我又学会了逛书摊，买旧书。那时我家住甘石桥西皇城根，到二龙坑里面小口袋胡同的学校上学。上学路线是家里出来，南行西转出灵境胡同，到大街，往南走，进口袋胡同再弯弯曲曲到小口袋胡同。开始时家里经济比较宽裕，每天给我一毛钱车钱。上学、放学都可坐车。一毛钱换四十六枚。早上上学坐车，最多二十枚就够了，下午放学，我就不坐车，背着书包，和同学们穿胡同走到大街上，沿马路边逛大街，当时甘石桥靠东人行便道上，没有买卖，只是围墙，从灵境胡同口数起，先是陈汉章办的孔教大学,再过来是洁民小学,接着是一座小小的救世军的福音堂。在这三家单位的围墙外,是逦迤百来米长的宽阔人行道,除北头一个烟卷阁子摆香烟外,其他都是破地摊,一个老头卖旧邮票,其他都是卖破书的摊子,少数两个搭一块破铺板,蒙块布;大多数则是地上摊块布,几十本大大小小的破书,都平放在地上,任人检阅购买。我每天下午从这溜小摊边逛一趟。先是省车钱买旧邮票,后来不久,就学会了买破旧书报杂志等。

与其说是"买旧书",不如说是"逛地摊,看旧书",或者"逛地摊,淘破书"更为确切,因为每天我差不多要用半个钟头到一个钟头的时间,在这些小摊上,这个小摊站三分钟,那个站五分、十分钟,这样这五六个小摊,半个多钟头就过去了。摊是穷摊,而我这个买主更是又小又穷,因而只是看的时候多,买的时候少。这些寒酸的摊主,冬天黑布或灰布旧棉袍子,夏天发黄的白布小褂,都是可怜的斯文一脉,不管谁站在他摊前,翻翻这本,看看那本,你看上半个钟头、一个钟头,他也不会怪你,而且很和善地望着你、招呼你……他们从来不会对人加之白眼,或赶你跑。因为这种冷摊,最怕摊前无人问津,有一两个小学生站着,纵然不买,看看他的那些破书,别人望着,以为是在做生意呢。这样也好些,而且偶做成个十大枚、八大枚、一毛两毛的生意也不错。说来这样的冷摊也实在可怜,有铺板搭的大摊全部摆上一二百本破书,全摊所值也不过三五十元,至于可怜的小地摊,用不了几元钱便可把它买光。因而每天能够做成几笔生意,赚个五毛六毛的,那就不错了。如果每天能赚上块把钱,那就是好生意。

这种书摊什么破书都有,旧的教科书、旧的单本杂志、旧月历、旧画报、旧照片、旧信封信瓤、旧名片、旧账本、旧作文本以及残缺不全的各种旧书,如果有套完整的比较好点儿的书,那就放在显眼的地方,等着卖个好价钱。我清晰记得在一个只就地摊着五尺见方黑布的穷摊,于一些破书、破杂志中间,放着一套咖啡色绒面精装的《海上述林》,烫金字十分显眼,那时我还不懂什么是"海上述林",而且也买不起,只是看着惊奇、喜欢,便拿起来看了看,又放回原处。

因为父亲由朋友家带回过一本林语堂、陶亢德编的《论语》,我知道在我读的《论语》之外,还有一种"论语"。一天,在小摊上我看到一本旧的,上印"几卷几期",这是什么意思,我弄不明白。但我看一块黑墨方块,边上印着"旧历大年三十夜非洲密林中黑人猎乌鸦图"。这肤浅的幽默比配我这幼稚的水平,便以大约三四十枚的代价买了。后来陆续又买过不少本,在某一本上,印着一封读者来函,责问那幅墨图道:"幽墨乎?油墨乎?"我当时虽然小,但对这位仁兄的发问也不禁哈哈大笑了。深感世界上"老实""善良""认真"的人太多了。这三者都是美德,但一过头就变成"迂夫子"了。最容易受滑头人的利用,却最难领会豁达者的会心微笑。

几年中，我留连在这些冷摊上，买的大都是很少有人问津的便宜货，最贵不会超过三毛钱。印象深刻的是买到几十本《论语》《宇宙风》《人间世》，二三十本《文学》，数十本《礼拜六》，一本线装《词选》，一大本粘满梅红信笺清人旧信的册子，里面居然有一封康有为的，还有一本过了期的"故宫日历"，还有一本民国初年的旧杂志，刊物名字忘了，而翻开书皮印在扉页的大照片，却清晰地记得，就是小凤仙的照片。

当时的书摊也真多，书铺也不少。口袋胡同口上就是一家不小的旧书铺，大木厂口上是东方书店，宣武门里还有现在台湾的张我军先生开的人人书店。而西单商场南面桃李园楼下进去，两条街全是书店和书摊。而且都是大摊子。有几十家之多。我由初中一年级背着书包逛落地的旧书摊开始，随着年龄增长，逛书摊的瘾也越来越大，逛的范围也逐渐南移，主要是去逛桃李园下面的大书摊了。解放后在东单二条住过几年，逛书摊的足迹也就移到了东安市场丹桂商场，那儿书摊更多，更高级，长长一条街还不够，角门外夹道中也摆满书摊，不过比里面的略低一档。

很长一个时期，我把书摊当作阅览室。每天晚上吃过晚饭，就溜溜达达去逛书摊了，因为买的时候很少，看的时候多，所以我把它当作最自由的阅览室了。西单商场和东安市场的书摊，都比地摊大多了，书也丰富得多。一般营业人身后有高大的书架，插满了书，这些都是比较好，比较值钱的，如果不是有意买，很少请他拿下来。而在他面前略低于写字台的平板，书脊向上插着三四行书，你低头即可看见，随意可以抽阅，高支光的电灯正吊在上方，十分明亮。在下面台子的两头，又堆一些大本的旧杂志、旧画报或者乐谱、画册之类。有专收中文、不收西文的，也有专收西文、不收中文的，自然也有都收的。各书摊根据各个营业者的业务专长，各有侧重。不少人对他专长的一门都是精通的，非常熟悉各类书籍的情况和当时的行市，以什么价收进，以什么价卖出，什么书在什么时候可以待价而沽，卖个大价钱，记得一九五一年在东安市场一个很小的书摊，把一本民国初年北京大学的教职工名册，放在最显见的地方，薄薄只有一二十页，却要价十元，少一毛也不肯卖，因为上面有毛主席的名字和当时的工资。他知道奇货可居。后来不知哪个单位买去作为文献入藏了。

  我只是逛书摊，很少走进书店去，虽然中间一行书摊两侧，都是一家挨一家的书店，除非有目的到某店找某书，一般闲逛时很少进去。因为要进门出门，比较麻烦，自己只是无目的闲逛，书摊顺着一个个走过来，站定翻翻书，摊主不必打招呼，大家两便。而一进书铺的玻璃门，有时伙计就会问："您找什么书？"反而麻烦。逛书摊的最大乐趣就在于"自由的发现"，溜溜达达，自由自在，无目的地顺着走过去，看过去，忽然在一个摊前，发现一本渴望已久的书，名气很大的书，书名有兴味的，作者感兴趣的、书皮很破的、很新的、特别显眼的……总之它忽然引起你的注意，抽出来看看，或者一翻开就有惊人的发现，或者翻了两页渐入佳境，也可能前后翻翻，都不感兴趣，虽然情况各有不同，但这种无拘无束随意翻阅的"自由"，那真是人生最美好的文化享受。如果你被一本书磁铁般地吸引住了，站在那里持续看上半个多钟头，摊主也不会怪你，如果你照顾过他一两次生意，已经是点头之交，那就更客气，你尽管站着看好了。摊主脸上只有同情和照顾，似乎抱歉不能搬把椅子给你，绝对不会对你露出一丝一毫的抱怨之色。

最忘不了西单商场桃李园下面，靠近韩大臣租书铺边上的那几个熟书摊，在冬天晚间我每站在他们摊前看书的情景。天气很冷，商场晚间人很少，书摊一带人更少，电灯闪着惨白的光，摇曳在冷风中，摊主笼着一个小煤球炉子，坐着水壶，不停地烤手。我溜达来了，站在他们摊前，随意地翻阅着，有的书，今天看了二三十页，明天来继续看。有一晚，我正看得入神时，肩上有人拍了我一下，吓我一跳，回头一看，原来是北大同学后来编相声的冯不异。原来他也有些同好，住在西四北，晚间不嫌路远，也来逛书摊了。

"衣食之不暇，希暇治礼义哉？"当时正是解放战争时期，家中时有断炊之虑，穷得实在可以，但对于"书"，几乎像瘾君子对于阿芙蓉一样，手头只要稍微有个一块两块的，就忍不住想买本看看。就在这样的购买力的支配下，断断续续也买了一些。时常在梦境中出现的，如中国杂志公司米色道林纸印的中国文学珍本丛书:《琅嬛文集》《西青散记》以及三袁、钟、谭的那些书,差不多都收齐了,商务印书馆印的那套绿色布面精装小本文学丛书,老舍的第一版白色道林纸印的《老张的哲学》《二马》,零本的日本的《世界美术全集》《世界美术别集》《书道》,零本的旧杂志《文学季刊》《文学丛刊》,曹禺《雷雨》,林徽因《梅真同他们》均第一次发表在这两个杂志上,这些书我保存了好长时间。不少本带到上海,直到抄家才被掠夺而去,现在则只在记忆中、梦魂中出现了。

三十六年前由北京到了江南,逛旧书铺、买破书的嗜好,依然未减,有时同内人出去,在街上我一钻进旧书铺,就要害得她在外面久等,记得有次在杭州清河坊,我钻进一家很小的破书铺,久久出不来,她在门口一再埋怨催促,而我正在为偶然看到一本李泰棻的《方志学》而高兴。当时内人还是刚结婚年余的新人呢!有时爱书的心理是会超过爱妻子的心理的。实际说来,同样是痴念。

苏州人民路、南京朱雀街、夫子庙一带的旧书铺,都曾留下我的足迹。初到上海时,城隍庙安仁街还有不少旧书摊,我曾逛过几回,看到一本大画册,全是非洲各民族的装饰头像、全身像,千奇百怪,至今留下深刻印象,价钱并不贵,记不清为什么原因没有买。不过这里的书摊我去的次数很少,一来路远,二来不久都没有了。六十年代初,福州路古籍书店和上海旧书店,每周我必去一二次。当时商务、中华在上海的库存都清理出来卖,大批《四库备要》《四部丛刊》《丛书集成》零本出售,尤其《丛书集成》,书脊向上堆在一个大案上,可以自由选拣。我每去一次,总选二三十本,每本一般一毛钱,这样三元钱的书,便可有兴趣地享受一周了。各种笔记、各种题跋、各种日记、行纪、各种谱录、各种年谱、少见的诗词集等等,零星小本的书,我买了七八百种,本本都有实际的精彩内容,真是如获至宝。因为这种编入"丛书"的小本书,得以流传下来,全靠聚在一起,编成"大书",不致散失。而"丛书"不零卖,《丛书集成》原本也不零卖。这就使购买者无选择余地,经济上负担也重。有钱人无所谓,穷教书匠就只能望洋兴叹了。而这次居然让我买到这么些零本,其喜悦程度,真是像花子拾金了。原想继续买下去,多选些自己需要的书,包括《四部丛刊》的零本,可是"多情反被无情恼",时代的战车呼啸而来时,其犀利的铁轮是不会怜悯任何被碾过去的野花野草的。穷教书匠历年辛苦换来的那点萤火虫般的"喜悦",一夜之间被当作反动残余捆载而去了。

我不知道为什么会对读"书目"特别感兴趣。可能是像穷措大过馋门而思大嚼、吃不起馆子欢喜看菜单一样,下意识的心理状态是"解馋"。早在四十四年前,伪北大改为"临大"的那半年多时间里,赵斐云先生来教我们"目录学",当时家中还有些破旧线装书,虽然没有什么宋、元、明版,但是清代的书不少,各种版口,各种纸,各种字形,各种装订,小时在乡间私塾读书，我学会了裱线装书衣、装订线装书的各道工序，再由于我小时就对木板书各种宋字感到好玩，又不知其原因……种种小问题，常和斐云先生在两节课间时闲聊，斐云先生便以为我对"目录学"真感兴趣，便让我到北京图书馆去找他。北京图书馆早在中学时就常去，在沙滩上学，更是天天回家时必经之路，所以更是三天两头去的地方，而去时只是在楼上大阅览室看普通书，然后到楼下杂志室或报纸室随便看看，却从未到过善本室。老实说，当时肤浅幼稚的我，也没有看善本书的水平。而斐云先生却让我到善本部去看书，如果我是一个用功的学生，认真由目录阅读下去，再借阅各种版本的书，学习研究，我也许成为一个"目录家"，可是当时年轻浮躁，一切凭兴趣出发的我，哪里静得下这个心呢？去了两三次，就再也不去了。五十年代初在南京，出来入去，经过颐和路转角江苏图书馆分馆，有一次进去，因为要找一部木板的《西厢》，翻阅他们几本油印的目录，忽然觉得他们馆藏丰富，对之大感兴趣，自此引起我对书目的兴趣。也是六十年代初，我花二十元钱买到一套精装蓝封面《四库全书书目提要》，是商务大学丛书本的。四大本，放在手边，查阅极为方便，我十分喜欢。可惜这套书也丢了。现在新出的和过去线装的使用起来，都没有这套便利。

　　回顾自己从记事以来，学会看书以来，也不知见过多少书，借过多少书，抚摩过多少书，买过多少书，保存过多少书,丢失过多少书?日寇侵华,故乡的祖、父辈收藏的书大批被烧、被抢,一切荡然;流寓燕京,几次搬家,每搬一次,丢一次,扔一次、卖一次,几次下来,越变越少;旅食春申,十几年中,节衣缩食,又攒了不少,抄家者一来,全部捆载而去。后来拨乱反正,发还不及十分之一二,大部分都送到造纸厂做了"还魂纸"了;父亲在北京去世,遗物中还有一箱子书,也被北京家人以几分钱一斤卖掉了……李清照《金石录后序》说:"何得之艰而失之易也……然有有必有无,有聚必有散,乃理之常。"虽然说得、失事理之常,但正因"得之艰而失之易",所以在记忆中留下深刻的印象,每每在遐想中浮现,每每在梦魂中重睹……忽然醒来,啊——原来是记忆的梦幻,因作"书忆"。

一九八九年九月初于浦西延吉四村水流云在新屋秋窗下

(选自《云乡书话》,河北教育出版社二〇〇四年十一月版)

书肆书价杂谈

邓云乡

鲁迅先生早期到琉璃厂去是买书,间或也买点古钱等小古董。从日记中看,在壬子(一九一二)、癸丑(一九一三)、甲寅(一九一四)几年中,先生经常来往的书铺是神州国光社、直隶书局、文明书局、宏道堂、立本堂、有正书局、保华堂等家,后来才到富晋书庄去。那时富晋书庄还在杨梅竹斜街青云阁内,等到迁至琉璃厂宏道堂旧址营业时,那已是一九二四年间的事,这在鲁迅先生离京之后了。先生早期买的书籍,最多是画册、丛书一类的书,如有正书局的《中国名画》,神州国光社的《金冬心花果册》《神州大观》《功顺堂丛书》《湖海楼丛书》等。当然这些都只是举个例子,先生每年买的书都很多,在一篇小文内书名是无法广为介绍的。

这些书铺中,有古书铺,有新书铺,如神州国光社、有正书局、文明书局等,便是当时以卖新印珂罗版碑帖、画册出名的店家；宏道堂、立本堂、保华堂则都是古书铺；直隶书局则是新书、旧书都卖的铺子，曾经影印过清代卢文弨的《抱经堂丛书》，近代人宋星五、周蔼如辑的《文渊楼丛书》。

琉璃厂的书铺，自从清代乾、嘉以来，绵绵二百载，其间兴衰代谢，不知变换了几百家。乾隆时益都李文藻《琉璃厂书肆记》、清末江阴缪荃孙《琉璃厂书肆后记》、近人通学斋书铺主人孙殿起《琉璃厂书肆三记》都作了详细的介绍，是考证琉璃厂书铺掌故的名著。尤其是孙著《琉璃厂书肆三记》，时代晚近，更为详赅。鲁迅先生往来琉璃厂买书的一些书铺，在孙著《三记》中基本上都是著录了的。

琉璃厂过去书铺，以路南的为多，又以东琉璃厂为多。由厂东门过来，远及火神庙、海王村公园、小沙土园胡同中，每两三家门面，便有一两家书铺，家家都是牙签插架，满目琳琅。一些书铺，外面看看，只有一两间、两三间阔，而内中进度却很深，有的是前后连接，即俗名"勾连搭"的鸳鸯房，看是三间，实际是六间，这样店内就很宽大了。铺中四周都是书架，有的前后房隔开的隔断也是书架，上面堆满了各种线装书，书套一头都夹有一张白纸，写明书名、作者、时代、版式。客人来了，可以挨架参观，随意取阅。如果是老主顾，更会让在柜房先休息，小伙计敬茶敬烟，略事寒暄，然后才谈生意。谈谈最近买到些什么，问问店里最近收到些什么，拿过来看看。好的东西，大家鉴赏一番，买也可以，不买也可以。如果有意要,然后可以谈谈价钱,形成一种朋友式的营业关系。这种营业方式,其源流应该说是很早了吧。乾隆时朝鲜人柳得恭在他所著《燕台再游录》中有几句写琉璃厂书铺道:

……聚瀛堂特潇洒,书籍又富,广庭起簟棚,随景开阖。置椅三四张,床桌笔砚,楚楚略备。月季花数盆烂开。初夏天气甚热,余日雇车至聚瀛堂散闷,卸笠据椅而坐,随意抽书看之,甚乐也。时或往五柳居,与陶生话。因系大比之年,各省举人云集都门,多游厂中,与之言,往往有投合者。或群辈沓至,问答姓名乡县,扰扰而散……

这该是多么潇洒的书铺呢?这种风气一直流传到后来,常去书铺,坐坐也好,谈谈也好,在答问之中,都有不少学问。如果顾客是位专家,铺主也就在买卖之中,顺便请教,增长知识。如果买的人学识较差,店主也会娓娓不倦地向你介绍。这一方面固然为了做生意,另一方面也使你增长不少知识。经常浏览琉璃厂书铺,那便版本、目录、校勘之学,与日俱增了。

在琉璃厂书铺中,各个时期都有不少版本、目录专门家。晚近如正文斋主人谭笃生、会文斋主人何厚甫、文德堂主人韩逢源(绰号韩大头)、通学斋主人孙殿起、文禄堂主人王揖青、个人营业的宝坻县人刘宇清(绰号宋版刘)、衡水县人萧金铭等人，都是比较著名的。其中尤以孙、王二人更为突出。伦哲如先生《辛亥以来藏书纪事诗》所谓"后来屈指胜蓝者，孙耀卿同王晋卿"便是指此。并自注云："故都书肆虽多，识版本者无几人，非博览强记，未足语此。余所识通学斋孙耀卿、文禄堂王晋卿二人，庶几近之。孙著有《贩书偶记》《丛书目录拾遗》，王著有《文禄堂访书记》。皆共具通人之识，又非谭笃生、何厚甫辈所能及矣。"孙氏除上列二书外，还有《清代禁毁书目（补遗）》《清代禁书知见录》《琉璃厂小志》等著作。当然以上这些人都是琉璃厂的专门家，除此而外，那些一般的书店伙友，也要有一定的专业知识和专门技艺，才能胜任工作。

所说知识，就是熟悉各种书目，首先是四库的书目，其次还有南北各私家的书目，古代的、当代的，什么毛晋汲古阁、聊城海源阁、宁波天一阁等等。熟悉各种版本，什么宋版、元版、建刻、蜀刻、白口、黑口、家刻、坊刻等。要能做到像缪荃孙说的"宋椠元椠，见而即识，蜀版闽版，到眼不欺"，那就近于技矣。

所说技艺，就是整理古书，重新装订，重新换护页、书衣，配制书套，仿制抄本，仿制缺页，这中间工夫各有高低。一部破烂霉蛀的宋版书，到了高明师傅手里，重新拆开，轻轻地一张张地摊平，去掉霉迹，托上衬纸，补好蛀处。再一张张折拢，理齐，先用纸捻订好，压平，再配上旧纸护页，配上栗壳色或瓷青色旧纸的书衣，用珠子线（即粗丝线）订好，贴上旧纸题签，配上蓝布、牙签书套。就是用这样水磨的细工夫，一部破烂的旧籍便成为面目一新的善本了。高明师傅做起这些工作来，真有得心应手、起死回生之妙。晚近装褙师傅王仲华，技艺就非常高明，曾为傅增湘重装北宋本《乐府诗集》，傅在跋语中称他为"缀补旧籍，号为精良"，又说"修订讫事，精整明湛，焕然改观"。这像刻版工板儿杨、张老西一样，都是琉璃厂文化工艺中的高明之士。各书铺或藏书家都存有旧纸，平时把整理旧籍时多余的旧书衣、护页等替换积攒起来，以作修配宋版元版等珍贵善本书之用。至于说重新装订一般的旧书，那就更不在话下了。

鲁迅先生也常常委托书店重新装订旧书，如癸丑（一九一三）年九月十四日记道：

上午本立堂书贾来持去破书九种，属其修治，豫付工价银二元。

十月五日记道：

往本立堂问所订书，大半成就。见《嵊县志》一部，附《郯录》，共十四册，以银二元买之，令换面叶重订。

十二月十九日记道：

下午琉璃厂本立堂书估来取去旧书八部，令其缮治也。

同月二十九日又记道：

晚琉璃厂本立堂旧书店伙计持前所托装订旧书来，共一百本，付工资五元一角五分。唯《急就篇》装订未善，令持归重理之。

从先生的这几则日记中，可以看出当时琉璃厂书铺代客修缮装订旧书业务的一斑。

他们除代顾客修缮、装订而外，还接受顾客的委托，代为访求难得的书。如癸丑（一九一三）年九月二十三日记道：

下午往琉璃厂搜《稽中散集》不得，遂以托本立堂。

先生所校《稽中散集》早已出版了，而起因却早在六十几年前，这也算是和琉璃厂立本堂书铺留下的一点墨缘吧。

琉璃厂在二百年间，不只是一个卖书、卖画、卖古董的文化商业区，也可以说像一所特殊的学校，其间不知培养、熏陶出多少文物、艺术方面的专门人材。他们都是师徒相承，一代一代地传下去。孙殿起氏所编《贩书传薪记》，对近代书业师承作了比较详尽的记载，是很可珍贵的资料。

琉璃厂各书铺，在同光以前，大都是江南人，以江西人为多。李文藻《琉璃厂书肆记》说："书肆中之晓事者，唯五柳之陶，文粹之谢，及韦也。韦，湖州人，陶、谢皆苏州人，其余不著何许人者，皆江西金溪人也。"后来可能因太平天国的影响吧，南方人不来了，逐渐为河北省南宫、冀县、衡水一带的人所代替。说到他们的商业道德，虽然也有一些弄虚作假，如制造假宋版书、假抄本书，以残缺的书冒充完整的书出售等等情况，但大部分来说，对待客人还是较为诚恳、朴实的。这也是琉璃厂的一种好风气。鲁迅先生癸丑（一九一三）年二月九日记道：

> 至宏道堂买得《湖海楼丛书》一部二十二册，七元；《佩文斋书画谱》一部三十二册，二十元。其主人程姓，年已五十余，自云索价高者，总因欲多赢几文之故，亦诚言也。又云官局书颇备，此事利薄，侪辈多不愿为，而我为之。

书要卖高价，自己说明是想多赢几文，这自是老实的表现，所以得到先生的赞许。这比要了高价还说是"赔钱出售，忍痛牺牲"的生意经要实在得多。按孙殿起《琉璃厂书肆三记》和《贩书传薪记》所载，这位诚实的掌柜是字叫信斋的程锁成,河北冀县人。

鲁迅先生每年日记后面,都附有书账。从一九一二年至一九二六年,据书账所载,共用了三千六百七十余元。这还不包括一九二二年的,那年的日记遗失了。如取前后两年的平均数计算,还要加一百四十元上去,那就是三千八百元左右,这不能说是一个小数目了。但是在所买的书里面,还没有什么善本书,即宋、元、明版,以及各种少见的禁书和稀有的抄本在内。

先生在壬子(一九一二)年日记书账后有小记道:

审自五月至年莫,凡八月间而购书百六十余元,然无善本。京师视古籍为骨董,唯大力者能致之耳。今人处世不必读书,而我辈复无购书之力,尚复月掷二十余金,收拾破书数册以自怡说,亦可笑叹人也。华国元年十二月三十一日灯下记之。

在这段后记里,既感北京当时书价之昂贵,又痛詈以书为骨董者之流购书而不读书,感慨是很深的。这里面便联系到一个书价问题。鲁迅先生在京十五年内,所用之书款,除极少数属于从外地或国外函购,或回南时在上海、绍兴购买者外,绝大多数都是在琉璃厂购买的,可以说,这点钱绝大部分都花在琉璃厂了。所用款项,一部分是买书,一部分是买拓片。如广义地说，碑帖拓片也是典籍，所以两样先生都记在书账上。为此，琉璃厂书价的高低，与先生自是非常密切的了。

琉璃厂书价，在清代十九世纪中叶，还比较一般。这里先引一则李慈铭的日记作为具体说明。《越缦堂日记》咸丰庚申（一八六〇）十二月十五日记道：

以钱二十五缗，买得临海洪筠轩先生颐煊《读书丛录》二十四卷、歙县金辅之先生榜《礼器》三卷、江都焦礼堂先生循《群经宫室图》二卷、高邮王文简公《经传释词》十卷、栖霞祁兰皋先生配王婉佺安人《列女传补注》八卷、《列仙传校正本》二卷，及马令《南唐书》二卷……

共书七种，五十一卷。二十五缗制钱，折合后来铜元二千五百枚，合五六块银元。看来这些书一般都还是乾嘉刻本，共价钱较之后来，固然不能说是十分便宜，但也不能说是十分贵了。

琉璃厂书价日渐腾贵，是在清代末年。据震钧《天咫偶闻》记载：张之洞《书目答问》出来之后，掀起一股买书风，京都士人都到琉璃厂按图索骥，书铺生意兴隆，书价也就日渐上涨了。那时宋版书，计叶论值，视版式好坏，每叶三五钱，殿版以册计，每册一二两，康乾旧版，每册五六钱，新印的书，看版式、纸张的精粗，区别论价。一般真字版比宋字版贵十分之二三，连泗纸比竹纸贵十分之二三，道路远的又比近的贵十分之二三。这里所说的钱和两，都是指纹银。宋版书每页就以三钱算，五十页一册，四册一套的书，就要卖六十两纹银了。当时江南的米价，一石还在一二两纹银之间，四册宋版书，就是四五十石米的价格了。

乾嘉时黄丕烈《书舶庸谭》中《宋刻〈王右丞文集〉跋》云：

> 王右丞文集，即所谓《山中一半雨本》，许丁卯集（元刻）即所谓《校宋版多诗几大半本》，……惜以物主居奇，必与《说文》并售，索值白金百二，而余又以《说文》已置一部，不复重出，作书复之，许以二十六金，得此两书，书札往返再三，竟能如愿。

那时二十六两银子可以买到的书，到了清末以叶计值的时候，恐怕再加两三倍也买不到。但是到了后来，就是鲁迅先生在琉璃厂买书的年代里，那就更不得了了。蜀人傅增湘氏戊午（一九一八）买北宋本《乐府诗集》一百卷、二十四册，以银元一千四百元成交。替王叔鲁（即后来的大汉奸王克敏）买宋版《后汉书》残本四十九卷，以银元一千五百元成交。俟后王书散出在琉璃厂，《后汉书》又被傅氏以一千二百元收进。武进陶兰泉买明钞本《墨庄漫录》，以六百元成交。这些都是琉璃厂的豪客，就是鲁迅先生所说的"视古籍为骨董者"了。按傅氏是当时著名的藏书家，收藏有宋、元版《通鉴》各一部，自题为"双鉴楼"。鲁迅先生在《病后杂谈之余》（见《且介亭杂文》）一文中所说的"以藏书家和学者出名的傅某"，便是指他。傅买书时鉴别古籍，议论书价，十分精明。以成千的银元买一套书，那是因为当时的书价就这么贵，并非是他买得吃亏。他买书一般都是买得十分合算的，如前所说一千五百元的书，他以一千二百元收进，便是一例。

以上谈的是那时宋、元版善本书的价钱。至于其他的书，在琉璃厂要看各种情况，时贵时贱，价钱并不稳定，基本上是看顾客的购买情况而涨落。鲁迅先生在《买〈小学大全〉记》（见《且介亭杂文》）一文中有几句说：

> 线装书真是买不起了。乾隆时候刻本的价钱，几乎等于那时的宋本。明版小说，是五四运动以后飞涨的；从今年起，洪运怕要轮到小品文身上去了。至于清朝禁书，则民元革命后就是宝贝，即使并无足观的著作，也常要百余元至数十元。

鲁迅先生此文是一九三四年在上海写的，但内容谈到五四以后及民元书价，所以也适用说明琉璃厂书价涨落的情况。再如伦哲如在所著《辛亥以来藏书纪事诗》自序中也说："……同是一书，适时则贵，过时则贱，而时之为义又至暂，例如辛酉(一九二一)以前,宋元集部,人所争得也,乃过此则无问之者矣。又如辛未(一九三〇)以前,明清禁书,人所争得者也,乃过此亦几几无问之者矣。"

这位伦先生也是跑了一辈子琉璃厂的人,所说都是琉璃厂实情,就是琉璃厂书价,常常是因为大家都抢购某一类书,这类书的价钱便一哄而高了。反之,无人过问的书,便十分不值钱。据说在清末时,普通地方志没有人买,只有日本人买,书铺以"罗"论价,一元一"罗"。所谓一"罗",就是把书堆起来有一手杖高。即使是少见的善本志书,因为无人过问,价钱也很便宜。等到一九三〇年前后,北平图书馆、各大学图书馆注意购买方志,各私人藏书家也跟着抢购,不久方志一门,便身价百倍了。鲁迅先生在癸丑(一九一三)十月五日从琉璃厂立本堂买《嵊县志》、附《剡录》十四册,价二元,那自是十分便宜的了。

鲁迅先生在《买〈小学大全〉记》一文中还说过《东华录》《御批通鉴辑览》《上谕八旗》《雍正朱批谕旨》等清代官书,无人过问,价钱低廉的情况。在当时,除此之外,也还有《皇清经解》等类的书,也是无人过问,都同称斤卖差不多,也常常是以手杖论值卖给日本人了。而相对作为骨董的书却更价值惊人了。自从庚子之后,《永乐大典》散出,清末琉璃厂文友堂以每册现金一百银元的代价到处搜求,卖给日本东京文求堂店主田中庆太郎。伦哲如《辛亥以来藏书纪事诗》曾记:

山阴人吴莲溪,庚子乱中翰林院私分《永乐大典》时,曾分得百来本,当时尚无卖处,宣统间,由于琉璃厂书铺重价收求,吴因之致富。去世后,家中尚有二本,一全一不全,全的要卖三千元,不全的要卖二千元。那就更是奇货可居了。算来鲁迅先生十五年中,全部在琉璃厂买书的钱,也不够买这两本《永乐大典》的。

琉璃厂是古籍集中的地方,书价与外地比较,一般要比外地高。利之所趋,琉璃厂书商都以到外地收集古籍为谋利捷径。近的到山东、山西、河北、河南,远的到云、贵、川、广,每趟外出收书,都有不同的收获。有名的如述古堂于魁祥一九一七年在山东买到宋本《八经》、宋本《唐十家小集》。个人营业的衡水人彭文麟,专门外出收书,远到湖南、江西,一九三一年在山西曾廉价买到《永乐大典》十余册。山西南路过去不少经营钱庄票号的商家,收藏的明清小说很多,明清小说书价大涨之后,琉璃厂书铺便常前去收购,文介堂张德修在山西购到《金瓶梅词话》,回到北京,以八百元卖给北京图书馆,真可算是一本万利了。

鲁迅先生一九一三年回绍兴时,在绍兴奎元堂买到过一部毛晋汲古阁的《六十种曲》,二十四元。后来先生在一九二一年经济困难时期,把这套书在北京以四十元的代价卖掉了。一九二一年四月七日记云:

上午卖去所藏《六十种曲》一部,得泉四十,午后往新华银行取之。

在这一买一卖之间,也可以看出当时北京与外地书价的差异了。

当然,上面拉杂所写,还是那时琉璃厂书价的大行大市。至于说在小市冷摊上买到便宜货,那也是时而有之的事。但那多是因为卖者是外行,买者偶然碰巧,不能作为书价的行情。

(选自《鲁迅与北京风土——邓云乡集》,
河北教育出版社二〇〇四年一月版)

书的梦

孙犁

到市场买东西,也不容易。一要身强体壮,二要心胸宽阔。因为种种原因,我足不入市,已经有很多年了。这当然是因为有人帮忙,去购置那些生活用品。夜晚多梦,在梦里却常常进入市场。在喧嚣拥挤的人群中,我无视一切,直奔那卖书的地方。

远远望去,破旧的书床上好像放着几种旧杂志或旧字帖。顾客稀少,主人态度也很和蔼。但到那里定睛一看,却往往令人失望,毫无所得。

按照弗洛伊德的学说,这种梦境,实际上是幼年或青年时代,残存在大脑皮质上的一种印象的再现。

是的,我梦到的常常是农村的集市景象:在小镇的长街上,有很多卖农具的,卖吃食的,其中偶尔有卖旧书的摊贩。或者,在杂乱放在地下的旧货中间,有几本旧书,它们对我最富有诱惑的力量。

这是因为,在童年时代,常常在集市或庙会上,去光顾那些出售小书的摊贩。他们出卖各种石印的小说、唱本。有时,在戏台附近,还会遇到陈列在地下的,可以白白拿走的,宣传耶稣教义的各种圣徒的小传。

在保定上学的时候,天华市场有两家小书铺,出卖一些新书。在大街上,有一种当时叫作"一折八扣"的廉价书,那是新旧内容的书都有的,印刷当然很劣。

有一回,在紫河套的地摊上,买到一部姚鼐编的《古文辞类纂》,是商务印书馆的铅印大字本,花了一圆大洋。这在我是破天荒的慷慨之举,又买了二尺花布,拿到一家裱画铺去做了一个书套。但保定大街上,就有商务印书馆的分馆,到里面买一部这种新书,所费也不过如此,才知道上了当。

后来又在紫河套买了一本大字的夏曾佑撰写的《中国历史教科书》(就是后来的《中国古代史》),也是商务排印的大字本,共两册。

最后一次逛紫河套,是一九五三年。我路过保定,远千里同志陪我到"马号"吃了一顿童年时爱吃的小馆,又看了"列国"古迹,然后到紫河套。在一家收旧纸的店铺里,远买了一部石印的《李太白集》。这部书,在远去世后,我在他的夫人于雁军同志那里还看见过。

中学毕业以后,我在北平流浪着。后来,在北平市政府当了一名书记。这个书记,是当时公务人员中最低的职位,专事抄写,是一种雇员,随时可以解职的,每月有二十元薪金。在那里,我第一次见到了旧官场、旧衙门的景象。那地方倒很好,后门正好对着北平图书馆。我正在青年,富于幻想,很不习惯这种职业。我常常到图书馆去看书。到北新桥、西单商场、西四牌楼、宣武门外去逛旧书摊。那时买书,是节衣缩食,所购完全是革命的书。我记得买过六期《文学月报》,五期《北斗》杂志,还有其他一些革命文艺期刊,如《奔流》《萌芽》《拓荒者》《世界文化》等。有时就带上这些刊物去"上衙门"。我住在石驸马大街附近,东太平街天仙庵公寓。那里的一位老工友,见我出门,就如此恭维。好在科里都是一些混饭吃、不读书的人,也没人过问。

我们办公的地方,是在一个小偏院的西房。这个屋子里最高的职位,是一名办事员,姓贺。他的办公桌摆在靠窗的地方,而且也只有他的桌子上有块玻璃板。他的对面也是一位办事员,姓李,好像和市长有些瓜葛,人比较文雅。家就住在府右街,他结婚的时候,我随礼去过。

我的办公桌放在西墙的角落里,其实那只是一张破旧的板桌,根本不是办公用的,桌子上也没有任何文具,只堆放着一些杂物。桌子两旁,放了两条破板凳,我对面坐着一位姓方的青年,是破落户子弟。他写得一手好字,只是染上了严重的嗜好。整天坐在那里打盹,睡醒了就和我开句玩笑。

那位贺办事员，好像是南方人，一上班嘴里的话是不断的，他装出领袖群伦的模样，对谁也不冷淡。他见我好看小说，就说他认识张恨水的内弟。

很久我没有事干，也没人分配给我工作。同屋有位姓石的山东人，为人诚实，他告诉我，这种情况并不好，等科长来考勤，对我很不利。他比较老于官场，他说，这是因为朝中无人的缘故。我那时不知此中的利害，还是把书本摆在那里看。

我们这个科是管市民建筑的。市民要修房建房，必须请这里的技术员，去丈量地基，绘制蓝图，看有没有侵占房基线。然后在窗口那里领照。

我们科的一位股长，是一个胖子，穿着蓝绸长衫，和下僚谈话的时候，老是把一只手托在长衫的前襟下面，作撩袍端带的姿态。他当然不会和我说话的。

有一次，我写了一个请假条寄给他。我虽然看过《酬世大观》，在中学也读过陈子展的《应用文》，高中时的国文老师，还常常把他替要人们拟的公文，发给我们当作教材。但我终于在应用时把"等因奉此"的程式用错了。听姓石的说，股长曾拿到我们屋里，朗诵取笑。股长有一个干儿，并不在我们屋里上班，却常常到我们屋里瞎串。这是一个典型的京华恶少，政界小人。他也好把一只手托在长衫下面，不过他的长衫，不是绸的，而是蓝布，并且旧了。有一天，他又拿那件事开我的玩笑，激怒了我，我当场把他痛骂一顿，他就满脸赔笑地走了。

当时我血气方刚，正是一语不合拔剑而起的时候，更何况初入社会，就到了这样一处地方，满腹怨气，无处发作，就对他来了。

我是由志成中学的体育教师介绍到那里工作的。他是当时北方的体育明星，娶了一位宦门小姐。他的外兄是工务局的局长。所以说，我官职虽小，来头还算可以。不到一年，这位局长下台，再加上其他原因，我也就"另候任用"了。

我被免职以后，同事们照例是在东来顺吃一次火锅，然后到娱乐场所玩玩。和我一同免职的，还有一位家在北平附近的人，脸上有些麻子，忘记了他的姓。他是做外勤的，他的为人和他的破旧自行车上的装备，给人一种商人小贩的印象，失业对他是沉重的打击。走在街上，他悄悄地对我说：

"孙兄，你是公子哥儿吧，怎么你一点也不在乎呀！"

我没有回答。我想说：我的精神支柱是书本，他当然是不能领会的。其实，精神支柱也不可靠，我所以不在意，是因为这个职位，实在不值得留恋。另外，我只身一人，这里没有家口，实在不行，我还可以回老家喝粥去。

和同事们告别以后，我又一个人去逛西单商场的书摊。渴望已久的，鲁迅先生翻译的《死魂灵》一书，已经陈列在那里了。用同事们带来的最后一次薪金，购置了这本名著，高高兴兴回到公寓去了。

第二天清晨，挟着这本书，出西直门，路经海淀，到离北平有五六十里路的黑龙潭,去看望在那里山村小学教书的一个朋友。他是我的同乡,又是中学同学。这人为人热情,对于比他年纪小的同乡同学,情谊很深。到他那里,正是深秋时节,黄叶飘落,潭水清冷,我不断想起曹雪芹在这一带著书的情景。住了两天,我又回到了北平。

我在朝阳大学同学处住几天,又到中国大学同学处住几天。后来,感到肚子有些饿,就写了一首诗,投寄《大公报》的《小公园》副刊。内容是:我要离开这个大城市,回到农村去了。因为我看到:在这里,是一部分人正在输血给另一部分人!

诗被采用,给了五角钱。

整理了一下,在北平一年所得的新书旧书,不过一柳条箱,就回到农村,去教小学了。

我的书籍,一损失于抗日战争之时,已在别一篇文章中略记,一损失于土地改革之时。

我的家庭成分是富农。按照当时党的政策,凡是有人在外参加革命,在政治上稍有照顾。关于书,是属于经济,还是属于政治,这是不好分的。贫农团以为书是钱买来的,这当然也是属于财产,他们就先后拿去了。其实也不看。当时,我们那里的农民,已普遍从八路军那里学会裁纸卷烟。在乡下,纸张较之布片还难得,他们是拿去卷烟了。

这时,我在饶阳县一个小区参加土改工作。大概是冀中区党委所在之地吧,发了一个通知,要各村贫农团,把斗争果实中的书籍,全部上缴小区,由专人负责清查保存。大概因为我是知识分子吧,我们的小区区长,把这个责任交给了我。

书籍也并不太多,堆在一间屋子的地下,而且多是一些古旧破书,可以用来卷烟的已经不多。我因家庭成分不好,又由于"客里空"问题,正在《冀中导报》受到公开批判,谨小慎微,对这些书籍,丝毫不敢染指,全部上缴县委了。

我的受批判,是因为那一篇《新安游记》。是个黄昏,我从端村到新安城墙附近绕了绕,那里地势很洼,有些雾气,我把大街的方向弄错了。回去仓促写了一篇抗日英雄故事,在《冀中导报》发表了。土改时被作为"客里空"典型。

在家乡工作期间,已经没有购买书籍的机会,携带也不方便。如果能遇到书本的话,只是用打游击的方式,走到哪里,就看到哪里。

但也有时得到书。我在蠡县工作时,有一次在县城大集上,从一个地摊上,买到一本商务印书馆出版的,铅印精装的《西厢记》。我带着看了一程子,后来送给蠡县一位书记了。

《冀中导报》在饶阳大张岗设立了一处造纸厂。他们收买一些旧书,用牲口拉的大碾,轧成纸浆。有一间棚子,堆放着旧书。我那时常到这家纸厂吃住。从棚子里,我捡到一本石印的"王圣教"和一本石印的《书谱》。

在河间工作的时候,每逢集日,在一处小树林里,有推着小车贩卖烂纸书本的。有一次,我从车上买到一部初版的《孽海花》。一直保存着,进城后,送给一位新婚燕尔、出国当参赞的同志了。

(选自《孙犁散文》,浙江文艺出版社二〇〇三年一月版)

我和书

唐弢

我的工资除了应付家用外,每月还有两大支出:一是买药。虽说国家有保健制度,有些较贵的药还得自己掏腰包。二是买书。我是做研究工作的,又爱书,不得不买。自从物价飞涨以来,两者颇受限制,生病而无力买药,做研究工作而无力买书,都是人间苦事。幸而这几年来,我的病情逐渐好转,有些药可以不吃;书呢,旧书越来越少,等于没有,新书自然也买一些,只是鉴别为难。

比如以莎士比亚为例,有人研究了十几年乃至几十年,译了一部莎翁剧本或者写出一篇关于莎翁的论文,比之你译第一幕第三幕,他译第二幕第四幕,我译第五幕并写后记,或者从外国学者著作里东抄几句,西摘一段,敷衍成文,同样出书,同样定价,同样皇皇地登在国内第一流刊物上,我,还有许多读者,究竟应该买哪一部书、读哪一篇论文呢?无法比较,难以鉴别，心里不免踌躇起来。我的办法是：不买。就和生病买药相似，因此书也少买。这样一来，反倒减少一点生病无力买药、研究无力买书的痛苦了：失中有得。

提起书，几乎可以说是和我的生命纠结在一起的。我在《书城八记》的第一记《买书》里说："我有目的地买书，开始于一九四二年。那时住在上海徐家汇。日本军侵略上海，一天几次警报，家家烧书，撕书，成批地当作废纸卖书。目睹文化浩劫，实在心痛得很，于是发了狠：别人卖书，我偏买书……"说的确是实情。不过我要来个声明，这里所谓"有目的"，指的是别人卖出，我偏买进，有点存心对着干的意思。至于一般买书，却要比一九四二年再早十五个年头，也就是在一九二七年前后。

我是十三岁那年（一九二六年）到上海的，进中学后，因为爱哼几句旧体诗，学着作，那时虽然已经接触过白话诗，并未大量阅读，仍然十分佩服南社诗人柳亚子、陈去病、苏子谷等，也喜欢那个十七岁便为国殉难的夏完淳，他被执后在舟中所作吊老师陈卧子的《细林野哭诗》，我通篇都能背诵。因此寻访的也是"南社丛刻""国粹丛书"等近似现在所谓丛刊一类的旧书，整套的不易觅得，有了也买不起。当时上海卖旧书的地方除汉口路、福州路外，还有两处：城隍庙和老西门。这两处离我居住的地方较远，不过书价便宜，尤其是城隍庙。护龙桥附近有许多书摊，零本残卷，遍地都是，只要花工夫寻找，总不会毫无所得。因此碰到星期天或者假日，只要身边有一两块钱，我便常常到那儿访书去。

如果时间只容许去一处，我选择的是城隍庙。从天主堂街往南，进新北门，不远便是小世界，这是城隍庙的北口。沿着小世界间壁那条街道再往南走，街上颇有几家卖花粉（现在叫化妆品）的商店，好像上海有名的昼锦里一样。经过"鸟市"，附近有三家书店：菊舲、葆光和饱墨斋。菊舲卖的主要是西文旧书，葆光虽然是城隍庙最早的旧书店，但因经营不善，后来什么都卖，给人的印象似乎是一家文具店了。我去得较多的是饱墨斋，这里常有"五四"以来的期刊和早已绝版的单行本。我曾以八毛钱买到过《莽原》第一卷合订本，书是所有者自己装订的，牛皮纸包背，分成两册，装得很差；饱墨斋主人还有个脾气，大概是为广告吧，他喜欢在书的封面上盖个青莲色铅字长方印，文曰"上海城隍庙饱墨斋经售图书"，章虽不大，却是难看。我一直耿耿于怀。后来遇上机会，不惜多花些钱，换回两卷单本《莽原》。第二卷封面和第一卷有别，但仍出司徒乔手笔，每期画面虽同，颜色各异，道林纸毛边精印，朴素大方，风格独具。偶有余暇，晴窗展读，一编在手，真个是使人心旷神怡，祛病延年。不过这是后话。我那时却还在钻故纸堆，并且把以文学鼓吹革命的南社诸先贤作为唯一的师承，所以我的兴趣不在饱墨斋，而是在护龙桥一带。

苏州有条护（苏州人读如"蘑"）龙街，沿街都是书肆和裱画店，上海城隍庙的护龙桥多的却是用报纸铺着的地摊，或者将门板搁起来的板摊，上面放着各种各样出售的图书，从南首桥脚拾级而上，直达桥面，然后又拾级往下稍稍拐左，路两边都是书摊。我在这里买到不少零本的"南社丛刻""国粹丛书"本的郑所南的《锦钱余笑》、张苍水的《奇零草》、谢皋羽的《晞发集》、夏完淳的《续幸存录》《石达开诗文钞》以及清末印行的《太平天国战史》《大彼得遗嘱》《郑成功》《胡雪岩》《自由血》《瓜分惨祸预言记》《迦因小传》《俄国情史》《浙东三烈集》等等。在一九四二年大批购书之前，十五年中，我就零星购了一些文言著作，以后又从饱墨斋、老西门、爱文义路卡德路（现在的北京西路石门二路）一带零星购了一些"五四"以后的白话书，随读随扔，所余不多。但这些书却培养了我对历史的兴趣，对祖国和民族的爱，对文化界前辈的尊敬和理解；我并不懊悔漏购了许多当时唾手可得、价格便宜的好书。

从城隍庙、老西门一直到卡德路，我常常遇见一位身穿长袍、腋下挟着几本旧书的中年人，在摊旁留连，有时干脆蹲在破纸堆边，耐心地一本一本挑拣。记得有一次，在我翻过的旧书中间，他居然挑出一本《二十世纪大舞台》来，这杂志一共只出两期，我暗暗佩服他的眼力。直到一九三四年一月的一次宴会上，我遇见他，经主人介绍，才知道他就是鼎鼎大名写过《死去了的阿Q时代》的钱杏邨先生。由于爱好相同，我们谈得十分投机。

隔不多久,我又和钱先生在旧书店里见面,这回算是熟人了,谈得更多,更起劲。我因为有事,先走一步,他马上尾随出来,把我拉在一边,低声地说:

"我姓张,叫张岩英,书店里都称我张先生,你就叫我阿英好了。"

我又知道他就是在《自由谈》和当时许多刊物上写稿的阿英先生。

以后我们常有往来,直到他离开上海。他收藏清末材料极为丰富,我却偏于"五四"以后,各有重点,互不相涉。我在上海成都路一个书摊上见到他《洪宣娇》剧本手稿,摊主居为奇货,几经商量,终于出重金买了下来,到北京后送给他;他也为我找过光绪年间单印线装本的王国维《静安文集》,这本书有篇王国维的《自序》,谈到他写《红楼梦评论》曾受叔本华哲学的影响,以及在《叔本华与尼采》一文里开始对叔本华学说表示怀疑,极为重要。我调北京后,最初住处离他的棉花胡同寓所不远,有一个时期,中国书店设在国子监,我们相约到那边会面,一同看书。十年动乱,他的书遭到浩劫,虽然后来发还一部分,大概不到十分之五吧,其余的没有还,但可能尚在人间;我的损失没有他的大,不过损失就是损失,根据调查,我的书早已化为纸浆或灰烬,永远不再回到我的书架上来了。

从上海城隍庙到北京国子监，六十二年中间，我的生命是始终和书相纠结的；检书、买书、读书、写书，如今发脱齿落，垂垂老去，说是无旧书可买，遇新书难买，自是实情。但更主要的却是：我对书的感情已经渐渐地淡下去，淡下去……不仅没有兴趣买书，而且没有兴趣读书。我感到的无力是真正的无力，对于书，看来我实在有点疲倦了。天！为什么我会觉得那样的疲倦、我会觉得那样的疲倦呢？

（选自《团结报》第1065号）

由旧书想起的

张中行

不久前，为找什么材料，翻腾书橱，随手拿出两本，检阅扉页，看看有没有关于买时的记录，这是"无意地"想温一温旧事。两本都是鲁迅先生著作。一本是《彷徨》，扉页有题记，是："一九三九年四月二十四日买于北京西单商场，价四角。昔在通州有此书，乃李文珍女士所赠，记得为初版，此则为第十三版。李女士为同学赵君之友，情投而未能意合，书则三七年毁于战火。抚今思昔，为之惘然。"书是旧书，有"虚真藏书"白文印。另一本有些怪，内容是《南腔北调集》，封面和书脊却印《故事新编》，没有版权页，故我想这是为了逃避查禁者的"慧"眼，伪装为《故事新编》的。这个妙计是鲁迅先生还是书店老板想出来的？由书上自然看不出来。书也是旧的，扉页有原主人胡君的名章。我没有题记，什么时候从何处买到是难于知道了。

说起旧书，真是酸甜苦辣，一言难尽。一位老前辈，是名作家，有一次同我说，他杂览，是因为他不吸烟，闲坐无聊，只好用看书来消遣。我同另外两三个朋友喜欢逛书铺，逛书摊，买点旧书，也可以用吸烟来解释，是求书成瘾，很像吸惯纸烟之难于戒除。买旧书要费些时间，粗略估计，是一周用半天左右。也要费些钱，但不多，因为不求好版本，不求大部头的堂皇典册。买旧书，因书而得有两种。一是因杂收而可以杂览，因杂览而可以杂知。二、我们常常认为更重要，是因巧遇而获得意外的喜悦。所谓巧遇是买到久已不见于市面的书，因为难得，所以觉得好玩。在这方面，可记的经历很有一些，只举两个例，如友人韩君买到鲁迅弟兄在日本印的《域外小说集》（封面"域"作"或"），我买到光绪三十五年《时宪书》（光绪只有三十四年），就都是因为罕见而觉得很有意思。

一晃四十年过去，当年零碎收集的旧书，有些由废品站送往造纸厂，有些化为灰烬，还有些残余卧在书橱里。"文化大革命"风停雨霁之后，像是可以重温旧梦了，但苦于不再有温的条件。主要是已经没有往日猎奇的心情和精力；其次，即使有，也不再能找到弯弓放矢的场所。因而关于旧书，剩下的只是一些零零星星的记忆。这正是琐话的题材，所以决定拉杂地说一说。

旧时代，出版业不发达，有名的几家集中上海，印书种类不多，数量不多，售书的处所，尤其在北京，总是由旧书独

由旧书想起的 *173*

霸。北京，文化空气比较浓，读书人比较多，因而售书的处所比较多，几乎遍布九城。这方面的情况，孙殿起的《琉璃厂小志》有详细记录，有兴趣卧游的人可以看看。售书的处所，有等级之分，从而有性质之别。等级高的集中两地：一是琉璃厂，二是隆福寺，主要售线装书，其中偶尔有价值连城的善本。中级的也集中两地：一是东安市场，二是西单商场，所售书杂，古今中外。其中又有等级之别：等级高的铺面大，所售之书偏于专，如专售外文；等级低些的铺面较小，所售之书较杂；更低的没有铺面只摆摊，所售之书也杂，因为买来什么卖什么，所以不能不古今中外。这中级的还有不集中的，那是散布在某些街道的小书铺，如鼓楼之东的"得利复兴"，之南的"志诚书局"就是。下级的是散布在各热闹处所的书摊，自然也是买到什么卖什么，古今中外。这又有种类之别：一种是长期的，如地安门外大街、安定门内大街的许多书摊就是；另一种是间断的，如护国寺和隆福寺等庙会，只有会期有，什刹海荷花市场，只有夏季有。此外还有级外的，是德胜门、宣武门几处小市，鼓担和住户卖旧货，间或也有旧书。这种处所，旧书的出现更富于机遇性，有时候会出现大量的，甚至有善本。

旧书上市量的多少，价的高低，与治乱有密切关系。量多少与治乱成反比，治少乱多，因为治则买者多而卖者少，乱则买者少而卖者多。价高低与治乱成正比，治高乱低，原因与多少一样，治则大家抢着收，乱则大家抢着扔。抢着扔的情景，记得最惊心动魄的有两次。一次是七七事变之后,以德胜门小市为例,连续多少个早晨,旧书总是堆成几个小丘,记得鼓担的收价是六七分一斤,售价是一角一斤。可是买主还是很少,只好辗转送往造纸厂了。另一次是"文化大革命"风暴初起之时,小市的情况如何,因为没有余裕去看,不得而知;且说自己,匆忙点检,把推想可能引起麻烦的中西文书籍百余种清出来,由孩子用自行车推往废品站,回来说,废品站人说不收,愿意扔可以扔在那里,就高兴地扔了。我当时也松了一口气。及至风暴过去,才想到其中有些,扔了实在可惜,想买就再也遇不到了。这使我想到古人"人弃我取"的策略,道理自然不错,但那究竟是局外人的风凉话,至于被迫处于局内,那就是另一回事了。

还是转回来说平时,旧书价的高低,与售书处所等级的高下成正比,因而一种同样的书,比如说,由东安市场买要两角,由街头书摊买也许只要一角,由级外的小市买也许只要五分。搜寻旧书,更喜欢多逛街头书摊和小市,原因之一就是图省钱。但还有原因之二,也许更重要,是可以买到中级以上书商看不起的不见经传之书。中级以上书商收书有个框框,这框框一部分来自师傅所传,一部分来自书架上所常见,总之要是他知道的。街头书摊和小市则不然,以小利速销为原则,所以总是遇书不拒,因而它就有个大优点,是因杂而博。譬如鲁迅弟兄早年译著,《侠女奴》《玉虫缘》《红星佚史》《匈奴奇士录》等,清末刻本富察敦崇著记八国联军入北京的《都门纪变三十首绝句》,以及嘉庆八年无名氏稿本记嘉庆皇帝一年活动的《癸亥日记》,等等,我都是从这类地方买来的。

这样说,好像下级的售书处所只能买到破烂,其实不然。自然,这要看机会,如果碰到机会,买到见经传的书也并非不可能。机会是难得的,但日久天长它就会成为必然。比如我现在还喜欢的书,明版绿君亭(汲古阁)刻《苏米志林》,乾隆十二年(一七四七)初刻沈德潜著《杜诗偶评》,就是由小市地摊上买到的。

五十年代以后,等级较低的售旧书处所逐渐消失。"文化大革命"以后,旧书稀如星凤,其中的线装刻本成为和璧秦玺,出售处所只剩中国书店一家。有一天,一位喜欢逛书店的朋友谈起琉璃厂的情况,举一些例说明货之少和价之高,只记得劣拓粗裱的《郑文公上下碑》,定价超过千元。这使我想起当年由小市地摊买到乾嘉精拓当时裱本《始平公造像记》的情况,其价只是一角,不免兴起对于"旧游"的回忆。

(选自《负暄琐话》,黑龙江人民出版社一九八六年九月版)

白门买书记

纪果庵

益都李南涧、江阴缪荃孙前后作琉璃厂书肆记,今日读之,犹不胜低回向往,然人事无常,缪氏为后记时,李氏所举数十家,固久已不存,辛亥后,缪氏自沪再抵旧京,则前所自记,亦复寥若晨星,三十年来,烽燧叠起,岂唯乾嘉之风流,邈若山河,即同光之小康,亦等之梦幻!缪氏所记诸肆,唯来薰阁、松筠阁等巍然尚存,直隶书局、翰文斋则苟延残喘,后之视今,犹今之视昔,讵不重可念耶!

金陵非文物之区,自经丧乱,更精华消尽;徒见诗人咏讽六朝,惓怀风雅,实则秦淮污浊,清凉废墟,莫愁寥落,玄武凋零!售书之肆,唯以旧货居奇,市侩结习,与五洋米面之肆将毋同,若南涧所亟亟称道之五柳老陶,延庆老韦,文粹老谢,徒供人憧憬耳(注)。书肆旧多在状元境,白下琐言云:书坊皆在状元境,比屋而居,有二十余家,大半皆江右人,虽通行坊本，然琳琅满架，亦殊可观，廿余年来，为浙人开设绸庄，书坊悉变市肆，不过一二存者，可见世之逐末者多矣！盖深致慨叹，顾甘君之书距今又五十年，状元之境，乃自绸庄沦为三四等旅舍，夜灯初明，鸠槃荼满街罗列，大有上海四马路之观，典籍每与脂粉并陈，岂名士果多风流乎！不过目下较具规模之坊肆，仍以发祥该"境"为夥，如朱雀路之保文，太平路之萃文，其佼佼者也。

余在秣陵买书，始于供职山西路某部时，冷官无事，以阅旧货摊为事，残缺不全之《雍熙乐府》，"任氏散曲丛刊"，皆以一元大武得之，雨窗欹枕，大足排遣乡愁，及后友人告以书肆多在夫子庙贡院街，始知有问经堂诸肆，忆其时以七元买渔洋《精华录笺注》，二元买《瓯北诗话》，虽版非精好，而装订雅洁，颇不可厌，今日已非数十番金不能办，二三年间，物价鹘兔，一何可惊；厥后滥竽庠序，六十日郎曹生活，告一段落，还我初服，乃得日与卷帙为伍。时校中命余代图书馆搜罗典籍，盖劫后各校书无一存者，书肆中人云，丁丑戊寅之际，书皆以担计，热水皂以之为薪，凡三阅月，祖龙一炬，殆不逾此，所幸近代印刷，一书化身亿万，此虽不存，彼尚有余，不致如汉初传经诸老之拮据，兹为大幸。余阅肆自朱雀路始，其地有桥有水，复有巷名乌衣，读刘禹锡诗，真若身入王谢堂前矣。路之北，东向，曰翰文斋，其榜书胡小石教授所为也，肆主扬州产，钱姓，昆季四人，以售书骎骎致富，然侩气殊浓，每有善本，秘不示人，实则今之所谓善本，即向之通行本而已，覆印既难，遂以腐臭为神奇。余曾以三十金买初版《愙斋集古录》，友人皆曰甚廉，迩年坊市，皆以金石为最可宝，次则掌故方志，次则影印碑帖画典，若集部诸刊，冷僻者多，不易销售，然近顷欲觅一《艺风堂文集》，亦戛戛其难，昨见某友于市上大觅牧斋《有学集》，竟至不能得，就余所知，此书在旧京，固触目而是，今如此，恐沪上以书为货，垄而有之之风已衍蔓至此，不觉扼腕三叹。翰文寄售影印初月楼汲古阁各丛书，初价并不昂，如《津逮》《借月山房》诸刊，才六七十，比已昂至四五百元一帙，可骇也。京中有"黑市"，丑寅间列货，莫愁路一带，百物骈陈，质明而散，相传明祖既贵，旧部濠泗强梁，既不能沐猴而冠，乃辟为此市，俾妙手空空，亦各得其所，姑妄听之。然变后斯市，固大有是风，书肆中人，往往怀金而往，争欲于此得奇珍，翰文亦其一。余于其店买《甲寅周刊》合订本两册，共三十期，较论移时，终须十五金始可，实则在黑市不过五元，然一念老虎部长之锋芒，觉亦尚值得，归而与鲁迅全集合参之，竟不觉如置身民国十五六年间思想界活跃非常之时期焉。

翰文稍南曰保文，初在状元境，二十五年后始移此。主人张姓，冀之衡水人。衡水荒僻小县，而多以书籍笔墨为业，今旧京琉璃厂诸肆，强半衡水也，故老云，厂肆在同光前，以豫贾西商为主，庚子后衡水渐多，松筠阁刘姓，始列肆于厂，今则目为门面,绵亘十数楹,巍峙于南新华街,卅年来,在书业中屈一指矣。保文总店设歇浦三马路,主人某,曾受业于旧东翰文之韩心源,韩则宝文斋徐苍崖(注)之徒,颇为缪荃孙称道者,故某氏版本之学,独步一时,又与刘翰怡、刘晦之、董绶经诸公接,所见愈广,沪之市书者,每倩其鉴定。后经翁家刻及景印诸精本,坊间已不易睹者,求之该肆,往往而有;老而无子,南京分肆则付诸其戚经营,即张姓也。其人尚精干,唯芙蓉癖,遂鲜振作,一徒彭姓者,忠戆人也,吾颇喜与之谭,道掌故娓娓如数家常,亦四十许矣。二十九年秋,出嘉靖唐诗纪事,行款疏落,字作松雪体,纸白如雪,索二百四十金,余以价昂却之,后闻归陈人鹤先生,氏南京收书,不惜高值,故所藏独多。自三十年春,北贾麇集白城,均以氏为对象,彼辈利用汇水南北不同,不惜重贾于苏杭宁绍各处搜括劫后余灰,北来之书,又非以联券折合不可,其值遂甚昂云。保文售予之巨帙,有《通志堂经解》(广东刊),《知不足斋丛书》(最足本),《适园丛书》,《清儒学案》(天津徐氏刊),《四部备要》,《四部丛刊》初二三编,百衲本二十四史,《碑传集》及续补,《湖海诗传》,《湖海文传》等,皆学人之糇粮,典籍之管键,总计全价犹不及五千元,以云今日殆十之与一,唯去春曾购定中华书局本《图书集成》一部,价九百元,后不知何故,竟毁成约,于是翰文乘之,以集成局本原价八百元之全书,勒索至九百余元,不得已买之,当时殊引为憾,及今思之，只觉其廉耳。今暑气候炎燺，为数十年所廑见，每于夕阳既下，徜徉朱雀道上，以散郁陶，则苦茶一瓯，与肆中人上下今古，亦得消闲之趣。一日，忽见上虞罗氏书甚夥，询之则自大连寄至者，若《殷虚书契》前后编，《三代吉金文存》，《楚雨楼丛书》等，皆学人视为珍奇，不易弋获者，而其价动逾千百，亦非寒士所能问津。余于甲骨无趣味，而颇喜金石，到京以来，收得不多，唯有某君出售《周金文存》全书，索价每册只二元，诧为奇贱，亟以二十四番金市之，实来京一快事。《三代吉金》，印刷精美，断制谨严，较之刘氏小校经阁，《金石文字》，《善斋吉金录》等有上下床之别，容希白氏《商周彝器通考》言之详矣。去岁尾予代某校托松筠阁自平寄一部，二十册，价八百金，北流陈柱尊先生见而欲得，又嫌其值之昂，今保文之书竟高至千二百金，予友余君，亦有金石癖，既以重值买其《殷虚书契》以去，又取此书，玩赏数日而归之，盖囊中羞涩，力有不胜，余拟以分期缴款方式收买，甫生此议，已被某中丞捆载而去，悔无及矣。小品书籍之略可言者，《徐钪本事诗》，初印本也，有叶德辉收藏章，余以二十元得之，《天咫偶闻》，知堂老人所最喜也，以四金得之，董刻《梅村家藏稿》，二十八金，影印《西厢记》，二十金，罗氏影印《草窗诗集》十金，皆非甚昂，记以备忘。嘉业堂藏本及印行各书，余代某校收买者，则有小校经阁《金石文字》，《善斋吉金录》，《宋会要》（嘉业本，北平图书馆印），《雪桥诗话》等。

保文南有国粹书局，乱前颇有藏书，毁于兵燹，今虽复兴，而书价奇昂，余喜搜罗地方掌故之书，如《天咫偶闻》《郎潜纪闻》《日下旧闻》《啸亭杂录》《檐曝杂记》《春冰室野乘》……诸书，皆日常用以遣睡者，举目河山，不胜今昔，三千里外，尤绕梦魂。某晚于此店邂逅《旧都文物略》一帙，乃秦德纯长北平市时所辑，虽搜访未备，而印刷殊精，在今日已难能，不意索价至八十元，以爱不能释，终破悭囊畀以七十五金，自是不甚过其肆。闻友人云，该肆总店在申，居积殊赢，京肆生涯初不措意，则无怪其拒人于国门之外也。与保文相对者，有艺文，乱后始设，凌杂不堪，主人以贩书南昌为事，初尚有盈，今则数月无耗，其肆无佳品，唯曾售余中华本《饮冰室全集》一部，乃任公集之最全本，按其价四十元八折，今商务中华之书，靡不增至十倍，此可谓奇遇。艺文之邻，有南京书馆，专售商务出版品，其主人前商务宁局伙友也，战后商务新刊，不易抵京，赖此店及中央书报发行所为之支撑。余所购者，如《缀遗斋彝器考释》，原价三十五元，后改为七十，市售则加三倍，购时真有切齿腐心之思，然甫三月，余已有倍蓰之利可图，今日之事，又岂人意所能逆料哉！他若《越缦堂日记》续编，《窭斋集古录连膡稿》，影印《营造法式》，大典本《水经注》，及各种法帖画册墨迹，罔不以加三加四之值购得，而与"缀遗"之事如出一辙云。

自朱雀路过白下路而北，旧名花牌楼（明蓝国公府大门，建筑富丽，后虽以罪毁，仍存是名），今日太平路，乃战前新书业会聚之区，中华、商务之赭垣黔壁，触目生愁；自物资困窘，纸贵如金，营出版业者，谁复肯收买稿件，刊行新籍，且撰著者风流云散，即欲从事铅椠，亦有大雅不作之叹。职是之故，新刊图籍，价目日新月异，黠者咸划去书籍版权页之价目，而随意易以欲得之数，使购书者参酌无从，啼笑皆非。太平路最南路东曰萃文，肇兴于状元境，亦老肆也，藏书颇有佳本，惜不甚示人；其陈于门面橱窗者，举为下乘，余买书于此店甚多，都不复记忆。去冬岁暮，天末游子，方有莼鲈之思，忽其主事者袁某人，曰有袁氏仿裴刻《文选》一部，精好如新，适余于数日前在莫愁路冷摊得同书首二卷残本两册，一存目录及李善表，一存卷一班赋，而书顶有广运之宝，方山（薛应旂），董其昌，王世贞诸印，既以常识审之，证为赝鼎，又以其不全也，置之尘封中而已。今闻有全书，不禁怦然心动，乃索至八百元，犹假岁尾需款为词，介之某校，出至六百，袁坚持非七百不可，北中某估，与余稔，曰，可市之，不吃亏也，余捵挡米盐度岁之资而强留之，始知为张氏爱日吟庐故物，凡三十一册，每册二卷，目录一卷，虽经装裱，纸墨尚新，因念明刊佳椠，近亦不可多得，如此书战前不过二百元，绝非可宝，今则诧为罕遘，后此书终以原价为平估窜去，至今惜之。他若明刻《文章正宗》之类，平平无奇，而索值极高，殊可恚恨。余曾入其内室，则见明覆宋小字本御览，商务初印

《古逸》及《续古逸丛书》，皆精佳，唯一时无出手之意，遂不能与之谈。尤可笑者，某日天雪，以清末劣刊《金瓶梅》来，索至二百金，余察其离奇古怪之图画，讹夺百出之字体，咄而返之。昨读周越然先生在《中华日报》所记买此书之故实，不觉亦哑然有同感也。萃文之北曰庆福，肆尤古，主人深居不肯出，虽知藏书不少，而未能问津，今秋陈斠玄教授全部藏书出售，此肆独获其精者，秘不告人，留待善值，欺人孺子，诚恶侩矣。庆福对面曰文库，林姓，扬州产，乱后营此小肆，以出租小说糊口，亦稍稍买旧刊及西书，曾以三十元买《热河志》而以五百金鬻之，堪称能手。余见其肆多有国立北平图书馆西文藏书，殆变中南徙流落于此者，滋可叹息！

状元境仅存之书坊，自东而西，曰幼海，曰文海，皆扬州籍，幼海索价，胡天胡地，莫测指归，又恒开恒闭，在存亡之间；文海地势较冲要，客岁余买其龙蟠里图书馆藏本不少；龙蟠里者，陶文毅公办惜阴书院之地，前临乌龙潭，右倚清凉山，《管异》之所记盋山，即此，故又称盋山精舍。端午桥在两江任时，买丁氏八千卷楼旧藏，遂扩为江南图书馆，藏书为东南冠，商务印《四部丛刊》，佳本多取诸此，既成而隐其图记藏者，至今馆人诟焉。战前由柳诒徵翁主持，编刊目录，影印孤本，盛极一时，自经丧乱，悉付劫灰，尚不如中央研究院诸书，得假他人之手，略存尸骸，其善本或散入坊肆。余前曾得有伊墨卿《留春草堂诗钞》，小字明覆宋本《玉台新咏》，皆嘉惠堂故物，文海所售者，如明本《警语类抄》，字体精美，足资赏玩，《弇山堂别集》，有丁松生亲笔校记，朱黑烂然，致足宝贵，皆怂恿某校存之，盖公家藏弆，终较阅之私人邸宅为佳也。此店又多太平史料之书，抄本更夥，唯影印《忠王供辞》，余托其寻索，迄未报命。善文书店，在中间路南，主人殷姓，保文堂旧徒，乱后自营门市，余于二十八年秋，以三元贱值买广东刊巾箱本《七修类稿》于此，后更买其《清史稿》，当时为所绐，价百五十金，其后始知市值不过百二十，然今则非五百不可，向恨矇瞳，今诧胜缘焉。又从其买英文书若干册，旧师郭彬龢所藏，估故不识，每册索一元，皆专研希罗古文学者，此等事盖可遇而不可求，非可以常理论者。善文西曰会文，韩姓，亦新设，其人谨愿，书价和平，余每月必买少许，而不甚易得之书，往往彼能求获，如《日下旧闻考》，为研旧京掌故必备之籍，燕估犹多难色，去冬韩由扬州买来，价不过二百八十金，为某校所买。清末名臣奏议，及方志诸书，出于此者甚不少，余所得书之更可念者，如《越缦堂诗集》，陶濬宣旧藏也，《十驾斋养新录》，薛时雨故物也，书固不精，前贤手泽可贵耳。《越风》《喻林一叶》两书，在故都价甚大，而此肆则不甚矜惜，得以微值收之。韩为人市侩气较小，亦使人乐就之一因。状元境旧肆，如天禄山房，聚文书店，今皆不存，唯集古一肆，伶俜路北，尘封黯壁，长日无人，徒增观感。萃古山房，原亦在此，且书版甚多，事变前龙蟠里所得段氏说文手稿信札等，皆此肆所售，乱后生活无着，书版多充薪炭，或以微值鬻人，今其老店主每谈及此，辄欷歔不止，顷另设门市于贡院西街，门可罗雀，闻已应陈人鹤先生之召，为钉书工。余最喜听其谈南京书林故事，有开元宫女之思焉。贡院西街在夫子庙，书坊历历，唯问经堂最大，主人扬州陆姓，干练有为，贩书南北，结纳朱门，以乱前萃书书店之伙友，一变而为南京书业之巨擘。其人不计小利，而每于大处落墨，又中西新旧杂蓄，故门市最热闹，余买书甚多，不能详记，春间彼自江北返，得《越缦堂日记》全帙，向余索新币三百金，旧币四百五十金，余适有某刊稿费未用，力疾买之，而俄顷新旧之比已二与一，余则用新币也，虽然，不稍悔，盖余最喜阅读日记笔记，平日搜罗，不遗余力，《翁文恭日记》，曾有海上某友人转让，索百八十金，以其昂漫应之，而不日售出，遂悔不能及，今遇此好书，岂可失之交臂耶！周越然先生云：一遇好书，即时买下，万勿犹疑，否则反惹售者故增其值，即上当亦不失为经验，余颇心折此言，且早已实行者。昨余又过其肆，则陆某向余大辩其书价钱之廉，并愿以新币四百五十金挖去，余笑而置之，估人亦佼矣哉！然此事不成，则又以《三古图》一部蛊余，上有伪造文选楼及琅嬛仙馆珍藏图章，索至三百金，清印明刻本，市上恒见物也，余亦一笑置之。

买书不能专走坊肆，街头冷摊，巷曲小店，私人之落魄者，佣保寒贱之以窃掠待价而沽者，皆不可放过。莫愁路之黑市，前既言之矣，二三年前，犹可得佳品，近日则绝无。路侧，有曰志源书店者，鲁人陈某所设，其人初不知书，以收破碎零物为业（京语曰"挑高箩"，以其担箩沿街唤买，如北京所云之"打小鼓的"然），略识之无，同贩中之得书者，辄就请益，见书既多，遂专以收书为事，由担而肆，罗列满架，凡小贩之有书者，咸售于此，故往往佳著精椠。余所得有最初印本《捃古录金文》，裁钉印刷，皆上上，而价只五十金，刘氏《奇觚室吉金文述》，虽翻印数次，而坊间仍无书，亦于是买得，方氏《通雅》，虽不精，只十元；鲍氏《观古阁藏龙门造像拓本》数册，陈伯萍藏汉魏碑帖多种，咸自此散出。最近陈氏家人更以所弃扇面百余件附售，余过而观，有包世臣，李文田，王先谦，王莲生诸名家手迹，弥可宝贵，索五百金，余方议价间，已为识者窜去，颇自悔恨。唯收得旧拓片数十纸，每纸不逾数角，内有匋斋宝铁斋旧物二，尚足自慰。又见其乱书中有戴传贤书扇，并张道藩君所藏素描集等，昔为沧海，今日桑田，大有金石录后序之悲矣。

豆菜桥边一肆，亦以收旧物而设门市者，其人张姓，嗜饮，性畸，逢其醉，无论何物，皆以"不卖"忤人，否则随意付钱，可得隽品，所收书画良多，珂罗板碑帖尤夥，以不善经营，数在其肆外告白："本店无意继续，愿顶者可来接洽。"于是由书肆变而为售酒之店，昨过其地，则酒店又闭，想瓮中所储，不足厌刘伶之欲，此公亦荷锸行矣乎？

凡余所记，拉杂之至，又无名本秘笈，唯是世变所届，存此未尝不可备异时谈资，谅大雅或不以琐猥见訾欤？

壬午重九于金陵冶山下

注：李南涧《琉璃厂书肆记》："……书肆中之晓事者，唯五柳之陶，文粹之谢及韦也。韦湖州人，陶谢皆苏州人。……吾友周书昌，尝见吴才老韵补，为他人买去，怏怏不快。老韦云，召子湘韵略已尽采之，书昌取视之，果然。老韦又尝劝书昌读魏鹤山古今考，以为宋人深于经学，无过鹤山，惜其罕行于世，世多不知采用，书昌亦心折其言。韦年七十余矣，面瘦如柴，竟日奔走朝绅之门，朝绅好书者，韦一见谂其好何等书，或经济或词章或掌故，能多投其所好，得重值，而少减辄不肯售，人亦多恨之。……"

又缪氏后记记李雨亭徐苍崖，亦斐娓有致："李雨亭与徐苍崖，在厂肆为前辈，所谓宋椠元椠，见而即识，蜀板闽板，到眼不欺，是陶五柳钱听默一流，尝一日手国策与余阅曰：此宋版否？余爱其古雅而微嫌纸不旧，渠笑曰：此所谓捺印士礼居本也，黄刻每叶有刊工名字，捺去之未印入，以惑人，通志堂，经典释文三礼图亦有如此者，装潢索善价，以备配礼送大老，慎弗为所惑也。"

（选自《蠹鱼篇》，古今出版社一九四四年版）

北平旧书肆

商鸿逵

我记得在《人间世》某期上读过一篇"书店"觉得写得很好，很在行，只是所写多偏于上海新式书店，这截止到现在还不失为中国旧文化中心的北平城里那些"旧书肆"，却也蕴藏有不少"奥妙"，趁今日闲暇也写它一写。

北平的旧书肆区，在老年，就我所知，有一厂二寺，厂即琉璃厂，它是具有几百年历史的，迄今未衰，"厂肆"二字在中国藏书史上至少是免不了要提提的一个名词吧。二寺即慈仁寺与隆福寺，慈仁寺（今名报国寺，在宣武门外）在清初颇兴旺，顺康间人笔记中常见述及，如今却是连一些书影儿也没有的了，隆福寺起初只是些书摊，每逢会期，赶来摆卖，现在发展的也不下二十家店肆了，其中还有几家规模够大的。记得去年南方某书店来北平采购旧书，先到隆福寺，进入一家，骤睹琳琅满目,便拣选了些,又进一家,又买了些,顷刻用去数千元,后来又到琉璃厂,见藏书之多且十倍于隆福寺,未见大买,囊资已尽,遂赞叹叫绝而返。

过去书中谈及厂肆等地方的很多,专记的有李文藻《琉璃厂书肆记》,缪荃孙后记,叶德辉"买书行"等,以繁不引,只叶氏《书林清话》上有几句话:"吾官京曹时,士大夫犹有乾嘉余韵,每于退值或休务日,群集于厂肆,至日斜多挟数破帙驱车而归。"这种余韵,今日犹有,什么考究版本的鉴赏家,爱往旧书堆里钻的大学教授,附庸风雅的买书者,侨居我邦,研究所谓"汉学"的洋人等等,都算是厂肆的长期主顾。

书肆主人,已往都是江西金豁籍,兼有江浙籍,盖皆南人也。到现在却多换了别地方人了。这里面怎样一个衍递,不甚了了,或谓,在先之南人,多为进京会试,名落孙山的举子,赧颜归里,便思做生意,旁的生意不会做,只好卖书,念书人卖书算最接近的一行了。可是,虽然做生意,究系"由儒而贾",难免要带点"酸狂气",对于奉承,自然差忒。偏巧一般买书的达官贵人又好"奉承"这个调调,纯生意人于是便大得手了,主顾一到,装烟倒茶,躬出揖入,一味周旋,再加上他们的"负苦耐劳"精神,渐渐便夺去江西人之席。就我所知,某书肆主人背包袱时,每串大宅第,常当人面从袋中取食黄粱窝,询以故,则诉曰:"卖书能有多大赚头?不得不吃这个!"如是,人怜其苦,便不与他争值了。这套把戏,酸狂举子,怎么能扮得来!

说到做生意方法,旧书肆与新书出版家又大不相同。新书是要拉些有名作家作后台,旧书却全靠采访所得,大一些的书肆,差不多常年要派人到各省各县去收买,性质颇近古董商,有时虽一无所得,有时可获利无算,像那部哄传一时的《金瓶梅词话》,在山西买来时才数十元,一转手便卖了数百元,再转到购主便千数百元了。

近年的刻板书价总都算涨,原刻或刻得精一点的都贵得了不得,宋元板不谈,即小说戏曲之类,一部《贯华堂水浒》就要五六十元,《清晖阁牡丹亭还魂记》非百元莫办。去冬我见着一部《十二律昆腔谱及京腔谱》想买,开口便索价四百,近年更有人搜罗淫词小说,两本旧刊《肉蒲团》也值二十元了。

书价的涨落也看风头,胡适之先生谈了谈传记文学,谈到汪辉祖的《病榻梦痕录》,"梦痕录"立刻涨价,林语堂先生表表袁中郎,中郎集又涨起。

县志近年价也大涨,大概是先有某国欲考索中国风土地理而采买,随着我们也感觉这个重要而争买,一部偏僻不经见的县志,论本头也须一二十元。前天一书贾向我说,要有一部《香河县志》(属河北)能卖八十元。

"禁书"也了不得,载在禁书目录的书,不消说是卖大价了,即现在还在禁的那部清史稿,原定价百元,现售至四五百元,书是不管好坏,一禁便贵。

传钞作假,更是旧书肆的拿手活,遇到罕见的书,不管刻本抄本,他们能用染制好了的旧样丝栏纸誊写上几部,有时会当"传抄未刻本"卖,一捆子烂卷残稿,他们能描改挖补,装帧什袭,杜撰个名目,充"稿本"去骗卖。前年有书贾持一旧纸影印《玉台新咏》,冒称明刊到某图书馆求售,结果,居然被欺,用重价收下。

卖书还须有一种手腕,是攀交名流,要名流作甚呢,名流能替介绍主顾,凭他一言,书既可留,价且多给,名流也乐得接近他们,一来能借着多见些好书,长长见识,二来,高明些的书贾,他那点"横通"工夫,却真也"颇有可以补博雅名流所不及者"(章实斋语)。原来旧书主顾,尤其好讲究点"版片"的,常离不开这些:规模大些的图书馆,中或外,或中外组织的学术团体,少数有力的收藏家,这些,非是名流在那儿主持,也和他有关连有友谊。

这般书贾的记忆力也特好,谁已有何书,谁尚阙何书,谁欲觅何书,谁不收何书,胸中都有个大概,他在收买时固早在留意,拿来时你也定会十九中肯。

截至今日止,旧书肆生意,总算不恶,不过,今而后,便不敢说了,图书馆以连续的收买,普通些的都有了,外邦人因金价跌落,搜罗之勇,也大不似从前,私人收藏家又越来越少,——最欢迎的自然是私人收藏,因私人资财的持久无把握,子弟的优劣无把握,无论到哪个无把握时,书便会"流通"出来。图书馆藏书却是"一入侯门深似海",永远不得再与"市"见,图书馆拍卖藏书,机会总少吧!这么一来,所谓"珍籍",能经过书肆人之手者日稀,生意也便日稀了。

一般新出版家的影印旧书,也给打击非小,有了影印精版的,谁还肯买劣刻的,商务印书馆印了各省通志,通志只好落价,中华书局影印了铜活字本《古今图书集成》,谁还肯花五百元买那集成局两羼纸的匾字本?

以我看来,旧书肆今后若想发展,还须另寻途径。

(选自上海《人间世》半月刊)

购买西书的回忆

周越然

我从小就喜好书籍。自十一岁认识"ABC"（音"爱皮细"，作"西文字母"解）之后，我就开始购买西书。老家中富多国籍，所以无意添加。最初求得的，无非初级读本、小型字典；后来渐及地志、算术、生理、历史、文法、文学……我们的吴兴城不是通商口岸，离上海三百余华里，至今还没有出售西书的店铺。同时，我们也不知道上海有什么西书出售。好得当时在城中的传教士，总有几本随身带的书籍。《圣经》是免费的，不过我们看不大懂。我们拣看得懂的，或者向他们暂借，或者抄录名称，托朋友代买。

当时为我办那种差使的，不是我的朋友，也不是我的亲戚。他是一个小商人——所谓"中西大药房"的所谓"经理"。他非独售药，并且售毛巾，售拖鞋。他说他上海熟人很多，可以为我们代购一切，所以我们托他带汽水，带瓷盆,……我们托他带的东西,无有不到,但是他所取的费,似乎不小。我托他带的书籍,也是这样。他姓孙,字玉峰(?),现在恐怕已经弃世了。

我每月每年这样托他购书,到了二十岁,已经几乎可以装满一小橱。二十一岁,有人请我到小镇上去教学英语。我把全数的三分之二都带去参考自修。不料放假归家,三分之二的三分之二为识者看中,被窃去了。这是我第一次亡书。

第二次亡书,在民国元年。那年上学期我在安徽高等学校当教务主任。暑假后,因为"第二次革命"的关系,我不能准时赴"任"。等到我抵达安庆,进校入室之后,我立时发见我所留存的中西书籍——约三百册——统统没有了。再三查问,始知全被"丘九"(民初骂学生语)拿走了。我并不烦恼,并不发怒,我以为他们拿去,不是因欲卖钱,总是因欲求智。书籍是身外之物,我需要的,我可以随时补购。区区三百册,真不足惜!我在安庆小住两天,即重返申江,因为那位倪老都督,观于各地的"暴乱分子"有类似学生者,禁止我们开学的缘故。

我第三次亡书,在民国二十一年壬申"一·二八"事变中。当时我家(作动词用)闸北天通庵路,藏书的几间屋子叫作"言言斋"。炮火连天的时候,房屋同书籍均遭了殃。除国籍一百六七十箱不计外,我所损失的西籍总在三千种或五千册以上,其中五十余种系绝版者或稀罕者。

我讲了半天，专讲"亡"书而不及"买"书，岂非离题么？岂非故意不入题么？不，不——我将原因与结果倒置了。购书是原因，亡书是结果，我理应先讲原因，再说结果，先讲购书，再说失书。不过，我所以这样，所以颠而倒之的缘故，因为得书是乐，失书是痛——先讲失，再讲得，似乎少些伤心。阅众以为然否？

现在我讲原因，讲我的购书（西书）经验：

我最初购书，就采用代理法。吴兴城里的那位孙玉峰先生，就是我的代理人。

代理法有优点，也有劣点。优点：书价不必预付，货到齐了，然后交款。倘然货价错误，购书的人可以退还，可以不收。购书的人，只须开一清单，写信寄信等事，统由代理人负责。劣点：代理人喜延宕，不肯赶紧，要候便，不肯专办。他们因欲节省纸墨，节省邮费，非待许多生意到手之后，绝不为你的一本小册子而发上海信。我深知他们这种"毛病"，所以后来在上海托别发、中美、伊文思向外洋购书时，我必定去一封正式信，其中除著者、书名、定价、出版家外，另加两语道："我希望此书于八十天以内到申"，"至于用费（expenses），我全不限制。"有一次，我因为误写"八十天"为"四十天"，上了一个大当。他们见我有"用费——不限制"的语，马上打电报到伦敦去。我所定的书，不到三十五天就到了，但是我付的电报费，比书价大三倍。此真"女儿大于娘"了！我所得到的那册书，就是国父《伦敦蒙难记》的一八九七年西文原版。

打电报购书，在西洋方面，不算一回奇事。美人向伦敦购买古籍，十九总用电报，因该地书癖最多，"足"不"捷"者不能"先登"的缘故。我国购古书者，倘然采用电报法，定必失败。我国南北各书贾，人人都有疑心病。倘然他们看见顾客用电报来购书，那么劣货立时变成精品，烂版立时变成为宋刊了。他们把那部破书，马上从架上抽出来，望里面一藏，给你一封平信，说道："书已出售，另有精本（寄售），价若干元（暗加十倍）。"但是我向外埠购书，也曾用过电报。我那两部木刻的小说——《痴婆子传》与《灯草和尚》——就是用电报购到的。不过我并不直接打给书铺，我打给朋友，请他立时立刻到书铺去购。所以，我的电报法，依旧是代理法。

除了代理法与电报法外，还有通信法与直购法。我先讲通信法：

西洋有少数"奇"书，出版者绝非大公司，而出版人又似无固定的住所。倘然你托伊文思、中美或者别发代办，他们会对你说道："那边我们没有代理人"，或者说道："我们愿意去试一试，不过我们不敢负责。"

要购买这一类书，最好采用通信法，就是说，你写一封信，买一张汇票，将汇票封入信内，将信件挂号寄去。结果九得一失（不是一得九失），总算不得失败。我一小部分的"性"书，是用这个方法得来的。但是我的"九得一失"——我的一失太大了，我曾经损失五十镑，我曾经被骗五十镑——我太冒险了。

我的一小部分"性"书，是用通信法得来的，——这在上文中已经提过了。我大部的"性"书，则由直购法而得。直购法，就是面对面的买卖，就是亲自到铺中或摊上去拣中意的书，问价、还价、付款、取书而出的意思。"八一三"以后一年半之内，我用这个方法，在全市冷摊淘得的"性"书约四十种，价钱相当便宜。我不知道"八一三"后，这种同类的书为什么这样多。从前为什么一种都不出现？难道是命既处于险境，性更不必研究的意思么？有人说那都是某医师的旧物，他的夫人因欲迁往内地售与他们的，此说似乎可信。

直购法的优点是，见了好的马上可买，不必烦劳代理人，也不必通信发电。但它有它的劣点：（一）你初次上门，他们不认识你，不明白你的身份。你问他们书价，他们不是冷淡你，就拿高价来吓你。（二）你常常上门，他们已经认识你了，已经知道你的性格了，已经同你做过许多交易了。你所拣选的书，一定是你中意的。所以你问价的时候，他们心中存一个"何不敲一记"的念头，所以取价必高。对付（补救）第一个劣点，只要假装呆头，假装聋子。他们无论怎样讥讽，我和和气气地还价，还一个"打蛇打在七寸上"的公平之价。他们知道你有资格,第二次上门时,就会巴结你了。对付第二个劣点,可采用(小人之道)"偷天换日"的法子。譬如:你决定要买"甲"书时,故意拿一本"乙"书问他们价钱——"甲""乙"两字,代替书名。他们必定说道:"这本书稀罕得很,昨天有人来问过,我要他八十元。你先生是我们的老主顾,倘然你要,打一个七折罢——算五十元好了。"在这种情形下,你应当东翻西翻地细看乙书,同时假作"手不忍释"的状态,并且说道:"书是好的,可惜太贵了。……"然后你左手持乙书,右手指甲书而说道:"那一本与这一本差不多,为什么只要十五元呢?"他们听见了你的话之后,必定把甲书抽出来一看而说道:"不,不,它的定价是二十元,不是十五元。"那么你可以说:"我今天带钱不多,让我先买这一本罢。打七折可以么?"

偷天换日的法子,很多很多。上面所讲的,不过一个例子。将来如有摆书摊者看到我这篇回忆,请不要骂我为骗子。我曾经做过好几次骗子,"骗"到的书,有裘力氏英译本的《红楼梦》(一九〇二年澳门版)等等。

用直购法向正式书肆购书,不必"偷天换日"。他们的书价和折扣,是"童叟无欺"的。

我采用上面所讲四个方法——代理法,电报法,通信法,直购法——所得到的西书,虽然已在"一·二八"时遭劫,但"一·二八"后补购的亦属不少。我家中现有者,总在一千五百种以上——大部分为文学书，足供我年老时的消遣。并且除了国父《伦敦蒙难记》与裘译《红楼梦》外，还有珍贵之书多本。我将它们的名称开列于后，以见西洋人的注意我们，研究中国文化，已不止一百年了。下面各书，虽非孤本（unique），然皆罕见（rare）：

（一）《第一次英国使节来华记》，史当登著。一七九七年伦敦版，全三册，残存首两册，附详细中国地图。

（二）《鸦片章程》，华英对译本，全一册，一八四〇年澳门版。

（三）《游江南传》，沈金（？）译。一八四三年澳门版，全两册，有赉格（Legge）氏引言。

（四）《好逑传》，一八六一年英国版，全四册，有精图。

（五）《忠王自传》，雷氏译。全一册，一八六五年原版。

（六）《鸦片战记》，巴克译。全一册，一八八八年原版。

（七）《王充论衡》，德人福开译（英文），见一九〇六、一九〇七、一九〇八年德国杂志。

（八）《李鸿章剪报簿》，麦克辛著。全一册，一九一三年英国版。麦氏即机关枪之发明者。此书述在华传教士的劣行，附图含讥刺性，英美政府均暗暗禁售，故海内海外大小各图书馆均无有。

附识：我国要购办或调查西洋古今书籍者，最好参考商能训（Sonnenschein）氏的《最佳本》（*The Best Books*），全书六巨册,是一部完备的书目集成,所有世界各国用英语写成的名著,无不尽载。

一九九四年八月十日

(选自《言言斋书话》,陕西师范大学出版社

一九九八年十月版)

书癖

冯亦代

不知什么时候起,我变了个爱书成癖的人,只要闻到新书里散发出一阵纸张与油墨的扑鼻清香,我便欣喜若狂,不啻是嗅着一捧鲜花。即使在旧书店里,屋底里透出阵阵霉味,但只要我打开书叶,也是可以闻到旧书所特有的气味来的。这一种爱书的怪癖,我不知别的爱藏书的人有否同感,也许只是我特有的吧!

爱书必须逛书店,首先是爱逛书店,才能养成爱书之癖。我一生第一次踏入书店的经过,却不是个愉快的回忆。那时我不过七八岁,有位同学的父亲在商务印书馆杭州分店做事,分店开在清和坊,离我家还有一大段路,但是那位比我大两岁的同学带我去了。一走进这书店,门后四壁都是玻璃书橱,竖摆着一本本的书。店堂里进除了有一列算账的柜台外,便是店堂中央有四张玻璃桌面的桌子,桌面下平摆着一摞摞的书。初进去时看见同学的父亲不免有些羞涩,但过不久,便为书橱里陈列的童话书所吸引了。有如入宝山而见宝藏,我一本本翻看起来,竟不知时之云暮。倒是同学的父亲催我快回家,怕家中人着急,而且还亲自陪着我,走到我家的街口。

我事先并未告诉家里要去书店,怕告诉了大人不让我去。如今放学后多时不归,祖母大不放心,先是以为我被老师留校了,后来派我奶妈去学校找不到我,全家就着急起来。正在祖母牵肠挂肚的时候,我却突然回家了。祖母是既高兴又生气。高兴的是我终于站在她的面前了,生气的则是我居然敢事先在家里不作一声,而和同学跑到老远的清和坊去。祖母倒拿着鸡毛掸子要打我,我便在八仙桌周围,和她转起磨来。她当然没有我跑得快,所以鸡毛掸子只在桌面上敲出声音,而打不到我身上。我起初害怕祖母真的打我,便又喊又叫;后来祖母也追我追得累了,便坐了下来。我停止了叫喊,却看见祖母端坐在圆椅上,竟然老泪纵横。这一下我知道自己闯了大祸。只见祖母一面抽抽搭搭,一面数落我说,如果我妈在世,她才不操这番心,只因为我妈早死,才使她到老还要管一个孩子,唯恐有所闪失。我便泥在她身上,说以后一定听她的话,不叫她生气。这才使她破涕为笑。一场风波就此了结,可是以后我也别再想到商务印书馆去了。不过我心心念念是那几本童话书,终究还是祖母差了我的大表哥给我去买回家来。

我再进书店门时已有十一二岁了。离我家不远的保佑坊开了一家新书店，叫光华书局。开幕日我的一个同学便带我去了。这里面卖的都是新文艺和新社会科学的书籍。我想我之日后爱书成癖，与这家书店不无关系。我在这里买到了郭沫若、郁达夫的书，以后又买到鲁迅、茅盾、巴金的著作。我当时的头脑正如一块会吸水的海绵，这几位大师的著作，滋润了我的心田。我不但读他们的书，而且从他们那儿学会了写作。当时就说是写作，不免有些夸大，事实上，不过是涂几笔而已。写了东西便向报纸投稿，也居然受到杭州《民生报》编辑的青睐，不但采用了我的稿件，而且还约我到报馆见面，从此有一个时期我便成了他的小助手。这位编辑名张人权，他不但教我编报画版样，而且教我读书。他是念法语的，对法国文学颇有研究，中国最早出版法国都德的《磨坊文札》就是他译的。

跑书店竟使我日后成了一位弄笔头的人，实非我始料所及。不过因为弄笔头，就更增加了我对书的兴趣。杭州的湖滨路有三两家旧书店，我于跑光华书局之余，又去跑这几家旧书店了。记得首次使我去旧书店的，是郁达夫先生写的小说《采石矶》，我读了之后，深为清诗人黄仲则的身世所感动，便想一读他的《两当轩集》。我在旧书店居然找到了这部木刻的集子，买回家来念了，不时为他一掬同情之泪。这部诗集我一直自上海带到香港，从香港带到重庆，又从重庆带到上海。最后则随我到了北京。一直到"文革"初期，始作为四旧"呈缴"给当时的"英雄好汉"们。

跑旧书店使我有机会遇见了郁达夫先生，他那时常来杭州，一来必到旧书店。那天我和一个同学在书店漫游书城，他是达夫先生的亲戚，因此介绍认识了。我记得那天达夫先生还请我们到陈正和酒店喝老酒，听他大谈黄仲则，他是非常喜欢黄仲则的，每每以黄仲则自况。

到上海读书以后，星期六或星期日有暇，也常到法租界一家西文旧书店去跑跑。那时使我看入迷的是一本美国白耐特·塞夫谈外国藏书故事的书。过去我对国外的藏书一无所知，读了这本书，才知道他们藏书也是十分讲究版本的。这本书是美国《现代文库》中的一本，一九八〇年秋我访美时也去跑了几次哥伦比亚大学附近的旧书店，遍访此书不得，只买了一本琪屈罗·斯坦因的选集。这几家旧书店真是旧书店，店面既破败，藏书亦很杂乱。十月的天气，纽约还不凉快，钻在旧书堆里密不通风，竟使我挤出一身汗来。但我以获得一本斯坦因的选集而喜不自胜。她虽然是二十年代的人物，而且开创了美国一代文风，但曾几何时，在美国似乎是早被遗忘了的人。"文章千古事"，在美国不过是夏日雨后的长虹，虽然光彩夺目，亦不过刹那间事耳。

上海被日寇侵占后，我南行避地到香港。香港也有几家书店，大都是出售英美新书的，但偶尔也杂有几本旧书和过期的杂志。当时我和徐迟、杨刚、乔冠华等经常去盘桓的，是设在摆花街的李全记书店。海明威写西班牙内战时马德里却柯特酒店所发生的三个故事，我便是在这里买到的旧《老爷》杂志中发现的。这三个故事竟成了我步入翻译界的敲门砖，实非始料所及。日后读到海明威的《〈第五纵队〉与最初四十九个短篇小说集》，已是在八十年代了。这本书在纽约的旧书店里也没有买到，东道主美国哥伦比亚大学翻译中心的诗人白英说可以复印一本，也因页数过多未成事实。倒是最近在老友徐成时处看到他收藏的一本，不免又引起我的怪癖来了。成时乃以此书作赠，对于我来说这岂是一书之赠，这里面包含着成全一个人的盛意在内，所以我也不以言谢，只是怀着感激的心情接受了。

　　我到重庆时已是一九四一年，重庆早已被炸成一堆瓦砾。除了几家大银行商号之外，城里多的是饭馆小吃店，只是在两路口有一二家旧书铺。到一九四二年，日寇的轰炸大为减少，雾季时竟可成月不闻警报声，我出城有便时就去浏览一番。有次吴宓先生到重庆，我有个朋友是他的学生，常和我谈起吴先生的诗词。一天，我偶尔在旧书店里买到了他的诗集，厚厚的十六开一大册，以后几年中我经常翻读，我觉得他的诗自有一种空灵的气氛。另外买到的两部书，也是非初意所想到的。一本是D. H. 劳伦斯的《恰特里夫人的情人》，还是翻印本。这本书在英美当时都是禁止出售的，但中国的书商将该书翻印了。在大学时我曾经托一位在清华大学念书的同学买到，但以后大家传阅，再不能有物归原主的机会。这次我遇到了这本旧书，缅想在烽火中不知流亡到何处的赠书人，为之悒悒不乐者久之。另一本则是英国法兰克·海里斯的《我的生活与爱情》。如照金圣叹的标准，这是本奇书。因为海里斯在这本书里，上至英法政治人物，下至市井鸨妓，无一不包罗在内。对于丘吉尔他倍加称颂，对于萧伯纳则刻意调笑。特别是英文之漂亮，自成一家，令人叹为观止。

有次在一家旧书店里看到一套十五本的法国普鲁斯特的《追忆似水年华》，是英译的，可惜我现在把这位翻译者的姓名忘掉了。这套书原主人因有急用而在旧书店里寄售，我站在昏暗的店堂里读了十多页，简直爱不释手，碰巧身边带的钱不够买这套书，而原主又不许书店削价出售，只得怏怏而回。第二天再去看时，则已经为他人所得了，心里的懊丧简直无法描述。就在这天晚上，故友顾梁背着一大布包书来了，说是专门买了送给我的。打开包袱一看，则从我手底下漏去的《追忆似水年华》赫然出现眼前，我那个高兴劲儿也是无法描述的。这套小说随我自重庆到了上海，又北行到北京，可是卷帙浩繁，却使我不能读毕全书。五十年代初，我把它和其他的爱书，送给了外文出版社（外文局前身）的图书室。经过十年动乱，不知这套书是个什么下场，我不敢去问，唯恐听的是不好的消息。

抗战后回到上海，那时我正热衷于电影，便把上海所有新旧谈电影技术及艺术的英文书，都收集到了。后来陈鲤庭和何为等办电影文学所，我便全部赠送给他们。据鲤庭说这些书在

"文革"中，也全部散失了。这里面有些书当时即已绝版，今天再要搜罗，显然已成难事，惜哉！

我的书癖大概在五十年代初叶，达到登峰造极；因为解放后出版事业蓬勃发达，许多书如《鲁迅日记》的影印本以及郭沫若、茅盾、巴金、老舍的文集都相继出版，使我可以闲坐书城，摩挲观赏，亦人生一大乐事。但好景不常，奇祸迭降。为了儿女衣食，不得不将这些伴我岁月的典籍，尽行出售。另外则还有一种心情，觉得文章误我，今后再不作这种生活了，就此卷铺盖上干校去也。

不想我这甘心在干校落户一辈子的信念，在一九七二年十一月忽然奉"令"改变了，于是又卷铺盖回到北京。夫妻重逢，首先谈到生活，不愿月圆人寿，但愿多有时间读读想读的书，以了宿愿。于是原来已经放在厨房使用的书架，亦重新升格，回到居室为藏书之用，不再每日与油盐酱醋为伍了。我又能重亲新印书刊的纸墨清香，其乐也陶陶。

但是事物的发展，总不会好的常好，坏的常坏。正在我们离休之后，认为今后可以多得时间，亲炙楮墨的时候，本本买来的或送来的书刊竟占领了我们的整个居室，屋内四壁，床前床尾，堆的除了书刊还是书刊。每年底整理刊物时，老夫老妻间总有一番争执，有的她说可送废品站，而我不肯，有的我说可以烧火，她又舍不得。正是弄得身外无长物，唯积书盈室而已。

最近一对年轻夫妇到我家来做客，回去后称颂我室内既无组合家具，亦无华贵壁饰，所见者，就是到处都堆着的书刊，确实我们并不以此为辱，反而以此为荣。世上哪有比书籍更为温馨可爱的东西！在我看来，这比全套罗马尼亚沙发，或是一台夏普彩电还要贵重得多。

友人说我是个有书癖的人，我自己想想这个头衔加给我可说是对我的知心话。什么东西都可以今日占有明天失去，唯有从书里发出的思想，却永远盘踞在你的脑海里，不做转蓬之客，这些思想有的可以引起争辩，有的又使人感到妥帖；有的可以兴起怒潮，有的又可以平静如镜。嬉笑怒骂，皆是文章，而尽收眼底，实人生一大享受！所以即使我在物质生活上，习于陋居，而在精神上，我却宁愿弃亿万富翁而不为。大概人云曰痴，痴就痴在这儿；而痴自何来，舍癖又安能期于其他。

这些也许正是使我有了书癖的道理，但是我宁愿有此癖而不悔，不愿人视我为白丁耳。

一九八五年十二月十日

忆武库街

舒芜

抗战胜利,次年"复员"出川,已经三十二年了。我常常想,如果有机会重游重庆,第一天,便要到武库街去看看。

抗战时期的武库街,已经改名民生路,但大家口头还是叫惯了旧名字。几乎所有书店都在这条街上,只有商务印书馆在白象街,也近得很。我在四川八年,大抵总是在重庆附近一些乡场上教书,每次进城,尽管来去匆匆,还是把大部分时间花在这条街上。特别是一九四〇年夏秋几个月,失业流浪在重庆,更是每天从早到晚都在这条街上的书店里度过。

武库街上的书店,明显地分成几类。

生活书店,新知书店,读书生活出版社,这些党所领导的进步书店,永远是从早到晚挤满了青年顾客,衣敗履穿,蓬头乱发,然而目光炯炯,桀骜不驯,看书的比买书的多。书是一律放在两边靠墙的架上,摊在当中的长桌上,任人随意取阅。

宣传马克思主义哲学、政治经济学、社会科学的书刊，宣传党的抗日救国理论和纲领的书刊，以及以左翼作家为主体的抗战文艺书刊，利用抗日民族统一战线的合法条件，都可以在这里公开出售。这些书店还进行多种形式的宣传工作，新知书店门前就经常展览新闻图片，铁托元帅带着他的大猎狗的照片，我就是第一次在那里看见的。

商务印书馆之类，又是一个样子。书都锁在玻璃柜里。气氛雅静，有些沉闷。顾客都是服装整洁、神态安详的中年人和老年人。我也偶然去看一看，立刻觉得这不是我的地方，再看周围，果然一个青年人也没有。

国民党官办的正中书局、拔提书店、中国文化服务社之类，说它们门可罗雀，丝毫不是夸张。我从它们门口经过无数次，至今怎么也想不起有顾客在里面看书买书的印象，只记得老是看见几个店员百无聊赖地靠着柜台向门外眺望。有一晚，我竟然看见他们在店堂里面打起乒乓球来，擦得明晃晃的玻璃柜，一排排整齐的书，在重庆的昏黄的电灯光下，越发显得寂寞。

三大类书店之外，还有很特殊的一家，这是《新华日报》门市部。那里顾客也少，因为人们不大敢去。但毛主席的《论持久战》《论新阶段》，延安解放社出版的书，这些都只在那里才能买着，因此往往又不得不去。去时总是假装偶然经过，暗暗看清楚门前似乎没有特务模样的人，才一下子闪进去。在里面尽量不逗留，不看别人，买好书，藏进口袋，再闪出来，装着若无其事的样子走开去。其实大家都知道，附近绝不会没有特务监视。但估计一般情况之下，单是去买买书，也许还不会出太大的问题。反共高潮一来，那里可也就是门可罗雀了。那里的店员，一看就和一般店员不一样，不论什么时候，都是战士在岗位上一样的严肃，对每一个进来的人投以警惕的一瞥。一九四〇年春间，我在宜昌时，《新华日报》宜昌代销处一个青年，也是这种经常保持严肃和警惕的样子。我便以一个素不相识的顾客的身份，信任地把投给《新华日报》的稿请他转交。当时虽有朋友警告我，说那只是代销处，政治上未必可靠。但不久，投的稿便在《新华日报》上发表出来，我也并没有因此遭到什么灾祸。

进进书店，就有遭祸的可能，今天常去新华书店的青年读者们，大概是很难想象的。但在三四十年前，在国民党的黑暗王国里，进步书刊的光芒怎样发挥不可抗拒的威力，今天的青年读者们恐怕也很难想象。

一九三八年我随家庭逃难，经过九江、南昌、株洲、衡阳而至桂林，后来又经柳州、贵阳而至重庆，每到一个城市，哪怕只住一天两天，我都首先去找生活书店或其代销店，站在那里，一本一本地看，不厌重复，不论深浅，碰到就看。一九三八年这些城市是否全都有了生活书店，现在说不准；但当时这些城市的书店里，全都找得到生活书店和其他进步书店的书，却是清清楚楚记得的。不管所到的城市再陌生，只要一找到这些书，就像那个为我所一心向往的光辉的世界，也在这陌生的城市里出现了。那时湘桂铁路还没有通，我们在衡阳等车去桂林，住了十天，我就天天待在书店里，后来曾有诗句回忆道，"经旬淹滞惟披卷"。除这以外，关于衡阳的一切，全没有留在记忆里。

遗憾的是，没有钱买书，只能站在书店里看，而能够这样看的时间又有限。匆匆经过的城市不必说，便是桂林，虽然一九三八年下半年住了几个月，但为了吃饭，在一个机关里当了一名抄写员，每天八小时关在办公室里，也没有时间常跑书店。《资本论》的出版，是我在桂林时候读书界的一件大事。这样的书，实在不可能站在书店里看，便咬咬牙买了一套回来。这是我所有的第一部大部头的名著，那纯白封面上一条红道，我是怎样地百看不厌呀！我一下班就打开书来啃，啃到"地租论"，实在有些啃不动，带着它到了四川，后来是连同一小箱在当时都足以招致杀身之祸的书一起忍痛烧掉了。如果有足够的时间让我在书店里看，这些书都不会咬牙去买的。

一九四〇年夏秋几个月间在重庆的失业流浪生活，终于弥补了这个遗憾。

当时我除了一小包衣服，一条薄被而外，一无所有。住在一间小楼房里，屋顶在大轰炸中震开一个大洞，仰面可见天空。室内只有一张破桌，一条破凳。人睡在楼板上，遇到"巴山夜雨",可就毫无诗意,只好把薄被卷起来放在破桌上,人坐在破凳上等天亮。后来搬到两路口附近,房子较好,夜雨不必担忧。这是一个亲戚租的,他们躲轰炸疏散下乡,仍然保持着租赁权。屋内连破桌破凳都没有。而且那一片房屋都没有住人,路灯也停了,整个区域夜晚一片漆黑。我就一个人睡在这没有灯没有人的区域的一座空楼的空荡荡的地板上。

但是,一个十八岁的青年,对这一切都不会在乎的,单凭憧憬和追求,就能够高高兴兴地活下去。还住在那间抬头可见天空的小破楼上时,我就曾幻想一面靠投稿换来生活费,一面在书店里读书,就这样活下去,不必找什么职业。当时的《读书月报》上居然刊用了我的一篇投稿,得的一小笔稿费,维持了好多天的生活。但其他投稿都没有发表,吃饭的钱还得另行设法。当时重庆还有几个穷朋友、穷同乡,我轮流着向他们每次借几毛钱,够吃两顿烧饼或"豆花饭"的,就足够在武库街上消磨一天了。总是从生活书店开始,一家一家看过去。每进一家,先浏览一遍,如果有什么昨天还没有摆出来的新书刊,便拿来翻阅一下。然后,拿起昨天决定要读的,从头仔细读下去,一本读完又读一本。有些太大部头的书,现在记得的例如葛名中的《科学的哲学》,老站在一家书店看,自己似乎也不大好意思;看到一个段落,便记住页码,换一家接着看,好在几家进步书店卖的书都是大同小异的。那时兴趣全在理论,文艺书刊不大看。但对文艺毫无轻视之意。凡在这些书店出售的书刊，凡是这些书刊的作者和编者的名字，不管读过没有读过，我一律崇敬地看熟记牢，把他们都当作自己的引导者。例如，沈志远这个名字，在我当时心目中就有特别的分量。先前，我学哲学的第一部书，就是他翻译的米丁的《辩证唯物论与历史唯物论》。现在，我又无限景慕地读着他主编的大型理论刊物《理论与现实》。抗战前的《东方杂志》《小说月报》我读过，但从抗战爆发以来，《理论与现实》这样每期厚厚一大本的刊物，我还是第一次接触。何况那上面的几乎每一篇文章，都是稍一翻看，就那么强烈地吸引着我。不行，这不能光是站在书店里看看！于是从借来的几毛钱中，每天少吃一顿，或每顿少吃一碗，省出钱，把它买回来。

挟着这样买来的《理论与现实》，从武库街快步走回两路口，在那一片黑暗的区域里摸索着进门，上楼，点起蜡烛，睡在空荡荡的楼板上，就着烛光读起来。那些理论文章，似乎每一句都解决了我正要求解决的问题。举一个例子：当时正讨论孙中山的三民主义和社会主义的关系，讨论三民主义中最革命的部分究竟是民生主义还是民权主义。钱俊瑞同志主张是民权主义而不是民生主义，实际上就是说，中国革命从民主主义阶段向社会主义阶段发展，必须依靠人民群众的充分发动。他的文章指出，孙中山的民生主义，是"望远镜中的社会主义，显微镜下的资本主义"。我读到这个警句时的兴奋心情是难以形容的。我不仅是佩服这位理论家，更由此想到，马列主义的威力真是无比巨大,有了马列主义,这么复杂的问题,一句话就这么精辟地说得清清楚楚。关于"民族形式"问题的讨论文章,也在《理论与现实》上发表,我都仔细读了,却没有怎么弄懂。

这样的夜读之乐,并不是天天能享受。因为蜡烛必须十分节约地使用,通常总是稍微看一会儿书,就把它熄掉。睡不着,便躺在空荡荡的楼板上,听着老鼠在什么地方驰骋,有时竟跑到我的枕边。我还是思考着书刊上讨论的那些大问题,觉得这些都同我有关,都必须得到明确的解决。

偶或多借到几毛钱,那就是我充分享受夜读之乐的时候了。两顿饭照例还是烧饼或"豆花饭",多余的钱并不留到明天用,而是多买两支"僧帽牌"蜡烛,再买两小包辣牛肉干。我就躺在楼板上,尽情地点着蜡烛,慢慢嚼着辣牛肉干,完全沉浸在心爱的书刊里,直到很深很深的深夜。第二天将近中午才醒来,又兴冲冲地赶到武库街去,索性免去午饭,一直看到下午肚子咕咕叫的时候才去吃一顿。

我不知道当时书店里人们的眼中,我是什么一个形象。我看他们,都很顺眼,就是说,没有一个衣服笔挺、皮鞋雪亮、红光满面的人。经常站在武库街几家进步书店看书的青年,大体上都是衣败履穿,蓬头乱发,然而目光炯炯,桀骜不驯的样子。间或有点"非我族类"的气味的人走进来,马上就会受到大家警惕的注视。如果他也流连不去,大家就会望望然而去之了。但如果他进来一看就走,同样令人猜疑,给书店带来异样的空气。

当时和我一起站在那几家书店看书的青年,今天不知都在哪里。他们应该都还记得生活里的这一段,记得当时国民党统治区每一家进步书店就是一个战斗堡垒的事实,并且不管后来的经历和遭遇,不管作者和读者的情况如何千变万化,应该都怀着感激的心情回想当年那几家书店的那些用粗劣的土纸印刷的书刊。至于我自己,四十年来马列主义的书根本没有读懂,到今天马列主义的基本常识我还是一窍不通,但我仍然很宝贵这一段回忆,因为我相信,当时和我一道站在书店读书的青年,绝大多数肯定是从那时起,真正走上了马列主义的道路。不管怎样说,路就是这样走过来的。

生长在光明中的青年,常常说"黑暗的旧社会"。一点不错,旧社会是黑暗的。但光明的新社会又是怎样来的呢?它不是天上掉下、天外飞来的,而正是黑暗的旧社会中千千万万人争取来的。谁如果不了解任何黑暗之中,都有千千万万追求光明、争取光明的人们,谁如果不了解正是在抗战时期黑暗统治中心的重庆,就有着红岩,有着曾家岩五十号,有着化龙桥,有着武库街,有着武库街上几类书店的鲜明的对比,有着几家进步书店所教育过引导过的千千万万青年,有着《新华日报》门市部的那些严肃而警惕的店员和紧张而警惕的顾客,谁就没有真正懂得什么是黑暗的旧社会,更没有真正懂得什么是光明的新社会。

在祖国的茫茫大地上，区区一条武库街，是微不足道的。比起今天北京王府井大街上的巍峨的新华书店大楼，当年武库街上那几家进步书店都是简陋不堪的。然而，三十二年来，我忘不了它们。经过"文化大革命"，我更要套鲁迅先生的话来说：我总要上下四方寻求，得到一种最黑最黑最黑的咒文，先来诅咒那些捏造所谓"三十年代出版黑线"，来诬蔑生活书店等国统区进步书店的家伙。即使人死了真有灵魂，因这最恶的心，应该堕入地狱，也将绝不改悔，总要先来诅咒一切诬蔑国统区进步书店的家伙。

一九七八年冬至日
（选自《读书》月刊，一九七九年第三期）

恋念生活书店

孙祥元

高尔基说:"书籍是人类进步的阶梯。"书籍也是社会历史文化延续的见证。当今社会的书店,担负着"售书、导读、育人"三位一体的作用。

我出身旧社会农家,读小学的时候,每学期两块银元的学费,是靠父母种田、织布、卖掉堆在门口场地上十多担稻草所得的钱去支付的。记得一九三三年,我三年级,才读到《小朋友》杂志,是向高一年级的同学借来看的,一看完就还给人家。到四年级,父亲才为我买了那本厚厚的《精忠岳传》,我读得爱不释手,它是我的第一本藏书。

小学毕业,读初中不满二十天,碰上日本兵侵占我国领土,我就跟着逃难,失学了。十六岁我到上海当学徒,每月有一块钱剃头、洗澡,便节省着花,可以用自己劳动所得,买些爱读的书。我经常趁假日,逛书店,跑图书馆。有两家书店是我常去的地方：一是霞飞路（现在叫淮海路）上卢家湾的生活书店。还有一家是苏商《时代日报》办的书店。这两家书店最大的特色是热忱欢迎读者去看书、买书；不买，也可以席地而坐，泡在书店里整天看书，任意翻阅，不加干涉，只要看后把书整齐地放还原来的地方。

有一次下午，我翻到一本《雪莱诗集》，从头到尾，几乎看了三个多钟头，直到书店"打烊"了，员工们关门吃晚饭了，我仍在书柜前，认真地把那本《诗集》读完，脚步轻轻地走出书店。那位老师傅放下手中的饭碗，拉开铁链门送我，并说："欢迎你再来读书！"我向他深深地鞠躬致谢。

我后来又带了我的表弟存勤一道去生活书店看书。我们俩把这个"生活书店"当作不要出学费的好学校。

参加革命以后，我记得读到邓拓写的一篇著名的文章，谈的是关于借书的故事，说"有的人越是囊中羞涩，没有钱买书，对借来的书每每及时读完，还给了人家。等到后来他做了'官'，有钱任意买所喜欢的书了，却每每束之高阁，书上积满尘埃，不怎么勤于阅读了。'反正是我自己的书，啥时候都可读。'结果，却懈怠、拖拉，买得多，读得少了。"这个故事，对我教育启发很深。

我曾经读过意大利有位作家写的《爱的教育》，那写的是一个小学生的日记，回想他的老师每天给他讲课的经过，每个月还讲一个爱国的故事，也很有意义。

高尔基从小没有上过学,他是童年时期在一只轮船上干杂活,有位厨师常面对着他读书,使他听到许多有趣的故事,便激发自己读书上进的欲望。于是,高尔基认真读书,甚至幻想上大学,他刻苦写作,终于写成《童年》《在人间》《我的大学》《母亲》等不朽著作,成为世界著名的革命文豪。我国也有不少"满腹经纶""学富五车"的政治家、文学家、科学家……他们都是在苦学、实干中成长起来的。

我到二十岁(一九四六年)那年,才从朋友处借到一本《红星照耀着中国》(斯诺著),即《二万五千里长征》,读了,才萌发起向往延安,踏上革命的征途。西行到武汉,无法北上,后来负笈走天涯,只身到香港、九龙,在中共和各民主党派合作创办的达德学院新闻系学到许多革命的道理,终于在一九四八年投奔华中解放区,入伍参加了革命。

如今我七十二岁了,还是喜欢逛书店,跑图书馆,牢记着鲁迅先生那句箴言:"倘能生存,我当然仍需要学习。"

拉杂写下这些,也算我对生活书店的一份恋念。

邓之诚先生买书

雷梦水

抗战胜利以后,我在琉璃厂通学斋古书店工作。那时我经常挟书到燕京大学去求售,认识了邓之诚先生。邓先生住在燕京大学东门外蒋家胡同路北二号,进门穿过屏门可以看到他居住的宽敞的北房。这几间北房既是邓先生书斋,也是他的会客室和教室。邓先生教书有个特点,往往开学之初,他挟着书到燕京大学教室上一两节课,然后就是学生到他的书斋来上课了,书斋中间有张大案桌,大家围着桌子听邓先生讲课,显得既亲切又谐调。书斋墙上挂着一些照片,还有清初著名学者顾亭林先生的画像,像的四周密密麻麻地写满了清代诸名家的题跋。邓先生尊敬顾亭林先生,国难时期,这幅画像可以表明邓先生的民族气节和爱国热情。邓先生也注意搜集关于顾亭林著述的不同版本,几乎搜罗殆尽。我曾为先生寻觅到清徐嘉《顾诗笺注》以及光绪间幽光阁戴子高家藏潘次耕手钞铅印本,与其他版本不同，还搜集到乾隆年间孔氏玉虹楼校刊本《菰中随笔》等名贵书籍。先生很高兴。一日先生忽然告诉我顾亭林《日知录》初刻八卷本，刻于清康熙九年，版本极稀，从前缪筱珊先生藏有一部，后归傅增湘先生，他曾屡次借阅而不得，引为憾事，他嘱我为他搜罗此本，可惜我一直没有搜集到。

因为经常为先生送书，我比较了解先生的需求，能够主动满足他在学术研究方面的要求。例如"七七事变"以后，先生用几年的时间收藏了七百多种清初人集部，作为他研究明末清初历史的资料，其中我为先生搜集到的就不少，比较罕见的如：孔东塘《湖海集》、王鸣盛《西沚居士集》、田茂遇《燕台文选》、朱彝尊《腾笑集》、徐釚《南州草堂集》、王鸿绪《横云山人集》、严绳孙《秋水集》等。清代禁书有明方应祥《青来阁初集》、王仲儒《西斋集》、清潘柽章《松陵文献》以及最稀见的清黄中坚《蓄斋二集》十卷，为乾隆乙酉棣华堂刊本。此书在邓先生藏书中很稀有，先生视为珍宝，因此要请我吃饭，还要另外赠我几元钱，但我都谢绝了，因为这个，惹得先生很不愉快。先生以藏有大量清初人集部自豪，他以他收藏的集部书与北京另一收藏家伦哲如先生所收藏书相比，按种数讲，伦比他多二百余种，但以名头单本书论，他有而伦无者就有百十余种，对私人收藏家来说，可谓富矣。以后先生总结读书心得即写成一部著名的文化遗产《清诗纪事初编》。

先生还藏有一部传世极罕的笔记书《土风录》，清顾张思撰，刻于清嘉庆年间，唯缺首册，他曾嘱我留意为他配齐。数年后通学斋收到一批书，发现其中恰有这本。次日，我就骑车到成府为先生送书。先生一见我，就用惯有的那种带着四川口音的口气说：

"梦水，你今天又为我送什么好书来啦？"

我随即回答说：

"邓先生，我为您配上那部《土风录》了。"

这真是喜出望外，他高兴地捧着那本书来回翻阅，大加赞赏。像这样事有过好几次。

先生除了喜欢收藏古书，还喜欢收藏清末民初的人像，有关风俗以及中外名胜古迹的照片，其中人像和风俗方面的照片，为研究民俗学提供了重要珍贵资料。他谈起购照片的事，总说这些东西大部分是宣武门内小市上辛大个为他送来的，这个辛大个就是蔚珍堂主人辛金凯，字叔坚，河北冀县人，是我的同乡。

我为邓先生买书的过程，也是我向先生学习的极好机会。因为先生对明末清初的历史有深刻的研究，每当我觅到明末清初人集子时就向先生请教，先生也乐为讲述，谆谆无倦容。例如我为先生送去清朱彝尊的《腾笑集》，先生就告诉我此集大部分是朱氏重要的作品，为《曝书亭集》所未收，刻工甚佳，传本亦稀，诚为可贵。对于清孙枝蔚的《溉堂集》，先生告诉我它分前、续、文、诗余、后五部分，唯后集系作者殁后刻的，传本尤为罕见。关于清陆陇其所著的《三鱼堂文集》以康熙间嘉会堂原刊初印本为最善，后印者因为文字狱的关系已经删掉《答吕无党》《与吕无党及附答》《祭吕晚村先生文》等篇，是不完整的。先生还告诉我清王鸿绪《横云山人集》康熙间早印本二十六卷，附一卷，后印本则改印为二十七卷了，等等。这些知识都是我闻所未闻的，先生的教诲使我在版本目录学方面受到很大教益。

因为与先生长期来往，先生认为我诚实可靠，对我倍加信任。有时委托我从城内替他买些东西，如到廊房头条步云斋鞋店去替他购双皮脸鞋及疙疸帽垫等。有时也委托我与张孟劬、崇彝、李根源、陈庆和诸位老先生借还书籍或代交信件。每当我到先生寓所送书，先生总是亲切地叫家人为我沏茶。有时我赶到那儿正好中午，先生饭后要休息了，他就从书箱内找出几册稀有的书籍叫我看，有一次还亲自把手书的长条本日记本搬来叫我看。先生的日记本长盈尺，用蝇头小楷写成，笔法遒劲，他在日记里提到我时亲切地叫我"书友"，对其他书店同辈则叫"书贾"，这是对我极大的鼓励。我是一个普通的书店职员，能够热爱古旧书籍工作，并且终身从事这项工作，这与邓之诚先生等前辈的亲切教导是分不开的。

一九四一年太平洋战争爆发后，邓先生及洪煨莲先生等被日本宪兵队逮捕入狱，半年以后获释。先生在狱中曾写诗若干首，表明他对日寇的憎恨和崇高的民族气节。先生将这些诗于一九四六年编印《闭关吟》一卷，听先生说此书只印百册，赠送朋友留念。先生赠我一册，也毁于十年动乱，令人痛惜。

先生的字写得极好，他曾手写同乡《汪悔翁先生诗续钞》一册影印问世。我去送书时，常见他为朋友写字，我也有意敬求墨金，只是不敢启口。先生的二弟之纲先生看出我的心意，就主动对我说："大爷愿意为你写点字，你拿纸来吧！"

就这样，我请先生写过中堂、对联、扇面等几件字迹，大部分毁于十年动乱，只有一九四七年（丁亥）先生为我书写的扇面，因藏于箱底，幸存下来。扇面写的是黄瘿瓢诗，字迹秀丽工整。现在打开扇面，犹如见到先生。

先生亦善治印，先生的名章（"邓之诚文如"，朱文长方印，"文如居士"，白文方印，"邓之诚"，朱文方印）及"五石斋"印皆自刻，宗汉印，刀法也佳。

先生身材魁梧，身穿常服，短发苍白，上唇留着一髭花白短须，双目炯炯，令人感到有点威严，但和他接触之后，却又感到和蔼可亲。先生的弟弟之纲说：之诚大哥自幼聪敏过人，读书过目不忘，有神童之称，至老不衰，所以在历史教学方面能获得卓越的成就。

邓之诚先生字文如，江苏江宁人，清光绪十三年（一八八七）生于四川、民国初年至北京。历任国史编纂处编纂员、国立北京大学、燕京大学教授。一九六〇年病卒，享年七十三岁，著有《中华二千年史》《明清史》《骨董琐记全编》《桑园读书记》《清诗纪事初编》《东京梦华录注》《护国军纪实》《闭关吟》等书籍。东莞伦哲如先生《辛亥以来藏书记事诗》称赞他："翳君便是老骨董，琐记何时又续成。此外当编今世说，笑嬉怒骂总文情。"

此篇经叶祖孚同志整理
（选自《读书》月刊，一九八三年第一期）

朱自清先生买书记

雷梦水

一九四六年,我在琉璃厂通学斋古书店工作,那年我二十四岁。那时书店经常向各大学求售书籍,我每周都要到清华大学、燕京大学去送几次书。有一次我挟着书来到清华大学国文系,碰见一位身材不高,目光炯炯的中年人,他微笑着对我说:"你送书来了?"接着他翻看我送去的那些书,随手挑出一册问我:

"这书是干什么用的?"

"这书的作家是哪一朝代人?"

"这个作家还写过哪些书?"

"这本书有几个版本,哪个本子比较好?"

我大体上都答上来了,这使他很高兴。随着他也针对我答得不够的地方作了补充。事后我知道他就是清华大学国文系主任,著名学者朱自清先生。我因为经常到国文系送书,和朱先生就逐渐地熟悉起来了，有时还直接把书送到清华园他的家里去。朱先生除了指定要选购些古书外，有时还托我替他买些新书，我就从城里买了送去。因为我和朱先生比较熟悉，朱先生也成了通学斋的常客，他每来琉璃厂，总要到南新华街那家只有两间小门脸的通学斋书店坐坐，看书、挑书，和主人孙耀卿先生（我的舅父）交谈。除了通学斋外，他还到开明书店去买书，其他像邃雅斋、来薰阁等那些门面漂亮规模较大的书店，先生却只是偶然进去看看，并不感兴趣。

从我给朱先生买书的过程来看，他喜欢收藏一些珂罗版画册，但是收的不多，也收藏戏曲小说以及有关宋诗方面的书籍。不管是先生个人买，或是替系里买，我总想方设法替先生找些合意的书。我感觉先生最满意的书有明代洪武本明单浚所写《读杜诗愚得》、清代道光五年刊本清史炳所写《杜诗琐证》以及明末清初刊本明遗民余光所写的《昌谷诗注》等。这些都是比较稀见的书。在买书的过程中，先生有时和我一起研究一些问题。例如有一次先生从书架上抽出一部清代嘉庆间王元启撰写的《读韩记疑》给我看，他问我："这部书传本多吗？"我说："此书作者著名，传本罕见。"他又取了一部清代高树然写的《韩文故》，问我："你再看这部书是什么版？"我说："这是道光间抑快轩原刊本。"先生又问："此书还有其他版本吗？"我说："尚有宣统间云南学务公所重刻本。"先生满意笑起来，他说："你懂书呀！你说得不错。"在先生这样带有考核性的教导下，促使我进一步研究目录学，业务上终于有了长进。

　　有一次我在给朱先生送书时，先生忽然和我讲起写作的问题来。他说："雷梦水，你也可以锻炼锻炼写作呀！"我说："我是一个卖书的，文化程度又很低，哪能写出东西来？"朱先生正言厉色地对我说："唉！你看宋代的陈起，你的舅父孙耀卿，不都是卖书的吗？只要自己能树立雄心壮志，肯刻苦学习，还得要坚持，锻炼锻炼，不就行了吗？"他还告诉我："写文用字要用日常语言所用的字，语言声调也要用日常语言所有的声调。……写完后再请文化程度高的人予以改正，不就可以了吗？"我就是接受了先生教导，开始积累素材，练习写作，我现在能写一些短篇文章，不能不归功于朱先生的启发诱导。

　　朱先生平时穿着简单朴素。有时穿一套旧西服，质料虽不讲究，却刷洗得干干净净；有时穿一件洗得褪了色的蓝大褂，先生经济不宽裕，我发现他个人买书只买有数的几本；而且不讲究版本，尽量买些普通书；他是节衣缩食来买书的。因此我很同情先生，不论先生是为系里买书还是个人买书，我总是用最公道的价钱售书。这一点博得了先生的信任，所以他自己买书或是代朋友购书，都委托我办理。

　　一九四八年下半年，先生的身体愈来愈衰弱了。七月上旬，先生扶杖来到琉璃厂，这可能是他最后一次来琉璃厂了。

他还是按照以往的习惯,首先到通学斋书店看书,喝杯茶,休息一会儿。我看他脸色苍白,面容憔悴。他稍事休息后,又去开明书店。我记得先生临走时说这次去开明书店,是去校阅由他负责编辑的《闻一多全集》的校样。

八月二日我收到先生寄给我的一封信。这时他已经拒绝领取美国救济面粉,贫病交加,生活处在非常困难的情况中,但是他还想着买书。先生于八月七日住进北大医院,八月十二日逝世。这封信也许是他最后的遗墨吧!经过十年动乱,我平时留藏的很多信件大部分已散佚,但先生写给我的这封信却幸存下来,这是弥足珍贵的。朱先生逝世后,清华大学召开了追悼会。国文系知道我和朱先生来往较多,特邀请我参加。岁月流逝,朱先生离开我们转眼已经三十三年。但是朱先生认真买书、爱书的情景还历历在目,他奖掖后进,诲人不倦,平易近人的态度永远留在我的脑海中。

此篇经叶祖孚同志整理
(选自《读书》月刊,一九八一年第四期)

三十年代开封新书业

梁 永

书店之街

三十年代开封的新书店（相对于古旧书店而言），多开设在书店街，尤以北书店街为多；而路西又较东为集中。

北书店街靠近北口向西一条小街，叫徐府坑，是菜市场。从徐府坑口向南，沿书店街马路，两边书店密布，一家接连一家，真是名符其实的"书店街"！这样书店集中的街道，大约只有上海的福州路（四马路），可以与之相比。

在北书店街，先说路西。紧靠徐府坑街口北，是大东书局，口南侧为开明书局，向南走，北新书局、龙文书局、广益书局，以及一些时开时关的小书店，大约至黑墨胡同口为止。路东，与徐府坑相对的一条小街叫杏花园，口南不远，有世界书局和豫郁文书庄，这两家书店的位置，大约和对面的广益书局相对。

南书店街北口路东,有家零售报纸的报馆;南口路东,则为中华书局。

商务印书馆在东大街(东司门)路北;往西一点,也在路北,有现代书局。东大街和西大街是北书店街北口的一条横街,现代书局就在这个十字路口的东北角上,而商务印书馆相距也不远。后来商务印书馆迁移到鼓楼十字的西南角,远远与中华书局掉角相对。

所以在南北书店街就有十家以上的书店,尤其是北书店街,是我读中学时最常去流连的一处地方。

当时开封其他街道上的书店也就很少了。在我的记忆中,相国寺内还有一家明善书店。原只为出售武侠小说的书摊,后扩充为书店,经营普通新书。

经营风格

这些书店中,经营方式大约有四种:如商务印书馆和中华书局等,是上海总店的分店;如北新书局、大东书局、开明书店、广益书局等,只是上海总店的特约经售店,所以招牌上只写"××书店(书局)",而不写"上海××书店开封分店"的。

而如豫郁文书庄一类比较大的书店,则又是一番气象。

施蛰存先生在《我们经营过三个书店》一文中曾提到过它，说是：

……河南省的豫郁文书庄，是河南全省书刊总经售商，上海出版家非通过这家书庄无法将出版物销售到河南各地，除非有自己的发行所，像商务印书馆、中华书局、世界书局那样。豫郁文书庄的老板到上海，向各出版社选书。选购一百元书刊，作价七十五元或七十元。他付现钞四十元，其余记账。第二次再来，他结付前账一部分，但决不付清。于是再选购新出书刊一百五十元，仍照第一次的办法，付款一半。如是每到年底结账……

这样的书店，在开封的业务是批零兼营，一方面在书店街上作门市，但主要的，却是转向内地作批发，是二道贩子。

至于其他一些小书店，则是专营门市零售书籍的。

广告宣传

除商务和中华两家外，其余那些以上海各家书店为招牌的，包括世界书局在内，除以所标名的那家书店的出版物为主外，还兼售其他的书籍。所以各家书店之间的竞争还是很激烈的。

要在竞争中取胜，第一要进的书好，第二要进货快。

记得张恨水的《啼笑因缘》在上海三友书社出版后，开封有三四家书店都在卖。这本书原在上海《新闻报》上连载过，很轰动，要买的人很多。但却被最早到书的一家书店做了好生意去，好像是龙文书局吧。

新书到后，有橱窗的书店就摆在橱窗里面，并在玻璃门窗上以红绿纸条大字写出"新到某书"，并标明售价。没有橱窗的，就把彩色纸条的广告直接贴在木板排门上，广而告之。

这种宣传方式很原始，但却是吸引我去逛书店的一种动力。那时很少在报纸和广播上登广告（怕是因费用太大吧），所以要想知道有什么新书可买，非得到书店街上去看看不可。

我最初爱读的是武侠小说，这些书多为四册、六册或八册一部，外装锦匣，摆在橱窗里很好看。顾明道《荒山女侠》（此书眼下已重印了）出版时，附赠宣纸精印的《琴剑出关图》一帧，广益书店把这幅画悬挂在橱窗内，由是引动我去买书。

后来兴趣转到新文学方面，什么《创作文库》啦，《开明文学新刊》啦，《良友文学丛书》啦，《北新文艺新刊》啦，《现代创作丛刊》啦，都是我选购的对象。

这些书店也很讲究招待之术。虽然和上海内山书店不能相比，但也态度和蔼，彬彬有礼。记得北新书局后面有间小房，陈列《北新活页文选》，读者可以在那里从容挑选。我从这里读到戴望舒的《雨巷》，才开始喜欢他的诗，不久后买到《现代创作丛刊》中的《望舒草》，便成为我所心爱的书。

禁书与廉价书

我一九三六年离开开封，在这以前的四五个年头里，我经常跑北书店街，是这些书店的常客。在我记忆中，印象深刻的还有下列两件事：

国民党政府当局查禁的书有很多，但有的"禁书"却在书店街能买到。

巴金创作的《萌芽》（后改名为《雪》），原列为《现代创作丛刊》之八，一出版就查禁了。我却在书店街买到了。在这前后买到的，还有丁玲的《水》（新中国书局）、《夜会》（现代书局）等，都是"禁书"。

推究其原因，可能是有些书在查禁前就批发到开封了；有的也可能是出版家在查禁时私存了一些，后来才批给零售商的。两者都钻了当局"禁而不查"的空子。

大约是一九三四年夏天吧，豫郁文书庄门口出了个大牌子，上写"贱价卖书"四个大字，因为那时还无"处理"这样的说法。

廉价书摆在门面后面的院子里。书的数量不少，我从中买到了沈从文的《蜜柑》、徐霞村译的《菊子夫人》、M.D.（茅盾）的《宿莽》、钟敬文的《湖上散记》、倪贻德的《玄武湖之秋》

等一大批书，都是二十年代印行的书，价钱很便宜，大约对折还不到。

我三十年代初在豫郁文书庄看到的，都是"鸳鸯蝴蝶派"的言情小说或武侠小说；隔壁世界书局橱窗内陈列的，是一集一集连续出版的平江不肖生著的《江湖奇侠传》。但从这廉价书中却知道，在二十年代中期，开封书店里也出售过大量的新文艺书籍，后来大约销路欠佳，才让位给武侠小说了。这一方面是时代风气的转变，同时也可以窥见开封读者的文化水准。

这些也可以作为中国出版史上书业活动起伏消长的一点史料吧。

（选自《雍庐书话》，南京大学出版社一九九三年十二月版）

买书结缘

范用

买书,说得确切一点,是看书,到书店看书。

五十五年前,一九三六至一九三七年,我在省城的一个私立小学读书。省城在京沪线(现在的沪宁线)上,上海出版的新书杂志,到得很快,日报傍晚就可以看到。

西门大街有家新书店,我常去那家书店,放学路过,总要进去看看有什么新书杂志,有好看的,从架上抽下来,站在书架旁边,看它半个来小时。

这家书店,新文艺书比较多,除了商务、中华这两家老牌子书局,上海的一些出版社,现代书局、良友图书公司、新中国书局、生活书店、开明书店、文化生活出版社的新书,大多都有。北新书局、亚东图书馆早年出的书,也还有一些。成套的书,像生活书店的"创作文库""小型文库",良友图书公司的"文学丛书""良友文库",文化生活出版社的"文学丛刊""文化生活丛刊",一溜儿摆在书架上,挺馋人。现代书局、新中国书局也各有一套文学丛书,封面看上去蛮舒服。

我买不起书,除了开学的时候,跟爸爸多报几毛钱文具费,再加上过年的压岁钱,买几本书,只能在书店白看,一本本看,看完一本再看一本。现在还能记得起看过的书,像张天翼的《蜜蜂》《团圆》,茅盾的《春蚕》,巴金的《砂丁》《电椅》,施蛰存的《上元灯》《梅雨之夕》,穆时英的《南北极》。巴金翻译的《俄罗斯童话》《门槛》,也是站着看完的。

平日,顾客不多,也就两三个人,有时就我一个看书的。快到年底,就热闹起来,店堂里挂出了贺年片,小学生挤在柜台前面,挑挑拣拣,吱吱喳喳。

三开间门面,宽敞明亮,门口没有橱窗,早晚上下门板。冬天,风往里灌,店堂里冷飕飕的;天好,阳光照进来,暖和一些。

有三个店员,从不干涉我看书,不像有的书店,用眼睛盯着你,生怕你偷书,你看久了,脸色就不大好看。

书店老板姓杨。后来在武汉,李公朴先生跟我谈起,说认得这位杨老板。李先生年轻时在镇江的一家百货店当过店员。

店员之中有一位年轻人,书生模样,年龄跟我小学老师相仿,二十来岁,后来熟了,我叫他"贾先生"。那时候,还不作兴叫"师傅",更没有叫"同志"的。

贾先生人挺和气,用亲切的眼光看我这个小学生,渐渐攀谈起来，谈些什么呢？现在一点也记不起来。年轻人关心的职业、婚姻这些问题，贾先生不会跟我这个小孩子谈，多半谈喜欢读什么书，哪些书好看。再就是谈学校里的事情。我读书的那个学校是回族人士办的，贾先生是回民。

还有一个谈话题目：国难问题，日本人侵略中国，抗战抗不抗得起来。

就这样，我跟贾先生成了忘年交，他大我十一岁，把我看作小弟弟，可是在我心目中，他是先生。

去年六月十六日，贾先生在来信中说："忆昔约为一九三四年前后，我们相识于镇江书店，每周六，你来买生活周刊，那时你在我印象之中，是个好学深思的清秀少年。我也不过二十二三岁。"

孙女听我念信，笑了起来："哼！还清秀哩。"

是啊，她看到的爷爷，是个又干又瘦的瘦老头儿。奶奶却说："你爷爷是清秀。"

不花钱看书，可是韬奋先生主编的《大众生活》（后来是《生活星期刊》）这本杂志，我是每期要买的，事过几十年，贾先生还记得这件事。

《大众生活》《生活星期刊》虽然只有薄薄的十几页，得买回去细细看，反复看。它用大量篇幅报道北平学生爱国运动，每期有四面新闻图片，不仅内容吸引人，编排也很出色，还有金仲华、蔡若虹编绘的"每周时事漫画"。有一期封面，是一个拿着话筒的女学生,站在北平城门口演讲,标题是:"大众起来!"后来知道女学生名叫陆璀。五十年代,在东安市场旧书店买到一套《大众生活》,我把这一期送给了陆璀,老大姐十分高兴,如今她也满头银丝。

《大众生活》《生活星期刊》四分钱一本,合十二个铜板。家里每天给我四个铜板零用钱,我用两个铜板买个烧饼当早点,一个礼拜积余十二枚,正好够买一本杂志。

在书店看书,我特别当心,绝不把书弄脏弄皱。放学以后先把手洗干净,再到书店看书。看到哪一页,也不折个角,记住页码,下回再看。

后来,贾先生到国货公司文具部当店员,文具部兼卖杂志,我也就跟过去看杂志,《光明》《中流》《读书半月刊》《生活知识》这些杂志就是在那里看的。

一九三七年冬天,日本人打来了,我们俩都逃难到汉口,又遇上了。过了年,读书生活出版社收留我当了练习生。我向黄洛峰经理引荐贾先生,黄经理听说他在书店做过事,他也进了读书生活出版社。

这一年我才十五岁,黄经理能让我介绍一位朋友进出版社,实在高兴。

贾先生在出版社没有待多久,他要到战地抗日,报考了战时工作干部训练团军校,从此分手,一别就是五十几年。

黄经理还常常谈起他,问我:"你那位好朋友在哪里?"

我不知道,虽然我很想念他。

现在看了他的来信才知道,他在受训以后,被分配到军委会政治部第三厅军报科,也就是陈诚、周恩来任正副部长,郭沫若任厅长的政治部,以后被派去西北办报,一直从事新闻工作。一九四九年去台湾教书,现已荣休。

时隔半个世纪,我们又怎么联系上的?

去年四月,香港一位诗人打来电话,问我可认识一位姓贾的老乡?我立即想起了他,准是他!

原来,台北《联合报》副刊登了诗人的一篇文章,里面提到我这个酒友,贾先生看到了,写信通过副刊主编痖弦先生向诗人打听:"文中所指范用是否尚存在?是否知其下落?"并说:"本人和他过去有很深厚的感情。"

于是,我们通上了信。我高兴的是,贾先生来信说秋后回乡探亲,定来北京叙旧。

他寄来全家福照片,可我怎么也认不出照片上的那位老人家就是贾先生。他看了我寄去的照片,也"不禁感慨系之",小弟弟成了白头翁!

本月十六日收到他发自江宁的信,说上月十五日返乡,到了南京、镇江、上海、西安,因病不得已改变行程,折返南京治疗,预定的机票须十四日返台,"千祈原谅不能北来苦衷",并寄来三百元给我进补,他还把我当作小弟弟。

这真教我失望之至,无限思念,无限怅惘!

他已经八十高龄,倘若海峡两岸通航,往来捷便一些,再次回乡的日子当不会太远。我祈愿他老人家健康长寿!

一个书店店员,一个小学生,过了五十几年仍不相忘,还能相见。岂非缘分!

我见到书店的朋友,常常讲这个买书的故事。我说,开书店要广交朋友,包括小朋友,欢迎他们来书店看书,从小爱跑书店,长大了,准是个爱书人,准是你的顾客。

有人说:"顾客是上帝。"我信奉的是:"朋友是无价之宝。"

我到香港,参观商务印书馆,看到门市部有一角专门布置给小朋友们看书,地上放着很好看的坐垫,小朋友可以坐在地上看书,想得真周到!我就看到一位小朋友,把图画书摊放在地上,看得入神,店员不干涉,随他。

但愿多一些这样的书店,多结一些这样的缘分!

(选自《文汇报》,一九九三年二月七日)

我的书摊儿情结

程树榛

我生平爱逛书摊儿，每到节假日或茶余饭后，总是要到家居附近的书摊儿瞅瞅，不管买还是不买，总要在书摊儿旁边转几圈儿，随手翻阅几本新出版的或陈列已久的旧书，然后走开，算是完成了一件必不可少的"任务"；否则，总觉得少了点什么，没着没落的。

这个习惯还是我小时候养成的。我出生在江苏省邳县（现改为邳州市）一个古老的村庄。邳县古称下邳，历史悠久，至今已有六千多年的记载。夏商以来，历代王朝在此建国设郡立县，颇为繁荣。隋唐以来，明清以降，京杭大运河开通疏浚，它便成为漕运要津。民国初年，陇海铁路建成经过这里，邳县遂以"通阛至阓"的水陆码头著称，再度辉煌一阵子。只是在后来为兵灾所苦，才衰落下去。抗日战争爆发后，又为日寇铁蹄所践踏，更加衰败。但地灵人杰，代有才人，文化底蕴深厚不泯，而读书之风，亦历久不衰。我们程氏家族系宋朝理学家"二程"之后，"历代书香"，一脉相承，故我很小便被送入学堂念书。可能是家族遗传基因所致，我从小就嗜书如命，古今中外，来者不拒，兼容并蓄。由于家庭藏书有限，很快便被我读完了，于是，就想借书来读。可是乡下又没有图书馆，无处可借，只好央求母亲到附近的集镇上为我购书。母亲被我缠得没法，便把我领到镇上让我自己选购。当时，镇子还没有书店，只有一个小书摊儿摆在街头一个角落里，由一位年过半百的老人在售卖。他就是书摊的老板了。老板已经发须染霜，皱纹布满脸上，慈眉善目，给人以亲切感。他戴一副老花眼镜，老是从眼镜框上面看人。他态度和蔼，对前来买书的人，无论男女老幼，一律笑脸相迎。我们母子刚刚来到，他便立即主动询问：请问尊嫂，想买什么书呀？我母亲指着我说：是孩子想买书。老板转而又笑着问我：小朋友，读几年级了？我回答他：刚上三年级。他听了异常高兴，连声说：小小年纪就爱读书，好，好！遂又问我：对哪样书有兴趣？只管挑选。我用眼一看，书摊上琳琅满目，两眼应接不暇。有古典文学，如"三国""水浒""红楼""三言二拍""隋唐演义"等；也有现代作家如鲁迅的《野草》，茅盾的《子夜》，巴金的《家》《春》《秋》，老舍的《骆驼祥子》等著作；外国作家的作品也有出售，如普希金、莱蒙托夫的诗，托尔斯泰、契诃夫的小说。许多都是我平时渴望阅读而不得的好书，真想一下子买它一箱带回去饱览个够。可是,我无法做到。因为我父亲逝世很早,家境很不富裕,哪有更多的闲钱买书?只能选上两本买回去。像一个饕餮者遇到美味佳肴,手不释卷,废寝忘食,不几天我便读完了。书瘾难耐,只好背着母亲自己又来到镇上,想再买几本。不过,我这次没有马上买书,而是先选一本价钱贵我难于购买的书站在书摊边翻阅。谁知看着看着我的心便进入书中去了,从早上一直看到下午也没看完。令我高兴的是,老板并未因此给我脸子看,只顾卖他的书,没有管我。眼看快罢集了,我才匆匆买一本价钱较少的书回家。但我心里还惦念着那本未读完的书,到了星期天我又去镇上,和上次一样站在书摊儿旁继续读那一本书。最后虽然没有买书,老板似未介意,偶尔瞅我一眼,也是面带微笑,好像说:你尽管看吧,没关系。如此几次,我似乎找到了一个窍门:可以不花钱在这儿看书。于是,每逢星期天的一大早,我便来到镇上,直奔书摊儿,随手拿起想看的书径自读去。我当然很是自觉:轻取慢放,小心翻动,对书十分爱护。这样越发取得老板的好感,每次见我来到,还主动打招呼:你又来了,吃饭没有,我这儿又到几本新书,你先看吧!有时甚至还递给我一个小板凳,让我坐在一旁慢慢地读。

  我开始有点奇怪:老板为啥对我这样好呢?不久,我便有所察悟了:原来这位书摊儿老板系教员出身,生于白山黑水的东北,"九一八"事变后,鬼子占领了东三省,他便逃亡到关内四处流浪。后来听说我们邳县乃古文明之乡,文化很发达,便慕名来到这里。因为他除了教书别无所长,为了生计,就做起摆书摊卖书的营生。出于一位做教师的职业敏感与天性,他非常喜欢爱读书的孩子。见我常常来到这儿,捧起书来那样专心致志地阅读,便产生了爱怜之意;不用说,他也看出我并非什么富贵人家的子弟,没钱买更多的书,只好来这儿看蹭书。于是,便想方设法来照顾我,不仅不施以白眼,而且和颜悦色;有时甚至还给予指导。如某个作家都有什么著作,某本书有何特点,读某些书应注意些什么等等。经过他的启发,我果然大有收益,大有进步,慢慢地真的把他视为老师了,胆子自然也就大了起来,到此看"蹭书"的次数更多了。为了减少内心的愧疚,我有时还帮他干点小活儿,如扫扫书摊周围的尘土和垃圾,替他整理一下被顾客翻乱的图书,在他需要"方便"的时候,代他看管一下书摊儿……一来二去,我们之间便产生了感情,如果哪一个星期不去那儿,心里便空落落的;而那位老板呢,也会关心地向我问长问短:怎么没有来呀?是不是病了?像自己的亲人似的。我把这个情况和母亲说了,母亲感到很为过意不去,有几次,还专门做了好吃的菜肴让我送给他食用,也算是一种报答吧。

就这样持续一年多,我几乎把他书摊上的图书读遍了。因此比起同辈学友来说,我的知识面要宽得多、厚实得多,考试的成绩也较他人为好,特别是语文往往名列前茅;这对我后来的升学、就业甚至当上了作家，都不无裨益。

可惜在不久之后，我们的家乡也被日本鬼子侵占了。侵略者所到之处，杀人放火，奸淫掳掠，无恶不作，人们都东躲西藏，席不暇暖，谁还顾得上买书读书呀！这位老板也不知在什么时候又逃难到哪儿去了，此后我再也没有见到他。

这件事已过去半个世纪，童年的很多往事都忘却了，唯有这位老板和他摆的书摊儿的印象一直录留在我的脑海里。特别是每当我走在大街上看到哪儿摆有书摊时，我总要走过去瞅两眼，顺手翻阅两下摊上的图书，并且和老板搭讪几句，同时眼前又不禁闪现出儿时在家乡小镇的书摊旁读"蹭书"的情景，并唤起我对那位老板的深深怀念之情。

（选自《中华读书报》，一九九七年六月四日）

琅嬛琐记

林辰

买书，是我多年来唯一的癖好。记得在中学时代，就曾经有过因买书而将衣物送进当铺的事。那时买的书，有鲁迅、郭沫若的著作，还有《胡适文存》和柳亚子编的《苏曼殊全集》等。后来当了教员，更是离不开书，新书以外，还搜求古旧文史书籍。重庆米亭子、上海城隍庙等地的旧书肆，都是我假日常去的地方。来北京后，一住三十余年，或因工作关系，或因个人兴趣，更常去琉璃厂、隆福寺和东安市场、西单商场的新旧书店和大小书摊，寻访我所需要的多种书籍。琉璃厂是全国最大的书肆集中地，我闻名已久，但因那里出售的多是线装古籍，价格昂贵，不适于普通读者；我常去的倒是东安市场和西单商场，这两处的书店和书摊都多，"五四"至三四十年代的文学书籍和其他杂书也比较多。五十年代，我的每个星期日几乎都消磨在这些地方，平时白天上班，晚上就轮换着去，流连忘返。常常是毫无所获，只弄得两手尘土，一身困倦，但对各书店巡览一周，随便翻翻，也自有一种乐趣。有时发现一本两本心目中正需要的书，那高兴自然就不用说了。夜市既阑，挟书以归，要是冬天，穿过一条条小胡同，望着沿街人家窗户透出的一线光亮，抚着怀中的破书几帙，只觉灯火可亲，寒意尽失。到得回寓，便迫不及待地打开书本，看目录，看序跋，再翻看几页内容，直到夜阑人静，也不罢手。有时白天看到一本书，犹豫未买，回家后又放不下，左思右想，还是晚上再跑去买了回来。像这样一天来回两次书店的事是常有的。清代诗人郑子尹有记莫友芝在京访书的诗云："莫五璃厂回，又回璃厂路。似看衔书鼠，寂寂来复去。"喜欢跑书店的人，总会觉得"衔书鼠"的句子惟妙惟肖写尽爱书人的情态。

我购书很杂，除了"五四"以来的新文学作品外，还喜欢搜求有关我的故乡贵州的乡邦文献，这几乎全都是木刻线装书，还有就是一些古今人诗文集、诗话、词话、笔记之类，这是出于个人兴趣而陆续购置的。我不是藏书家，无力也无意搜求什么宋椠元刊，孤本秘笈，也没有一些富而且贵的人常用来装点家厅的那种堂皇昂贵的大部头书；我所庋藏的，大部分只不过是普普通通的短书小册，没有什么珍秘可言。不过，在我看来，虽是竹头木屑，也并非全然无用，何况历经寒暑，辛苦得来，其中多种都已绝版，传本极稀，所以也觉得还是很可珍惜的。

数十年来，访书南北，我比较注意的是鲁迅的著作和翻译。不过所得仍极有限，比较值得提出来谈谈的，有最早两种版本的《呐喊》。一种是作为周作人主编的"文艺丛书"的第三种，于一九二三年八月由北大新潮社印行的；后来鲁迅将此书从新潮社"文艺丛书"中抽出，列入自己主编的"乌合丛书"，于一九二四年五月改由北京北新书局出版。这虽是用新潮社纸版印刷，但扉页有了改动，隶属丛书不同，可以说是另一种版本了。新潮社版扉页有"周作人编"字样，因此受到了成仿吾的奚落："这回由令弟周作人先生编了出来，真是好看多了。"这和鲁迅之将它从该丛书中抽出，大概不无一点关系吧。这两种本子现在都已难得，一九五六年人民文学出版社编印《鲁迅》图片集中《呐喊》初版封面的书影，就是用我的藏书为底本复制的。另外，《中国小说史略》我也有两种较早的本子。一为线装本，书名《中国小说史大略》，无作者署名。全书共二十六篇，用四号铅字排印，每行三十三字，共一七三页。书口上方有"小说史"三字，下方为页码，无印制学校名称。从行款格式估计，大概是北京大学的讲义本。书中偶有眉批，如第六篇引《世说》"世目李元礼'谡谡如松下劲风'"上方，批云："'目'，自汉至六朝有所谓'目'者，多为四字或七字。唐以后有'诨名'，为'目'之变相，如'热鏊上胡狲'。"又如第七篇引《长恨歌传》"国忠奉牦缨盘水，死于道周"上方，批云："奉牦缨盘水，语出《贾谊传》疏中，应作牺缨奉盘水。"这大概是原藏书人在听讲时所记。另一种为平装本，书名改为《中国小说史略》，新写了《史家对于小说之著录及论述》，内容亦由原来的二十六篇增至五十八篇。从这一版本开始，才确定了书名，篇章内容也基本上具备了现在通行本的规模。这部《史略》分上下二卷，由新潮社于一九二三、一九二四年相继出版。我所藏两卷均为初版本。翻译方面，我最珍视的是一九〇九年在日本东京出版的《域外小说集》。这是鲁迅与周作人合译的外国短篇小说集，在中国近代文学翻译史上占有重要地位，历来为文学研究者和藏书家竞相搜求的珍品。但因它出版已久，且印数很少（第一集一千册，第二集五百册），存书又在上海寄售处被焚，所以到了现在，真是稀如星凤，极难觅得。我所藏的一本是第二集，那还是一九五二年春夏间在上海得到的。那时我在鲁迅著作编刊社工作，正当壮年，不知道什么叫疲倦，每天中午休息时间，总是用在跑附近的书店书摊上。有一天，到虹江路一家以卖废纸为主的旧书店去，它的店堂后面有一间小屋，地上堆积着破旧书刊和报纸，人蹲下来慢慢搜寻，翻了好久，毫无发现，正想离去，忽然在底层翻出一本薄薄的灰色的小书，一看，竟是一本《域外小说集》第二集！这使我大喜过望！这家书店是论斤出售的，一本书上不了秤，老板随口说个价，我欣然如数付给，便换取了我渴求已久的这本稀世之书。全书毛边不切，完整如新，至可宝爱。后来我到了北京，一九五六年七月，在西单商场"王文锦书摊"的乱书堆里又获第二集一册,封面已失去,扉页钤有"刘复藏书"阳文方印,为半农先生旧藏,虽缺封面,我仍然是很珍惜的。可惜一直还缺第一集,今后再也不会有遇见的机会了。在鲁迅早年的著译中,还有一本和顾琅合纂的《中国矿产志》,初版于一九〇六年五月,日本东京榎木邦信印刷,上海普及、文明、有正三书局发行。我所有的是一九〇六年十二月增订再版本,封面右角与初版本一样署"江宁顾琅会稽周树人合纂",尚未如三版改为"农工商部学部鉴定";内容则较初版增订很多。此书鲁迅自己和他人都没有提到过,一直不为世人所知,直到一九五〇年秋,许广平先生几乎同时收到分别从归绥和南京寄来的此书三版本和初版本,于是湮没了近半个世纪的这部科学专著始得重显于世。有了我这部再版本,此书的三种版本就全有了。

我还着意搜求鲁迅为他人编选、校订、作序的书,因为它们体现了鲁迅为发展中国新文学而在青年作家身上所耗费的大量心血,是鲁迅整个文学工作的一个组成部分,也是现代中国文学园地里的重要收获。这些书当时印数不多,大都没有再版,若不及早购求,以后便将无可寻迹了。在鲁迅为青年作者所编选的书中,以高长虹的《心的探险》为最难得。这书不但由鲁迅选定,收入"乌合丛书",还亲自为它画了一张极美的封面,是摹六朝人墓门画像而成的。画上人物臂有双翅,长尾,或在云端奏乐,或在龙背倒立,备极生动,似为一大型杂技封面。此书在旧书市场之所以少见，恐怕和收藏者宝爱这张封面，不让其轻易散失有关。"乌合丛书"中的另二种，即许钦文的《故乡》和向培良的《飘渺的梦》，也是经鲁迅亲为选定的。还有不在丛书之内而亦为鲁迅选定的，有采石的诗集《忘川之水》。采石即崔真吾，朝花社成员。他这本诗集由鲁迅选定，并代请日本画家宇留川作封面，于一九二九年一月由北新书局出版。鲁迅在《三闲集·译著书目》里，曾郑重地将此书列入"所选定、校字者"一栏，然而六十年来，未见评论家和文学史家谈到这本诗集，可说完全被人忘却了。我的一本，是五十年代初在西单商场的旧书店偶然得到的，此后再也没有见到第二本了。鲁迅为他人校订的书，在《三闲集·译著书目》校订栏里，列有翻译《苏俄的文艺论战》《十二个》《勇敢的约翰》和创作《二月》《小小十年》等十五种，一九三二年以后的还未计算在内。还有几种，因鲁迅自己和别人所开的书目中都未列入，知道的人不多，这里特为介绍几句。如李小峰译的丹麦爱华耳特著童话《两条腿》，就由鲁迅加以精细的校订，李在《译者序》中声明："我这译稿在付印之前，曾经鲁迅先生比对德译本改过。"还有李宗武、毛咏棠合译的武者小路实笃著《人的生活》，内收论文及剧本各两篇，都是有关"新村"运动的。《译者导言》中有"幸蒙周作人、鲁迅先生的题序、校阅，故就敢出而问世"等语。此书为中华书局编《新文化丛书》之一，一九二二年一月出版。这是一本冷僻的书，可说已被时光淘汰,极为少见,我的一本,还是一九五六年二月春节期间逛厂甸买来的。译本以外,还有孙福熙作散文集《山野掇拾》,一九二五年二月新潮社出版。据《鲁迅日记》,这书也是经鲁迅校订的。至于鲁迅作序的书,暂不谈翻译作品,仅以创作一类而言,从黎锦明、叶永蓁、柔石、萧军、萧红、葛琴、徐懋庸等人的小说、杂文,乃至林克多介绍苏联、孔另境辑录文人书简的书,都因有鲁迅的序而得到广泛的流传。这些序文,精辟中肯,既不溢美,也不掩盖缺失,对作者和读者都很有帮助。鲁迅还有几篇用文言写的序文,如《〈痴华鬘〉题记》《〈游仙窟〉序言》《〈淑姿的信〉序》等,也蜚声艺苑,为读者所乐道。我尤其喜欢为金淑姿的《信》所写的那篇序言,实在写得太好了!它虽胎息于六朝,然而不施藻绘,自铸新辞,流转自如,音节优美,是在旧形式中注入新的思想感情的现代骈文。鲁迅本无意写此种文字,只因他和金淑姿夫妇"皆素昧平生,无话可说,故以骈文含胡之"。这寥寥"含胡"二字,说尽了传统骈文的特性和作用,有此卓识,偶一涉笔,才能突破旧章,产生佳作。我自从在《集外集》里读了这篇序言以后,就想找到这本书。这自然不是为了想看那些信,而是要得到用鲁迅手迹制版的这篇序言。但是,多年来在重庆、上海、北京搜寻的结果,都是失望。最后我只得将事托付给东安市场西街德华书摊主人郑炳纯同志,他终于在一九五八年底从杭州找到一本,承他慷慨赠与,坚不受酬。另两种有鲁迅文言序的书,《游仙窟》于一九四五年冬在重庆北碚一家小杂货店买得,是抗战胜利后急于出川的人寄售的;《痴华鬘》则一直寻而未获,两年前承姜德明同志惠赠一本,才弥补了我藏书中的这一空白。

　　除鲁迅外,其他"五四"新文学作家的作品,我也陆续搜集到不少。我购书有一个习惯,对于我所喜爱的作家,首先自然是着眼于他的主要著作,但对他次要的甚至无多大意义的书,我也每见必收。这种瓜蔓抄的方式,对于积累资料、全面了解一个作家,不无裨益。例如刘半农,我喜读他的诗和杂文,《扬鞭集》《瓦釜集》《半农杂文》和《杂文二集》,常置案头。他的诗文,活泼而富有幽默感,痛快淋漓,其中部分作品,缺少含蓄,因此给人一种浅近的感觉,但这正可说是他独具的特色。他的专门是语音学,但他搞创作、翻译,还搜集歌谣,校点古籍,是一个兴趣广泛、多才多艺的人。他校点的古籍,除大家熟知的《何典》和《西游补》外,还有《香奁集》《浑如篇》和《太平天国有趣文件十六种》等,就不大有人注意了。我因喜欢刘的诗文,也不摒弃这些书。《香奁集》为唐韩偓诗集,这个校点本前有沈尹默序,用手迹制版影印,后有刘氏自跋。他在跋文中说:"余唯一己之所泳好,故为校点重印。"他所根据的是清康熙间吴郡朱氏覆刻的竹坞钮氏袖珍本,分上下二卷,四十八开小本,每面四周,框以边线,四号字排,蓝色印刷,古雅可爱。《浑如篇》,明沈弘宇著,原刊首页残破，失去书名，刘复以全书首句为"世事浑如春梦"，因名之为《浑如篇》。书中所记都是明代青楼杂事，可说是一种社会史料。刘氏在《题记》中说，原书是他的老友范遇安在苏州冷摊得到，寄给他请为重印的，故署"范遇安校订"。我看这是故作狡狯，范遇安实无其人，校订者即刘氏本人。《太平天国有趣文件十六种》，是刘氏从伦敦不列颠博物馆中抄回来的，是较早问世的太平天国文献的一种。以上三书都是一九二六年由北新书局出版的。

俞平伯以新诗和散文驰誉文坛。他的多数诗文，哲理分子多，夹议夹叙，令读者感到一种涩味。但他也有一些描写比较绵密，文字近于口语的篇章。他的散文的第一次结集，应该是一九二四年十一月霜枫社出版的《剑鞘》吧。这是俞平伯和叶绍钧二人的散文合集，第一部分为叶作，第二部分为俞的作品，包含著名的《桨声灯影里的秦淮河》，共九篇。以后一连是《杂拌儿》《杂拌儿之二》《燕知草》《燕郊集》以至最后的一本《古槐梦遇》，共六种。其中《燕知草》和新诗集《忆》，都是线装本。《忆》为作者手书石印，附丰子恺作画十八幅，内有彩色八幅，精美异常，诗画对看，相得益彰。俞平伯对古典诗词造诣极深，著有《古槐书屋词》，线装木刻一册，丙子（一九三六）年刊，末署"钱塘许宝驭书"，从字体看，我以为其实也是俞平伯自己的手笔。他的字，端重中不乏秀逸之气，自成一种风格，是容易辨认的。这本词集，因系家刻非卖品，外间流传绝少，我所有的一本，是托友人周绍良同志向俞先生讨来的。另外，他所著《读〈诗〉札记》《读词偶得》《清真词释》，都具有独到之见，值得一读。现今《陶庵梦忆》《浮生六记》和《人间词话》仍很流行，应追溯到俞氏之最早将它们标点并作序介绍于世。顺便一说，俞平伯的父亲俞陛云先生，是清光绪二十四年（一八九八）戊戌科探花，著述甚丰，我曾读过他的《蜀輶诗记》《诗境浅说》《吟边小识》等。他有一部《乐静词》，分初编、二编，在初编末页有"己巳（按为一九二九年）中夏男铭衡敬书讫"一行，也是俞平伯楷写付梓的。我很高兴，此书我也访求到了一本。

钟敬文也是我所喜爱的散文作家。从一九二七年九月出版《荔枝小品》开始，接着《西湖漫拾》《湖上散记》相继问世，为现代中国散文的发展作出了重要贡献。另两种《柳花集》和《未寄的情书》，虽说前者是文艺评论集，后者是书信体小说，但也可当作小品散文来读。他的散文，大体可分写景与怀人两类，冲淡隽永，有时令人联想到周作人。他也自承："我喜欢读周先生的文章，并且，我所写的，确也有些和他相像。"（《荔枝小品题记》）这话我以为只能就他的早期作品而言，如《荔枝小品》中的部分文章；但他后来却有自己的长足的发展，如《西湖的雪景》《钱塘江的夜潮》《金陵记游》《太湖游记》等，其规模、气象，就不是在周作人的集子里所能见到的。有一个时期，他曾苦恋着一位华侨少女，不知怎样没有成功，这就给他的部分篇章带来了一种难名的怅惘、感伤的情绪,很容易牵动年轻读者的心,这是他的散文与同时代一些作家不同的地方。他自己对于散文的见解,可在《试谈小品文》(见《柳花集》)一文中见之。这篇文章,和朱自清的《论现代中国的小品散文》一样,是评述这一文体和创作收获的名作。除散文外,他也写诗,结集出版的有《海滨的二月》一册。还有一本诗论《诗心》。钟敬文还是中国民间文学研究的开拓者之一,很早就从事民间文学理论的探究,民间歌谣和故事的采录,这方面的成绩,有《民间文艺丛话》《客音情歌集》《蛋歌》《琅僮情歌》《马来情歌集》等等,都是开风气之作。后来,他的兴趣逐渐趋重于民间文学、民俗学、民族学等学艺的研究,散文写少了,但并未完全辍笔,不过后来所写的都没有编集成书(曾见《游草一束》和《新绿集》广告,但未出书),所以现在很多人都只知道他是民间文学研究专家,而忽略了他同时又是一位有成就的散文作家。不过,在我的心目中,散文作家钟敬文的印象是很深的。年轻时早就购读过《荔枝小品》和《西湖漫拾》,后经丧乱,藏书散失;一九五一年六月由上海去绍兴,归程中在杭州拜经楼书店发现了一册《西湖漫拾》,如逢故人,急忙买下,以后随时留意,又陆续将上述各书收齐。除此以外,钟敬文还编辑过一本《鲁迅在广东》,一九二七年七月北新书局出版。它和台静农编《关于鲁迅及其著作》、李何林编《鲁迅论》,是最早的有关鲁迅研究的三部专书。我藏有初版一册，是亡友孙用同志所赠，现在已是难得的珍本了。

白采，我们把他忘记得太久了，几种现代文学史都没有提到他。但他是"五四"新文学运动初期一位著名的诗人，他的长诗《羸疾者的爱》约有七百行，是当时很少见的一部长篇叙事诗。一九二五年四月以《白采的诗》为书名出版单行本。除诗以外，他还在创造社的《创造周报》和文学研究会的《小说月报》等刊物上发表短篇小说，后来辑成《白采的小说》一册，内收《绝望》等七篇，于一九二四年十二月出版。这两书都是作者自费，由中华书局代印和经售的。白采还有一部用文言写的诗话《绝俗楼我辈语》，在他死后曾在《一般》杂志上连载，后于一九二七年由开明书店出版单行本。他还留下一些还未发表过的诗词和日记，在他逝世十年以后，他的朋友陈南士衰辑其旧体诗词，编为《绝俗楼遗诗》，内收诗二卷，词一卷，于一九三五年夏由"独学斋刊于南昌"，线装铅印一册。诗和小说均系自印本，为数甚少，不易得见。我所有的一本《白采的诗》，扉页上有墨笔题字："圣陶兄赏音弟采赠。"下钤"白社"椭圆形印，是作者送给叶圣陶先生的亲笔签名本，弥觉可珍。《绝俗楼遗诗》印于南昌，更为难得。我早知道此书之名，然而得到它却在五十年代中期。那时候，隆福寺东口东雅堂书店的台阶下有个书摊，摊主是一个中年人，身材微胖，面白无须，听人说他是前清的太监。他识字不多，书也少得可怜，只在地上稀稀落落地摆着二三十本旧书，我每次经过都是一瞥即过，不大注意。但我的一本南昌印的《绝俗楼遗诗》，却是在这个不起眼的冷摊上得到的。白采就只出过这四本书，将它们合在一起，再加上集外的几个短篇小说，就可以编成一部"白采全集"了。说实在话，无论是《绝俗楼我辈语》或《绝俗楼遗诗》，旧名士习气都很重，那两本用白话写成的诗和小说，又绝版已久，他之不常被人提起，并非完全没有理由。

周作人是多产的，他的书，包括自著的、翻译的、编录的，大约不下于七十余种。我年轻时读他的《自己的园地》《雨天的书》和《炭画》《点滴》等，的确从中获得了不少文学的趣味和知识；以后又读了他的几个集子，渐渐对他那种大量抄书——抄古书、抄外国书、抄绍兴同乡人的书，而且往往重复的写法，感到烦腻；到了"七七"事变后不久，他在北平当了汉奸，为全国人民所共弃，从那以后，读其书，想见其为人，总觉得他所写的都是虚伪矫饰之辞，对他完全失去信赖了。不过，由于习惯，有时也为了搜集材料，每当遇见他在附逆后的著作，还是不愿放过。从《药堂语录》开始，到与日本宣布投降恰在同一时候出版的《立春以前》，再加上十余年后在香港出版的《过去的工作》和《知堂乙酉文编》，凡九种。合计周作人在抗战前、敌伪时期和解放以后出版的书，我已十得八九。其中比较喜欢的是早年的几本文集和翻译的《陀螺》与《炭画》(《炭画》用文言译，解放后周又用白话翻译一次，我曾对照着读了第一章，还是觉得文言译笔优美)。在我收藏的这些书里，有周作人的签名本，也有他自己的校本。《秉烛谈》收有一篇《关于俞理初》，其中有这样几句："清朝三贤我亦都敬重，若问其次序，则我不能'不'先俞而后黄、戴矣。"（按指黄梨洲、戴东原）这里引号中的"不"字，就是周自己用墨笔补上的。若无此字，意思就完全相反了。还有一篇《再谈试帖》，文内提到一本《孤居随录》，校改"孤居"为"岛居"。又《妇人之笑》一篇有"不必问其笑不笑言不言曰"句，改"曰"为"也"，等等。周作人早期著译，有的经过鲁迅修改润饰，如《红星佚史》《过去的生命》和《欧洲文学史》；有的兼收鲁迅的译文，如《现代小说译丛》《现代日本小说集》等：这也是我收藏这些书的一个原因。周作人在南京江南水师学堂读书时，曾用萍云女士笔名翻译《侠女奴》，用碧罗女士笔名翻译《玉虫缘》，又用平云名自著小说《孤儿记》，这三本书出版于清光绪末年，时间过久，又是不为人知的无名的僻书，所以早已难于购致。我仅有《玉虫缘》一册，这是据美国安介坡（今译爱伦坡）的小说《黄金虫》翻译的，一九〇六年四月上海小说林社再版本。卷首为周作人用萍云名义写的《绪言》，内有"顷者罗女士之译述莱格兰事也，叙其以一月获百五十万之钜金……"等语。书末有译者《附识》（岳麓书社版《知堂序跋》据《知堂回想录》转录了《附识》，缺《绪言》）。我觉得此书并无多大意思，好玩而已。

访书也如读书一样，要手到、眼到、心到，还得加上一个脚到。如在北京，不但要勤于跑琉璃厂、隆福寺，还得常常巡视街头那些不起眼的小书摊。例如我前面提到的隆福寺东口那个太监摆的地摊，我除了在那里买到过《绝俗楼遗诗》，还买到一本柳亚子的《乘桴集》，这是一九二七年"四一二"政变后柳亚子流亡日本时所作的旧体诗集，一九二九年七月上海平凡书局印行，是柳氏生前出版的唯一诗集。它仅有四十页，薄薄一小册，平凡书局又无名，是很难引人注意的。在上海时，有一次在昆山路一个小地摊上，看到一本郑振铎的《佝偻集》下册，残书我当然不取，继续向前走，不料到了交通路，竟在一个书摊上发现一此书的上册，我急忙买下，又赶回昆山路买了那本下册，以极少的代价配齐了全书。又有一次，我在卡德路发现马一浮的《蠲戏斋诗编年集》四册，我略为翻检，觉得不全，因为没有抗战期间流寓蜀中时的作品。我一路看下去，刚走不远，就在一家书摊上买到了一本《蠲戏斋诗前集》和一本《避寇集》，磁青面，连史纸，线装大本，完全与刚才所见者相同；我赶忙回去买下了那四本，配足全书。延津剑合，可谓巧遇，现今想起来仍觉得很有趣味。除了脚到，还应该做到手到、眼到。在以前的古旧书店里，常常在地上撂着一堆堆线装小册子，没有标签，看不出书名，你必须弯着腰，或蹲在地上，一本本地翻检，常常弄得腰酸背痛，两手墨黑，而一无所获；自然，有时也会发现久访未遇的稀见之书。我藏有一册《沈尹默书曼殊上人诗稿》，就是在西单商场旧书店地上的破书堆里检出来的。此书收苏曼殊诗七十四首,末附沈氏自作有关曼殊诗七首,词二阕。一九二一年十月"张氏影光室"据沈氏写本石印。苏诗沈字,可谓珠联璧合。此书极少见,以柳亚子、柳无忌父子和曼殊关系之深,且为研究曼殊的专家,也没有见过。柳无忌编《苏曼殊作品提要》著录此书,即云"原书未见"。柳托周作人向沈氏索取,周复信云:"沈尹默先生写诗,云已无存。"(均见柳无忌编《苏曼殊年谱及其他》)可见在数十年之前就已难得了。对于一些从不受人注意的无名的小册子,你也不妨动手翻一翻,随便看两眼,也许会发掘出一点有用的东西。例如我曾经在丁怪谙、金谷兰两人合著的酬唱集《松竹联吟》里,发现了三味书屋塾师寿镜吾写的一篇《题辞》,这是鲁迅的这位老师留下来的仅有的两篇遗文之一。像上举这样的收获,都足以使我完全忘记久蹲地下翻检的苦辛。不过,令人沮丧的时候也很多,常常是碰不上想找的书,有时是虽有好书而无力购买,还有由于一时疏忽,好书当前,竟然失之交臂。一九五一年夏天,我在上海虬江路一个书摊上忽然看到几十本叶圣陶的藏书,都是作者签名送给叶先生的,不知何故流散出来。当时我只从中选取了十来本,包括白采的《羸疾者的爱》、郑振铎的散文集《海燕》、胡也频的长篇小说《光明在我们的前面》和谢六逸译的《文艺与性爱》等,而没有将它们全部买下来。事后思量,那是举债也应该全部买下的。多年来每一想起,都觉得可惜,但后悔又有什么用呢!

买书日久，逐渐认识了一些书业中人。我们大多彼此都不知道姓名，但面孔很熟，有的人就把我看成可靠的顾主。有时我看中了某书，因身边的钱不够，就请摊主留下，我改日去取。常常得到这样的回答："您今天就带走，没关系，您下回来再给补好了。"他们中有些人长期经手进出书籍，知见较多，经验丰富，如《贩书偶记》《清代禁书知见录》的编著者孙殿起，《文禄堂访书记》的编著者王晋卿，都不愧为版本目录学专家。我前面提到的郑炳纯同志，就是一位对古籍和"五四"新文学书都相当熟悉的行家。"文革"以后，他在中国书店期刊部工作，因为不在门市部，所以我很少有和他见面的机会。他在工余从事研究，我曾在《文献》丛刊上看到他的《记周广业的〈经史避名汇考〉》一文。有一个时期，他想整理明遗民贾凫西的《木皮散人鼓词》，我曾将所藏两种借给他参阅。前些时在报上看到有的评介他辑校的《郑板桥外集》，知道他近数年来在研究上取得成果，很是高兴。多年不见，他大概已经退休了吧？

拉拉杂杂，到此已经写得不少。关于书，可说的话实在很多，每一发箧，还可一本本地想起它们的来历，想起一些书店、书摊的面貌和名称，唤起当年逛旧书店的乐趣。不过这些都已经是旧话了。一九六六年"文革"发生，一夜之间，北京所有的古旧书店、书摊，完全消失。绵延十年，古今典籍遭受到一场空前的浩劫。从此访书的事，已成为遥远的渺茫的旧梦,不可复续了。一九七五年四月于役天津,十分偶然地邂逅一册鲁迅在书信中谈到过的《寒安五记》,算是我最后买到的一本较有意义的旧书。因为是最后一本,在此特记一笔。

(选自《书斋漫话》,中国友谊出版公司一九九八年一月版)

访书奇遇

倪墨炎

这是一九七六年的事。这年春天,我被借调到人民文学出版社参加《鲁迅全集》的编辑注释工作。在我担任责任编辑的集子中,《且介亭杂文》和《且介亭杂文二集》是由华东师大的教师注释的。为了和注释者联系工作,这年秋天我就从北京出差来到上海。

那时我家住在上海愚园路。这是一条幽静的马路。解放前不少高等华人和上层知识分子聚集在这里。我住的院子就是当年邵洵美等人办出版印刷公司的地方,至今大门口的矮房里还住着美术印刷厂的职工。从我住宅向西走二百米,就是静安寺庙弄,这里有郑振铎的故居。再往西走,穿过乌鲁木齐路,就是愚谷屯,是林语堂、陶亢德编辑风行海内外的《论语》等杂志的地方。我有晚饭后散步的习惯。每天,在夕阳的余晖下,我就在这些地方穿街走巷,想象着当年的文人雅士们怎样在这里匆匆地送走充实的或贫乏的人生。

有时我也驻足在十字路口的招贴栏前。散步本来就是一种悠闲的活动，目的在于休息，在于运动体肢；何况，招贴栏前还可了解一些社会动向，有时还能读到令人发噱的文字。一天，我在胶州路口的招贴栏上，在交换房屋、对调工作、修理家用电器、出让木器家具等等的招贴中，发现一张用苍劲的钢笔字写成的小条：

出让全套《文艺报》。价格面议。接洽地址：愚园路某某弄某某号沈。

我简直为这张小条惊住了。在当时，《文艺报》无论与"四条汉子"还是"文艺黑线"都是有牵连的。这人怎么敢公开招贴出让，胆子实在太大了。眼下不是还在"反击右倾翻案风"嘛！但我又想：此公既然收藏全套《文艺报》，一定是爱好文艺的，或许还收藏现代的旧书刊呢！倒不妨去看一看的。于是我就把地址抄了下来。

第二天是星期日，上午八时，我就根据所抄地址找上门去了。离我家不远，不过二三站公共汽车的路程，这是一个幽静、整洁的里弄，我所找的门号在弄内深处，门口种着一株枝茂叶盛的夹竹桃。我揿了电铃，一个小伙子来开门，待我说明来意，他就转向里面喊道："爸爸，又有人来买你的《文艺报》了!"接着,一位七十多岁的清癯的老叟出来,连声说:"真抱歉,真抱歉,《文艺报》昨天下午已有人买去了。"我悄声问:"老伯是否还藏有其他旧书旧刊?"不等他回答,我立刻通报了我所在单位,我的姓名,并向他说明:我爱好现代文学,正在用心收藏"五四"以来的旧书旧期刊。他好像略知我的姓名,对我打量了一下,扬手让道:"那就请里面坐吧!"

这是一间明亮、整洁的书房兼卧室:靠北墙是单身小床,南窗下是写字台,台上报纸堆中夹着一本《革命文物》。它是当年唯一有点内容的刊物,连不玩文物的人也看起来了。房子中间是一张玻璃面的小圆桌,两边放着藤椅。他让我在小圆桌旁坐下,自己坐在对面,说:"我看过你写的文章。早就猜测你大概在出版社服务的。解放前我也是搞这一行的。"我喜出望外地询问他在哪家出版社工作过。他不回答我的问题,却说:"我编过杂志,也编过书。"我不再问他在哪家书店工作过,也不问编过哪些杂志和哪些书,那个年头人们多有这样那样的顾虑,我只向他请教二十年代、三十年代文学界和出版界的一些事情。他兴致来了,从北京文坛谈到上海文坛,从"京派"内部的派系谈到"海派"名称的来源;从北新书局、人文书店、朴社、新月书店,谈到当年自费印书的盛行,最雅致最高贵的是线装铅字精印本,甚至有人把自己的情诗精印成小巧玲珑的豪华本,专为求爱用。他一再为自己的茶杯兑水,也为我泡了一杯绿茶。从他的谈话中,我知道了二十年代他在北京工作，以后定居上海，解放后改行在中学教书，六十年代初退休。他熟悉的是京派、新月派、论语派方面的作家和作品，绝口不提左翼作家的事。他的兴致勃勃的谈话，几乎没有间隙，为着礼貌，我不看手表，但从隔壁厨房传来阵阵的炒菜油香，我估计已到十点半了吧。我心想：他那么熟悉文艺界和出版界的情况，一定有不少藏书吧？或许另有藏书室？今天可有一睹为快的缘分？他大概看出了我的神情，谈话戛然而止，站起来说："今天就让你看看我的破书吧！"说着，他在西壁上一拉，像变魔术似的，哗的一声，打开了壁橱的门，里面整整齐齐装满了书，还飘出来樟脑的馨香。这时我才发现，东西两壁全是上顶天花板、下踏水泥地的壁橱。东边三橱，西边三橱，每橱分上中下三层。他随手打开的，是西壁靠南的第三橱的中层。

我惊奇而愕然了。他欣然地说："这西边三橱，全是定居上海后收集的，东边第一橱是在京时购置的，另两橱全是旧杂志。我这一生不抽烟，不吃酒，不嫖妓，除了一天两杯绿茶，所有零花就是买书了。"

我探头看了他随便打开的那一层，共三格，每格是两排书。这里是《论语丛书》《人间世丛书》，林语堂的集子，邵洵美的集子；虞琰的诗集《湖风》，我还是第一次看到，鲁迅在《登龙术拾遗》中曾不指名地提到过她；曾今可、张若谷、傅彦长、邵冠华等人的集子，都是我所不藏的；最下面的一格，竟还发现叶灵凤的几种集子也插在那里。

"你把叶灵凤归在论语派？"

"我随便打开的这一层，最乱，放的是论语派和不好归类的一些人。叶灵凤可以把他放到创造社那一橱去，也可把他列入现代派，但后来和傅彦长等人也接近过。"

我关上了开着的橱门，转向东边第一橱。啊！这里简直是一个宝库。我真为金光灿烂的宝贝镇住了。我爬上小木梯，从第一层看起。这里是我国新文学的第一批著作：全套的晨报丛书，新潮丛书和新潮文艺丛书，十分难得的清华文学社丛书，大量的北新书局的书，鲁迅著作的初版本毛边书，刘半农的著译；钱玄同的几种大开本的音韵学和语言学的书，也收集齐全了。

"我不懂音韵学、语言学，但既然是钱玄同的书，我当然也都搜罗来了。"沈老先生在旁这么说。

周作人的书放了整整一格。周作人的著作，三十几本，是齐全的。周作人的译本，也一本不缺。周作人编的书和写序跋的书，大致完备。我收集多年，才收集齐周作人的著作，但译本不齐，不少序跋的书还是在这里第一次看到。真不容易啊！

"老伯喜欢周作人吧？"

"是的！"他毫无忌讳地干脆地回答。

我忽然想起，他这么多"反动派"的书，"汉奸"的书，"文化大革命"初期"横扫一切""大破四旧"的时候，是怎么在劫而脱逃的呢？

沈老先生淡淡一笑说："我是退休教师，冲击自然少些。更重要的，红卫兵'扫四旧'前，我已有了准备。我买了墙纸，把两边壁橱糊住，每边再贴上毛主席不同时期照像八幅。红卫兵即使知道这两边是壁橱，他们也不敢撕毁伟大领袖的像啊！"

"您真行！"我笑了起来，他也爽朗地笑了。

"那后来怎么又把墙纸撕了呢？"

"这样整整糊了九年，我可憋得慌啊！我多么想看看这些书啊！多么想摸摸这些书啊！今年二月，我一位同事平反，抄去的书也还给他了。我就在一个夜里把墙纸撕去烧了。我抱着大把的书睡了一夜。现在虽然还在喊'反击右倾翻案风'，但大家都不想再乱来了。你不是去参加《鲁迅全集》的注释了吗？我们都希望我国的文化复苏啊！"

厨房间不但传来锅灶的菜香，而且还传来碗勺声：快到吃中饭的时间了。但我还不想马上就走。我心里嘀咕着：此公爱书如命，这些藏书是不肯卖掉的。但他已高龄了，这些书在他身后可有安排？他可有子女也爱好文学或书籍？我一边在小木梯上往下爬，一边说："老伯的子女可也有爱好藏书的？"

他让我仍在小圆桌边坐下，自己也坐到对面的藤椅上，叹口气说："我有三个儿女。老大是领导阶级，在一家钢管小厂当工人。他们厂礼拜是星期三，今天上班去了。老二原插队在安徽，今年暑假考取大学，回上海当'工农兵大学生'了，是学物理的。刚才你门口遇见的就是。老三是女儿，现仍在安徽农村插队。我一生积储起来的这些破书，他们没有一个喜欢的。"

"那么，日后您送给哪家单位？"

"公家图书馆我不送！一个国家是不是富强，不靠吹牛，要看人民是否富裕，所以有句话，叫'藏富于民'。图书也一样，要'藏书于民'，公家藏书最不可靠。秦始皇阿房宫的藏书在哪里？历朝历代的内府藏书在哪里？当年上海首屈一指的商务印书馆的东方图书馆，还不毁于炮火之下！听说中华书局的藏书，因为藏书的房子要用，工宣队就把藏书搬到外滩附近的一座什么破楼里。光是那些书、报、刊在卡车上甩上甩下，就让人心痛啊！我们学校是上海历史悠久的名牌中学，图书馆藏书不算少，可是前几年烧的烧，偷的偷，还剩多少！再说，海内外的孤本珍籍，哪本不是私人保存下来的！近年上海印的容裕堂水浒全传、脂评石头记甲戌本，原来不也是私人藏书，想不到现在成了尊法贬儒的'武器'！不敢夸口，我的破书中，相当一部分，就是北京图书馆和上海图书馆也是缺藏的。当年要是给唐弢、钱杏邨知道了，他们还不天天在我屋前屋后转！……"

"老伯真有见解，所说极为精辟！"我由衷地说。

他淡淡一笑，呷口茶，继续说："……我这些破书，要让给和我一样爱书如命的人。老弟有意，当然也是人选之一。"

"承蒙老伯垂青,十分感谢。"好事来临,我的心房剧跳起来,"老伯要是肯把全部藏书让给我,真不知要怎样厚答您老才好!我个人财力有限,但我有几位爱书的好友,如《人民日报》编副刊的姜德明、钱杏邨的女婿吴泰昌……"

"现在我可不能出让!"他的眼神变得忧郁起来,"这些书伴了我大半辈子,我怎么忍心把它们搬走。没有了这些书,我每天做些什么呢!必须等我行将就木之时,我躺在床上已不能看书了,我才能让给你们。这时我会为它们找到了好主人而感到宽慰。"

"对,对,老伯说得合乎情理。"

"你要是想看我的破书,就欢迎你来。但有一条规矩,任何人都不许把这里的书带出大门。"

这时进来一位五十开外的妇女,说:"已快一点钟了,真该吃饭了。老二肚子饿得厉害,已在厨房里吃过了。这位客人也在这里用餐吧!"

我站起来礼貌地喊道:"伯母!"

"我内人过世已快二十年了。她是刘妈!"沈老先生说。

我改口叫:"刘妈!"一丝红云从她脸上掠过,她出去搬饭菜了。

我赶紧向沈老先生告别,临走留下了地址。

在上海办完公事,我就去了北京。在北京开过几次鲁迅著作注释的大型讨论会。我们还接待了一批又一批的来自各省市的鲁迅著作注释组。工作很忙，一九七六年的春节我没有回上海，接着发生了地震，我们在抗震棚里讨论注释稿。大热天，我们去了武汉，在武汉大学讨论《花边文学》等集子的注释。不久，我们又去了长春，和吉林师大、延边大学的教师一起讨论《二心集》《伪自由书》的注释。我们又去沈阳，与辽宁大学教师一起讨论《准风月谈》等集子的注释稿。这年我没有时间去上海。国庆前夕，我写信给我爱人，要她假日中去拜访一下沈老先生，向他问候。很快我爱人回信说：沈老先生对她的拜访似乎并不怎样高兴。老先生说："我答应过你丈夫，在我不行了的时候，我的藏书可以让给他。现在你们是不是盼望我早日不行，所以你才来看我啊！"我不知道是我爱人不善词令，以致引起老先生的误会；还是老先生另有不愉快的事，才对看望他的人表示厌烦。

在工作告一段落后，我就离开了人民文学出版社。一九七八年三月我的工作岗位又回到了上海。我虽然时常想起沈老先生，坦率地说也很向往他那精彩的藏书，但由于他对我爱人的拜访有过那样的误会，我也不敢贸然去打扰。何况，我在他那里留有地址，他有事会主动找我的。

这样竟匆匆一年过去了。一九七九年四月间的一天，和我同室办公的胡启明同志偶尔与我谈起，约二月前的一个星期天，他在静安寺新华书店闲逛，一个青年问他：你要不要旧书旧刊？我家有一批旧书刊要卖掉，老胡当时身边没带钱，他对旧书旧刊也并不渴求，竟连那青年的地址也没有问。

我猛然想起沈老先生。这天下午我请假匆匆去看望沈老先生。大门虚掩着，敲了几次，无人回音。推开老先生的书房，烟雾迷漫，四个人正在打麻将，两壁壁橱已拆除，露出白墙壁。

"你找谁？"

"沈老先生。"

"我父亲三个月前已过世。八索我吃！"

"那老先生的书呢？"

"你大概就是和我父亲谈好要买他书的那位倪先生吧？"

"是的，是的。"

"我父亲病危后，天天念着要找你。你留下的地址，和煤气票、自来水票一起压在小圆桌玻璃板下，不知什么时候丢了。他只知你姓倪，也住愚园路。刘妈到好几条弄堂里去找过，就是找不到。二筒，我和啦！"我看清楚了，说话的人三十多岁，颜容苍老，他就是沈老先生的大儿子吧。他把牌一推，与牌友们算着："门清，嵌档，自摸！我父亲死后口眼不闭，我想一定是等你！"

"那老先生的书呢？"

"父亲死后，我家老二，星期天特地上书店找过你，以为你喜欢书，总常常跑书店的。东风，拍！南风！"另一副牌已砌起，他一边聚精会神地打牌，一边说，"后来实在找不到你，书就卖给了旧书店!"

"啊!"我倚在门上,差一点昏倒了。

我离开了沈家,沉重地走在愚园路上。走了约一百米,刘妈拿着个纸包追了上来。她喘着气,说:

"老先生哪里是病死的,是气死的!在安徽的那个阿三,给一个医生送了许许多多东西,买通了一张证明,去年夏天,就病退回上海了。她在安徽已经有了男人。他也是上海人。阿三回来不久,他也回到上海。以后阿三天天吵着闹着,要书房间给他们做新房。老先生的大房间已给阿大夫妻住了,书房间让出,叫他住灶间去!"

她眼角上有了颗水珠,继续说:"五八年那年,老先生夫人过世。我男人是五七年过世的。我把四岁的女儿托给我阿姊,来老先生家帮忙。那时阿大十三岁,阿二十岁,阿三七岁。还不是我操劳拉扯大的。老先生一死,他们要我走了。那些书共卖了五百元,送给我三百元,说是留个纪念!"

"全部书只卖了五百元!"我惊讶地说。

"旧书店的人说,要在两年前,他们再贱也不要。还说是反派角色的书多,不知有不有单位要呐!"

我深深地叹了口气。这时她把纸包递给我,里面是十本书。她说:

"旧书店那天来搬书,先是不管三七二十一塞进麻袋,再是一麻袋一麻袋往卡车上甩。装了满满一卡车。当时我想起了你。你也像老先生那样爱书如命，你总有一天会来看老先生的。我趁他们不注意时，就抽出了十本，给你留着做个纪念。"

我从她微微颤抖的手中接过十本书，五本是良友图书公司的硬面精装本：梁得所作《未完集》、倪贻德作《画人行脚》、鲛人作《三百八十个》、大华烈士译《十七岁》、赵家璧译《今日欧美小说之动向》。这五本书不是一套丛书里的，但开本、装帧相仿；三本是现代书局出版硬面精装本：《田汉散文集》、叶灵凤作《未完的忏悔录》、杜衡作《叛徒》，这三本书也不是一套丛书里的，但开本装帧也相仿；两本是商务印书馆的硬西精装本"文学研究会创作丛书"：杨骚著《记忆之都》、李广田著《画廊集》。这十本书都像新书一样，有护封的两本，护封也是新的。它们散发着樟脑的芳香。在刘妈看来，硬面精装的书当然是最好的。可以想见，十本书，她是分三次抽下来的。

十分感谢她给我这么多好书，我从袋里摸出二张十元钞送给她，说："我没有别的东西送你，请你收下。"她却生气了，用力推了回来，说："我若要钱，就不留下这些书了。这是老先生给你留作纪念的。"

我知道她对沈老先生很有感情，忽而想到了她今后的生活："他们要你走，你到哪里去呢？"她欣然笑道："我和女儿一起过。女儿在纺织厂做工，去年已结了婚，女婿也是纺织厂的。他们对我还孝顺。"我握了握她粗糙的双手，向她告别。

经过千方百计地向旧书店打听，后来才知道了沈老先生的一大卡车旧书的下落:一小部分旧书店留下作为自用的资料;一小部分存在旧书店仓库里,而一半已卖给了北方某油田的图书馆。

人们说:人间沧桑。在图书世界里,何尝不充满着悲欢离合的故事。……

沈老先生为什么要口眼不闭呢?

愿他安息!

(选自《倪墨炎书话》,北京出版社一九九八年一月版)

买旧书的又惊又喜

倪墨炎

和书打了大半辈子交道,可谈的事不少,这里就说说买旧书中的又惊又喜。

有一次我和一位同事,一起去上海旧书店二楼"内部供应"的旧书库去拣旧书。我们分头在书架边聚精会神地选书。突然,那位同事叫我一声,向我招招手。我走到他身边,见他拿着一本毛边的鲁迅的《彷徨》,打开封面,扉页上写着:"这是鲁迅先生送我的书,赵平复1929年×月。"(月份我已记不起来)同事问我:"赵平复是谁呀?"我说:"赵平复就是柔石啊,这是鲁迅送给柔石的书。"我们商量着他买还是我买。不料隔壁一排书架后面,上海鲁迅纪念馆的工作人员也正在选书。他听到我们的谈话,就走了过来,要求把书给他看看。他看了书说:"我们正在找这样的书。让我们纪念馆买吧。"他见我们有些犹豫,就去同营业员说了。营业员来说服我们:让给纪念馆。在无可奈何中,我们当然只好割爱。

可是这样惨痛的教训,我并没有记取。有一次,我和黄裳、姜德明去上海淮海路旧书店书库拣书。我拣到一本小开本的湖畔诗社编印的《春的歌集》初版本,上面有应修人给旦如的题赠。旦如即谢澹如,和当年的湖畔诗社关系密切,三十年代瞿秋白、冯雪峰都在他家里住过。他是上海鲁迅纪念馆的第一任副馆长(该馆历来只有副馆长而无馆长)。我拣到这本书,一阵兴奋,就悄悄告诉了老姜。老姜拿过书去翻了翻,说:"真不简单,真有意思。"拣好书,我们各自抱着一大捆去付款,营业员一本书一本书地计价,到《春的歌集》时,他扣住了书说:"这本我们不卖!"横竖求情说好话,就是不卖。毫无疑问,我和老姜的谈话,营业员都听到了。拣旧书时,我不能保持沉默,就付出了如此沉重的代价!

在上海旧书店,到付款时,被截住一二本书说是不卖,是常有的事。但被截下来的书,营业员常常又放回书库,过了几天他忘了截下的事,下次另一个人来却被买走了。我自己也遇到前一次不卖的书,下一次去却买到了的事。可见,买旧书还得碰运气,拣到了好书,重要的是别引起营业员的特别注意。

有一次,我又去旧书店。二楼书库的墙角,一直堆着高高的一堆旧字帖、破地图,上面已积了一层灰。买旧书的人,包括我在内,从不去翻动它。那次我正好有时间,书架上没有什么旧书好拣,就不妨去翻翻那堆旧字帖破地图吧。我弯着腰一本一本地翻下去，突然眼睛一亮，竟是一本线装的徐志摩《爱眉小札》的手稿影印本。据赵家璧撰文介绍，这本徐志摩手稿，用珂罗版影印，只印了一百册，是编号发售的。书刚印出，提供手稿的陆小曼就买去了不少，以送给徐志摩家人和亲友，因而社会上流传稀少。我的手微微有点颤抖，翻到书末，看到编号是"九十九"，啊，九九归一，这书竟归到了我的门下。我的心剧烈地跳着，脑子里却在盘算：怎样才能混过付款时的那一关？想来想去，最好的办法是把它作为字帖买下。于是我又拣了一本线装的也是手迹珂罗版影印的字帖。去付款的时候，我把字帖放在上面。那营业员接过书去，翻开第一本一看，有点惊讶："老倪，你对书法也有兴趣呀？"我赶紧回答："你别看我写的字像蟹爬似的，我可学过魏碑呵！"我这一说，不料营业员把已合上的字帖又打开，说："这本可不是魏碑呀？"他好像就要去翻下面的一本，我赶紧说："你再看看，它写的虽是楷书，可很有点隶书味。"他的注意力又回到了上面这本书上，说："倒是有点隶书味。"接着他就说了书的价格。旧书的价格都是营业员临时定的，字帖或许有固定的价目，因而他随口就说了出来。我赶紧付款。这时他突然把两本书夺了过去。这真使我吓了一跳。哪知他转过身去，拿来一张包书纸摊在柜台上，把两本书放在上面，啪啪啪四下，将书包了起来，还在纸口上粘了胶水纸，递给我说："线装书要包一包。"我接过书，赶紧放进提包，严严实实拉好拉链，说了声谢谢，拔腿就离开那柜台。走出旧书店大门，我这才深深地透了一口气。

我买到《爱眉小札》手稿影印本的事，在爱书的朋友中传开了。后来有人告诉我：就在我拣到《爱眉小札》的那堆旧字帖破地图里，有人又拣到了林则徐书信手稿底本，那可价值连城呢！回想当时，在我拣到《爱眉小札》后，虽然我仍一本一本地翻拣下去，但思想已不集中，脑子里只在盘算怎样能买下这本书的事，下面还有宝贝被遗漏了，是完全可能的。但过了些时间想想，所谓"林则徐手稿"云云，可能是喜欢闹着玩的朋友有意编出来的故事，好让我后悔得吐血。但我并不研究林则徐，就是真的淘到了林则徐手稿，也未必有什么用处；当然拿到拍卖行去，或许可得到高价，但我从不进拍卖行卖过什么，也无由此发财的奢望。所以我既不后悔，更没有吐血。

陪着《爱眉小札》买来的那本线装字帖，前几年一位懂书法的朋友看了，说是也极有价值。这可是意外之意外的收获了。

买旧书常会有又惊又喜、亦惊亦喜的故事，先惊后喜，需要的是运气。买旧书的乐趣，或许正在这又惊又喜之中。

（选自《中华读书报》，二〇〇〇年十一月十五日）

闲话『家珍』

韩羽

我终于凑成了两橱书，看来，我这个初中一年级生也似乎有点"知识分子派"了。闲暇时，总要凑到书橱跟前，动动这本，摸摸那本，如数家珍。

说是家珍，有点往脸上贴金。"家"字倒不含糊，"珍"字则须作另样解释："珍"者，非谓贵重之珍本书，乃珍存珍藏意也。说句寒酸话，我这橱中非但没有珍本，且卷数不全少头无尾者比比皆是，因为其中很有一些像电影《望乡》中阿崎婆家里的群猫，是拣来的。然而，珍爱与贵重之间并非都是划等号的，"敝帚"不是也可以"自珍"么。

说是捡来的，未免说得好听了。世上哪有白捡之物？其中还有一个"赚"字。我书橱里有一本《元白诗选》，就充满了连"捡"带"赚"的戏剧性。可是说来话长了。

"文化大革命"时期，有些卖破烂的将"封、资、修"的书按"废纸"价钱一捆捆地收来,一转身,又将一捆捆的"废纸"堆到街头巷口,任人挑拣。打着幌子名曰卖废纸,实则是卖书,正应了俗话说的,"挂羊头"买卖"狗肉"也。

我经常在这"羊头、狗肉"摊旁转来转去。

这号书贾(姑且算作书贾吧)有两类。一类是仍不脱卖破烂的本色,以轻重厚薄论价。这好办,专挑书薄而又对口味的,只花几分钱就到手了。另一类可就难缠了,他们虽是文盲,可眼盲心不盲。不懂书的好坏,可会相面,会察颜观色。比如你往那儿一站,他先端详你了。有一次我从书堆里翻出一本洪昇的《稗畦集》,问这本"废纸"要多少钱?他说五角,我丢下书走了。可又舍不得走,绕了一圈又回到原处,这一下可被他看出了心思,再一问,六角。我说刚才不是五角么,他说没有说五角。讨价还价,只好赌气花了五角五分将它买了回来。

我挨了赚,也学聪明了;蹲在书堆前,扒来扒去,表现着最大程度的冷然漠然。其实早瞄准了《元白诗选》。却将无关的书拿起放下,问价还价。这是虚晃一枪,声东击西。到了火候,单刀直入,不屑一顾似的捡起目的物,并自言自语:"这本纸薄,好卷烟,多少钱?""一角。""五分?""拿走吧。"就这样差不多是白捡来了元微之、白居易。在这"羊头、狗肉"摊子前,既赚人,也给人赚,尔虞我诈,勾心斗角,充满了戏剧性,也充满了乐趣。与人斗,其乐无穷也。

闲话"家珍"　285

这招数也不全灵。有一次我正在声东击西进行迂回，猎取目标是《樊川诗集注》。不想半道上杀出了个程咬金，一位老者抄了我的后路，伸手捡起这本诗集。"多少钱？""八角。""买了。"我白费了心计，眼看着目的物被人抢走，有苦难言。

我的家珍中除了连捡带赚来的，还有被我救了出来的。说是"救"，也未免好听了，其实还杂有个"窃"字。这是仿效孔乙己"窃书不能算偷"的说法的。

仍是在"文化大革命"中（与"文化大革命"算是纠缠不清了）。我偶然得了一个消息，说是造纸厂的原料堆里有的是书。我托了个"后门"，打通关节，提上菜篮子，混了进去。再混了出来，这样像唱《盘关》一样混了几次，我书橱里的"队伍"又壮大了好些。

"窃"字虽不光彩，却也颇堪自豪。比如那位发出"彼（拿破仑）以剑锋创其始、我以笔锋竞其业"的壮语的巴尔扎克，就是被我从这种绝境中如此这般地救出来的。它虽遍体鳞伤，至今仍"得其所哉"于我的书橱之中。

为我书橱增添光彩的，是诸作家、诗人好友赠赐给我的大作，它凝聚着的不仅是智慧，还有友情。这倒与"珍"字沾边，的确是珍贵。

还有一类家珍，我称之谓"闻风而至"的。这是从天上掉下来的馅饼，但非唯独于我，凡国家干部职工都有份的。这说是因学习需要由单位发给的书。比如，批判红楼梦研究中的资产阶级立场、观点、方法了，发给了《红楼梦》；批孔了，发给了四书；批宋江了，发给了《水浒传》，不只七十一回本，还有百二十回本，有文有图，煞是好看；且像陪送嫁妆，评论资料也纷至沓来。我且乐得笑纳。

提到在书店里买书，似乎没有什么可说嘴的了。然而，人一有了癖，没事也会有事，比如养花癖、爱鸟癖、洁癖、书癖，一得了这个癖，就爱之失当、神神经经、颠颠倒倒起来。就因了这个"癖"，使我几乎惹出了麻烦。

人民文学出版社新出版了契诃夫小说集，分上下两卷，精装且有插图。我买回来，朝夕观赏，爱不释手。孰料爱之深则责之严，忽然发现了书脊上有一斑痕，这一下可腻烦了，愈腻烦愈想瞅它，愈瞅它愈觉着扎眼。不行，得想法去掉这块心病。我试着用棉花蘸上水轻轻去擦，斑痕倒是没有了，可又成了更扎眼的白色，而且凹凸不平了。这更腻烦了，没了法，只好再另去买一本下卷。还好，书店里还剩有一本，书脊上也无斑痕，心满意得地买了回来。又岂料没了书脊上的毛病却又发现了别的毛病，皱折甚多，更更腻烦了。这个契诃夫将我折腾得神魂颠倒。不行，还得再买，我又乘车远征到市郊书店，幸好还有三数本，我站在柜台前一面说着好话一面遭受着售书员的白眼，恨不得将眼珠子变成X光机，洞察一切。终于出了一身汗选出了差强人意的一本。老天不负苦心人！

像一夫多妻，一本上卷，三本下卷，那怎么行！总得把多余的打发了。可是两本下卷谁去买它？只能到收购旧书的书店去贱价处理。当我将书放到柜台上之后，书店人员看了看那两本崭新的下卷，又看开了我。问我是哪个单位的？为什么是两本相同的下卷？我如此如彼地说了，他虽如此如彼地听了却皮笑肉不笑得令人发毛。说："书先留下，回去拿工作证去。"我这才恍然明白了他的皮笑肉不笑的背后是什么。老天爷！这一回我可真的跟"偷"字沾了边了。当然，事情的结局没有弄出麻烦，按百分之六十的价款卖掉了那两本下卷。不过，恐怕至今那位书店人员仍不会相信我的如此这般的解释的，我敢打赌。

或问，在所谓的"家珍"中有抢来的么？我说强取豪夺乃犯法事，君子不为。然少年之时，不谙事理，确也胡乱抢过。但此时想来，事虽可鄙可惭，亦复可感可哀。

一九四五年，解放聊城战争中，我们初中学生被围在城里，从枪一打响，可就没完没了了，连打加围将近一年。居民陆续逃离出去，十室几乎九空，混水摸鱼的和大兵们四处乱串，大肆搜捡财物。我们这些十三四岁的学生，耳濡目染，渐渐地也眼红起来，也跃跃欲试铤而走险了，于是不约而同直奔"友益堂"。这是一家大书局，面对着琳琅满目的"无主之物"，像饿汉见了满桌酒肉，我们心跳，我们浑身发烧得像发疟子，发一声喊，拥了上去。

于是在我们的桌上桌下、床头床脚摞满了崭新的《古文观止》、四书以及升学指南……吃着红薯干喝着白开水志满意得地守护着这些精神食粮。

我随着又一批难民要出城了，瞅着一摞摞的新书，割肚牵肠，好不难受！更有一位同学，死说活劝也不出城，很有点与书共存亡的劲头。直到聊城解放了，家里人用小车把他拉了回来。我跑去看他，他奄奄一息地躺在炕上，我悄悄问："书呢？"他刷地流出了眼泪。大人们说："为了那行子书，几乎给饿死，这不傻了！"

在《光明日报》上曾读到陈迩冬先生的文章。在谈到曹操破邺、曹丕纳甄氏、曹植时不过十二三岁，纵使早熟，也不会从此就一直私恋着嫂嫂时，写道："偶忆四十余年前与亡友孟超兄闲谈，孟超编造说：'曹植当时不曾注意女人，他一头扎进袁氏藏书里去了。'此语极妙，可补《演义》之阙。"

这"一头扎进袁氏藏书里去了"，不只极妙，即以我在聊城的亲自体会，亦足以证这"编造"可信之极，莫非孟超先生夫子自道么。

我的"家珍"，惹出了这么多闲话。

琉璃厂寻梦记

姜德明

现在，北京东西琉璃厂的一些老店铺是正在拆除了。

这里将要建成一座新的文化街，是适应外国旅游者的要求，听说还可以赚外国人的大钱呢。

那天，我站在海王村路口，往西看，邃雅斋书铺的原址不见了；往东看，信远斋的原址也不见了。它引起我无限的遐想，把我对琉璃厂的一些温馨的记忆一下子也都撕碎了。

我并不感伤，我期待着新的琉璃厂快快建成。旧的总要被新的代替，琉璃厂的确古旧破败得可以了，人们要寻觅它的新梦。

一

琉璃厂旧书肆形成于清乾隆年间，已经有二百多年的历史了。古今来，记载琉璃厂书肆盛况的有多少著作啊，而我记得最真切的还是当年鲁迅先生在这里留下的脚步。翻开《鲁迅日记》，你可以看到当他一九一二年到北京的一周以后便去逛琉璃厂了。从此时有所至，往往隔几天便去一趟，说起来总有几百次之多吧。

一九三二年鲁迅最后一次北返探亲，他还留连于琉璃厂书肆，并发现笺纸的可贵，鼓动郑振铎同他合编了一部《北平笺谱》。我常想：鲁迅先生写《中国小说史略》，整理《嵇康集》，拟编汉唐石刻，很多零散的原始材料都是琉璃厂供给的，而鲁迅先生回赠于琉璃厂的却是千古不朽的研究成果，包括目前世界各大图书馆珍藏的《北平笺谱》在内。只有鲁迅先生的眼光才能发现这些行将淹没的民族文化精华。他还预言这部出自琉璃厂书肆的笺纸，可以走向世界而无愧，到三十世纪"必与唐版比美矣"。琉璃厂应该以接待过鲁迅这样的知音而感到荣耀。

当时身在北京的郑振铎也承认，他的目光的确不如鲁迅先生："至于流行的笺纸，则初未加以注意。……引起我对于诗笺发生更大的兴趣的是鲁迅先生。"又说《北平笺谱》的印成："全都是鲁迅先生的力量——由他倡始，也由他结束了这事。"这些话都见于郑振铎写的《访笺杂记》。

当我还没有到过北京而先读到《访笺杂记》这篇散文时，我便向往琉璃厂，做着梦游厂甸的美梦了。

"留连到三小时以上。天色渐渐的黑暗下来，朦朦胧胧的有些辨色不清。黄豆似的灯火，远远近近的次第放射出光芒来。我不能不走。那么一大包笺纸，狼狈不堪的从琉璃厂抱到南池子，又抱到了家。心里是装载着过分的喜悦与满意。……

"那一天狂飙怒吼，飞沙蔽天；天色是那样惨澹可怜；顶头的风和尘吹得人连呼吸都透不过来。一阵的飞沙，扑面而来，赶紧闭了眼，已被细尘潜入，眯着眼，急速的睁不开来看见什么。……"

鲁迅先生以为郑振铎的这些描写"是极有趣的故事"，也许引起了他当年漫步于琉璃厂的回忆吧。

鲁迅先生是忘怀不了琉璃厂的。不知今天琉璃厂的人们，当你们骄傲地向外国顾客展示《北平笺谱》的时候，可曾想到正是鲁迅先生，以及郑振铎先生完全依靠了个人的微薄力量来发掘和抢救这些国宝吗？

二

三十多年前，当我刚到北京的时候，心里总是想着琉璃厂。我要沿着鲁迅先生的脚步，去重温那些迷人的旧梦。有一天，我终于来到琉璃厂，推开了一家家店铺的门。

这条名街已经变成了名副其实的陋巷，一片荒败的景象。顾客不多，房屋低矮而阴暗，线装书散发出一股霉气，连荣宝斋也空荡荡的，店员闲得正下象棋……我的梦幻破灭了，琉璃厂的盛况在哪里？多彩的文化宝藏又在哪里？

这破败的景象是日伪和国民党摧残的结果，而我们刚刚进城，百废待兴，一系列社会改革运动正在进行着，一时还顾不上琉璃厂。

多年来，我很少到琉璃厂去。我感到今天的琉璃厂同我所向往过的书肆有很大的不同，书铺越来越少了，这里已经变成一座专卖古玩和字画的小巷。旧书大概都被全国各大机关抢购一空了吧。五十年代初，一些苏联专家常来这里搜求古玩，中国顾客是不能靠前的。到了十几年前，这些古玩铺、碑帖店索性都挂上只接待外宾的告示，自己的同胞连看一看自己民族的古董也不可能了。我也就更加不愿意到琉璃厂来。

还是从旧籍里去寻找温暖吧。

鲁迅和他《新青年》的朋友们，多年来搜求一部古典小说《何典》，始终找不到。一九二六年刘半农在厂甸的地摊上偶然发现了，鲁迅高兴地为它写了序言。

一本《碧血录》，是关于明朝东林党人同阉党斗争而被残害的纪事，吴晗一直把它作为珍藏书。这还是他一九三三年在清华大学做学生时买来的，书末写道："在厂甸巡礼，凡帙巨者，虽翻阅不忍释，顾终不敢一置问，偶于海王村侧一小摊得此书，价才三角，大喜，持归。"

朱自清先生也是琉璃厂的常客，他诗咏厂甸：

故都存夏正，厂市有常期。
宝藏火神庙，书城土地祠。
纵观聊驻足，展玩已移时。
回首明灯上，纷纷车马驰。

这一切，终于都是消逝了的旧梦。琉璃厂究竟要以什么来吸引他的同胞？难道是几百元一本的普通的碑帖吗，上千元的一幅时人的绘画吗？

三

目前的琉璃厂，只有一家卖旧书的中国书店。但是，也很少能见到几本可心的旧书了。近几十年来北京古旧书行业的兴衰史，似乎还少有人研究。几百年来琉璃厂的旧书市场是不是就这样渐渐衰落下去了呢？人们的担心不是多余的。听说，巴黎和东京都有旧书市场和专卖旧书的书铺大街，未来的文学家、科学家很可能最初是从这书摊前起步的。我们正在提倡保护民族文化和发扬精神文明，琉璃厂这地方不是应该吸引着未来的学人从这儿走向他们的理想世界吗！

十几年前，我在东琉璃厂的松筠阁配过解放前出版的文艺杂志，见过书店主人刘殿文先生。他满头白发，沉默寡言，但是一谈起旧杂志来却如数家珍。他能一口气回答你提出的某一期刊创刊于何年,终刊于何月,编者何人,中间是否换过编辑人。如果你想细谈的话,他还可以告诉你,某一期刊未及发行便被查禁了;有的刊物的某一期再版过,等等。他的记忆之精确,令人惊异,素有"杂志大王"之称。多年来他还结合业务著有《杂志知见录》稿本。琉璃厂旧书肆中就有这样的有心人。

有一天,我碰见刘殿文先生的后人,现在是子继父业的刘广振同志,承他告诉我他父亲经营旧杂志的一段掌故。今照录如下:

"我父亲刘殿文是一九六五年退休,一九七四年七十八岁时死的。我祖父刘际唐是一九四二年死的。松筠阁创设于清光绪二十几年,当然经营的是线装书。我父亲也是学徒出身,是个夹包袱的。您还不知道什么叫夹包袱吧,那时讲究给学者送书上门,把新收来的书拿出头本来当样子,送到人家的府上。五四运动以后新期刊风起云涌,我父亲的思想也紧跟潮流,注意到同行里还没有人留心,同时也看不起的这门新生意。当时的旧杂志很便宜,又因常常遭到查禁,寻找不便,我父亲便走街串巷,四处搜购,每天天不亮就到崇文门外的小市上,从烂纸堆里挑拣期刊。慢慢别的同行知道他专收期刊,有了货便往他那儿送。他零收杂志,却不零卖,专门为了配套,《新青年》《向导》《东方杂志》《少年中国》,以及《语丝》《沉钟》等等,都有全套的。

"我父亲是个做买卖的,但是他也是个中国人,有民族感情。日本占领北平期间,很多杂志都有抗日内容,全不能公开出售了,连存放这些杂志也非法。我父亲想了个办法,就大胆地把《东方杂志》等刊物放在书架的最里层,外面又摆上一层线装书遮挡着。终于逃过了日本人的眼睛。

"多年来,我父亲把五四以来的每种期刊都留了一本创刊号,作为研究杂志的样本。到一九四九年已经存了创刊号几千种。几大厚本的《杂志知见录》稿本在十年动乱中也遭到劫掠,到现在关于文艺杂志的那一本仍不见下落。

"说起我父亲的经验,那时也无非是为了生活,如果在旧书行业里不走一条别人没有走过的路,也许就不能求生养家。在我们旧书业有个行话叫'单吃',我父亲就单吃一行,注重经营特色而已。"

刘殿文先生当然有他的局限性,他终归是一位商人,但是公平地说,他也为搜集和保存文化贡献了自己的力量。他所经营的松筠阁还印过一些有用的书,如有名的《清代燕都梨园史料续编》等即是。不知道今天的琉璃厂还能不能出现新的"杂志大王"?还能出现那样精于业务,对几十年来各种期刊的来龙去脉倒背如流的人才吗?我想,在新社会更应该出现这样的人才,我默默地期待着。

解放前,在琉璃厂学徒十几年,解放后又在琉璃厂旧书店辛勤工作了几十年的老店员们,现在还有不少,我以为他们也都是些经验丰富的人。比如帮助《贩书偶记》的作者、通学斋主人孙殿起整理《贩书偶记续编》的雷梦水君便是。近年来他又整理了已故藏书家伦哲如先生的著作《辛亥以来藏书纪事诗》。到现在,他还保存着朱自清先生给他的一封信,那是四十多年以前,朱先生鼓励他在琉璃厂不仅要学会卖书,还要拿起笔来写下所见所闻。雷君果然写下了稿本《旧书过眼录》,于图书目录学也大有裨益。

那天,我在海王村碰到了雷君,他手持一份讲义,正要给书店的年轻人去讲业务课,每周两次。我心中为之一动,琉璃厂不是已经开始培养人才,后继有人了吗!

我真想告诉雷君,在他讲课时不要光讲版本知识,也要讲一讲琉璃厂的历史沧桑,特别是外国人在琉璃厂的劫掠,以及唯利是图的书商、古玩商人们怎样帮助外国人盗卖我们的珍品。那时候,我们的政府软弱腐败,日本人从清末便开始在琉璃厂来搜刮我们的珍本册籍了。到了抗日战争以前,他们更疯狂地广搜我们的地方志,为帝国主义的侵华政策服务。他们买书时不论本,而是论摞,一摞书只花一元钱就够了。甚至用文明杖一挥,他们就把整个书店的旧书全部席卷而去。这就是我们的很多古籍版本在国内已经失传,而在海外却有留存的原因之一。这些话也正是雷君曾经亲口对我说过的。

现在东西琉璃厂的店铺是正在拆除了。我拣拾一些过往的旧梦，也无非为了向往着未来的新文化街能保持琉璃厂真正的传统。我想，只有当琉璃厂的传统文化和经营特点真正能为自己的同胞服务的时候，也才能真正保持它那永远不会泯灭的价值吧。

琉璃厂是我们民族文化的骄傲，当然也应该向外国顾客和旅游者开放，赚一些外汇也是理所当然的。但是，琉璃厂当初并不是为外国人建立的橱窗，我也不相信一个不能很好地为本国人民服务和受到人民热爱的琉璃厂，竟能受到外国人民的喜爱。让琉璃厂发扬它的特长吧，让向往着琉璃厂的同胞们能在这里随意推门而入，就像鲁迅先生当年那样流连忘返。琉璃厂终归是我们自己的！

一九八一年三月

（选自《读书》月刊，一九八一年第六期）

买旧书

钟叔河

鲁迅从百草园到三味书屋，是在光绪年间。湖南三味堂刻魏源《元史新编》，也在光绪年间。一九四八年寒假中某一天，我在南阳街旧书店中随意乱翻，偶尔在书牌上发现了三味堂，从而知道了"三味"乃是一个典故，并非只在绍兴才有用的。寻求这种发现的快乐，便是我从小喜进旧书店的一个理由，虽然那时读不懂（现在也读不懂）元史。

五十多年前，长沙的旧书店差不多占满了整个一条南阳街。那时习惯将刻本线装书叫作旧书，以别于铅印洋装（平装、精装）的新书。学生当然以读新书为主，但有时看看旧书的亦不罕见，教本和讲义也常有线装的。一九四八年冬我正耽读巴金译的克鲁泡特金和罗稷南译的狄更斯，但仍常去旧书店。叶德辉在长沙刻的《四唐人集》十分精美，其中的《李贺歌诗编》尤为我的最爱，却无力购买。有次侥幸碰到了一部也是"长沙叶氏"刻的《双梅影暗丛书》，因为卷首残破，四本的售价只有银圆一角（一碗寒菌面的价钱），便立刻将其买下了。

二十世纪五十年代开头几年，是旧书最不值钱的时候。土改中农民分"胜利果实"，最没有人要的便是地主家的书，只能集中起来用人力车或木船送到长沙城里卖给纸厂做原料。街头小贩担头挂一本线装书，一页页地撕下来给顾客包油条或葱油粑粑，成了早晨出门习见的风景。这真是有心人搜求旧书的大好时机，可惜我那时正因为爱看旧书不积极学习猴子变人大受批评，年年鉴定都背上一个大包袱，正所谓有这个贼心没这个贼胆，眼睁睁错过了机会。

一九五七年后被赶出报社"自谋生活"，反而又有了逛旧书店的"自由"，当然这得在干完劳动挣得日食之后。这时的古旧书店，经过"全行业改造"，已经成为新华书店下属的门市部，全长沙市只剩下黄兴南路一处，而且线装刻本是一年比一年少了。但民国时期以至晚清的石印、铅印本还相当多，我所读的胡适和周作人的书，便差不多全是从这里的架子上找得的，平均人民币两角到三角钱一本。我初到街道工厂拖板车时，月工资只有二十八元，拿出两三角钱并不容易。后来学会了绘图做模型，收入才逐渐增加，两元四角钱十本的《四部丛刊》白纸本《高太史大全集》才能买得。

最值得一说的是买下"民国二十五年八月初版"饶述一译

的《查泰莱夫人的情人》的事。时为一九六一年秋天，正在"苦日子"里。当我在古旧书店架上发现了这本久闻其名的书时，却被旁边另一位顾客先伸手拿着。一时急中生智，也顾不得许多，便一把从他手中将书夺了过来。他勃然变色，欲和我理论，我却以和颜悦色对之，一面迅速走向柜台问店员道：

"你们收购旧书，不看证件的么？"

"怎么不看，大人凭工作证，居民凭户口本，学生凭学生证。"（其实我早就从张贴在店堂里的告白上看到了，乃是明知故问。）

"学生怎么能拿书来卖，还不是偷了自己家里的书。这本书便是我儿子偷出来卖的，我要收回。"

"这不行。对店里有意见可以提，书不能带走，——你也应该教育自己的小孩子呀！"

"好罢，意见请你向店领导转达。这本书就按你们的标价，一块钱，由我买回去，算是我没有教育儿子的报应好了。不过你们也确实不该收购小学生拿出来的书，是吗？"

店员原以为我要强行拿走书，做好了应战的准备；结果却是我按标价买走这本书，店里无丝毫损失，自然毫无异议表示赞成，立刻收款开发票，《查泰莱夫人的情人》便属于我了。

先伸手拿书的那位顾客站在一旁，居然未插一言（也许他本来无意购买，只是随便看看；也许他比我还穷，连一块钱也拿不出来），到这时便废然离去了。

这件事我一直在友人中夸口，以为是自己买旧书的一次奇遇和"战绩"。二十多年之后，我在岳麓书社工作时，因为岳麓是古籍出版社不便出新译本，便将此书拿给湖南人民出版社去出（索要的"报酬"是给我一百本书送人），结果酿成滔天大祸，连累好人受处分。有位从旁听过我夸口的老同事，便写材料举报我，标题是"如此总编辑，如此巧取豪夺的专家"，以为可以把我推到枪口上去，结果却失算了。因为《查泰莱夫人的情人》毕竟是公认的世界文学名著，并非淫秽读物，出版社错只错在"不听招呼"，又扩大了发行范围。而买书时的我也不过是街道工厂一搬运工，并非什么总编辑和专家，"巧取"则有之，"豪夺"则根本谈不上也。

如今我仍然不是什么专家，总编辑更早就没有当了，不过旧书有时还是要去看一看，翻一翻的。古旧书店早已名存实亡，古旧书便散到了清水塘、宝南街等处的地摊上。二十多年来陆续拣得的，有《梅欧阁诗录》，是张謇在南通开更俗剧场，建梅欧阁，请梅兰芳欧阳予倩前往演出的纪念诗集，线装白棉纸本，卷首有照片十九帧，非卖品，以一元五角购得。有《杜氏家祠落成纪念册》，是民国二十年杜月笙在浦东高桥修祠堂举行盛大庆典时，由上海中国仿古印书局承印，赠给来宾作纪念的，线装上下二册，由杨度编辑（名义是"文书处主任"），章士钊为作后记（题作《杜祠观礼记》），有蒋中正、于右任等多人题词，价三元。还有一册"光绪十一年乙酉八月刊刻"的《杨忠愍公集》,为其中张宜人"请代夫死"的奏疏所感动,以为这是从另一角度对专制政治残酷黑暗的揭露,花二元四角钱买了下来。本亦只以普通旧线装书视之,可是今年五月十三日报纸上登出了准备申报《世界记忆名录》的"首批中国档案文献遗产名单",上列第十项"明代谏臣杨继盛遗书及后人题词",正是区区此本。虽然那该是真迹,此只是刻本,但一百一十八年前的刻本,在今天也弥足珍贵了。

我所拣得的旧书都很便宜,但也有贵的,而且是越来越贵了。一月前在清水塘地摊上,见有《新湖南报反右斗争专刊》合订本一册,第一期便是蓝岗揭露唐荫荪、钟叔河"同人报右派集团"的材料,薄薄十几页索价高达五十元,几经讨价还价,才以二十五元得之。假如没有自己这三个字(还有朱纯的两个字)在上头,我还真的舍不得当这一回二百五呢!

(选自《文汇报》)

记北京旧书店

刘自立

近一段时间，每逢周末，都去北京南城的报国寺旧货仓场淘旧书。陆陆续续，已买到许多民国版旧书，如《马相伯先生文集》《吴稚晖学术论著》《修辞学发凡》。此外，尚有民国版张天翼之《大林和小林》，书中插图和一九四九年后重版的此书之插图不同。译文类也颇有收获，如林语堂之《苏东坡传》的中译本（原书系用英文写），林纾译《块肉余生记》等。报国寺旧书摊与潘家园旧书摊，是眼下北京最看热的旧书摊，海内海外、京城上下的爱书者都风闻其名。报国寺乃明朝重建的庙宇，坐落在北京牛街附近，西面即是环路，环路两侧的现代大厦正在逐步扩建东来，很有一点要"威胁"此寺的架势。一如北京的许多老建筑，都面临着被这些高楼围裹其中的命运。进得院内，地摊横陈，多是出售古玩古器如旧钱、旧画、"出土"文物等。另一特色就是出售"文革"时期的毛像章，种类繁多，买不胜买，像章之外，尚有毛语录、毛著、"文革"小报等。几进套院最北面的一处，近期展出过有关《红灯记》的各种材料，含图片、唱片、脚本等。很有一番"招魂""文革"的气氛。当然了，搜集这类货色的人，并不多崇尚与追忆"文革"者，而是将此倒卖，以赚其钱。看来，"文革"的最后一点"油水"还未被榨干。在另一方面，关于"文革"的思考，也并不像这里的毛像章那样，辉煌于白日阳光之下，收获可期。

由此想起二十年前逛北京旧书店的情形。

每忆至此，首推对琉璃厂的回忆。琉璃厂在海外的影响很大。但是，七十年代初这里曾在现代"焚书坑儒"的运动中，一度保存和出售过一些旧书的事，并不太为人所知。笔者从六十年代末开始恶补"文革"的书荒之饥，闻琉璃厂可以买书，十分意外。于是，按照要求，托母亲开出一张部级单位介绍信，盖上公印，赶赴那个书店。不像今天，当时琉璃厂大院在南面有一大门上写"中国书店"的字样。进得大门，走过一个旷场——两侧也是书房，临街，也有店门向街道敞开的——直奔北面一座两层小楼。门房收取介绍信即可放人入内。里面有几间房子，面积多在百十平米，四壁皆书。一正厅中，尚放有沙发、茶几，买书人可在此小憩。浏览书架，书真不少。除解放后版，还有不少民国版，甚至更早的出版物。记得我当即挑中尼采的《查拉斯图拉如是说》（高寒译，据查即楚图南），柏格森之《突创进化论》（张东荪译），高名凯的《西方近代哲学史》(高氏系著名语言学者,亦修哲学,著译甚丰)。书价在当时很低,尼采书价格一元人民币,柏格森的书不到一元。

知道琉璃厂有书的人,大多是顽固看好看重"封资修""大洋古"的知识分子,都跑到这里"抢购"。我曾随科学院近代史所一老伯一同去过几次。他也买了不少书。店内,这类知识分子模样的人不少。他们都一语不发地盯住书架,旁若无人,并无"文化大革命""横扫一切"的感觉。实际上,七十年代最初两三年,社会上的书只剩下《金光大道》等屈指可数的几本。想来,那时的畅销读物在琉璃厂这些买书人的眼里是不算数的。这一点多可肯定。

除琉璃厂外,灯市口的中国书店外文部也有书可看可选。那时,我们小青年是跟着乔冠华从美国带回来的一批《英语九百句》学英文。(除此之外,还有塑料唱片《灵格风》等英文教材,可供一读。)所以,发现这个卖外文书的地方,自然喜出望外。又,我的一位朋友父母是研读英语文学的,他家的英文书收藏颇丰,但也有兴趣来灯市口淘书。

此店外文部面积不大,或可有二三十平米。但书架上的英文书很不少。大至《卡莱尔全集》《格罗夫音乐大辞典》……小至袖珍本英诗金库——都是硬皮本的小诗集、小散文——如拉斯金、阿诺尔德、罗赛蒂等,都定价三毛钱。大一点的英诗也不少,如王尔德、柯勒律治、布莱克的诗集。《今天》中人自那个时代写诗,估计有不少人去过灯市口吧!我们当时的生活除读书学英文,也因对政治极度失望而全身心扑在艺术上。所以,灯市口出售的西方艺术史、西方建筑史,同样引起我们的极大兴趣。因书价十几元,对我们这些知青来说是开了天价的,所以只好"采取行动"以"截获"之。于是,小兄弟们从父母的衣柜里找到"文革"时无人再穿的皮领、细呢大衣,穿上父亲时代的"尖头曼"(gentleman)——一种"老式"皮鞋——打扮成一派纨绔模样——一两个人与店员攀谈,另一两个就开始……去灯市口,成为青年时代我们的一大乐事。迄今翻看当时买到的英文诗、文集,仍旧受益匪浅。可惜灯市口中国书店外文部因书源不足,只出无进,一两年内,很快枯竭。八十年代走过那里,店内格局已改,外文部被占大半,只剩下一间小屋,外文书也几近不存,剩些画报、杂志类。如今,琉璃厂书店东侧长廊内仍有卖外文版书籍,可惜都开天价,一本英诗集卖到二三百元,一本胡适著作,品相已残,卖到五百元,已无人问津。

若说旧书肆、旧书摊,王府井东安市场的旧书廊我还有印象。记得初中时到那里买过书,如《震撼世界的十天》。约·里德对托洛茨基的评介在我少年时代的心里留下很深的印象——只有列宁和托氏的演讲,才能震住全场,呈现一种魅力"场"——这是里德的客观记录。一直到九十年代中以后内地出版物中,方才出现肯定托氏的译著暨郑超麟关于中国托派的据实记载文字。而陈独秀与托派的历史与思想脉络,也才得以廓清。

　　七十年代西单商场内尚有一旧书店，也称"内部"书店。门里很小，厅堂狭促。但也有书可买。我获购英国工党政治理论家拉斯基的《当代革命》，据前辈当时告我，是一本名著。以后，我家住沙滩西斋，和北大教授吴恩裕先生同院，闻知他与修政治思想史之萧公权先生都为拉氏之学生。惜当时年少，未能多加求教。出"内部"读物，也是当时中国出版界的一大怪事。上了一定等级的知识分子和干部即可有权买这类书。比如，父亲当时就买了萨特的《厌恶及其他》等所谓"黄皮书"。七十年代初，父亲去世后数年，我在他的老同学家看到"内部"出版之哈耶克的《通向奴役的道路》，读后有惊心动魄之感。他所引用荷尔德林的欲入天堂实下地狱的论断，绝对的权力即绝对腐败的警策名言，都从此烙印心间。

　　"内部"出版物与"内部"书店，至今尚存在于京城，前此所述郑超麟的书，就有"内部"的。而北京六部口一带，就有一家"内部"书店，像"文革"时去琉璃厂一样，尚要带一张介绍信。一次忘带，被阻之门口，店主大言不惭道："我们是'内部'的……"闻之可笑，可恶。都二十一世纪了，还什么"内部"！大可"拆"之为快了。

　　读旧书，大有益。如读《马相伯》。近，内地一家报纸通版载纪念马建忠之《马氏文通》的大文，写得不错。但读相伯先生文，才知马氏兄弟二人都参与《文通》写作，只是相伯儒忍,将名位相让于其弟。又,本文开始提到的《修辞学发凡》。我购获一册出版于新文艺出版社,是上海民智书局版的重版吧。一九三二年,刘大白为序。有关此书与中国文字语法事,他说:

中国人说了几百万年的话,并且作了几千年的文,可是一竟并不曾知道有所谓有系统的文法。直到一八九八年,马建忠先生的《马氏文通》出来,才得有中国第一部有系统的古话文的文法书。

又说:

直到一九三二年,陈望道先生的《修辞学发凡》出来,才得有中国第一部有系统的兼顾古语文今话文的修辞学书。

粗计一下,我在旧书店所购之书已有:
《马相伯先生文集》 北平上智编译馆
《吴稚晖学术论著》 上海出版合作社
《闲情偶寄》(李笠翁著) 贝叶山房张氏藏版
《马凡陀的山歌》 三联版
《六人》(巴金试译) 文化生活出版社
《俄罗斯女人》(涅克拉索夫著) 平明出版社

《两林的故事》(即《大林和小林》,张天翼著) 上海文光书局

以及《旅顺口》《海上述林》《陶行知的生平及其学说》《胡适留学日记》等等。

一九四九年以后的旧书也有非常珍贵的。如七十年代北京外文局(即外文出版社)出过一套外国文学译丛。我从中读了《一九八四》。在那时译奥威尔的书是要有胆识的。在报国寺,一广东小贩出售三本黑色硬纸面的这套丛书,开价不过十五元人民币。因我母亲当时在外文局工作,她是订了这套书的,所以才得以读之。可惜以后社会动乱,多已失却。此番买下,拾遗补牢为幸。另,潘光旦所译《性心理学》一书,流于书摊者较多,为霭理士所撰,买之也可。近友人徐晓女士协助潘氏家人出潘氏文选四本一套,她也送给了我一套。两书间隔已有近半个世纪。潘氏命运险恶,不堪细述矣。

读旧书,买旧书,中国有着她的历史与渊源,国外亦然。笔者一友为社科院外文所专研索尔仁尼琴之专家。他在俄国买的《罗斯特罗波维奇传》,厚重阔大之十六开本,内文插画十分精彩。有此著名琴师和许多乐坛闻人的合影,演出照,音乐厅照。他买的普希金画的"色情"画,画如其诗,诗如其人,风流情种,跃然纸上。俄国旧书,大多装帧考究,纸张上乘,品相极佳,不像北京旧书已旧,已脏。我到国外出访时,也关注旧书,去年到苏黎世,所住旅馆前的小广场上,周末就出

售折价书。我见过英文版的《奥威尔文集》，其中《一九八四》《动物庄园》，都入集。塞纳河萨尔茨堡，都有卖旧书的，惜行色匆匆，未及细览，深以为憾。

旧书封尘，要靠人的脑筋去洗，许多旧书的流失是一种遗珠现象——而今天，有人常常以新为傲，全不知那句老话，"世无英雄，遂使竖子成名"，可悲。

"文革"中的琉璃厂

王学泰

"文革"中的琉璃厂是一片萧瑟肃杀,那时还没有现在琉璃厂那些有富贵气、无文化气的牌楼。东西琉璃厂之间各有一个大喇叭,特别是东琉璃厂口更大,仿佛是个小广场。那时汽车也很少,人也少有至者,"小广场"更为空旷,一早一晚显得有些凄凉。有关文化的商店经营的都是"四旧",自然都要关门。一路商店,大门紧闭,其景象可以想见。大约最早开张的是文物商店(《文物》杂志也是复刊较早的社科刊物),到了一九七〇年已经有几家开门了,然而,买卖还很少。一天,有位老先生非要我陪着去卖清代书法家刘墉的一幅中堂。刘墉字崇如,号石庵,就是前年火爆京城的刘罗锅。刘氏书法名重当时,可是"文革"中书法又算什么呢?商店新开门,屋内粉刷一新。天很冷,几个营业员围着烤火。他们打开这幅中堂一看,有位老营业员认识,说:这是刘石庵的字。又说:"您这幅字,如果能像我这墙这么白(这幅字已经熏黄了),我给您一块钱。现在这样,我们不收。"可见,当时文物是不值钱的。

琉璃厂旧书店一九七二年开始营业,不过直至一九七九年之前都是以"内部书店"形式卖书的。其地点在海王村,也就是前面所说"小广场"的路北。谈到这里也许有人奇怪,那时不是正处在"文革"中吗?为什么传播"四旧"的旧书店还营业呢?这得从一九七二年尼克松访华说起。

尼克松访华是个震惊世界的大事,随着他而来的是许多外国记者。当时市面萧条至极,特别是书店,一书架、一书架都是《毛主席著作》《毛泽东选集》(这种情景是现在人们很难想象的),这是很尴尬的。因为据说"文化大革命"促进了经济的大发展,而且,促进了文化的繁荣,可是为什么市面上啥都没有呢?一般商品还好办,可以东拼西凑弄一点,让商店丰富两天;可是精神产品就不一样了,除了毛著、马列、鲁迅之外都是"封、资、修",怎么能让"封、资、修"进入书店,眼睁睁地叫革命群众中毒呢?北京最大的书店是王府井新华书店,平常里面除了"毛著"外可以说一无所有。在美国总统到达的那一天,我跑到这个书店看它会不会能放出一些"封、资、修"来。不出我所料,那一天果然放出一些平常看不到的书,塞满了书架,还摆放在玻璃橱柜里,但都是一般读者绝不会问津的,如康德的《纯粹理性批判》《实践理性批判》,黑格尔的《精神现象学》《小逻辑》等等。我买了一本《纯粹理性批判》,当我再要买李亚农所著《欣然斋史论集》(这本书我在一九六三年看过,觉得有新意,当时就想买,但没买到)时,书店店员说:"这是卖外宾的,不卖国内顾客。"大约我们的反资防修的精神卫士缺少国际主义精神,不肯保护国际友人,使他们别遭到"封、资、修"的毒害,而对自己的国民他们是绝不会放松保护义务的。我看那些售书员个个表情严肃,仿佛你稍示不满,就要把你抓起来似的,便赶紧走了。后来,我一连三天都去书店,终于感动了一个年轻的店员,他偷偷地卖给我一本,至今我还保留着它。回家后我在书后记录下买到此书的过程。美国总统访华后,书禁大门终于开了一条小缝,爱书者和曾受惠海王村旧书店者还是应该感谢尼克松的。这就是海王村中国书店开始凭单位介绍信可以购买旧书的大背景,大约时在一九七二年春季。

海王村所开放的中国书店(专卖旧书和线装书)分为两个档次。一是西廊(现在已经临和平门大街开门,改卖新书了),这里只要有介绍信即可,像我这个在农村中学工作的,用张信纸,开个便条,盖个公章就可以了;一是北楼,这里要较高层次的单位(局级以上)的介绍信。像常到这里买书的何其芳、陈燊用的是"中国科学院文学研究所"的介绍信,就可以到北楼。对于像我这样的一般读者来说,西廊、北楼没有多大的区别。两处都卖解放前、后出版的平装旧书,都卖线装书;其区别是北楼的线装书有不少是善本书,如明万历以后的清康熙间的刻本是很常见的。有一次,我与一书友同进北楼,仅花了二十五元就买了二十五本明刊的《欧阳永叔集》(残本),合一块钱一本。另外,北楼还常卖一些解放后出版的内部书(张国焘的《我的回忆》等)、港版书(如包天笑的《钏影楼回忆录》)、台版书(如《甲骨文辞典》)等。

一提到琉璃厂的旧书店,凡是四十岁以上的北京的旧书爱好者大多都知道孙殿起先生与其甥雷梦水先生(前两年,雷先生也作古了)。孙先生的《贩书偶记》及《贩书偶记续编》是研究古籍的人们案头的必备之书,流传极广。雷先生据其卖书的经历写过许多书话,为学人所喜读。我熟悉的海王村中国书店的老师傅马建斋先生,也是一位版本专家,他没有写过什么东西,所以很少为人所知,其实老先生对于明刻、清刻也是了如指掌的。我在六十年代初认识了这位比我大三四十岁的老先生,到了七十年代初我已经与他很熟了。马先生的腹笥极宽,说起来则滔滔不绝。粉碎"四人帮"之后,中国书店为了适应旧书业发展的需要,便在新华街南口的"京华大楼"(现在的"京味书店")为青年营业员办了个业务学习班,当时已经退休的马先生应邀在那里讲课。我曾到"京华大楼"看过马先生。马先生是个很健谈的人,但不是在大庭广众之中侃侃而谈,而是与二三友好悄悄地议论。他谈各种刻本的流变,如数家珍,也很喜欢向各种人请教与书籍有关的知识,而且不管对方年龄大小、学历高低,真是做到了"敏而好学,不耻下问"。我现在还清晰记得他多次与我讨论版本的年代和某些诗文作家的生平经历等问题。有一次问我:"朴学的准确含义是什么?是不是只有清代才有朴学?"老先生还帮助我找过许多书,现在每当我展玩这些书时,就不由得想起他。

另外还有一位赵师傅也常让我怀念。他是修书的,自幼学习装裱,因为刚做完手术身体不好,才到门市上帮忙。对书他不太熟,可是谈起装裱、纸张、刻印却是滔滔不绝。他曾为毛主席修过书,很为此自豪。有一次,他有点神秘地对我说:我给主席修书,"偷"了他老人家一个藏书章(指从主席的藏书上拓了一个章),阳文"毛氏藏书"四字,不知是谁刻的,很精。又有一次说起,毛主席很爱读《历代笑话集》,是王利器辑的那一本,很厚,毛主席看着不方便,让他给分装成小薄本。这个活还催得很紧,头天拿来,第二天就要,说毛主席正在看着,不能耽误他老人家看。这大约是他很得意的一件事,说话时堆满了一脸的笑容。一九七四年我花二十五元买了一部清代王文诰的《苏文忠公诗编注集成》,嘉庆间的原刊本,三十五册,不缺不残。我嫌贵了一些,当时这个价格可以买一部明版书了。赵师傅说:不贵。这三十五本书都是新换的封面、封底,您看这种紫靛纸都是手工染的,现在染这样一张纸就七毛钱,可作六本书的封面、封底。您这一套书光是染纸的手工费就四块多钱,占书费的五分之一。再加上纸钱就十块了,您的书钱还有多少啊?不到二十块钱了。他的介绍让我知道了许多关于修书的知识。赵师傅是学徒出身,没有多少文化,但是为人十分热情,帮助我找过不少书。邓之诚先生的《骨董琐记》就是他帮我从书堆里翻出来的。谈到旧书业,他是有一种没落之感的,认为这一行算完了!

琉璃厂的淘书是我与书籍打交道过程中特别愉快的一段时光,因为这时常常有一种期待,又有意外得到的喜悦。当时在各个单位还在大搞"阶级斗争",一天到晚批判"封、资、修",从报纸杂志(当时也没有几份杂志)到单位领导说的都是空话、套话、蠢话,还不时地说一些杀气腾腾的凶话。人间真是没有一点儿灵气了,没有想到海王村这里还荡漾着智慧的光辉。从这一点就可以想见书店会给我们带来多少乐趣,不夸张地说,这里是"化外之民"的避风港。书店是九点钟开门,有二三十个书友在八点半左右就聚集在海王村的大门口,等待着书店开门,因为每天都要上些新品种的书,大家把期待的目光都盯在这些"新书"上。每天一开门,堵门等着的诸位马上齐奔西廊(北楼不在开门时上书,它卖的书少,所以上书也少),各取所需。我们这些每日必到、锲而不舍的书友们目的是各不相同的。有人专收清代的诗文集,当时清代诗文集刻本很贱,乾隆以后刻本平均三四角钱一本;有人专收笔记小说,连解放前"大达图书公司"出版的"一折八扣"的错字连篇的标点本旧小说都要。有人专收线装的医书,有人专收词学书籍,词谱也包括在内。非常怪的是我的一位老师(我所在大学物理系的老师）孙念台先生，是教理论物理的，每天到书店去淘文史书籍。因为他也属于不久前补工资的，收书面极广。

最大的遗憾是口袋里没有多少钱，我的工资只有五十六元，没有任何额外收入。每月吃用十五元，给家里十元，剩下的几乎都交给书店了。我母亲最反对我买书，希望我攒点钱准备成家。每次我淘到好书回家，往往拆了捆，散装在书包里。当母亲问起时，我就说找人借的。她眼看着书架子上的书日渐其多，心里明白，但是她不再说了，让我保留了这点隐秘和乐趣。我很羡慕那些刚落实政策补发工资的人，在每天候于海王村之门的诸位之中颇有几位是口袋里有几千块钱的。有位供职于中华医学会的女同志（"文革"中此会解散，她被调到一所中学工作）花二百元买了九百本一套的进步书局的《笔记小说大观》。当时这被看作是很豪爽的，引起许多人的羡慕。我以为花那么多的钱买这种没有什么收藏价值的书，不值。当她问到我买这套书值不值时，我婉转地表达了这种意思。而她却爽朗地笑了，并说：买到自己喜欢而又能看的书就是值。我也不搞什么珍本收藏。这真是快人快语。这与另外一位专买解放前上海大达图书公司出版的一折八扣（定价一元，只卖八分）的笔记小说的书友心态相同。大达出版的笔记小说中错字连篇，标点谬误，令人不堪卒读，他却自得其乐，每得一种，必向人夸耀。我们说这些等同垃圾，最好的去处是造纸厂。而他对我说，又不搞研究，有点错字也不影响阅读。他花了十几元买了一百多本，其中有许多是以前连听都没有听说过的书。这也是属于重实不重名的。我花二十五元买了一部原刊本王文诰的《苏文忠公诗编注集成》，那是几经踌躇的，但是从买到现在已有二十五年了，我没有从头到尾认真地看过一遍。

在海王村淘书的过程中，有些事是永难忘怀的。大约是一九七四年，任继愈的《汉唐佛教论集》刚出版不久，书中论禅宗的部分颇引人注意，使之很畅销。有一天，我在西廊淘书。在书架上翻了好久，没有遇到可买的书。十点多钟的时候一个小徒弟从库中抱出来一摞书上架，有几函线装书，我一眼就看到有清末刻本《景德传灯录》。十七年中出版的佛学书籍极少，不像现今佛学书籍满坑满谷，到处都是。我从一九七〇年以来就对佛学有兴趣，这本重要的禅宗语录使我眼睛一亮。我一看价钱仅仅五元，于是，马上就拿去开票，买了下来。票还没有开完，从里屋出来一位老营业员，是北楼的老夏。他是一个极有经验和学问的营业员，是孙殿起、雷梦水一流的人物。他问我："老王你挑的那部书是不是《景德传灯录》？"我点了点头。他又说："你是不是能让一让呢？"我说："不能。我已经交钱了。""钱可以退给你。这部书是不能卖的，小×（指那个小徒弟）不知道这部书是不能拿出来的。""可是你毕竟拿出来了，再说这部书我已经找了好几年了。"他显出十分遗憾的样子。我包好了书，准备要走的时候，他悄悄对我说："姚文元也正在找这部书呢。"我想，当时毛主席表彰了任继愈《汉唐佛教论集》中论禅宗的文章。姚负责宣传和文教，大约也想充实一些佛学知识，才找《景德传灯录》来看，没有想到让我捷足先登了。一天，马建斋先生对我说："有一部清末刊刻的巾箱本的《黄山谷诗集》。绵白纸，书刻如汲古阁手笔，极漂亮。很便宜，才六元。"我本来就喜欢黄庭坚的诗，有此佳本，自然心动，只是当时没带钱。相约第二天来买。次日，我早早来到海王村，老先生从后库给我搬出一个小红木匣，拉出插板，里面有两个小格子，每格整整齐齐摞着十一本书，共二十二本。是仿南宋临安书棚刻本，极美观，上海"著易堂书店"的刻本。其他如清末武昌刻的《国语·国策》，点石斋影印的《佩文韵府》（主要是便宜，十厚本才五元），武英殿聚珍版的"前四史"。在平装书方面也买了一些令我难忘的书。如邓之诚的《骨董琐记》、叶德辉的《书林清话》、王云五的《目录学一角》、上海中央书店襟霞阁本的《袁中郎全集》，还有奇书章克标的《文坛登龙术》——鲁迅先生曾评此书，并写了《文坛登龙术拾遗》。这部书印刷装订都模仿线装，形式古雅，然而其内容则多是半开玩笑半认真的瘖话。例如在如何登上文坛一节中说，想成为作家其实并不难，只要写自己的"恋爱"故事就可以了，并说这是最引人注意的。

（选自《十月》，一九九九年五月号）

淘书者在路上

李辉

我爱旅行,也爱淘书,两者常常连为一体。这些年来,天南海北我到处旅行,每到一地,找到一两个旧书店或旧书摊,运气好,再偶有所获,旅行便顿时美妙无比了。

在我来说,淘书是一种乐趣,一种需要。我不藏书,更不奢望成为一个藏书家,只是根据自己研究专题的需要,或者仅仅出于好奇、出于对史料的热衷而淘书。个人档案,历次政治运动的表格,不热门的人的不热门的书,等等,许多很难受藏书家青睐的东西,常常在我选择之列。好在多一件是好事,少一件也不要紧,这样也就少了一份急切,或者非找到不可的那种痴迷。

在我来说,随意是很好的状态。旅行时我喜欢随意地漫步,淘书也如此。目的性与功利性不那么明确,淘书也就和旅行一样变得轻松自由,一切均随意而行。即便空手而返,也无所谓。穿行大街小巷寻找的过程,本身不也值得回味吗?

当然,略有收获,更能让人回想那一次的旅行。

郑州有一处类似北京潘家园的地方,星期六和星期天摆满旧书摊。这几年,每次到郑州,我都会去逛一逛。在那里,买到过一些旧书和旧杂志,与北京相比,价格较低。我曾计划写一九五七年反右运动中的文艺界,每遇到这一年的杂志,我多半会买下来。在郑州的地摊,我便找到了那一年的《美术》《文艺学习》《诗刊》等。

在郑州,最让我满足的则是淘到一本"文革"期间造反派印行的《送瘟神——全国111个文艺黑线人物示众》(一九六八年九月,北京)。这本书当年颇为流行,由中国文联批黑线小组编著,北京师范学院《文艺革命》编辑部出版。一百一十一个"文艺黑线人物"分为:文艺黑线头目、文学类、戏剧类、美术音乐及其他四类,另有附录"苏修文艺黑头目、黑干将"。刚看这本书的目录时,我曾奇怪,百余人的名单中,怎么没有胡风、丁玲的名字?看《编后》才明白编者的编辑体例。《编后》这样说:"曾经在全国范围公开批判过的反革命、老右派,如胡风、丁玲、冯雪峰一直到秦兆阳、刘绍棠、王蒙之流,这里不再'示众'了。那些混进军队系统的文艺黑线人物亦不收录。"

这本书有一大特点,配有大量人物肖像漫画,虽以丑化为目的，但有些人物的漫像却画得颇为传神。我首先是冲着这些漫画才买下这本书的。价格并不贵，一番讨价还价，三十元成交，我不免喜出望外。这本书后来可派了大用场，一些人物的漫画像，如巴金、周扬、夏衍、田汉、赵丹等，成了我所出版的一些书中的插图，以此来展示他们在"文革"中是如何被丑化的。历史也就这样留下了特殊影像。

物有所值且能最终派上用场，是我这类淘书者的一大乐趣。

瑞典是我多次旅行的国家，斯德哥尔摩的好几家旧书店，每次我去都会在里面待上几个小时。虽不识瑞典文，但翻阅老照片也是开心的事。

在瑞典，我对戊戌变法失败后康有为流亡欧洲的行程颇感兴趣。在友人引导下，我寻访当年康有为下榻过的饭店，浏览他买下来并在此旅居数年的小岛。汉学家马悦然先生上世纪五十年代出任瑞典驻华使馆文化参赞时，与康有为的公子有交往，康公子曾手书一份康有为的《瑞典纪行》送给马悦然先生。马先生将此复印了一份送我，并希望我能就此写写一百年前的康有为的瑞典之行。我也曾有过这样的计划，按照康有为文中所写路线寻访，然后用图文并茂的形式写一本历史游记。遗憾的是忙于他事，此计划一直还是计划。

计划虽未实现，但在斯德哥尔摩旧书店里翻阅老画册，却成了那一日的内容。我淘到一本一九〇〇年的城市画册，正是康有为旅居瑞典期间的历史陈迹。老建筑、街景、风俗等，买下来，与康有为的游记对照着阅读，别有一种情趣。

旅行中逛旧书店旧书摊，缘分是很重要的。不像在久居的城市，可以有多次选择，旅行却只能是一晃而过，错过了时日，也就很难再次遇到了。

一九九六年第一次访问日本时，我便有过一次逛地摊的经历。

未到日本前，就对早已听朋友多次津津乐道的神田书店街向往已久。的确，只有走在这样一条街上，才相信书店林立，也可以烘托出恢弘气势和场面。走出一家，走进又一家，不同布局，不同专题，人感觉就像自己是一条船，在书店的河流里晃晃悠悠，看不完的景致，转不完的湾汊。我觉得，在这样一条街上，即便不买书，也值得尽兴来回闲逛。

的确是为了满足一种感受。尽管我去逛了两个半天，但还是一无所获。一是太重，二是太贵。许多想买的书，拿在手上又放下，放下又拿起来，最后还是空荡荡一双手。真正是一个闲逛的游客。

真正的意外所得，不是在神田旧书店，而是在原宿的地摊上。

离开东京的前两天，我住到了原宿的一家饭店。原宿被认为是青年人最爱光顾的地区，据说在服装、发式等流行时尚方面，一直领导着日本的潮流，甚至好莱坞也受其影响。不过，我生性不爱逛百货店服装店，住在繁华的大街附近，却只是在橱窗旁扫上几眼，独自一人更是没有走进去的兴致。

我就这样漫无目的地顺着原宿大街散步。大街在山坡上缓缓起伏，我从下面往上走去。我离开人群熙攘的大街，往右一拐，走到与原宿相邻的一条较为安静的大街上。这里叫青山。走着走着，我突然发现在一幢大厦前，汇集着一片地摊，便兴致勃勃地走去。大厦叫Renault。地摊旁边高耸着一块巨大的麦当劳广告。旧地摊无所不有。卖旧家具的、旧百货的、工艺品的、旧书旧画报的等等。

在淘到几本日本侵华战争期间东京出版的有关上海战役的书之后，我被专卖老照片的一个摊位吸引了。摊主是位白人，问他，原来来自美国。他的摊位上，摆满各式各样的老照片。这些老照片根据不同主题放在一个个影集里面，供顾客挑选，选中哪张，便从影集里取出。我注意到，这些老照片尤以二次大战期间欧洲战场的居多。有德国军队和纳粹的生活照，有苏联红军、盟军的战场留影。我饶有兴致地一本本慢慢翻阅，忽然，我发现了一本二次大战中日本军队的影集，便放下其他，仔细来看。我告诉摊主我来自中国，他似是非常明白我的意思，便马上又拿出好几本影集，告诉我这些可能都是我感兴趣的。

这些影集中的照片，大多是在太平洋战场拍摄的。但在一本影集中，我看到了一组分明是在中国战场上拍摄的照片。照片的拍摄者很可能是一名随军摄影师或者记者。与别的照片不同,这组照片是一个系列,一共四张,看得出来是在同一次战斗中先后拍摄的,颇能反映出战斗的过程。

我判断这些照片是在中国北方战场拍摄的,是根据照片上的房子、丛林和一位被打死的农民。我还根据自己的分析,将这四张照片按事件发展的过程做了顺序排列。

第一张。近处小路中央,横躺着一位刚刚被打死的农民,他穿着一套深色衣服,里面是白衬衫,一看便可以断定他是一位北方农民。他的裤子上膝盖已破了一个大洞,外套被撕开,身子侧卧,左手伸在头上,看不清他的脸。就在这具尸体前面几米的地方,便是一群日本持枪士兵。他们一共有七名,一个端着枪站在路旁直视前方,另外六个蹲在路中央,看得出是在等待着前进的命令。这位不幸的中国农民,显然是他们刚刚枪杀的。

第二张。照片上有十一名日本士兵,似是抵达了村庄外面。站在最前面的是一名端着机枪的士兵,后面一名挂着望远镜的应该是小队长,其余的人则手持步枪弯着腰注目前方。小队长正用右手指着前方。前方,一个中国村庄正面临着毁灭。

第三张。没有一个人影,却最能反映出战场的一瞬间。照片中央是一个大约三层的炮楼被炮弹击中,正在摇摇欲坠、将倒未倒之时。顶层已经歪至一旁,许多砖头散在空中,中间一层被炸得只剩一面墙壁。炮楼旁边,是一间砖瓦房。轰然落地的砖头,在地面上砸起一阵尘烟。后来在和摊主讨价还价时,他还特意指着这张照片,说是这种镜头是很难拍摄的,当然也就要卖个好价钱。

第四张。整个村庄已经变为废墟,十三名日本士兵,正在穿过废墟。照片左上方,一片房子被炸得支离破碎,空留着东倒西歪的屋架和残缺不全的屋顶。他们中间第一次出现了一名手持太阳旗的士兵。前方显然还有抵抗,走在前面的十个人,正端着枪瞄准,后面又有三个冲过来。

这几张老照片,永远留下了罪恶历史的记录。这样的史料,应该注意收集。于是,我毫不犹豫地掏腰包买下它们,尽管摊主早已发现我是他的一个好主顾,着实卖了一个好价钱。

归来途中,在香港遇到香港中文大学的学者、作家小思。她看到我买来的老照片,听我讲原宿地摊的情形,颇为惊奇而羡慕。她专门研究香港文学史,对收集史料情有独钟。她说她早就听说过东京原宿有这样一个旧货市场,但只是每逢星期天才有。她到过东京多次,可是一直未能抽出时间前去。"你真是有缘!"她说。

我相信缘分。正是在这次香港之行时,我见到了心仪已久的董桥先生。那天饭后,他带我和妻子走到位于中环一带的一家旧书店。书店不大,名字我也记不起来了,但那天淘到的一本书,却成了我的第一次香港之行的最好纪念。

书不算珍贵,是一九四九年十一月由司马文森主编、智源书局出版的"文艺生活选集"中的一本《作家印象记》。书不厚,只有九十八页。这是一本多人合集,分别是关于郁达夫、朱自清、田汉、夏衍等人的特写。我选中它,主要是在里面发现有画家黄永玉的《记杨逵》,这是他当时从台湾逃到香港后写的一篇特写。读过不少黄先生的散文,很欣赏他讲述故事的才能和勾画人物性格特点的奇妙处,但这些文章大都写于上世纪八十年代之后,他的早期文章我还从来没有见到过。我正好在有计划地收集他的相关资料,为日后的传记写作做准备,淘到这本《作家印象记》实在是一大收获。

后来将这本书拿去给黄先生看,他差不多忘记了自己当年还写过这篇旧作,当即在书上写道:"永玉重读于一九九七年,距今四十九年矣!"

文章他看得很认真,还不时写几句眉批和注释。文中当年不便公开的人名用×××代替,现在他补写出来;关于杨逵,他注明"写过《香蕉香》小说"。他在文章中以讽刺的笔调写到一个在台湾某报编辑副刊的留有"普希金胡子"的人物,他这样说明:"司马文森后来告诉我,普希金胡子是个好人,这样写他,对他在台湾工作有好处,他名叫史习枚。"

那天,关于这本书,关于当年的台湾与香港,成了黄永玉的主要话题。在我的诸多淘来的旧书中,这本《作家印象记》也因此有了特别的意义。

淘书者自得其乐地在路上走着。地点与场景不断变换,主题也不断变化,永远不变的却是情趣,是缘分。

四里山与致远书店

汪家明

前几天回济南,去了一趟四里山旧书市场。穿过那片高大的杨树林,我注意到,叶片已有一元银币大小,在春风和阳光中颤抖着,似乎怕冷的样子。这使我感到亲切。

已经记不得多少次穿过这片杨树林了。在济南生活了十八年,曾经带女儿来踏青,曾经陪父亲来遛弯,但更多的,是来淘旧书。在这里,我淘得了三十多年前对我产生关键影响的苏联小说——一九五六年版的《初升的太阳》,淘得了"文革"初期闲居在家,学画所用的主要指导书——商务印书馆的《素描画述要》,还淘得了我少年时最喜欢的《译文》杂志二十余册,由此开始了对《译文》的收藏。令人惊奇的是,二〇〇二年十月,我正应大象出版社之约写作《陋巷里的弦歌——孙犁》,一天去四里山,一下子就买到了孙犁的三本书,一本是一九五二年版的《风云初记》(前三十章),一本是一九五六年版的《文艺学习》，还有一九五七年版的《铁木前传》，这都是难得的版本。同样奇异的，北京学者李书磊有一次到济南公干，想顺便查阅有关《大众日报》的史料，没想到第二天早晨去四里山旧书市场，一眼就看到了要找的书。他曾向多人谈到此事。

  四里山位于济南市区南部，与老城中心相距四里，故名。向南延伸，依次还有五里山、六里山、七里山。其山覆满松柏，四季苍郁。因山里设有烈士陵园，又名"英雄山"。旧书市场在山之北麓，原在文化市场内，现已大部迁入旁边的儿童乐园。每逢周六、周日，书摊在林间空地连成片，熙熙攘攘，很有人气。翻检从四里山淘来的旧书，多为图书馆藏书，私人藏书不多。二〇〇二年七八月，山东大学和山东师范大学清理图书馆，一大批旧书到了四里山。那些日子，成了淘书者的节日。普希金的《波尔塔瓦》《抒情诗二集》、莫尔的《一个匈牙利的富豪》以及《安东诺夫小说选》、一九三七年"开明中学生丛书二十二"之《陶渊明》等都是我在这期间的收获。淘友们一边满载而归，一边嘲笑两所大学图书馆的无知。现在想来，真是自相矛盾。其实，这些旧书尘封在图书馆，还不如这样流落民间，发挥其作用。山大、山师图书馆的工作人员功莫大焉！

  我不是藏书家，也没有收藏癖。我淘旧书只是喜欢而已，而且多是为了寻找少年时的书梦——寻找当年读的版本。真正在这方面使我得到满足的，是藏书家周晶。周晶是齐鲁书社的资深编辑，他一九五八年就开始淘书了。我少年时最喜欢的几本书，《普希金抒情诗集》、《高加索的俘虏》（以上为平明出版社）、《海涅诗歌集》就是他送给我的，而且品相很好，插图一幅不少。他还答应送我一套老版的《静静的顿河》。二〇〇〇年，周晶创意出版了丛刊《藏书家》，把个人爱好和出版工作结合起来，做得有滋有味。我们见面，除了谈书，别无话题，称得上是真正的书友。

济南是一个平庸、安逸的城市。文化不能说不发达，既有传统，如李清照、辛弃疾、张养浩等；又有省会优势，如十几所大学、十几家出版社、上百家文化单位，有名作家、名学者。但其文化生活总是沉闷，没有波澜，形不成气候。泉城路、大观园的两家书店规模尚可，是我许多年的购书之所；经三路古旧书店原也不错，我在那儿买过十本七角二分一本的《呼兰河传》送朋友，还在那儿买过六角二分一本的《金蔷薇》。但这些年来已无善可陈。一九九七年秋，几位不甘寂寞的书友发起，借助各自单位的力量，创建了一家书店，主销人文类图书，坚持人文主义理念。至今经营还算红火，被视为泉城书业的亮点之一，已是读书人的必至之地。书店名号是我起的——"致远"，一层意思来自古语"宁静致远"，另一层意思取自甲午海战中邓世昌的"致远号"，这是山东史的一页。"致远号"是战沉了，初时大家以为不吉，但又想，取其凛然大气，何惧之！

有了致远书店，我就很少到其他书店买书了。书店不大，品种不少，与山东师范大学毗邻。店内挂鲁迅、海明威、吴尔芙、萧伯纳、萨特和西贝柳斯、卡萨尔斯的肖像，营造出浓郁的文化气息。店员中有极爱书者，谈话经常令人惊讶。除在此购书外，我还得了另外一种方便：每于图书订货会上看到好书，即在订单上标记，交给致远书店，由他们帮忙订购，既快捷又便宜。

共同创办致远书店者，有作家张炜、王延平，画家杨枫，摄影家荆强，报业要员张瑞云等，以柳晓影为经理。

柳晓影早已是全国发行协会的理事了。

（选自《中国图书商报》，二〇〇三年四月十八日）

牯岭拾遗

朴子

爱书的人鲜有不喜欢逛书店的,因为个中奇遇很多,妙趣无穷。只是今天在台北,这份快乐要从苦中求——找书既难且累。

台北的旧书店,大概有六十多家,分集四处:

(一)牯岭街七家,宁波西街一家,南昌路一家,厦门街三家。

(二)光华商场近五十家。

(三)信义路四家。

(四)汀州路一家。

牯岭街是台北的一条小马路,当年即以旧书摊闻名。说它是摊,那真叫写实,除了少数几家有字号开了铺子的,其他都是利用路肩人行道上摆露天摊,克难凑合书架倚墙而立,杂志画报堆满一地,字画就挂在树上,大多摊位依稀相接,连绵约占三条街。六十年代旧书业鼎盛时期,这里聚集有六七十家书摊。一个书店老板回味说:"偶尔来阵雨,顾客抱头四散,业主赶忙收拾,隔不久太阳出来,又重新开张,那股热闹劲还真是一景!华侨、观光客多慕名到此一游,是够风光的了。"一早八九点就经营起,到了晚上,挑灯夜赏好不热闹,九十点钟打烊,只消帆布一盖稍加捆绑就算收摊了,倒也潇洒。魏子云先生有一篇《牯岭街的书市及其他》,记当年牯岭书业盛事,细数旧书店描绘历历。一九七一年牯岭街人行道及排水沟工程计划定案,市政府先是安排将书市搬到重庆南路自强市场,后来改迁工专旁边的光华商场。那是一九七四年三月,五十八家书摊大迁徙,剩下几家旧书店,结束了"牯岭街"三个字代表"旧书摊"的雅号。

光华商场旧书店,经营者多属年长,大多先生主外、负责收书整理定价钱,门面就交由太太;一般知识程度有限,甚至有不识白丁,也卖书多年矣,所以大多数的书都不高明,只能说廉价书,多是无谓的消遣性刊物,再就是学校教科书参考书占去不少,所谓奇货可居的"大陆版",早已上帝的归上帝、撒旦的归撒旦去了,偶尔漏出一本就是老板的奇迹顾客的运气了!这书要供在一个靠近老板坐处、为"绝版书"而设的专门地方,待善价而沽。在光华买书,半凭个人本事工夫,半由机缘运气,没有目录索引不足为奇,图书分类端视老板的自由心证,这里边的学问就大了,摸索久了倒也有些窍门——勤以补拙，近年来，普遍居住环境的改善，是使旧书来源濒临枯竭的主要原因，每家"高价收买旧书、到府估价"的牌子只是聊备一格，甚或者只是用来提醒顾客，旧书并非都是称斤论两买进来的，有牌高挂人神共鉴。其实旧书业最大的投资还是时间和工夫，君不见老板成天枯坐只为生意上门，何况收书、整理、擦拭、修补、定价、做记到上架，这过程的费工费神，想读书人都能体会，为此我们付出的常只是酬谢他们的服务费，书籍本身的价值并未包括在内。但事情换一个角度看，很多书，大部分的书，我们捧回去，摩挲欣赏、签名用印、读序念跋之后，就也上架归档，再要碰面，怕也是不知有汉，无论魏晋了。

曾和牯岭街老李谈起，两人所见略同，认为目前台湾旧书市场已不能再走"大陆版"的死胡同，早就应该搜求台湾一九四九、一九五〇年以后的出版物，但旧书业对初版书毫不讲究，更不知作者签名本的可贵，殊为可惜。

国人出书习惯署名赠师友亲朋诸人等，反吝于施惠买书的读者，曾购得创世纪诗社出版的《创世纪》一本，封面上署"谢谢你买了我编的杂志 痖弦一九六六"，是多年仅见。

记得是一个风雨交加的晚上，看到一列琳琅满目的英美原版诗集，原来是一位作家的收藏竟然落在光华。以前隐隐风闻作家之妻有卖书之癖，于今恭逢其盛亲眼目睹，稍有犹豫即电话具实以告，只听钟声在远处悠扬响起，托我代为凭悼，了此公案。我巡视一过,还是偷偷买回两本私藏为念,一是 Robert Burns 的诗选,一八九二年版,一是 John Keats 的诗作全集,一八九五年版。后来被他知道了,丢下一句话:"你是收拾破碎的心的碎片!"

让我说件喜事来冲淡那丝淡淡的哀愁。有年过年上光华,正巧碰上新春开张,门口两边高挂长串鞭炮,十点整,热闹响起,真是年节好景致,从此年年初五都要赴盛会。

今年元月三十日是词人李清照九百年诞辰,"中华民国图书出版事业协会"与"国立中央图书馆"联合举办"李清照作品及研究资料展""当代女作家作品展"。满怀希望要去瞻仰作家作品的初版本,不想展出的都是最新最时髦的版本,就到附近的旧书店走走,不经意倒买得苏雪林女士的《归鸿集》《天马集》和《读与写》等的初版本。本还见有谢冰莹女士签名的《我怎样写作》,迟疑一下隔天再去已被捷足者买去矣。这几本书都在"日圣书店",老板虽年轻,略知版本,店中列售之书较有可观,也兼卖字画古董,原来老老板早先经营收旧货的中盘,得近便之利,在开书店之前即已搜集有年,储存之丰,迄今仍能维持好书源源而出。我在这里确实拾到一些宝,好些原还是店里的"非卖品"。这是怎么回事?原来老板自己也好藏书!这就妙了,变成老板与顾客争书的局面,老板收书进来,挑到中意的就扣下来,用铅笔在书背标明"自存",轻不示人。不过"自存"可以有两层意思,一是自己存藏,一是"应节时价"，运用之妙存乎一心，我书架上就有几本他的"自存"书。有时候大家高兴，他会得意地献献宝，那都是真够看的。又记得也是一个落雨天（我最喜欢挑雨天逛旧书店），先去过光华，了无收获，再转到信义路来，进得店里甫坐下，接过老板的敬客烟，见他笑眯眯地讲他刚从光华买回一本姜贵的小说。那时候，我迷姜贵，倾心全力地搜集，他的作品我几乎已经全了，但不好扫他的兴，也请出一观。一看不得了，原来是春雨楼藏版的《旋风》，当年稿成屡投出版社乏人问津，得友人帮助自印五百本以保存，书名《今梼杌传》，封面更有姜贵署赠某小说作者的签字，真是妙！翻过书背看价值，斗大的"自存"二字映眼前。后来真是煞费苦心，说好说歹才许让了的。张爱玲的《殃歌》也是老板"自存"后归我保管的。他还喜欢"自存"别人的日记。有一天，是不是也下雨就记不得了，看他在看一本日记，很有趣；就接过来看，居然是李石曾民国十四年时候的日记，用的商务乙种袖珍日记本子，不及手掌心大，其中对国父就医、病逝、移灵的经过略有交代，此真宝物名贵非常。

最为得意还是买到一些夏济安的书，不是他写的书，是他读的中英文书。这批书是夹在朱乃长先生的藏书里一同移驾旧书店的。书有多少本，我没有全看到，据说是三年前花了两三万块一整估来的，另还有些字画等。

"日圣旧书摊"附近——其实就是日圣旧书摊旧址——新

开张一家旧书店,还没有店号,有"东西书斋"之议,犹在布置阶段,从只摆出的一小部分书看来已是一鸣惊人了。书虽是新旧参半,但有几本日文旧书之精美,想置诸神田也不逊色多让的。书肆少东主有眼光,这些善本将作镇店之宝。

牯岭街在日据时代属佐久间町,其东邻儿玉町,即今南昌路一带,就有四五家日文旧书店,手边一本书上的标签就有"野田书房""全国古书籍商联盟""台北儿玉町"云云,听说光复后还有经营,到了一九五一年前后才散去。

台湾光复,日本人被遣送回家,留下带不走的书、家具等,就沽给旧货商,有些小贩转买了来就在牯岭街摆摊求售;书自以日文书为主。那时候,台胞自长时间处于日语倡行汉文极受压制的日据时代,一般人多不能读中文书,政府犹当大力推行国语文教育,图书出版事业才在起步,遑论中文旧书买卖了。

一九四八、一九四九年局势逆转,大陆的人员、文物纷向台湾输运,一时间整个社会形态有了很大的改变,影响了后来的种种。

一九五〇年左右,台北市区熙攘之处,像中华路、重庆南路、衡阳街、武昌街、新公园等,随处可见一些卖书的。

台北市区逐渐繁荣,市府为整顿骑楼市容疏畅交通,旧书摊就也逐渐集中牯岭街去了。传说当时开牯岭书市先河,是一个叫"阿彪伯"的摆摊最早,一般有说"松林书店"招牌最老，应是指的它是第一家搬进店面的旧书摊。现在"松林"老板也说，一九五六年"松林"老老板在国都戏院隔南昌街对面开店卖书之前，牯岭街一带就已经有旧摊了。而且"松林"之号，是他们父子兄弟在一九五八年迁入牯岭街，今天"竹林书店"现址正式登记为书店才有的，后来兄弟分家，哥哥迁"松林"新址，弟弟改号"竹林"。这同时，牯岭街在一九六〇年前后，旧书市集渐成气候，以至魏先生为文时候的鼎盛时期，到一九七四年三月书摊再迁光华，已届牯岭书业风烛残年，时不我与了。

"松林"牌子最老，书亦最多，前些年就已经泛滥成灾了，进得店去只能侧身而行，自是不容交错，遇有里边有人出来，站外头的人就得先退出来才成，所以到后来，松林老板都站岗书店门口，先问你要找哪一类的书，好指点迷津彼此方便。"松林"书多，也只雅俗共赏，且好书还是以日文居多，这些年来已乏人问津，多束之高阁了。近两年，"松林"也兼卖新书了。"竹林"弟弟的书还不及"松林"哥哥的书多，内容也稍差，印象深刻的，还是每次去看到老板的脸总是红彤彤的，书香之外略闻酒香。

日文书曾经是台湾旧书市场的"招牌菜"。日本人占据台湾五十年，对台湾资源、文化、风土民情的调查下了不少工夫，后来更以台湾为基地做桥梁进行对南洋一带的研究，其用意动机自是明显，莫不以实行"大东亚共荣圈"为终极目标。

日本战败后，这些资料很多就留在台湾没准带回日本，据说，于今多存于"中央图书馆分馆"，台湾大学图书馆也有一部分。据说，时至今日，这两个图书馆仍不轻易让日本人"进出"。而这段时间的资料，美国也是付之阙如，所以二十世纪五六十年代，好些美国、日本的图书馆、研究机构都会在台湾大肆收购这方面图书文籍，应运而生就有几家旧书店做起外销生意。

"文钟""妙章""古亭""文史"是其中较知名的，生意兴隆通四海，想是曾经风光过的。但业者一向守口如瓶，其中内情向不为外人道，倒是这几家书店都曾印行目录，唯坊间少有流通。

近年，旧书来源日益减少，古书外销这条路子愈来愈窄，生意清淡，已远不如昔，现在也只剩下"妙章""文史"两家。"妙章"卖书奇贵，然而"妙章"的知名还在他的待客之道，此中情形如人饮水冷暖自知。

"文史"开在宁波西街、牯岭街口，门口没有招牌，店虽设而常关，说不准哪天开，也说不准什么时候开，早上从未有过，要开都是午后，平常如此，星期假日它更休息，所以很多人逛牯岭街，从不知道有此一号怪店。怪店老板青岛人，是个退伍军人，个性爽直干脆。他的书向不标价，等你选好看好想买了问他，不爱讲话时候他就伸指头，开了口也都三百五百，从不算什么零头五十的。前些时候，我在他那儿看着一本苏雪林先生的《蠹鱼集》，是商务一九三八年长沙初版，问他，就是两根指头，两百？不！两千，他是要卖出版社，不是我这后生小子。回来翻《当代女作家文学作品书目》，上面果然没有这本书。老板有个生意做得特殊，专收光复以后各级机关学校出版物及私人团体的纪念集刊，他自己说连国民小学课本他都收。当然，这些主要都是卖到国外。有一次，我斗胆批评他把好书都流落海外了，怎对得起国家民族和我们这些爱书人，他沉思了一会儿，说："'中央图书馆'就近在咫尺，但从不见他们重视过牯岭街的东西。"

感于牯岭书业难继，老板有心将手边尚存之资料整理了开个供研究用的小图书馆，酌收使用费，维持个简单的生活，百年之后，愿将全部收藏赠予"中央图书馆"。这不是一句玩笑话，老板是有心的。

爱书不敢冒称藏书，以上所记只是票友登台献丑，过瘾而已！

（选自香港《明报月刊》，一九八四年五月）

华夏何处觅旧书

宋庆森

寻觅点旧书，除了到拍卖行，就是去旧书店、旧书摊了。首选当然是北京。先说琉璃厂。琉璃厂的发迹在清康熙十八年，那一年北京发生了地震。震后，原来在慈仁寺的书摊挪到了琉璃厂，这条文化街开始逐步形成了。三百多年来，几经兴衰，一直是中国最具盛名的旧书市场。现在主要的旧书店有这样几家：最西头的是中国书店总店门市部，店堂后部用书橱隔一屋，约十来平方米，专营旧书。离这个门市部不远的是古籍书店，楼上也有一大屋的旧书可供挑选。再往东走是来薰阁，这家书店有好些旧碑帖，碑帖为墨所拓，人称"黑老虎"，这几年也是行情看涨，好此者可以一逛。琉璃厂最大旧书店是老牌子海王村，这里常年有二十来架旧书。只是最近雇了位修书匠，把所有旧书都用牛皮纸给糊了起来，实在是让人哭笑不得。笔者前些天在那儿买了一本一九三五年出版的《生活全国总书目》,还有一九一六年华东书店版的《俞曲园先生书札》,也都被牛皮纸糊了个严严实实。

除了琉璃厂外,北京还有几家旧书店可以跑一跑。原来的东单书店因修东方广场,已撤没了。往北两站的灯市口书店经装修,店堂宽敞了许多,四周排列满架的旧书,中间大桌子上也挤挤挨挨码满了旧书。前两天,该书店摆出了两本签名本,一本是吴祖强所签送吴冠中,是吴祖强、吴祖光之父吴瀛所著《景洲诗抄》;还有《延安十年戏剧图集》的编者,签送艾克恩的这本书,开价都在百十元,不算贵。再往北一站,就到了当年与琉璃厂成鼎足的隆福寺。隆福寺书肆兴于道光年间,兴隆时有上百家书铺,现在只留了一个门面,这家旧书店也刚装修完,偶尔有些有价值的旧书露一下面。此外,中国书店所属的新街口、海淀门市部都值得跑一跑。设在海淀图书城的中国书店门市部这几年每年都搞一次旧书书市,尤其是去年弄了一个民国版旧书书市,从库底翻出几百本民国版书。好货真不少,价格也定得很低,一些周作人的初版本,才三四百元。第一天开张,爱书人蜂拥而至,不到半小时,像样一点的书就被"抢"光,用"抢"字来形容绝对到位。笔者晚到半个小时,只捞到两本,一本是一九二五年商务版王国维著《宋元戏曲史》,另一本是一九三七年第五版鲁迅许广平的《两地书》。

爱书的朋友都知道西单有个号称全国最大的图书大厦,但很少有人知道在它的后面,有一家全国最大的出售解放前旧期刊的书店，它是中国书店期刊门市部。去年春天，从六里桥移到西单的。在这里，著名的《东方杂志》《生活》《小说月报》《礼拜六》《人世间》等都有，有些还是创刊号。另有不少旧版书。笔者在此淘有《文饭小品》创刊号，这种刊物的创刊号已极罕见，《中国新文学图录》所影印的就是这种创刊号。另外还觅得《佛西戏剧》第一集，为民国十九年商务初版。记得姜德明说过，现在要寻找熊佛西的剧本、戏剧理论著作已经很困难了，现在居然为我所获。更珍贵的是，这本书竟是阿英的所藏，扉页上有阿英的题签。

除了一些旧书店，另一个去处就是散落在京城各地的旧书冷摊了。这些书摊大多是一块塑料布、几张破报纸，零乱地码着些旧书。可别小看这些上不了"档次"的地摊。没准在这些星象、凶杀、色情的破烂书里还夹杂着古籍善本呢。名声显赫的是位于东三环路的潘家园旧货市场，这个市场形成于九十年代初，目前占地五十亩，有摊位三千个，其中古旧书市约有一百五十个摊位。每逢周末，这里是人山人海。近年来，时而爆出"捡漏"消息。一九九七年出现一大批珍贵历史照片，据说是当年一次影展留存下来的原始照片，几家媒体曾报道此事。一九九九年刚过，幸运之神光顾了中国收藏家协会副秘书长刘建业先生。他花一千元收到了十九册六十五卷明万历年间刻本《十三经注疏》。此书文献上称为"北监本"，所有的图书馆、博物馆都不见有收藏。更可贵的是，这部书在清初为礼部藏书，这恐怕是世间唯此一份了。刘先生表示，他将把此书无偿地捐献给国家。笔者近日在潘家园看到一批珍贵的早期的杂志创刊号，其中有陈独秀创办的著名的《青年杂志》创刊号（其第二期即改为《新青年》），摊主要价六百元，这个价格比拍卖市场要低得多。还有其他一些创刊号，开价都在五百以下。

对于爱书者来说，旧书店、旧书摊无疑是他们淘金寻宝的好去处。除了北京这个最具盛名的旧书大交易市场之外，全国各地对此业都有所经营。

华北几个主要城市，先说天津。读过孙犁《耕堂读书记》《文衣书录》的朋友都知道，孙犁先生进城后，按照鲁迅的书账和给许世瑛开的那张书目，在天津旧书肆拼命买书，仅《世说新语》就从天祥商场、古籍书店等地方买了四种。今日，那些让人着迷的旧书店当然难寻踪迹了。现在"古文化一条街"中段有一家旧书店，店堂二丈见方，内中三面都是高到天花板的书架，密密麻麻排满了书。津门街头书摊这几年也很红火，二马路、南京路、九江路、八纬路等街道出现了约有上百处旧书摊。

太原市南宫收藏品周日旧书市场，每周六、日摊位多达三十至五十个。文庙收藏品市场、半坡东街常年有三四个旧书摊。柏林区委门前至千峰南路一带、府东街杏花岭、柳巷北口等地，每日傍晚，常有七八个旧书摊。

石家庄旧书市场形成于一九九四年，现在已经形成了几十个摊位。近两年开始出现较大数量的旧书刊，尤其是出现大量的早年解放区的平装书刊，这可能与石家庄是老解放区有关系。一些早版毛泽东著作及革命文献经常可在这儿碰到。近两年这个市场出现过两次引起轰动的旧书刊交易。一次是一九九七年夏天，辛集市一位姓杨的农民带来大约四百本旧书刊，其中不少解放区的期刊，如《少年周刊》《青年之友》《冀南教育》的创刊号等，价格都不超过十元。另一次是一九九六年夏天，在两个摊位上同时出现了近百册民国书刊，其中不乏珍本。如陈白尘的《升官图》初版本、沈从文的《昆明冬景》初版本，有鲁迅《野草》《三闲集》的毛边本，徐志摩的《云游》早期版本，价格都在二十至五十元之间。谈到石家庄，顺便说一下，这里出版一种《旧书交流信息》报，为古旧书业工作委员会所主办，可作寻旧书的参考之用。

鲁西北的文化古城聊城，当年以海源阁藏书楼闻名天下，今日书香依存，旧书市场不少。在闸北南路龙山商场二区南侧一条街，农历逢四、九大集，旧书摊多达三十多家。聊城师范学院东门附近，常年有二三个旧书摊经营。夏季汽车站北的夜市也常有书摊出现，位于平度市文泉路的一处旧书市场，每逢农历四、九有十几个旧书摊位。此外，市内还有八家常年开张的旧书店，据说，这里是胶东地区有名的旧书市场。青岛海云庵大集、李村大集、南山市场等地均有较大的旧书摊。昌乐路文化市场内则收购、出售档次较高的旧书刊。

上海旧书肆在阿英、西谛、黄裳的书话中屡屡出现,尤其是阿英的《城隍庙的书市》一文,是藏书爱书的朋友们所熟悉的。今天,上海还是淘书的好去处。值得一逛的地方是上海书店,古旧书都陈列在楼上,外地读者往往不知道还有这样一个地方。上海图书城拾遗斋也是一个去处。去年,《新民晚报》介绍了长乐路开的一家旧书店。门口挂着新文化服务社的牌子。店内三十多平方米极为有限的空间里除了过道外,到处堆满了旧书刊,密密麻麻,层层叠叠,里三层外三层,一直顶到天花板。各种旧书分类列架,任你翻阅选择,与三四十年代上海的旧书店相似。

上海寻觅旧书,主要还是文庙旧书市场,是目前上海规模最大的旧书交易集散地,地处南市老西门。大约有两三百个摊位。每逢周日,淘书人云聚于此,各有所获。旧书中主要是解放初期和"文革"书刊,但也经常有版本较早的古籍及民国时期书刊出现。文庙书市管理有方,秩序井然,花五角钱门票便可在书市尽心畅游一番,偶尔会有想不到的收获。近日,北京藏书状元秦杰在此得书计有:一九三七年复旦大学出版的《文摘》,此刊有《毛泽东传》,附有《毛泽东夫人何其(贺子珍)女士》一文,据说,复旦大学征集此书几十年未果;十四册《创造周刊》;《文艺春秋副刊》创刊号等。珍品如此之多,难怪文庙书市被秦先生称为"最让读书人魂牵梦绕"的地方。

南京古旧书店由前几年原古籍旧书发行站扩充为"耕砚斋",架上有些旧书。南京鼓楼广场东北角,每逢周末夜晚,灯光照耀着一大片人群和一个个地摊,此地就是有名的南京旧书"跳蚤"市场。还有一个淘书的去处,就是朝天宫。这块昔日"祭天之地",如今每月初有个旧书集市,是寻觅珍版书的好去处。有人撰文说,简陋的旧书市场,宛若褪尽铅华的女子,简约而内蕴。一部沉淀的历史,一部微缩的历史景观,在这里被倒腾得鲜润、活络,任由淘书者慧眼识珠,披沙拣金。江南一带,千百年来,贾书藏书血脉不断,吴晗著《江浙藏书家史略》收有藏书家八百八十九人。明清时,流传民谚"三百六十行生意,不如鬻书与毛晋"。毛晋为著名藏书家、刻书家,由于他的运作,江南书业大兴。今日江南旧书行还有不少。苏州古旧书店在闹市区的中华路上,古旧书在三楼,长期以来只是半开放,只要有点熟悉的都可以上楼看书,旧书不是太多,价格却很便宜。扬州古旧书店书库过去在达士巷,最近搬到了新楼,生意做得蛮大。这个书店近十来年每年举行古旧书市,拿出一批古旧书供应读者。

长沙是文化古城,清末民初叶德辉、王先谦居于此翻刻古籍,虽然意在尊孔复古,开历史倒车,对传播中国文化是功不可没的。再往前一点,湖湘文化在清末民初得以勃兴。其时长沙如同京华、苏杭一样,古籍版本也成市场。早年毛泽东在此求学,曾于玉泉街的旧书店里花一块钱买到一部宝庆版的《韩昌黎集》。这样的机遇，现在恐怕不会有了。今天，只是在蔡锷路往北有一家长沙古旧书店，店中有四五架旧书，间忽出现点有点意思的旧版书，看你运气怎么样了。说到湖南，还要提一下益阳，这是一个绵延两千余年的文化古城。资水流经市区，将城分为桥南、桥北两大块。近年，在桥北地区出现了一批旧书店，比较成规模的四五家。时常出现一些可收藏的旧版书，这是从附近流入该市的。

武汉素有"九省通衢"之称。它既是重要的商业都市和综合性工业基地，又是历史悠久的文化名城。正如北京有琉璃厂，上海有四马路一样，历史上，武汉也有过横头街、察院坡等文化街。近年来，武汉市的旧书摊从前几年散见于江汉三镇的"打游击"状况，到目前初步形成的这样几个市场。一是集中在汉口泰宁街"旧货一条街"上，尤其是逢周末，四面八方的求书人涌到这儿来选购旧书，熙熙攘攘，非常热闹。一九九九年一月中旬，位于汉口崇仁路的收藏品市场开业迎宾。这是幢气派豪华的大楼，一层三千四百平方米，为收藏品市场，经营各种收藏品，包括旧书字画等。

重庆在当年是陪都，全面抗战八年，大批文化人涌入，文化事业盛兴，文化的积淀是不薄的。近年，收藏大军有十万之众，其中不乏古旧书刊收藏者。古旧书刊市场也呈规模，比较大的有三处，一处是大田湾旧物市场，在重庆市体育场旁；一处是回水沟、潘家沟旧物市场，分布在和平路两侧的近二百米缓坡和石梯坎的狭长地带；还有一处是在新华路二二五号重庆市群众艺术馆内的邮品古玩市场，这个市场成立于一九九二年十一月，比较"正规"，环境不错，有些摊位的旧书有一定的品位。另外，在枇杷山、校场口都有收藏市场，其中有一些旧书摊位。

成都九眼桥有个旧货市场，其中旧书摊最为火爆。一位小有名气的作家在《成都晚报》上发表了一篇题为《你好，九眼桥》的散文，说他现有藏书三千多册，百分之六十来自九眼桥旧书市场。有人作过统计，九眼桥旧书市场一年的书报成交量相当于三个中型书店，每年有近十万人从这里买过旧书。

除了大中城市以外，到小镇乡间去看看，或许还能寻觅到一些宝贝。有些偏僻小城镇，一则少受外界干扰，保存了一些当时的东西；二则在历史上有过一段文化兴旺，还留有一些余脉。前者如山西，四面环山，自成一体，山西人又有藏宝的习惯，所以，旧东西包括古旧书，还是经常可以弄到的。据笔者所知，北京几家旧书店的收购人员是经常跑山西的，潘家园的东西就有不少来自山西。还有一个地方如西南的川、滇一带，这些地方在抗战时期是大后方，大批文人涌入，带动了当地的文化发展，作为文化载体的书刊也发展了起来，留下的这一时期的书刊一定不会少。另外如江南，历史文化血脉一直很深。像南浔、周庄、同里这些江南文化名镇，文人墨客不断，哪能少得了书贾书肆。再比如江西金溪浒镇书街，兴于明朝中叶，过去人称"临川才子金溪书",即此金溪也。鼎盛时刻书人上千,民国时期,仍有刻书匠几百人。这种地方,传统所致,去淘点古旧书不会空手而归的吧。

(选自《中华读书报》,一九九九年九月八日)

卖书记

姜德明

买书是件雅事，古人向来爱写藏书题跋，常常是在得书之后随手而记，讲起来多少有点得意。卖书似乎欠雅，确实不怎么好听。先不说古人，黄裳兄跟我说过，他卖过几次书，传到一个"大人物"康生的耳朵里，那人就诬他为"书贩子"，果然在"文革"开始后，有人便盯上了他的藏书，来了个彻底、干净地席卷而去，还要以此来定罪名。贤如邓拓同志，因为需用巨款为国家保存珍品而割爱过个人的藏画，亦被诬为"倒卖字画"。

我也卖过书，一共卖了三次。

头一次可以说是半卖半送，完全出于自觉自愿，并无痛苦可言。那是天津解放后不久，我要到北京投奔革命了。风气所关，当时我的思想很幼稚，衣着如西装、大衣之类与我已无缘，我就要穿上解放区的粗布衣，布底鞋了。旧物扔给了家人。最累赘的是多年积存的那些旧书刊,五花八门,什么都有。为了表示同旧我告别,我把敌伪时期的出版物一股脑儿都看成汉奸文化当废纸卖掉了。这里面有北京出版的《中国文学》,上海出版的《新影坛》《上海影谭》,还搭上抗战胜利后上海出版的《青青电影》《电影杂志》《联合画报》(曹聚仁、舒宗侨编),等等。有的觉得当废纸卖可惜,如北京新民印书馆印的一套"华北新进作家集"等,其中有袁犀(即李克异)的《贝壳》《面纱》《时间》《森林的寂寞》,山丁的《丰年》,梅娘的《鱼》《蟹》,关永吉的《风网船》《牛》,雷妍的《白马的骑者》《良田》等。再加上徐訏的《风萧萧》和曾孟朴的《鲁男子》(这是我少年时代最喜欢读的一部小说),等等,凑成两捆送给我的一位堂兄,让他卖给专收旧书的,好多得几个钱。这也是尽一点兄弟间的情谊,因为那时他孩子多,生活不富裕。我匆匆地走了,到底也不知道是否对他略有小补,也许根本卖不了几个钱。

  留下的很多是三十年代的文艺书刊和翻译作品,还有木刻集,包括《苏联版画集》《中国版画集》《英国版画集》《北方木刻》《法国版画集》《抗战八年木刻选》,等等。临行时,几位同学和邻居小友来送别,我又从书堆中捡出一些书,任朋友们随便挑选自己喜爱的拿走,作个纪念。我感到一别之后,不知我将分配到天南海北,更不知何时才能再聚。可是风气已变,记得几位小友只挑去几本苏联小说,如《虹》《日日夜夜》

《面包》之类,别的都未动。

这就是我第一次卖书、送书的情况。

到了北京学习紧张,享受供给制待遇,也无钱买书。后来,我已做好了去大西北的准备,可分配名单却把我留在北京。几年之后,社会风气有变,人们又讲究穿料子服了,我也随风就俗,把丢在天津家中的西装、大衣捡了回来。参加"五一"游行的时候,上面号召大家要穿得花哨些,我穿上西装,打了领带,手里还举了一束鲜花,惹得同伴们着实赞美了一番。当然,也有个别开玩笑的,说我这身打扮像是工商联的。

我把存在家中的藏书全部运到了北京。

生活安定了,办公的地方距离东安市场近,我又开始逛旧书摊,甚至后悔当初在天津卖掉那批书。

第二次卖书是在一九五八年大炼钢铁的时候。

那时既讲炼钢,又讲炼人。人们的神经非常紧张,很多地方都嚷嚷着要插红旗,拔白旗,而批判的对象恰恰是我平时所敬重的一些作家和学者。整风会上,也有人很严肃地指出我年纪轻,思想旧,受了三十年代文艺的影响。我一边听批评,一边心里想:"可也是,人家不看三十年代文艺书的人,不是思想单纯得多,日子过得挺快活吗?我何苦呢!"有了这点怨气和委屈,又赶上调整宿舍搬家(那时我同李希凡、蓝翎、苗地诸兄都要离开城外的北蜂窝宿舍,搬到城内来)。妻子一边帮我收拾书,一边嫌我的书累人。我灵机一动,也因早有此心,马上给旧书店挂了个电话,让他们来一趟。

第二天下班回到家里,老保姆罗大娘高兴地抢着说:"书店来人了,您的书原来值这么多钱呀。瞧,留下一百元呢!"望着原来堆着书的空空的水泥地,我苦笑了一下,心里说:"老太太,您可知道我买来时花了多少钱吗?"他拉走的哪里是书?那是我的梦,我的故事,我的感情,我的汗水和泪水……罗大娘还告诉我,那旧书整整装了一平板三轮车。不过,当时搬家正需要用钱,妻子和孩子们还真的高兴了一场。我心里也在嘀咕:就这样可以把我的旧情调、旧思想一股脑儿卖掉了?我这行动是不是在拔自己的白旗!

这一次,我失去了解放前节衣缩食所收藏的大批新文学版本书。其中有良友出版公司和晨光出版公司出版的"文学丛书",包括有《四世同堂》在内的老舍先生的全集(记得当时只留下其中的两本,一是老舍先生谈创作经验的《老牛破车》,一是钱锺书先生的小说《围城》。现在这两本书还留在我的身边)。失去的还有几十本《良友画报》,整套的林语堂编的《论语》和《宇宙风》。还有陈学昭的《寸草心》,林庚的《北平情歌》等一批毛边书,都是我几十年后再也没有碰上过的绝版书。

那时我并不相信今后的文学只是唱民歌了,但是我确也想到读那么多旧书没有什么好处。我顶不住四面袭来的压力,为什么我就不能像别人一样地轻松自如？有那么多旧知识，不是白白让人当话柄或作为批判的口实吗？趁早下决心甩掉身上的沉重包袱吧。

第三次卖书是在"文革"前夕的一九六五年。那时的风声可紧了！《林家铺子》《北国江南》《李慧娘》都成了大毒草，连"左联"五烈士的作品也不能随便提了。我的藏书中有不少已变成了毒草和违碍品，连妻子也为我担心。那时人人自危，我也不知道怎么就爱上了文艺这一行，真是阶级斗争不以人的意志为转移，我这是自投罗网，专爱"毒草"！深夜守着枯灯，面对书橱发呆，为了妻子和孩子的幸福，也为了自己的平安，我又生了卖书的念头。这一次又让旧书店拉走了一平板三轮车书，连《列宁全集》《斯大林全集》也一起拉走了。我想有两套选集足够了。第三次卖掉的书很多是前两次舍不得卖的，几乎每本书都能勾起我的一段回忆，那上面保存了我少年时代的幻想。我不忍心书店的人同我讲价钱，请妻做主，躲在五楼小屋的窗口，望着被拉走的书，心如刀割，几乎是洒泪相别。妻子推开了门，把钱放在桌上怆然相告："比想象的要好一点，给的钱还算公道。可是，这都是你最心爱的书呢……"我什么也没说。我第一次感到自己是一个不幸的人，懦弱的人。我在一股强风面前再一次屈服了。

不久，"文革"来了，我们全家都为第三次卖书而感到庆幸，因为拖到这时候连卖书也无门了。

风声愈来愈紧,到处在抄家烧书,而我仍然有不少存书。这真是劣根难除啊,足以证明我这个人改造不彻底。若在第三次卖书时来个一扫而光该多干脆,不就彻底舒服了吗!书啊书,几十年来,你有形无形地给我添了多少麻烦,带来多少痛苦,怎么就不能跟你一刀两断?我应该爱你呢,还是恨你!

大概人到了绝望的程度,也就什么都不怕了。这一次,我也不知道何以变得如此冷静和勇敢。我准备迎受书所带给我的任何灾难,是烧是抄,悉听尊便,一动也未动。相反地,静夜无人时,我还抽出几本心爱的旧书来随便翻翻,心凉如水,似乎忘记了外面正是一个火光冲天的疯狂世界。

然而,居然什么事都没有发生,我的残书保留下来了。二十年来,我再也没有卖过一本书。

今后,我还会卖书吗?不知道。

一九八六年七月

烧书记

姜德明

"七七事变"那年,我还是个孩子。我蹲在父亲身旁跟他一起烧过书。父亲识字不多,但爱集邮,也有一些附有图片的书和画报,上面难免有蒋介石的像和抗日的内容,日本人见了是犯禁的。有些邮票也烧了,因为上面有青天白日满地红的旗子。

到了一九六六年夏天,书的厄运又来了。大街小巷都在烧书,整个北京城布满了火堆。

我们宿舍大院烧书的那天,我却显得异常镇静。那是一个星期日的上午,往日也许很多人已带着孩子去逛公园,或在窗明几净的房间里看书、写作,至少在准备几样可口的小菜吧。可是今天大院里死样的沉寂,好像有什么不祥之兆。两天前,宿舍里几名"积极分子"便贴出破四旧的倡议,说我们大院里没有动静是不忠,号召星期日采取"革命行动"。果然就在这个美好而平静的上午,在"积极分子"的指挥下,霎时间在大院中间就形成两座书堆,冒起了浓烟和火光。

女儿噔噔地跑上楼来报信:"爸爸,快点,人家都烧书了,不然的话要到各家来搜查!"我凑到窗前往下看,火苗老高,烟味也冲上五楼。烧书的人少年子弟多,那几位"积极分子"一边烧着书,一边还冲楼上喊:"谁家有封、资、修,谁家明白,免得挨家去搜!"被吆喝的当然有我在内。

望着女儿和我的书柜,我茫无头绪。两天前我就下了决心:一本书也不烧。不是我顽固抗拒,是我无从下手。一本本书都是我多年来在各地搜寻来的,是我的心血结晶,要烧,就来个彻底干净地全部烧掉。但我自己绝不动手,谁若采取"革命行动"就任意来吧。我跟女儿商量:"还是再等等看,要烧得全烧。你都看见他们烧的是些什么书?"女儿说:"有《红楼梦》《水浒》,还有《战争与和平》《静静的顿河》。对了,还有老舍、巴金的小说。"父女相对默然。我看出女儿对我的态度有点不以为然了。突然响起了敲门声,我们一惊,莫非真的要来采取"革命行动"了?我抢上前去开门,原来是隔壁的邻居老赵。他探身进来问我:"怎么办?真得往楼下去烧书吗?"我说不想去,拖拖再看吧。他很高兴地说:"行,你不去,我也不去。反正你比我的书多,而且我还没有老书。你那么多老书都不烧,我还怕什么。"说着退身而去。

也有人让孩子送下几本不三不四的书去充数,不懂事的幼童们则围着火堆拍手乱叫,看热闹。火光微小了,孩子们的兴致也没了,大概带头烧书的几位"积极分子"的肚子也饿了吧,就此收了兵。

第二天早晨上班的时候,宿舍传达室门前贴了一张捷报,鼓吹了一番昨天的"革命行动",又警告那些死保"四旧"的人应该如何如何,否则绝无好下场。

我们全家担心的第二次"革命行动"终于没有来,也许因为形势发展过于迅速,那几位"积极分子"正忙着成立造反组织,急于去干夺权的"最最革命"的行动了。

我的藏书似乎可以保存下来了。我暗自庆幸,可又不知所终,因为昨天的革命文学和进步文艺,今天都已变成了反动文艺黑线的产物,保存这些"黑货"不是恰好证明自己的立场反动?这时不断有某某被抄家的消息传来,谁家只因为藏了一册民国时期的什么书就被打得头破血流,在胡同里罚跪示众。那时任何人都可以进门来抄家,我的书怎么能保得住?卖吧,早已无人收购。邻居姚君把一些绝版好书偷偷地转移到故乡的农村去,这倒是个好办法,可我又没有这条件。送给如我一样的爱书者吧,那是给人家送去灾难。我真后悔多年来干的蠢事,耗去我多少精力和金钱,从妻子和孩子的嘴里又夺去多少美食,从她们身上夺去多少像样的衣裳,最后竟给全家人带来痛苦和不安,实在对不起妻子和孩子。

还是女儿最体贴父亲,她在我的书柜上贴满了批判毒草的语录，说明这些书已自动封存，是供大批判用的。我虽然怀疑它的效果，但是多少起了一点安慰的作用。

风声还是很紧。听说有人只是对样板戏说了一句不怎么恭敬的话就被打成现行反革命。又有批判三十年代文艺黑线的人，查阅旧杂志，顺便翻到了蓝苹的材料，结果被当成"炮打无产阶级司令部"的现行案，关进了监狱。活该碰上了"防扩散"！一天妻子小声地提醒我："你给我看江青演戏的照片，那些书可是要命的东西。"经她这么一提，我倒真的有点后怕起来。我何以胆大包天至此，竟把这种"祸害"安然放在书柜里，这不是自寻灾难吗！就在当天，我找出三十年代江青在上海争演《赛金花》的那本特刊，那是我当年在东安市场的旧书摊前花两角钱淘来的，连那天我在露天书摊雨篷下冒着小雨买书的情景还记得。特刊是用绿色油墨印的，主要是王莹的照片，也有赵丹演李鸿章的剧照，而蓝苹演的只是一名普通的妓女。我不敢再细看了，暂时压在床垫下。接着又找出上海苏商时代出版社出版的《奥斯特洛夫斯基研究》文集，那上面有江青同赵丹、郑君里、吕班合演《大雷雨》的剧照，这是"女皇"最忌讳的。我又找出抗战胜利后魏金枝、丁景唐在上海编的杂志《文坛》，有一期上也有江青的便装照。这些东西只有化为一股青烟之后才能免除我的不幸。事到如今，我还有什么可以犹疑的？不仅如此，当时我突然开朗、大方起来，虽然有几种并不属于"防扩散"的书，我也一并烧毁了。这当中有胡风的杂文集《棘源草》，赵荫棠的一本小说《影》。前者是"反革命集团"头目的书，后者是敌伪时期出版的，写了北平的妓院。还有一本古色古香的线装影印的诗集《初期白话诗稿》，因为里面有胡适、陈独秀、周作人的墨迹，免得费口舌，烧了吧！

什么时候烧？只能等到夜深人静时。这时候才想到当初不听"积极分子"的号召太不识相，否则不是可以在光天化日之下堂堂正正地烧掉吗，还落个响应号召。按说在阳台上烧最方便，但不妥，容易让人发现，怀疑我是烧什么罪证，硬说是烧地契、变天账可就麻烦了。最后选定在厨房洗菜池下面的地沟里烧，还不能用大火，以少冒烟为限。最后再泼水把灰烬冲掉。

这天夜里，我像个作案的罪犯，早就偷偷摸摸地准备好一切。我站在阳台上四面窥伺着，希望宿舍大院里的每个窗口早点熄灭灯光，好让我人不知鬼不觉地行事。颤抖的手终于燃起了火柴，首先即烧易燃的宣纸本《初期白话诗稿》。想到其中还有鲁迅的诗，我想留下来，又一想那是周作人代笔的手迹，算了罢。最后只留下了李大钊那张《山中即景》的墨迹："是自然的美，是美的自然……"烧吧，烧掉我对书的迷恋，烧掉我心头的种种疑惑。烧掉这给我们全家带来过不安的不祥之物吧！

我仿佛听到轻微的呲呲声，是书在哭泣，一下子让我想起孩提时代同父亲烧书的情景。那时候头上有隆隆的炮声,街上有刺耳的铁蹄声,敌人已经冲到我们的大街上了。现在呢,我为什么要烧书?还像个贼似的?

火光熏蒸着我的脸,我感到汗水的湿润,也许还有泪水。是烟呛的,还是我太懦弱了。

一九八六年三月

沪上访书记

姜德明

到上海正赶上办书市,可去的地方很多。如河南路的大学书店开张,书刊一律九折,也吸引我挤来凑了一场热闹。这里没有什么通俗读物,读者的层次比较高,购书者绝大多数是青年,看了令人欣羡。外地参加书市的客人乘大轿车来,有警察维持秩序,小街上充溢着节日的气氛。

那几日我到邮局去寄书,年轻的邮局工作人员抱怨自己弄不到书市的入场券,怏怏不乐。我恰好还存有两张赠券,随手送给了他。

福州路的古籍书店正举办一个书展,不仅有古今名人字画,还有宋、元、明、清的善本书,以及近代和"五四"时期的绝版书。那天黄裳兄陪我去的,他注目于明清善本,我则留意观察那些"五四"以来的毛边本初版书,其中有鲁迅、柔石、丁玲、蒋光慈、钱杏邨、夏衍的,也有叶灵凤、高长虹、张资平的，平时都不易见到。书无标价，只供陈列，若一举可得，当可成为珍本收藏家。"五四"以后的稀见版本竟有如此之多，更不知十年噩梦中又焚毁了多少。

我在古籍书店的三楼上买到马叙伦先生的《读书小记》《读书续记》，共三册。这是商务印书馆出版的线装铅印书。《小记》印于一九三一年九月，《续记》上下印于一九三一年十二月。定价十元，价钱公道。黄兄告诉我，这书的《续记》还有卷六、卷七一册，印数极少，颇不易得。他的那一册还是抗战胜利后直接写信托商务印书馆的元老张菊生先生，张菊老特地写信到福建的商务分馆才觅得唯一的一本。作为当时《文汇报》的副刊编辑，黄裳兄便是从马先生的这一组读书笔记中得到启发，专门邀马先生为副刊开辟了一个文史专栏，这就是解放前在上海出版的笔记《石屋余渖》和《石屋续渖》二书。我想，四十年前黄裳兄费了如此周折才弄到手的《续记》卷六、卷七，恐怕我一时难以找到了，不禁对黄兄产生一种又羡又妒的心理。正是这种心理，促发我一定要寻觅此书。明知渺茫，也要侥幸一试。这也是一切有收藏癖的人的通病。回到北京后仅一个月，我居然在琉璃厂的中国书店轻易地买到了它，实在幸运。这本书卷六、卷七是一九三九年二月出版的，距前几卷的出版已隔七八年。我为得此书比黄兄容易而高兴，更为黄兄不能专美于前而得意。是否一种狭隘的自私心理在作怪说不清了。夜间，在旅舍中翻阅这几本书，虽知马先生是一位语言学家，可是他这部读书笔记却有不少哲学、文学，以至民俗掌故的记载，读起来很有兴趣。在《读书续记》上册中，有一则是批评商务印书馆的。文中说民国三年（一九一四）教育部命蒋宰堂审查商务印书馆所编的许著《国文评注》。蒋因事不能，托马代校。"余立援笔抉其讹谬者百数十事（似止第一第二两册）。后此馆又寄《词源》样本于余。样本仅数页，余亦指其谬者若干条，为补常见者数百条。张菊生见之索寄馆中，谓当属依改。今年夏有《日用百科全书》者，余得之即随手翻阅，其第六编哲学类《中国哲学史》第六节的近世期之概观有云……此一段文字仅百余字耳，而其谬已可屈指数。……此种疑误后生之书，乃出之国中最有名之大书店，不知教育部负责审查之责者，亦目极否耳！"商务名声老大，编书竟亦如此粗疏，实出意外，而商务印书馆肯于将这条笔记一字不易地收入本书，不怕出丑，亦算大度。这事不失为出版史上的一段掌故。

马先生的《读书续记》还有卷八至卷十五，是稿本，共八册，未及刊行。听说这八大厚本原稿仍收藏于北京图书馆善本书室，未知何时才能公之于世。为什么这么多年竟无人动议印它出来？

上海书店原名上海旧书店，就在福州路古籍书店的对门。如果不见外的话，我可以说是它的老主顾了。我在这里留下很多美好的记忆。换句话说,我在这里得到过不少买旧书的乐趣。

这一回我在店内没有碰上"鬼",却有幸遇到了"书之神",访书之际冥冥中似有一位"书之神"在暗暗地助我一臂之力,说来可真有点神了。

二十几年前,我在北京东安市场买到上海孤岛时期出版的"译文丛刊"之二《祖国的土地》一书,一九四一年五月出版。我的老领导林淡秋同志参加了丛刊的编译工作,楼适夷、陈冰夷、蒋天佐、辛未艾、蒋锡金、金人等也都是译作者。二十几年来我访求其他各辑,知道一共出版了四辑,甚至还开列书单请京沪两地旧书店代配,一无结果。这次在上海书店也没想到会碰上这书,事先连想也不曾想过。然而,第一天到了旧书店便在书架上翻到了丛刊之一的《良心丢了》,一九四一年四月出版,虽然书品欠佳,我还是高兴地拿在手中。这样不是全书已得其半了吗?就在这一辑里便有淡秋同志译的苏联小说《贵族的子孙》一篇。过了几天我又来到书店,在台子上摆的旧书堆中竟然发现了丛刊之四《孩子们的哭声》,一九四一年七月出版,书品较好,显然这不是从前一位读者手中流散出来的。我欣慰无比,洋洋自得,以为四本之中已得其三,距离全璧的目标所差无几了。藏书也像集邮,我也有求全的癖好,其实凑全了又当如何。过了几天,我下午即将北返,趁上午办事的间隙又走了一趟旧书店。没想到竟在乱书堆中又拣出了一本崭新的丛刊之三《神圣家庭》来！一九四一年六月出版。这本书经历了四十五年，好像不曾被人翻动过，封面上蓝色的古典花纹，优美的钢笔画插图，以及那浑厚有力的美术字（一看便知道是出自钱君匋先生的手笔），处处吸引着爱书的我，捧在手中犹如完成了一段长跑，又如一个在野外从事挖掘工作的考古者，突然发现了上千年的国宝，当时的心情实在难以名状，真想失态地大声欢呼。我想告诉周围的陌生人，不知他们是否相信世间会有这么巧合的事。难道这几本旧书是专门等待我这个北方来客？为什么不被别位爱书者发现？为什么只出现我缺少的这三本？再多一本也没有？为什么这三本书分三个时间三次被我购得？一切都是那位"书之神"安排的吧。她让那分散了几十年的四本书，像一家人似的团聚在一起了！

我在上海书店还找到一本久想一见的书。那是窄条本、灰色封面的一本小书，田间的《未明集》，一九三五年十二月上海"每月文库"社出版，印数一千册。书前有王淑明的序。意外的这还是一册作家的签名本，扉页上写着："溶华我兄存念
田间 一九三五年十二月"。田间同志去年病逝，他的字我熟悉。他青年时代的字写得工整，不像晚年那样龙飞凤舞，难以辨识。这位受书者"溶华"，是李溶华，当时也是一位写诗的青年。

没想到，第二天去书店，又翻到一册绿色封面的书，恰是李溶华著的小说集《正反合》。这是一部中篇小说集，

一九三六年八月万人出版社出版，为"绿色丛书"之一。这套丛书中还有吴奚如、周楞伽等人的作品四种。诗人李溶华还有小说集行世，以前不知道。这本《正反合》究竟写的是什么，客舍中无暇看，只好留待北返后再说。作家李溶华的身世不明，新文学史上不知有多少过来人都已被人遗忘了。

在旧书堆中发现各种话剧剧本不少，有不少书上都有鲁思的签名，证明他的藏书比较集中地流散出来。他是前几年故去的，柯灵同志为他写了一篇非常有感情的悼文，画出逝者不求闻达、默默劳作的高尚品质。上架的旧书中有他写的剧本《十字街头》《狂欢之夜》等，我挑选了几册未藏的，包括有李健吾先生签名赠他的剧作集《十三年》。这是巴金编的文化生活出版社的"文学小丛刊"之一。

买到一册书品极好的田汉改编的托翁名著《复活》。这是上海杂志公司一九三六年十二月出版的第二版，印数一千五百册。本书初版于同年九月，印数也是一千五百册。不出三个月，前后印行了三千册，这在当时已是令人眼红的印数了。

买得田汉改编的《复活》以后，又从旧书堆里翻出一本夏衍改编的《复活》。我早已收藏有夏衍在开明书店出版的《复活》，这个版本是一九四六年一月上海据重庆美学出版社土纸版重印的第三版。我很喜欢这一版本的封面木刻，后来知道是丁聪作的。夏衍在改编托翁的《复活》时，显然已经读了田汉的改编本。他在"改编后记"中说,他没有把"寿昌兄那样多彩地描绘了的土地问题放在这改编本的主位"。这也是见仁见智,属于改编家的眼光有别,其间经验和改编的得失,改日似可写一书话。

几天来每次到书店,总能碰到上海的一些朋友。前天见到黄裳、丁景唐,昨天听说吴德铎、魏绍昌也来过了,还问起我,可惜我昨天未到。我见上海孤岛时期赵景深编《戏曲》杂志一套,小开本,价奇廉,因已有藏便向黄裳推荐,他即购下。他从书架取下有杜国庠签名的书一册给我,听人劝吃饱饭,我乐而收之。今天又见到倪墨炎、陈子善、胡从经三君。胡君即将赴日访问仍赶来买书。他连解放后版的《韬奋文集》也抱在怀里,又兴高采烈地找到一本魏如晦的剧本《碧血花》,上面还有作者的签名。他问我受书者周起是什么人。作者签名是我所熟悉的阿英的亲笔,周起当年是话剧演员,上海沦陷后演过不少电影,后来是销声匿迹了。

陈君告诉我,他连日来也得到作家签名本两册,一是谢六逸的,一是钱歌川的。又说,他之搜集作家签名本,还是受到我的影响。真是罪过!

北归前到大陆新村去看了赵家璧先生。一走近这地方,三十年代文艺斗争的风云变幻立刻笼罩了我的心头,当年鲁迅先生正住在这里。

"文革"以前,我去过赵先生家,在溧阳路。现在搬到大陆新村来,是"落实政策"时他自选的地方,这里面自然也包含着对鲁迅先生的一点旧情。

赵先生正在家中准备写回忆茅盾的文章,书桌上摆满了有关的书刊资料。我随手翻开一本土纸书,是重庆良友图书公司出版、茅盾著散文集《时间的记录》。这不免令我感到新鲜,因为我只见过一九四六年十一月上海大地书屋的印本,我收藏的正是此本。赵先生遂即翻开土纸书让我看,扉页上有茅公用毛笔书写的送给叶圣陶先生的签名。这是书店新近为他找来的珍本。原来此书在重庆刚刚排印好,日本帝国主义即投降,市面上仅售出六百余册,存书及纸版全毁。因此重庆土纸本的《时间的记录》坊间极少见。这土纸本内还收有茅公写的悼念胡愈之的文章两篇,因战后误传胡先生在南洋逝世,有好几位朋友都写了悼文。郑振铎当时也写了。我所藏的上海"大地"的印本中,作者已抽去了这两篇,并增加了新作七篇。新文学也要讲究版本学,这又是一个例证。战后出版的这套"大地文学丛书",编委共五人,计:茅盾、叶圣陶、洪深、郑振铎、郭沫若。除了茅盾的《时间的记录》,似乎只出过洪深的一本《戏的念词与诗的朗诵》。五位编委,现在仅叶老一人健在了。

这次沪上所得一共寄回四个邮包,随身带的旅行包也装满了书。进了机舱举手往行李箱放包时,空中小姐过来帮忙,诧异地相问:"这么重!什么呀?"

我说:"书。"

"书!"她重复了一句,嫣然一笑。

这真是美好的一笑,坐下来让我舒服了好半天。

一九八六年岁尾

天南海北访好书

韩石山

读书不止三十年，但只有这三十年读书，可谓兴致勃勃，兴会淋漓。

较之写作，我更喜欢读书，写作多少有些功利的目的，而读书则要纯洁得多，精神的享受，加上身心的愉悦，真可谓人间第一乐事。

还有一层，人们往往忽略，就是，真要读到一本好书，是要下点寻访的工夫的。打个不雅的比喻，如果一个人随时有好书可看，总有些身处青楼的感觉，而能不时寻到好书阅读，就是一份姻缘了。好书是不能借的，止于欣赏，何如拥有？因此，我每到一地，总要去书店转转。有朋友说，现在的书店，都差不了多少，何必劳苦若此，我的回答是，各个书店进书或许差不了多少，排列肯定会有所不同，说不定在别处没有注意到的好书，在这儿会"两山排闼送青来"——入了你的青眼。

三十年的读书生涯，是伴着访书的足迹走过的。书而能访，也算是读书人的一个发明。想想也是的，一本纸质的小书，也就是一个得道的高人，非访不可！

记得改革开放之初，是一九八一年吧，看到《读书》上介绍黄仁宇的《万历十五年》多么好，一心想买到这本书，而我居住的这个小城，遍觅不得。过了两年，沈阳军区创作组的李占恒先生，邀请我和河南的齐岸青等三人去黑龙江一带游玩。每到一地，不管多么累，总要去书店看看。先是在呼玛书店看到一九七七年版的《宋史》，全套四十册，买不买呢？此前在太原，已买了新版的，而我的二十五史，几乎全是初版的，买新版是不得已而为之，想想，买吧，回去将新版退了就是了（书店经理是朋友）。到了黑河，天色不早，还是约上岸青先生去了当地书店。问书店经理，可否到书库里看看，答应了，进了书库细细寻找，在一个书架的底层，竟发现了十本《万历十五年》。我和岸青，一人买了五本。回到住地，当即送占恒一本，回到太原，自己留下一本，其余三本都送了朋友。后来我的一本，也让朋友借走没有归还。至今我还记得，那黄绿色的封面，廖沫沙写的书名。后来这本书不知出了多少版，阔气多了，但我见了总不再买。见过清纯处子的人，艳妇哪能勾起他的兴致！

新书要访，旧书更要访。改革开放，对读书人来说，一大功德就是旧书市场的开放。这在前些年是不可想象的。九十年代,我的兴趣转向现代文学人物传记的写作,先后写了《李健吾传》和《徐志摩传》。写这两部传记时,为了得到两人的原来著作,在石家庄的《旧书交流信息报》上登了广告,表示愿意高价购藏。那时的高价,现在想来真是开玩笑,一本《咀华集》不过二十元,一本《爱眉小札》不过三十元。因为喜爱徐志摩,连带的也喜欢上了胡适,总以手上没有胡适的原著为憾事。一次到上海,承一位朋友介绍,认识了一位旧书商,去了他在山阴路的家里。他告诉我,陈子善先生刚刚挑过,我当时一听就泄了气,子善挑过,如同悍匪劫过,哪里还会有漏网之鱼。然而,没有料到的是,竟找到一本胡适手批的《神会和尚遗集》,封面上有胡适手书的"胡适校本"四字。当时我的兴奋,如同曹孟德赤壁大败之后逃到华容道上一样,不能不大笑诸葛亮的千密一疏!

从买书读书上,能感到改革开放的步子是阔大的,但同时也能感到在某些方面,又是迟缓的,迂回的。比如大陆之外中国学人的著作,身在欧美的,很快就引进过来,而同类著作,台湾学人的,就不那么快捷了。此中原因,不言自明。比如何炳棣的《读史阅世六十年》,二〇〇四年在海外出版,二〇〇五年广西师范大学出版社就出了大陆版。而台湾的一大批著名学者的同类著作,则很少见印行的。当然,近年也有所松动。前不久我去厦门,谢泳先生领我去厦门大学附近的书店闲逛,就看到一套黄山书社出版的台湾学人的自传丛书。当时因为还要去别的地方,没有买,临走那天,谢泳要从厦大赶到市内送行。我电话上说,还是麻烦你再跑一趟,给我买下带来。其中就有萧公权的《问学谏往录》,杨亮功的《早期三十年的教学生活·五四》等,这些书大多是二十世纪七十年代出版,大陆印行迟了三十多年。

　　书是感情的载体,也是思想的载体。书的种类有多丰富,人的感情就会有多丰富,思想也就会有多丰富。这话未必全面,也不能说没有道理吧。改革开放,首先是人的解放,而人的解放,怎能缺了感情,少了思想?

杭州访书记

方交良

与上海相比,杭州城市不是很大,书店主要集中在老杭州大学附近的文二、文三路和天目山路。我爱去杭大门口的三联书店和文三路的枫林晚,还值得一提的是天目山路的博库书城。较上海书店而言,杭州的书店一如西湖显得温情脉脉。

三联书店 原来的老杭大(现浙大西溪校区)是老牌的文科大学,个人的看法,杭州的书店主要是围绕这所大学展开的。三联书店位于老杭大的正校门外,店面不大,但这块牌子可以让进书店的人心里"咯噔"一下。为什么?那是邹韬奋先生创办的。韬奋先生提出的"读书、生活、新知",影响了几代读书人。书店很雅,一楼是音像,走上二楼的楼道,挂着关于三联的老照片,古色古香。书店以文史类为主,符合我的口味,通常一站就是半天。后来看到布告,原来三联定期开学术沙龙,主讲者以天南海北的学人为主。那天看到的题目如下:

三联学术沙龙第十六讲，主讲人：李星，主题：说不尽的李叔同；第十七讲，主讲人：刘克敌，主题：晚年梁漱溟；第十八讲，主讲人：徐岱，主题：文人腔和学生气。基本上是一个月有一期。那个徐岱是舟山人，现任浙江大学人文学院副院长。

枫林晚　老杭大的后门是文三路，往东去，有个很醒目的牌子"文史书店"，书店共有二层，光线有点暗，书确实多，而且往年的陈压书都在，倒也方便淘。再往东去，就是枫林晚书店。枫林晚给人的感觉是干净利落，老板也是读书人，所取书颇有眼光，都是现代知识分子的方向。同三联一样，枫林晚也几乎一月一次有文化沙龙。那次去书店，刚好有华师大的许纪霖教授做主讲，题目是"理想的大学"。晚上七点，书店二楼的咖啡厅或站或坐挤满了年轻的学子与书友，咖啡厅不开灯，就点着蜡烛，我一上去，马上有服务员送上一杯免费的白开水。过了一会儿，书店老板介绍了许教授，许教授开讲了："今天主要是与大家一起探讨理想的大学，说真的，我自己都不知道理想的大学是什么……"接着，就有不同的人发表了观点。提问，回答，笑声，一切都是那么地自然，不认识的人围着一个共同的话题进行讨论。有一直静静地听的，有不时慷慨陈词的，也有的轻声细语、小心翼翼地陈述，智慧的头脑碰撞出思想的火花。所来的学者有的名气还很大，如汪丁丁、邓晓芒等。作为读书人，书店老板肯花精力与金钱邀请一流学者来交流，真是一件大好事情，羡慕在杭州的读书人，也证明了书店老板的号召力和品位。

杭州曾是南宋的都城，宋人好议论，那是出了名的。而今杭州书店可算是继承了宋人好议论的传统，想来也是十分有趣。——有些牵强附会，博人一笑罢了。

博库书城　大概是二〇〇五年冬，看到《钱江晚报》上登着博库书城开业的消息，说怎么样的了得。于是，一个人上路了。博库书城开在天目山路，笔直可以到老杭大的大门，所以也很好找。书城很大，钢筋水泥结构，冷冰冰的。一进去，人气是超级冷，看书的人不如卖书的营业员多。看报纸上曾经说过，老板是个文化人，在货架上摆什么书，有很严格的要求。他说，王蒙的《我的人生哲学》可以摆，至于他的《青狐》就算了。这话实在是太有个性了。我倒要看看所取书到底怎么样。怎么说呢，老板还是下过一点工夫，比如书店二楼的每个柜子一个主题，如诗歌版里，就放了冯至几年前出的《十四行诗》，还有些多少要费些力气找来的其他版本的，并不专卖新书。书店摆了桌椅，可以大大方方地看书，但总体太空阔，书也过于理想化。我是十分想买一本好不枉此行，居然挑不出一本，现在想来也觉得怪。希望下次去博库，再去体会一下老板的良苦用心。

上海访书记

方交良

《西游记》里唐僧有句话:"我是见佛必拜,见塔就扫。"套用这句话,我是见书店必进,见书必翻。每到一地,总要打听此地有什么书店,然后是背着沉甸甸的书回来。在上海曾经住了一年,淮海路上的服装店从来没想过去一趟,但上海的各大小书店却是逛了个够。上海买书主要有三处:福州路、文庙和复旦周围。

福州路 福州路是上海的一条文化街,位于人民广场。在寸土如金的上海,还有这样一块清净的地方,实在是读书人的福气。

福州路上最有名的是上海书城。称得上书城,书是不会少,一到八层,全是书。但书城是新华书店的翻版,门类全,没特色。与书城不远的有家古籍书店,最适合文史类的读者。这家书店三、四楼是一家一家的个体书贩在卖线装书和民国版的书，且不说明清的线装书，就如胡适的《初试集》、茅盾的《子夜》等等，都是民国的初版本，书的年龄我都应该叫爷爷了，叫人大开眼界。

文庙 去文庙是一个偶然的机会。去西安上大学上海是中转站，有一次问一个老上海，上海可有卖旧书的地方。老上海告诉我，有啊，文庙。那天兴冲冲地跑过去，但已是到了收摊的时候，心里甚是懊恼。所以放暑假的时候路过上海，特意早早去了文庙，结果却没发现卖书的。一问才知道文庙卖旧书只有星期天才有，再次失望。第三次又要经过上海的时候，先掐好时间星期六到上海，星期天去文庙。以后每年寒暑假都是如此，此诚应该可以感动文庙里的孔圣人吧。

文庙的书多为二十世纪六十、七十、八十年代出的，来源多为学校的图书馆、关闭的企业工厂藏书和私人藏书。文庙的旧书品相好，价格低廉。像八十年代社科院编选的《唐诗选》上下两册，十元钱；鲁迅翻译的《死魂灵》三元；董解元的《西厢记》才两元。真恨不得多买，无奈实在背不动。文庙买书，多为淘书之乐趣。大学读书时，老师总是无限景仰地说起学校的前辈傅庚生先生。说得多了，令我们这些小字辈都心生景仰。傅先生的好几本著作就在那些旧书中淘到。但至今还有点遗憾的是，当时看到《刘鸿生企业生产资料》上中下三册，三十元，不贵。因刘是舟山中学创始人，想买了赠送给母校，但那次实在行李太多，所以想反正也没多少人喜欢，下次来买。结果再去的时候,已经没了。

在这些旧书堆中,每次都能看到几个年轻漂亮而且时髦的女孩子,虽然与旧书的气氛格格不入,但看她们买的旧书也与我相似,于是引为同类,上海毕竟是上海。文庙门口也有很多书贩子摆摊,有一次看一个中年人,一个人坐在地上,一壶老酒几盘菜,菜旁边摆着用透明塑料袋包着的四大名著,一副自得其乐的样子。我掂量了一下,他那些旧书全卖掉的钱也买不了这几盘下酒菜。

复旦周围 上海高校多,交大、上外、同济周围都无像样书店,而复旦周围有近二十家。复旦是藏龙卧虎之地,周围的书店也气度不凡。有名的如"鹿鸣书店",取自诗经"呦呦鹿鸣",店名为清园王元化所题。王先生在学界享有盛名,字又是旧家功底,非同一般。因为爱好书法,每次进鹿鸣书店都要先看上几眼。鹿鸣书店以学术书出名,常常光顾的好些是复旦的教授,像葛剑雄、陈思和等名教授碰到也是正常的事情。我有一次就在鹿鸣碰到汪涌豪先生,上过汪先生的课,他见识广博,幽默风趣,典型的江南才子。鹿鸣书店那时正卖汪先生的《中国游侠史》,我当时就想买本书请汪先生签名留念,但总觉太冒失,所以不了了之。另有一家左岸书店,店面很小,"左岸"两字取自法国的一个文化沙龙。书店的老板是个年轻人,一进书店就看到醒目的告示:本店余秋雨的书不卖、南怀瑾的书不卖、何新的书不卖。颇有个性。为什么不卖呢?我没问。

南怀瑾的书我还是喜欢的,而且特别佩服他以书生力量募捐给家乡造金温铁路,真是大气魄。

一次『淘书』的微茫记忆

孙玉石

上世纪六十年代做研究生时，读《晦庵书话》，就向慕唐弢先生介绍的梁宗岱译法国诗人梵乐希的线装新诗集《水仙辞》了。新诗之于线装，已属新奇稀有之至。何况先生说："对过去商务、中华出版的书，我常表怀疑，而装潢亦未能使人惬意。此《水仙辞》却为例外。如果说我对中华书局的书有什么好感，唯《水仙辞》与《五言飞鸟集》两书而已。"后者，至今未曾有幸目睹，而一册线装的《水仙辞》，给我留下一次"淘书"最难忘的记忆。

大约是一九八一年。我往厦门开会归来，途经上海，造访友人胡从经。到他家里，第一件事，当然是饱览一下满屋熏香的藏书。但是，书柜靠近底下一层的门，刚刚打开不久，才看了几本现代文学的珍存，他就匆匆掩柜收兵，如孔乙己用五个手指头按着茴香豆曰"多乎哉，不多也"一样，不想让我再继续"一饱眼福"了。

后来,他说带我往福州路书店去"淘书"。我当然感谢他的美意。

进了书店,我先跟着他,一边闲聊,一边瞧书。他不紧不慢地倒找了几本,我却毫无收获。这时,我恍然发现,跟着一位藏书里手来"淘书",乃是一个"路线错误"。

于是,我有意无意离开他,到堆满线装书的架柜那边去转悠,信步寻觅,随手乱翻。没想到,在不意之中,竟忽然翻到一本混迹于古书堆里的《水仙辞》。这就是我心仪已久的那本线装的新诗集!唐弢先生在《晦庵书话》里曾三次话及,且因装潢令他非常"惬意"的新诗集!线装连史纸,仿宋字印,颇是精美。而且,此册别于唐弢先生介绍的一九三一年二月初版,是同一初版于一九三七年三月印行的第三版。当时被进步青年斥为"陈尸人的装束"的线装新诗集,居然能很快售掉,且印行至第三版,实在不易!那时,我心里着实为自己意外的猎获而颇高兴了一番。我至今珍藏着这一收获,一如我珍藏着一次难于忘怀的记忆。

《晦庵书话》中的"水仙"一文说:"中译《水仙辞》载少年作全篇及近年作第一、第二两段,由中华书局印行,一九三一年二月初版,前附作者肖像及译者所作评传一篇。"就书的装潢说,介绍文字似嫌简略。此书印制非常讲究。封面后,有一空白扉页。扉页二,书名与作译者之上,印有"新文艺丛书"字样。扉页三,则印有:"献呈刘燧元　他比我更适宜于翻译这诗的　宗岱　一九二八,夏间"。此扉页背面,用三号仿宋字印有四行诗:

朝饮木兰之坠露兮
夕餐秋菊之落英
采芰荷以为衣兮
集芙蓉以为裳

————录屈原《离骚》句

最特别的,是在此扉页与梵乐希肖像之间,还有一页微黄极薄而透明可见的油纸,上面印有全红色四百余字梁宗岱写的梵乐希简介,其中特别说到,他于"一八九二年间,曾以二十余首精妙婉洁的诗参与当时如火如荼的象征主义运动","经过了二十余载丰富的沉思生活,与数理底研究——他底五百余行的哲学诗《年轻的命运女神》(*La Jeune Parque*)出版,这久给读者遗忘了的诗人才重现于法国底诗坛,而且,一跃而为当中底首屈一指了。""他于一九二四年冬天被选,一九二六年夏天正式加入法兰西学院,批评家以为此举是学院底荣幸而不是诗人底荣幸。"透过这层透亮的淡黄薄纸,隐约可见的梵乐希"肖像",为诗人全身侧坐照片。肖像背面,另印有的一幅诗人黑白木刻头像。而头像后一单页刊有"一九二七年,初夏"写的"译者附识",则是《书话》中所未提及的。《书话》中关于《水仙辞》的内容介绍,基本来自于"附识"中的文字。之后译者撰写的《保罗·梵乐希评传》一篇长文,可视为二十世纪二十年代末现代诗论中论述梵乐希与法国象征主义诗歌运动最有分量的论文了。它几乎占了全书一半的篇幅。

"书话"《水仙》,引了《译后记》中梵乐希《水仙辞》"少年作"全篇的神话及现实灵感来源,以及三十年后"近作"第二、三段由凄婉唯美到理智沉思的走向,《译后记》中叙述译者在法国时与梵乐希的过从和给他写信的文字,则被省略了。这些文字是:

去年秋天一个清晨,作者偕我散步于绿林苑。木叶始脱,朝寒彻骨,萧萧金雨中,他为我启示第三段后半篇底意境。我那天晚上便给他写了一封信,现在译出如下:

"……水仙底水中丽影,在夜色昏暝时,给星空替代了,或者不如说,幻成了繁星闪烁的太空:实在惟妙惟肖地象征那冥想入神底刹那顷——'真寂的境界',像我用来移译'Présence Pensive'一样——在那里心灵是这般宁静,连我们自身底存在也不自觉了。在这恍惚非意识,近于空虚的境界,在这'圣灵的隐潜'里,我们消失而且和万化冥合了。我们在宇宙里,宇宙也在我们里:宇宙和我们底自我合成一体。这样,当水仙凝望他水中的秀颜,正形神两忘时,黑夜倏临,影像隐灭了，天上底明星却一一燃起来，投影波心，照澈那黯淡无光的清泉。炫耀或迷惑于这光明的宇宙之骤现，他想象这千万荧荧的群生只是他底自我底化身……"

梁宗岱在译诗里、评介里，寻找和阐释人与自然与宇宙契合的思想，已经成了他接受和理解梵乐希和法国象征主义灵魂的一种核心意识。这本半部是评论、半部是译诗的线装的《水仙辞》，以如此考究唯美的装潢与中国读者见面，也可见出诗人及出版者于当时过分直白或呼喊的新诗潮流中，竭力传播异域象征主义诗学艺术理想的一番用心了。后来我之偏爱梁宗岱的诗和诗学，概缘于此。而往日的这一次"淘书"的微茫记忆，更留给了我一点人生的自省：亦步亦趋踩着别人的脚印，是永远淘不到自己的梦想与美丽的！

莫五九的"第二个春天"

顾军

从热闹的四川北路拐入山阴路,顿觉宁静悠然。一个春日上午的绵绵雨中,在鲁迅故居的对面,记者找到了这家小书店:升丰书店。

雨中的店招显得清冷不起眼,店里没有几个人。高大的店主递来一张深蓝色的名片,名字特别:莫五九。他的样子似乎怎么也不像温润如玉的文化人,脸的沧桑、手的粗糙令他看上去比实际年龄老。但是,只要讲到他的书,他的小书店,他谦和而诚恳的态度与眼里透出的光亮,让我知道,这是一个爱书人——这才发觉他的额头正在慢慢朝"智慧的广场"发展。

书店很朴素,除了几幅小画和大幅书法,书才是这里的主题。最新的书名写在门口,一长溜新书在大书桌上,常销书整齐地立在三四个书架里,等待着心爱它们的主人的检阅。这里专门经营社科类书籍,新书甚多,品位不低。记者惊讶地发现，热销两会的许多书，甚至是鲜见的《干部群众关心的二十五个理论问题》都放在比较显眼的位置。莫先生说，这里的书都由他一手进货，都是他最感兴趣的那类。北京三联、辽宁教育、山东画报、广西师大等出版社是他关注的对象。最近，河北教育、文汇、学林也有不少好书。他尽量选高层次、稍冷僻的书，通常不受排行榜的左右。钱穆、高阳和黄仁宇若有知，在此也能觅得知音。

书店有三十多平方米，品种有上千种之多，店里有不少书是外面几乎看不到的，比如《周作人全集》这里有两个版本；人民出版社一九九七年版的皇帝传记系列，是由专家写的正史，这里可以拆零卖；复旦版的《论语别裁》（南怀瑾著），这里新老版本都有。

有的书在别处不起眼，在他这儿却销得特别好。比如常有人问《鲁迅全集》；广西师大的《生命之科学》（郭沫若著，一百九十八元一套）塑封也不拆已经销了好几套；像《物理学史》《数学史》等比较深奥的书，也在此常添常销；像《大学人文读本》一套三本，这里已经销了三四十套，比大学附近的书店卖得还要好。他常向高中学生和家长推荐。

开业至今，升丰书店的读者群以有一定层次的知识分子和高素质的年轻白领为主。有近五十位忠实读者差不多每天都来逛一圈。为了和几十步之遥的新华书店错位竞争，这里上海版的书做得很少，也基本不做畅销小说。

开家小书店是莫五九的梦想，他说，若是怕吃苦、想发财，或者不爱书，都无法把这家书店开下去。可是他做到了。

虽然父母的文化不高，可莫五九天生是个爱书人，为了觅书，跑再远的路也是心甘。三十岁时，他的藏书达到上万册，与圈内的人也越来越熟。一个梦想在他脑中慢慢酝酿：开一个自己的小书店。本来，这个梦也许要到退休时才能实现，现在提前了十年——他所在的上海港轮驳公司面临转制，作为党办主任的他想换种活法，于是，主动办理下岗手续，选准了闹中取静的山阴路当起书店小老板。"前半辈子被人管，现在想自己做主，做喜欢的事情"——显然，莫老板对能把握自己的"第二个春天"充满自信。

从两年前春天开张起，这里所有新书都是九折出售，因为拿到的书通常是七折，甚至更高，且不让退货，而日常开销在六千五百元左右，所以利润很薄。他考虑的是让利给读者，让读者觉得物有所值，"若不打折，人家不来"。同时，通过品位和特色逐渐建立忠实读者群和口碑。

在经营之道上，莫五九首推诚信，他说他这里不欠人一分，不欺诈顾客，也不卖盗版书。而且像人体艺术的书塑封着，对中学生读者连看都不让看，这是起码的责任感。小书店要生存，服务是竞争法宝。每周莫五九要去位于浦东、虹桥和延长路的批销中心四五次，既要熟悉市场，使书店的书常换常新，还要为读者找书。一次，一来自香港的读者急需一本书，他到书城为他买了一本，仍以九折卖给他。为了省钱，自行车加公交车是他最经常的交通工具，权当锻炼身体。他说："如果遇到下雨，我的雨衣一定是盖在书身上，而不会在我身上。"

莫五九说，他最幸福的时刻是在书店与爱书人交流，像他一样，他们对书有特别的尊重和爱惜。若是听到一句：你这儿的书很好，即使不买书莫老板也特别开心。与书为伴，总有说不出的踏实和开心。若是读者不多，他也会在书店一角，翻开一本书；每天晚上回家，他的怀里总要揣一本新书，不看到凌晨二时是不睡的。

问及书店名字为何要叫"升丰"，莫五九以他惯有的谦和说：瞎起的名，只想与众不同。莫五九对小书店的前景表示乐观，因为，做到现在一直略有盈余，没有亏过，今年的经营也比去年要好。他的心愿是做出自己的书店品牌。

告别的时候，莫五九对我说，升丰书店从早上九点一直开到晚九点半，有时十点还关不上门，全年无休。以后要找什么书，尽可以问他。他不在书店里，就肯定在进书的路上。

我知道，无论门外阴晴冷暖，这里将一直燃着一盏灯，等待更多的爱书人。

（选自《文汇读书周报》，二〇〇三年四月四日）

旧书肆

老雕虫

老死爱书心不厌,
来生恐堕蠹鱼中。

——陆放翁

谈及旧书肆,免不了要提提北平,北平的旧书肆又以一厂二寺最出名,厂即琉璃厂,二寺即慈仁寺与隆福寺,而琉璃厂尤其是个大书海,具有几百年的历史,藏书十数倍于前述的"二寺"。到了民国以后,慈仁寺(今名报国寺)却书影全无,隆福寺则由一些赶会期的浮摊,发展成四五十来家店肆,为琉璃厂半数左右。

琉璃厂有遍及全国的旧书买卖网,有动员九城商摊一时齐集的灯市、花市、古玩、庙会……是男女老少必游之所,更是自古以来上至公卿下至凡民,雅士、墨客、文人、学者雅游赏景消磨岁月的胜地。

琉璃厂一带，在辽代已呼为海王村，金代可能称为海王庄，至于为何以"海王"名其地，则不可考；辽建都北京，海王村是京城外郊区的一个小村落，有不少坟墓错落其间。

历史上的创业帝王为了有安全感，常在其势力范围内兴建首都。明成祖原是封在北京的燕王，故得位之后，便开始大力经营北京，前后十几年，北京的宫殿营建所需材料，分别由方砖厂、细瓦厂、琉璃厂、亮瓦厂、黑窑厂（烧瓦条、砖条）生产。现在北平故宫上镶嵌的大黄琉璃瓦，便是在琉璃厂中烧制出的。

明代琉璃厂附近完全是一片郊野，人烟稀少，树木很多，但因琉璃厂也烧制了盛金鱼的琉璃瓶、小孩子吹的响葫芦等玩艺儿，逢新春在厂门外出售，故此地渐变成古玩市场。北京的宫殿建毕，琉璃厂亦功成身退，成为废厂，在清初更发展成贫民窟，这个贫民窟之所以会成为旧书重地，至少有下述三个原因：

（一）清代有不少文人学士卜居于此，像名诗人王渔洋便住在琉璃厂火神庙西夹道，而孙承泽的退谷园，便坐落在琉璃厂南，孙星衍也住在琉璃厂的南夹道。

（二）琉璃厂的兴起，与科考有关，缘因明和清中期以来，各省各县大量在京建立会馆，以利科举子或游宦居停之用，这些会馆又大都在宣武门一带，与琉璃厂旧书铺毗邻，大量赶考的举子,成为旧书摊的常客。鲁迅回国之初,经济很窘,借住在绍兴会馆,几乎天天上琉璃厂。

(三)四库全书开馆也带动琉璃厂的旧书业;翁方纲的《复初斋诗集》目注中说:四库馆臣通常只工作半天,下午便下班回家,"各以所校阅某书应考某典,详列书目,到琉璃厂书肆访之"。故"江浙书贾,奔辏辇下(即北京)"。

琉璃厂的规模,在有清一代总是维持在三十几家,但云烟变化,亦常有转换,没世闭歇者不时有之,李文藻在一七六九年做过一次统计,共有三十一家;一百四十年后,缪荃孙又做了一次调查,总共只多了一家,不过主人全换了;两年后,他又去了一次,仔细算一算,变成三十八家,店主又换了不少。通学斋主人孙殿起说从晚清到民国年间,包括琉璃厂、隆福寺、宣武门内,东四牌楼、地安门鼓楼大街一带,代起代仆,总共开过三百零五家次。

琉璃厂训练出不少人才。那些村塾出身的伙计中,亦每有能著书立说的。这在台湾的旧书摊老板中,就绝未曾见。

清季大僚端方,以镇压四川铁路风潮而活在历史中,此公除了会带兵外,对金石古董书画鉴赏亦很有一套,大抵研究商周古文字学的人都晓得。端方原本一介武员,只懂得征逐声色犬马;有一回被当时的国子监祭酒盛昱讥为尽会挟妓饮酒,不事风雅,端方乃愤而拍案曰:"三年后再见分晓!"于是到琉璃厂找了一个专卖碑版的李云从,朝夕讨论,果然不出三年，端方即负精鉴之名。能在三年内把一个挟妓饮酒的莽汉，调教成鉴赏名家，并且还著书立说，足见李云从之学问底子之高明。

琉璃厂的书佣店主，在目录学与鉴别古器物上的功力，往往过于士夫。著有《旧京琐记》的夏仁虎曾住厂甸附近，对这班人很熟悉，他说："余卜居其间，恒谓此中市佣亦带数分书卷气。盖皆能识字，亦彬彬有礼矣。"这些书佣店主中知识较高的，亦有能痛论时秕、升降古今的。乾嘉之际，高丽来了一位倾慕中国文化的读书人柳得恭，他有一段文字描述当时他对厂甸的回忆。他说，当时中国内部有匪乱，这个问题在当时很敏感，士大夫都摇手咋舌，讳不愿谈，但却见到两位旧书摊老板（聚瀛堂主人崔琦与五柳居主人陶生）旁若无人阔谈剧论，时而指名大骂满洲将领为"日吃肥猪肉饼，软帐中拥美人"的饭桶，时而大骂"赋税役重，穷民流为盗贼"，一无惧色。

前面已提到过孙殿起先生，他是精通目录学的。孙氏本只是高小毕业，原在"会文斋"当店伙，后被伦明请来主持通学斋，并指点其版本目录的知识，久而久之功力日深，后竟写出《贩书偶记》这部惊人的大书，把经他手旁目睹，《四库全书》不收或未收的书一万余种，按四库原来的分类编排，成为续补《四库全书总目》极成功之作（按：这部书在台北有翻印本）。琉璃厂路南的"翰文斋"掌柜（姓名失记），亦有此特长，缪荃孙、王莲生等大家便常去请教他。张南皮的《书目答问》中说读书人须常到旧书铺坐坐,也是磨炼目录版本知识学的用意。胡适之也曾对北大学生这么说过:"这儿离隆福寺街很近,你们应该常去跑跑,那里书店的老掌柜的,并不见得比大学生懂得少呢!"敝帚先生也自承说:"对于书籍的内容虽然他们不一定完全明了,可是关于版本的真伪新陈,校勘的精致粗劣,却知之最详,这是我们读书人所不及的。"二者的说法都十分中肯。

近三百年来,北平琉璃厂的旧书铺,百分之九十是江西人把持的,只有极少数湖州人、苏州人打进其势力范围;到了同治年间,才有河北人分一杯羹。为了报复江西人,他们崛起后相约不收江西人为徒。

清代是古董味很重的时代,《官场现形记》中有一位华中堂,贵为一品大员还出资请人开一家旧书铺,凡欲巴结中堂的人,无不先到他的摊肆上散财一番,并示气味相投,这样才有机会与中堂交接,足见其时之风气了。北平是个卧虎藏龙之地,穿着灰袍到处跑的,可能是尚无任所的翰林,或二、三品的大员,或名满天下的文士。所以,在旧书摊里翻书抖灰尘的其貌不扬之徒,都不能轻易得罪;琉璃厂流传这样一个故事:同治年间,名小说家张爱玲的祖父张佩纶(张氏是晚清的青年才俊、名政论家),到琉璃厂最大的旧书摊"宝名斋"翻书,据说要架上的一本书,而伙计不愿替他拿,张佩纶怀恨在心。"宝名斋"老板李春山卖书卖出了架势来,竟然冒充五品官,混入在内廷当差的官员行列中,出入景运门。这事给张佩纶知道了,狠狠地参了一本;皇帝知道大惊失色:一个旧书摊老板竟能混进内廷!下令"宝名斋"关门,李春山扫地回籍。

民初以来的一些大艺术家也与此地有相当渊源,例如齐白石、陈师曾……都曾蛰居于此;唐鲁孙先生亦说内宫如意馆的巧匠有的与此间的师傅夙有交流,有时也流落于斯,做起一些旧文化商业。厂甸之卧虎藏龙,与美国的苏活区竟还有几分神似呢!

每天清晨,旧书肆主人、藏书家便聚在打磨厂,这里齐集着外来书贾的货车,五更开市,论堆而沽,旧籍堆叠如山,论价之声此起彼落,此时方可领略到"九市精华萃一衢"之妙。

书的来源极杂,有些是偷来卖与的,像珍本《永乐大典》,原是翰林院专用的,后来竟零星出现在琉璃厂,为张之洞捉刀写《书目答问》的艺风堂主人缪荃孙,曾仔细记载清代翰林偷书的技巧,其法如下:进宫时,手上携一包袱,装折叠得四四方方的夹袄一件,下午出宫时,把夹袄提出,穿在身上,包袱改装两本《永乐大典》,检查者见到早上进去也是一包四四方方的,便略而疏虞,一套《永乐大典》便陆陆续续"红杏出墙"去了。这一类书经过几个转手,常常就进了旧书店老板之手。

当然,也有打鼓收买破旧书物的。文人学士若与这些人相熟,他们通常会先将新买得的书送至你家候你挑选,然后再卖给琉璃厂。而旧书商也有一套买卖的计策。商鸿逵说："就我所知，某书肆主人背包袱时，每串大宅第，常当人面从袋中取食黄粱窝，询以故，则诉曰：'卖书能有多大赚头？不得不吃这！'如是，人怜其苦，便不与他争执了。"这种受骗的经验，笔者是常遇的，尤其有一次买印谱，内夹一张统一发票，而卖书的却以二倍多于统一发票的价格售出，议价时他却诚恳地诉苦，结果只杀掉一半，无怪乎钱锺书的《围城》写着："忠厚老实人的恶毒，像饭里的沙砾或者出骨鱼片里未净的刺，会给人一种不期待的伤痛。"

厂甸之中，亦多善造伪书者，尤其是宋版书；民国初年，宋版书有奇价，一页总要数银圆，当年傅斯年为中研院买进宋版《史记》一部，竟花了几千万元，虽因彼时法币贬值，但价昂亦惊人。清代士夫相约：进"正宝斋"要小心，因为"正宝斋"主人谭笃生对版本了解之精，世罕其匹，所谓"宋椠之椠，见而即识，蜀板闽板，到眼不欺"是也；他的店里虽多古本精刻之书，但也精于仿制旧版书，鱼目混珠，顾客稍一失神，即受其骗。过去图书馆不普遍，私人藏书不开放（大藏书库"海源阁"连仆人都不准上去打扫），宋版大都躺在名家藏书楼中，鲜少露白，故若非精于鉴别或世代藏书，也弄不清宋版是何模样；画鬼容易画人难，是因鬼大家没见过，宋版也是一样，则造之者易，伪造品就不易被识破。岂只旧书摊造假书，连爱新觉罗·溥仪的师傅罗振玉也然，相传他把殿版"四库全书"的扉页撕下来改印成宋版书。

商鸿逵对这套伪造的本领知之甚详,他说:"传钞作假,更是旧书肆的拿手活,遇到罕见的书,不管刻本抄本,他们能用染制好了的旧丝栏纸缮写上几部,有时会当'传抄未刻本'卖,一捆子烂卷残稿,他们能描改挖补,装帧什袭,杜撰个名目,充'稿本'去骗卖。"

乾隆八年,杭世骏以翰林保举御史,例试保和殿,世骏下笔为五千言,其中有一条说:"我朝一统久矣,朝廷用人宜泯满汉之见。"皇帝读之大怒,当天便旨交刑部处死。侍郎观保向皇帝说:"这个人是狂生。"意思是可以饶了,皇帝心想算了,乃叫他回里。杭世骏除读书跟放言高论外,一无所长了,解官就等于"缴械",只好买卖旧书古玩为生;乙酉岁,乾隆南巡,召见世骏,问他何以为生,杭氏对曰:"臣开旧货摊。"乾隆问他:"何谓开旧货摊?"杭世骏一五一十禀告了,乾隆大笑,手书"买卖破铜烂铁"六字赐之,癸巳岁,乾隆又下江南,杭世骏往迎,乾隆问左右说:"杭世骏尚未死吗?"杭世骏一回到家,当天傍晚无缘无故地死了。巧的是,使杭世骏丢官开旧书摊的那五千言奏疏,在杭氏死后七十年,被杭氏的"外孙之孙"丁大卖到琉璃厂,被龚定庵买去了。(详见《龚自珍全集》,页一六一——一六二)

"巨阀跌倒,书生吃饱"几乎成为旧书市场之铁例。承平既久,景气看好,每个人都有闲钱雅趣玩书。一旦天下大乱,衣食不暇，被毁的王府贵家储书尽出，大量抛至旧书摊，塞饱等在一旁的穷书生。以一九〇〇年以来的琉璃厂书价为例，起伏之大，如坐升降机。一九〇二年庚子拳乱后，书价大跌，有"破伦"雅称的大收书家伦明说他日游海王村（即琉璃厂）、隆福寺间，目不暇给，每暮必载书满车回寓。

辛亥的上半年，因巨商辛仿苏一时雅兴大发，夹资数万游京师，征逐应酬外还带买书，只要中意便不计价格，旧书市场经此一"炒"，价格回升，书比黄金贵矣！可是到了九月武昌起义后，北京人初肇变故，仓皇走避，书价惨跌。民国以来，琉璃厂的黄金时代来临：一方面是达官武人附庸风雅，视蓄书为挥霍之盛事，一方面是各大学图书馆拼力购书，而外国汉学研究机构也大力买中国旧籍（像日本的满铁株式会社、兴严院、哈佛燕京学社），旧书的价格又高不可攀了。

琉璃厂招呼客人的本领，已故齐如山先生描写得最逼真。北平的旧书摊除在柜台上售书外，里边屋中总陈列几张八仙桌预备人去看书，想看什么书，他就给送到桌上来。倘自己研究某一专题，一时记不起当参考何书，掌柜的还会给你出主意；他铺中没有的书，可以替你在其他书铺转借，或向熟识的藏书家借。看书时想吸烟，有学徒装烟；想喝茶，倒茶；想吃东西，则跑腿买糕点。蔽苇先生也形容得很诗意："当你踱进一家湫暗低陋的书肆门限时，穿着土布制成的长袍宽袖旧式服装，手里拿着白铜的水烟袋的老主人赔着笑容，打着哈欠迎你出来。……"这种亲切的风情、文雅的气氛,在今日台湾是不可能见到的,这里借梁实秋的一段话来写台北的旧书摊:"挤在书肆里浏览图书,本来应是像牛吃嫩草,不慌不忙的,可是若有店伙眼睛紧盯着你,生怕你是一名雅贼,你也就不会怎样的从容,还是早些离开这是非之地好些。更有些不裁毛边,干脆拒绝翻阅。"又可借周作人的一段更露骨的话来形容:"店里的伙计在账台后蹲山老虎似的双目炯炯地睨视着,把客人一半当小偷一半当肥猪看。"丝毫没有"礼贤"之意,这可说是现下旧书店最正常的待客程式。

近代大学者无不爱逛旧书摊,胡适、刘半农、钱玄同、钱穆、蒋廷黻……皆不能例外。

以疑古闻名的钱玄同,有"厂甸巡阅使"的雅号,钱氏以打倒旧文化起家,而"安身立命"之嗜好竟是逛旧书摊买古书,足见中国读书人对旧书摊迷恋之深。

有一次蒋廷黻同藏书家袁同礼(哥大出身的老留学生,当过美国国会图书馆东方部的主管)一起到一位私人收藏家买旧书,他们在一起翻看了一个小时,"你监视我","我监视你",蒋找到两本书,一是清季外交巨擘文祥的年谱,一是关于鸦片买卖的书籍。蒋发现袁同礼对这两本书没什么兴趣,心下大乐,默不作声地把书放回原位,他们分手后,袁回北平图书馆,蒋要到一个俱乐部去,蒋且走且监视袁远离后,又转回去买那两书,但当他半小时后回到那里时,书主说那两本书已被袁先生买走了。蒋、袁二位，平时是很密切的朋友，但买起旧书，却斗得厉害。

跟琉璃厂店主人关系较密切的学者，只要肯稍出高价，通常会得他们额外服务。像名满中外的胡适之先生，需要任何书籍，只要一张条子下到琉璃厂，全国的旧书摊便万头攒动，"上穷碧落下黄泉"，深山的藏书家、穷乡僻野的寡妇幼子之手都被探遍，接着是书贾们客客气气地把书访来。见到过这光景的人，才能真正明了台大前校长傅斯年的治史名言："上穷碧落下黄泉，动手动脚找资料。"

胡先生成名的一些考证文章，有不少是琉璃厂及全国旧书店老板帮忙写成的，像争了数十年的《红楼梦》后四十回的问题，就不知劳动多少旧书商。

蒋廷黻长清大史学系时，常去琉璃厂找所需的资料，后来，书店主人把他看成好顾客，一有好书便到清华找他，每届周三上午九点至十二点，清大图书馆门外必出现一列长龙，每人挟书而立——蒋主任接待琉璃厂书商。商人先递上书名及作者目录，蒋主任一一审查，将所要的书勾起来，送图书馆当局估价审查。有时书商知蒋氏所需之书而他们又无时，便写信通知全国有往来同行，代为搜求。

中国旧习，读书人平时株守书房，不太出门，琉璃厂商仍有办法把书生的钱从深宅中吊出来——他们一大早派伙计挟书敬候于你的大门口，只要你到花园浇花，或挟着公事包预备出门,饵便会自动凑上来。这类额外的服务,由来已久。曾看过一个记载,说二百年前的名人黄丕烈离北京回南方老家后,琉璃厂还不时给他寄书,合则留,不合则寄还。想来,光华商场的旧书摊老板绝无此雅量。

梁实秋对琉璃厂及隆福寺旧书摊的描写,最为动人,"你迈进门去向柜台上的伙计点点头便直趋后堂,掌柜的出门迎客,分宾主落座,慢慢的谈生意……搜访图书的任务,他代你负担,只要他摸清楚你的路数,一有所获立刻专人把样函送到府上,合意留下翻看,不合意他拿走,和和气气。书价嘛!过节再说!"在这种情形之下,一个读书人很难不染上"书淫"的毛病。难怪胡适三十九年离开北京时,足足有一百大箱的书带不走。钱穆当年离开北平时,也足足有五万本书留在那里。后来,他创新亚书院,大力购买图书以充实图书馆时,竟在香港买到自己留在北平的书。

三百年来,几乎每一大学者、大书生都曾仆仆风尘于旧书摊中,王渔洋便说:"昔在京师,士人有谒予,而不获一见者,以告昆山徐尚书健庵(本名徐乾学,健庵是号,是顾炎武的外甥,清初'学者从政'的大僚),徐笑谓之曰:'此易耳,但值每月三、五于慈仁寺书摊位候之必相见矣!'如其言果然。"就好比今天想见某德高望重的老教授,打电话、按铃,不一定有用,只要在书展或某图书公司的结束营业大优待上等候,一定顺利得见。几乎每一道貌岸然的学者都曾在灰尘满室、空气郁暗的书铺中，与老板杀价杀得吱吱作响。

鲁迅是打旧东西的先锋，却在旧书铺上投进大笔的金钱，《鲁迅日记》中便大量记载他在琉璃厂购旧书、文物、碑帖的账目，他曾自叹："京师视古籍为古董，唯强者能致之耳，今人处世不必读书，而我辈复无购之力，尚复月掷二十余金（这在当时是大钱），收拾破书册以自怡说，亦可笑叹人也。"

书商与士大夫其实是"教学相长"的。书商固有精目录鉴别之学的，但对书的内容之了解与掌握，毕竟不如学者，故他们也特别注意学者选书买书的动向。据钱穆先生回忆，他当年在北大教书时，只要踏进琉璃厂的书铺，店东伙计盯住他，凡是他抽取翻阅过的每一本书，必定重新标价，顿时涨值数倍。

想来，这是旧书摊主人的一贯计策。因为据我所知，早在清初便有相似之事：清初名诗人王渔洋说琉璃厂的书贾若欲昂其值，必曰"此书经新城王先生鉴赏者也"。也就是说：这本书是王渔洋先翻过的，跟三百年后钱穆的情形一模一样。

网上淘书记

彭拥华

两年前，栖居小城镇的我，还茫然不知网上淘书为何物。现在旧书网络却让我乐不思蜀，恍然置身于网上琉璃厂和潘家园旧书肆！

我的网络书缘最初源自四川成都毛边书局。因为我在书局尚余百多元购书款，我便尝试到其在孔夫子旧书网开的网上书店挑些书。点击孔网，毛边书局排列该网站第三位。我精心挑选了平明五十年版契诃夫著《亮光集》、花城一九八四年版刘西渭著《咀华集》等，很快结清了书账。我自此成为毛边书局的网上常客。在近两年网络淘书生涯中，毛边书局为我提供了良好的淘书环境，书局寄赠我《毛边书讯》，编辑在网上指点我写稿……网络回忆是温馨的。

翻阅网上订购毛边书局的书，我怦然心动。作家李健吾笔名刘西渭，《咀华集》我仰慕已久。《咀华集》装帧清爽，封面白净，下方印小素花图案。刘仁毅设计封面。书价七元。人民文学一九五三年初版马烽著《结婚》，淡白封面上附小幅木刻版画插图，颇美。其版本既好，入眼又舒服……自此我深陷网络淘书爱河中。旧书网络是真正的网上淘书乐园，足不出户，满架飘香。

我隔三岔五上老公单位泡孔夫子旧书网。我初上网用笨而原始的一家家书店搜索方法，访一家书店也得半天时间。后来我学会使用多种方法。我最爱用"旧书查询法"，专列一张"访求书目表"，按目索骥，颇淘到些久觅不获的好书。像安徽人民出版社一九八三年版姜德明《书梦录》；三联书店一九八四年初版赵家璧《编辑忆旧》；还有一九五七年初版叶景葵《卷盦书跋》……如今我自己家里也装了宽带网，我安然坐于家中就能上网淘书了，"潘家园"就在我的家门口！

但网络淘书亦有遗憾。比如邮费偏高，而且有些书定价离谱。像老版吴晗著《江浙藏书家史略》，比较珍稀难觅，我寻访经年不获，却在网上见到两本，均要价百元，不敢问津。我最伤心的是好书售缺。毛边书局曾售开明书店一九四七年印本黑田鹏信著、丰子恺翻译《艺术概论》，售价七十八元。我颇雅爱丰氏著译，民国年代丰子恺译著自是较稀见的版本，内行都说值此价。我魂牵梦绕，"为伊消得人憔悴"！几经思量，我正准备网上下订单，却被告知书已售缺，为此几天魂不守舍，茶饭不香。内心隐痛我至今记忆犹新。

网络淘书是虚拟的又是真实的。我的网络淘书才起步不久,但网络俨然已成为我的琉璃厂和潘家园旧书市!只要你做个网络有心人,你总能从网上不期然淘出宝贝来。

长春访书记幸

张阿泉

对于长春的向往始自少年，实在因了它名字的美妙诗意，和一份白山黑水的清旷的引诱。十余年前，不少同窗大学考到长春，我就很是艳羡，觉得他们简直进了天堂。今年六月的一个午后，我访书的足履终于辗转延伸到了这座中国东北大都会，内心充满新鲜的激动和惊奇。

着拖鞋走也走不完的斯大林大街，街面宽阔，且起伏不平。路畔多老树，飘落出无数恼人的杨絮。快餐烧烤，参茸总汇，苹果时装店，鲜花厅，百事可乐，叮叮哐哐的有轨电车，东北亚直播台，小聪聪母液五子蚂蚁精黑妹牙膏飘扬的广告旗，苏军烈士纪念碑。仰观的高楼永远在建造之中。夜晚路灯下的煮馄饨小摊，哈密瓜叫卖声，民间老年秧歌队。出租汽车火极了，人力三轮却甚稀见。长春无例外地拥有省城雄踞一方的豪奢繁华，蕴藏市场经济巨大的物质能量，但同时，它又别具着自己"大豆高粱"般的、乡土的风致和时尚。

我更关注人文的、精神的长春。我和我的知友,同样嗜读如鱼的树郁君,以聊天散步的方式,开始遍访城中每一处凝结书香的、或宽敞或狭窄的陌生角落。我们首先在龙嫩胡同深处,发现一家古旧书店,铺面很小,书籍新旧芜杂参半,女老板吝啬而附庸风雅。我在架上找见了五卷本旧版《福尔摩斯探案全集》,书品尚佳。这可是久慕的一套书啊!大侦探中,除了梅格雷、霍桑之外,我就敬服福尔摩斯了。几经讨还,终以数倍于原价的三十五元买下。树郁君亦在一隅为我淘出一九五六年人文版精装《沫若译诗集》,颇富新文学史料考据价值,原价一元,以三元成交。旧书增值,公平为宜,而若竟至狮子开口,就未免心黑堪哀,折杀了文化的渊雅。在同志街一冷摊,拣得很厚重的吉林文史版精装《昭明文选研究论文集》,售书人半价甩卖,让我稍稍重温了郑振铎、唐弢、阿英诸先辈逛琉璃厂时的前尘梦影。也是在同志街的一家小邮局,在花花绿绿的流行色中,觅及一卷人文版精装《卡夫卡小说选》。卡夫卡的三部长篇泉斋早存,而该选本所收二十个短篇却是不曾获睹。长春最好的书店要算惠民路附近的外文书店,早九点开门时,外面已有等候的人群。一架一架细细码过去,"佳丽三千"中,挑了《品书四绝》《邓散木印谱》,何满子的《五杂侃》,李春林、刚建、王建辉几位的白皮书话,凌叔华、张资平的自传,以及包括萧乾《人生采访》在内的现代作家散文原版重印本十余种。这是我在长春买书最多的一家书店。相反，在重庆路堂堂省新华书店，却大而空，了无长物，望了几个回合，才勉强购下上海人美版《齐白石册页》权作纪念。寄萍老人这类画几只虾、几枝枇杷、几枚石榴的静静逸品，我向来心契，筹用原木框宣纸衬制一两幅装饰，悬于壁间做清供观。比邻的长春古籍书店，环境可谓幽静矣，有很多唐三彩和大青花瓷瓶，然书几乎全部簇新，毫无古籍书店特蕴的"负手对残书"的氛围。于此，仅择了装帧极妙的江苏美术版《黑非洲艺术》、宋代赵闻礼编的宋词选集《阳春白雪》。我喜欢由顾廷龙先生题签的《阳春白雪》这个醒目脱俗的书名。古籍书店不见线装书，不见发黄发霉的旧书和自偏街窄间收罗的特价书，我以为是一种无奈和尴尬，一种固有沉厚传统的失落。

在自由大路，遇到两家书店。一家是佳艺美术书店，这爿不起眼的小肆，树郁君豁然替我搜到一册罗丹的《法国大教堂》，真真高兴得不得了。篱下珍存着《罗丹艺术论》，而对这部同样字字珠玑、趣味横生的艺术家随笔集，一直空怀落月之思。想不到就这么碰上了，能说不是缘么？《法国大教堂》是我在长春买到的最好的一本书。另一家是东北师大书店，虽插架满盈，多是外语科技装潢类工具书，非我所欲，乃罢。红旗街九号新华书店是一家老店，上下楼经营，社科图书较齐全。我买了两本小书，素素的《现在的心情》和沫沫的《宽容是首歌》，备枕边闲翻。女作家笔底的杯水波澜尽管略嫌纤巧琐屑，偶也不乏灵山渔樵白屋之别韵。桂林路新华书店书多坊阔,费一小时,选了三本书,分别是黄茵著《咸淡人生》、唐德刚译《胡适口述自传》、顾乡著《我面对的顾城最后十四天》。

跟北京相仿,长春街头或商场散布着许多小书铺,书籍在这里作为普通商品,与水果、时装并陈于尘嚣和阳光之下。在民安路,我同树郁君集中浏览了一系列鳞次的小书铺。各铺所列其实甚似,不外政治军事秘闻、大腕名角传记、炒饭的散文随笔、印刷低劣的中外小说,读书界畅销的《尤利西斯》《秋雨散文》《杨绛作品集》,获诺贝尔文学奖的大江健三郎《性的人》,均摆在前沿位置。小书铺可说是出版潮流、读者口感的晴雨表。我沙里淘金,巧合地寻出三册"最后一本"。一是湖南文艺版《傅雷传》,一是浙江文艺版《小思散文》,一是四川人民版《魂断激流岛》。其中《魂断激流岛》系麦琪即顾城的英儿所撰,虚枉倒错的男女恩怨情仇,成了幸存者骄矜自怜的资本和炫人的话题,悲剧远没有真正结束。

长春是一个开阔开放的城市。在音乐香水霓虹车轮的"喧哗与骚动"之间,它的各记书店书肆书铺书摊,略显冷落寂寥,不能尽解吾渴。但我还是要感念长春,感念它关东沃野的深情,感念它赐我数十卷"青灯有味"的闲书,和一份温醇的、夏日行旅的记忆。

一九九五年七月,暑热之中

书肆梦回

宣树铮

下着毛毛雨,青石板街闪亮湿滑,石板上大眼小眼,水汪汪的,走起来要一步三跳。跳啊跳,青石板成了木地板,竟跳进了一家书铺,店堂开阔,架上摞的,桌上摊的,地上堆的,全是书,书雾腾腾,而且全是线装书。人不少,都在悄悄翻书,看不清脸。我找个角落,也拿了本书翻,书页上的字像蝌蚪一样在游动,滑溜溜晃眼。终于翻出一本书,上面的字像清溪卵石,清清楚楚,书名是五个大字《桐桥倚棹录》。我欣喜若狂,这可是一直想要而无从到手的书。不知道是怕别人分享喜悦呢还是想要和别人分享喜悦,我怯生生举目四顾。咦,人呢?店里的人都哪儿去了?统统不见了!不对,怎么都变了。这哪是书铺?分明是一间空荡荡的大屋,仅四堵白墙。我毛骨悚然,出什么事了?一定出事了,快走吧!然而门呢?没有门……

这是我今年上半年做的一个梦，我平均每年要做上一个书肆梦，只是多半醒来即忘。如今依然还能记起的另一个书肆梦是逛庞诺（Barnes & Noble）书店，提了满满一篮书，洋装洋书，一本本比砖头还重，到处找收款的地方，就是找不到，问讯，没人理睬……直到醒来还是没有找到收款处，这些书自然留在梦里带不出来了，但胳膊的酸疼倒是带出了梦。今年这梦记得最为真切，居然连五个字的书名都记得。当时醒来后，心突突跳，想起《聊斋志异》上的描写，某个书生刚被送出灯火辉煌的厅堂华屋，回头一望，竟是白杨荒茔，那一份惊惶凄迷！怎么会做这样的梦，到底有什么依据？于是想起了年轻时逛古书铺翻线装书的如烟往事。

上高中时偶尔读到郁达夫的小说《采石矶》。对黄仲则感起兴趣来，一心想得到一部《两当轩全集》，为此生平第一次跨进了卖线装书的古旧书店。苏州的古旧书铺向来很有名，早年文人学者，包括郁达夫，到苏州没有不去"淘"旧书的。所谓"淘"，也许有沙里淘金的意思，运气好说不定能淘得一本昔日官宦门第、藏书世家散落民间的善本珍本。不过在我念高中的时候古旧书业已凋零，古旧书铺寥寥无几，而且都在苟延残喘，往往是临街一间寒酸铺面，书架贴墙而立，摞满了奄奄一息的书，写着书名的纸条像舌头一样伸出书缝，望去书架上满是舌头，怪怕人的。店主都是上了年纪的，坐在放着砚台算盘的账桌后，托一把小茶壶，像诸葛亮坐城楼，望着街景。那年月革命当道，线装书仿佛都有几分反动派的嫌疑，上门主顾也就很少。店铺白天从不开灯，如果店堂窄深一点儿，即使大天白日，望进去也暮色苍茫。我跑了第二家书店就发现了书架上格并列伸出两条《两当轩全集》的舌头。有两套，一套是大字木刻本，一套是扫叶山房的石印本。踮起脚刚够着，我正想往外抽，店主已站在背后，慢条斯理地说，"我来拿我来拿"。我指着《两当轩全集》，店主道"那都是古诗啊"，听起来好像是在自言自语。我知道他的意思：你看得懂吗？我故意轻松地回了一句："这谁不知道，黄仲则的诗嘛，常州人！"店主不吭声了，踩了条小板凳取下了书，又拿过鸡毛掸子到门口上上下下轻轻一掸。让它从尘封中醒来。两套书都是三毛钱，两斤来米的价钱。我挑了石印本，嫌木刻本纸黄，模样又傻笨，那时还不懂版本是怎么回事。店主用报纸将书包好，我用手臂将书挟好，黄仲则就此请回了家。

也怪，打那以后，过上一段时间，口袋里稍积了几毛钱，就忍不住会去古旧书铺淘一淘，那几乎是一种诱惑。我喜欢走进古旧书铺的那种感觉，像是走进了另一片世界，尽管门外是阳光灿烂的街市，而这里则是星光熠熠的旷野，散发着略带霉味的暖洋洋的书香。望着满架的书，恰如望星空，一腔肃穆，挪步翻书自然也就轻手轻脚，都不敢大声咳嗽，像年节祭祖怕惊动先人一样。当时对古籍知之甚少，所以也只是漫无目的地翻，翻得多的是诗词，诸如王安石的《唐百家诗选》、元好问的《唐诗鼓吹》、周密的《绝妙好词》,最早都是在书铺里浏览的。书名古怪的也忍不住要翻翻,比如全祖望的《鲒埼亭集》。"鲒埼"?这是什么意思啊?《采石矶》中,郁达夫写到了黄仲则的密友洪亮吉,看到《洪北江诗文集》不免有一份亲切感,总得握握手寒暄几句吧!每次进书店少不了要盘桓上一两个小时,临走花上几毛钱淘一部书走。但有那么一次,翻着翻着心里突然惶恐不安起来,"空山不见人,但闻人语响",有种孤零零陷身深山四顾寂寥的感觉。紧忙撂下书,几乎夺门而出,到得街上,眼前轰一亮,车声语声铿铿锵锵,满街哗哗流着热络的日常生活,心里这才踏实起来。

和古旧书店结缘,前后也就是一年光景,一九五六年,这些私营书店在社会主义改造运动中统统被"赐死",沐浴皇恩浩荡。不过在这一年中我陆陆续续倒也淘了一些书,不知好歹的"混淘淘"而已。有的书是一时心动买下的,比如买了一部《施愚山集》,那是因为想起《聊斋志异》名篇《胭脂》里有这位施愚山学使,多亏他才断清了案,买!结果买了以后始终没有认真拜读过。买冯班的《钝吟集》,是因为看中了上面的行书字体,刻工极佳,字又潇洒俊逸,可以用作小楷字帖。至于冯班何许人,那是以后才知道的。另外像《两般秋雨盦》《寄园寄所寄》,则是看到书名别致才买的,自然价钱也便宜。这些书大多毁于"文革",《两当轩全集》既遭凌迟,被人撕成一条一条,又受炮烙,卷了抽烟,终于灰飞烟灭。如今静卧在我纽约寓所书橱里的《日知录》《随园诗话》《吴诗集览》等线装书是残梦摇曳的劫后余生了。

纽约古书最多的华文书店当推华埠的东方文化书店,自然都是现在的洋装古书。有一回我偶然在一排杂书中淘到一本清人顾禄的《桐桥倚棹录》,真是天上掉下个林妹妹。那可是我在大陆托了多人都没有觅到的,而且只有令人难以相信的美元一元六角。没有想到《桐桥倚棹录》今年竟走入了我的梦境,而且改了装束,成了线装书。

搜书记

谢其章

1995年

隔窗看了一眼刘广振老人;"六场绝缘斋主人"十年磨剑未出锋;京城作家藏书规模有如书店者;黄裳题记《榆下说书》;地坛有地摊,老者无老书;琉璃厂古旧书拍卖走上正轨;"洋烟画"拍场得宠;结识"伤心人";后秀才胡同老屋老藏书人。

1月11日　星期三　晴

上午去北大,又赶上卖降价书,室内拥了不少学生,我有特权可进里面,但仅得杜渐的《书痴书话》,六十块钱,抵一册《文选》,太贵了。出来奔海淀旧书一条街,看到不少稀见旧书，听店员讲姜德明来了好几次，每次都不空手。

2月8日　星期三　晴

上午奔南线访书，虎坊桥中国书店大楼底层开了书店，售货员与顾客之比为四比一也。知道刘广振在收购科，欲上楼问候一句，被黄科长阻住，只隔窗望了一下几年来在幕后为我补配期刊之刘老，老态龙钟正伏案补书，从此再也不劳他配刊了。通道上很有些旧书，到黄科长办公室聊了会儿天。

晚读普希金文，临死之对书呼：永别了，朋友们！心酸哀极之语，天下爱书人闻之色变。

2月22日　星期三　晴

上午到鲁迅书屋，买到《拓园草》。出来去白塔寺院内，《收藏家》编辑部在此。

3月8日　星期三

上午把书稿理好，共四十三篇连同信一起寄龚明德，希望能在明年八月完事之后读到。

[补注]

一九九四年结识龚明德先生,他叫我把旧杂志中有关"藏书"一类文章归拢起来,编本书。终于弄完了寄去。事终未成。二〇〇三年夏,此事又由吴兴文接手,已进入出版社的三校,终又未成。现书稿趴在另一家出版社,等待审结,希望亦在"未定之天"。每念此事,心常不快。

3月19日　星期日

早上即去中关村跳蚤市场,特清静,感觉不妙,果然停办了。怅然面对着空荡荡的操场,有老者告之迁到万泉河去了,赶到,哪有书摊啊,全是卖吃的穿的。回程于海淀图书城内买了几本台版《名家翰墨》,昨日所发奖金净光光。

3月26日　星期日　晴

不到六点起床,奔地坛体育场跳蚤市场,只补到三本《香港文学》,由于要赶班车,只好匆匆告别此地。

5月10日　星期三　晴

上午去北大,待了四十分钟,无一书可购,取回押金五百元。不算太省事地找到了万圣书园，地理之偏乃京城之最，老板有三味书屋风格，能聊上几句，这里的《中华读书报》自取。

5月14日　星期日　晴

今晨甚凉，奔地坛，一摊有十几本残缺之《良友画报》，索价二百元，几个高手都翻了翻。今日又识一淘书者，手上定有不少旧书。自地坛出奔劲松，得一九六二年上海文艺版《中国现代文学期刊目录》，于乱砖堆上之地摊，价八元。一日逛书摊所费竟九个钟点，为书至此，一痴也。锦元突然来访，离婚了，又换了辆好车，百万富翁是也，什么都有了，家却没了。

6月12日　星期一　晴

昨晚接倪墨炎、龚明德信。今寄倪《古今》复印件。

6月16日　星期五

下班到新街口中国书店，购三册第一辑"书趣文丛"。

6月17日　星期六　雨

下雨。下班挺凉，雨中去新街口中国书店，惦记着昨天剩下的"书趣文丛"，店员讲不拆开卖，早晚要拆，我有经验了。《脂麻通鉴》乃一女作者，她提到了周越然。

6月28日　星期三

上午奔琉璃厂，在松筠阁买了一本上个月《读书》上介绍过的《都市摩登》大书，极尽装帧版式之能事。本月购书近千元。收《书与人》编辑宋吉述信，二文之中选了《〈杂志〉杂谈》，要书影。

[补注]

关于《都市摩登》，扬之水的书评，写得何其好呵。《经典》杂志称"京城作家藏书规模有如书店者，当推扬之水家"。扬家的书没有白多。

7月2日　星期日　晴

六点出发奔地坛，与二赵聊聊，《蠹鱼篇》见到了，书品极好，可惜不归我也。《藏书十约》也见到了，薄薄一册。再奔劲松，给董买了《人民文学》创刊——六合订本。沉甸甸几乎拿不动。一壶水，一条大毛巾，几乎中暑。

周建南去世，享年七十八岁。小春去北河沿守灵一天，见到不少中央高层人物。大后天开追悼会。

7月30日　星期日　晴

雨止日更毒，猛晒。六点一刻到地坛，惊闻《榆下说书》落他手，虽楚弓楚得，亦不快了半天。昨天跟了我几年的自行车丢了，心里本不痛快，昨日失车今日失书。

[补注]

至今犹记那日失手《榆下说书》的不快。今日此书我存有复本，辗转韦力先生面交黄裳先生题几句话——"此余藏书记之初本也，一时颇得读者爱重，今已罕见。三联二十年后重印，改易封面，不及初版多矣。其章先生藏此书新若未触，尤难得也。甲申冬日黄裳记"。

8月26日　星期六　多云

下班后骑车奔飞龙桥十五号刘宅，地处文化宫墙外，找了大半天。惜无中意之书，只礼节性地挑了几本。他的十六箱外国名著小说未见到，他的书横躺着放，摞得很高，为什么没有见到一本旧书？奇怪。

[补注]

一九九五年一年，我活动在地坛跳蚤市场，常见一读书人模样的长者铺一块布摆些书来卖，一看便知是拿出自己的藏书，增加点额外收入。每本书都有一枚印章，书的质量也好，在他那儿没少补七八十年代的文史书，价钱二三元一册，从不漫天要价。前面说的《榆下说书》即是从他那儿出手的，当然现在不算稀罕书了。相互熟悉了，他邀我去他家看看有什么可要的书，便去了二趟，故宫墙外的平民小院，屋里屋外煞是清洁。我在他那儿学到平装书可平躺着一摞摞放放得多的方法。以后地坛跳蚤市场取消，又在琉璃厂书市碰见他几次，再往后就再没见到这位有点令人怀想的长者。所谓长者，当时也许到不了六十岁，言谈举止，叫人尊敬。

9月14日　星期四

早七点半，小赵即来同去琉璃厂书市。会合了赵、吴、"美术家"、老刘，今年戒备森严，只看了一眼即被轰出来。又转海王村，赵看书极细，因为细才把《庶务日记》挑了出来。

9月15日　星期五

晨，赵找我同去海王村书市，后门拥了一堆人，熟人不少，九点开门，冲啊，发一声喊。大失所望。阳光下互相参观各自抢的书，有一本丁玲签名送凌叔华的书，一本文载道的《文抄》。有人在此散发《旧书交流信息报》。尉健行视察琉璃厂一条街。在拍卖样展上见到良友"特大本"之一巴金的《雾雨电》，非常诱人。

9月19日　星期二

早上奔海王村书市，待一小时。出到建外大街去社科书店，又到赛特大厦购嘉德古籍拍卖目录，然后转了一下"赛特离了谁的谱"的大厦。出奔朝内大街三联门市部，买到第五期《书与人》，发我文，引文全删去，缩到三千字。又去劳动人民文化宫书市，只买了八本新杂志。返回琉璃厂在新中国书店大楼会议厅参与拍卖会，第一个入场，随后见到李金明、田涛。把《田说古籍》拿出来请他签名。李金明和田涛为《红楼梦烟画》进行了最激烈的争夺，最后田让步了。作为旁观者，我仅是开眼界而已。

[补注]

琉璃厂现在最热闹的时候（不算春节厂甸），也就是等到有书市有拍卖会的那几天，才会人多一些。这几天你逛书店，相熟的店员打招呼，总是一句"看拍卖预展来了？"。中国书店的拍卖不局限在书上，大凡与纸制品沾点边的都可入拍。像洋烟画，纯小孩玩的玩意儿，如今登上大雅之堂竟然拍起卖来了，搁过去想都不敢想。上海图书馆在"洋烟画热"的那年还赶风头出了本豪华装的《七彩香烟牌》，售价一百多块，馆长亲自写序。本人喜欢攒这玩意儿，给这本书写了个书评登在《博览群书》。此外还拿着洋烟画跑到某杂志社直接扫描上图，配上二千文字发了一篇，自认为是近年来谈个人收集洋画儿中写得最好的。

一九三三年，二十九岁的诗人朱湘在上海开往南京的吉和轮上投江自杀。我在朱湘散文里找到一篇叫《烟卷》的，里面提到洋画儿——"便是烟卷盒中的画片这一种小件的东西，就能以窥得出社会上风气的转移"。朱湘大动感情——"我当时的失望啊，为了再也搜罗不到玉麒麟卢俊义这张画片的缘故！……我到如今还记得我当时对于那些画片的搜罗是多么热情。……恨不得大人一天能抽十盒烟才好……当时如果有一天那烟盒中的画片要是与从前的重复了，并不是一张新的，至少有半天，我的情感是要梗滞着，不舒服……收集全了一套画片的时候，心里又是多么欢喜！那便是一个成人与他相恋的女子结婚,一个在政界上钻营的人一旦得了肥缺,当时所体验到的鼓舞,也不能在程度上超越过去"。

关于洋烟画,邓云乡写过《承平时代的童年欢乐梦》,剧作家陈白尘写过《众里寻她千百度》。写得最专业的是金受申的《谈洋烟画》。

洋烟画儿一热,仿制品大量跟风,刘心武写的一篇,图片就是仿制品。拍场上的《红楼梦烟画》拍到近八千元,归我的朋友李金明所得。

9月23日　星期六　风

收到倪墨炎寄赠的《风雨谈》一、二期,书况之惨出乎意料。收到《书与人》稿费,一百五十元,太多了。

9月30日　星期六　多云

下班路过建农所在书店,引见我认识《田说古籍》责编王逸民。半夜写《古今》,到楼下透气,树叶飘零,偶有雨点落下,明恐去不成地坛。

10月3日　星期二　晴

龙江来访,刚刚买到《逸经》合订本三册三百元,三十六本中有十三本原版的，又提到小吴以一百五十元购《西风》创刊号。

10月7日　星期六　晴

好天。上午去中山公园内报刊发行宣传日。今年各报都手紧了，发的少、要钱的多。晚去龙江家看书，他还有另一半书在别处。

10月11日　星期三　晴

转灯市口中国书店，龙江在此买过四十本《海洋文艺》。出奔中图二楼，昨接一女同志电话告有不少《良友画报》，今次只买到五本。

10月16日　星期一　风

昨天和"伤心人"约好今晚六点在新街口中国书店会面，带来《澹生堂藏书约》，另一本是阿英编《红楼梦版画集》，价不低，书亦难见，只得如此。中午打乒乓仍威风八面，状态奇佳，一盘未失。

[补注]

为何称人家是"伤心人",结缘还是在地坛跳蚤市场。这位衣着颇不入时,在地坛摆地摊卖自己的藏书,多五十年代印数很少的文史书。有一次他跟我讲他的"伤心史"。原本藏了一屋子书,某年大病入院顾不上家又需用钱,他妻子背着他把一屋子书卖了绝大半,且卖得很贱,他出院之后见到屋里空了,如雷轰顶,剩下的一小部分书又着了水,顿时心灰意懒,干脆把书拿出来卖光断根。他跟我讲的时候,神情颓败,眼无神面无光语无力,所以我在日记中称他为"伤心人",为书把心彻底伤了。伤心总因书缘未了,后来还见他出没书市。《澹生堂藏书约》"伤心人"是一角四分买的,原定价一角八分。

10月17日　星期二　多云

下班奔后秀才胡同何宅,稍周折。此人此居此藏书令人想起孔子的话,"人不堪其忧,回也不改其乐"。何藏书报刊甚丰,偶一展示即令我目迷五色,神飞天外,今晚所见仅九牛一毛也。他送我《大人》合订本一册,并嘱注意一九四一至一九四五年之电影刊物。

接龚明德信,书稿出岔,转到湖北王建辉处,明年?后年?

[补注]

何老先生，家住西城后秀才胡同。第一次造访之后我在他送我的一本杂志的空白处写下：你没有去过那里，你不知道他家有多破；你没有去过那里，你不知道他家有多少好书。

每次去何家，都是下班以后，到他家都是光线黯淡之时，破胡同破院破屋，一口大水缸，一只黑暗中闪着蓝光的大猫，一只生着煤球的火炉，地下堆着劈柴，一股说不出的怪味，所有的柜橱桌椅似乎都搁在不恰当的地方，没有坐的地方，只能坐床沿，床上也半边堆着杂物，我从没见过这么脏乱的屋子，在农村在青海也没见过。何老先生原在《人民日报》工作，墙上挂着毛主席、刘少奇等党和国家领导人接见先进分子的全景照片，其中一人是何老。何老从五十年代开始攒书，这三间平房到处有书，没有书架书柜，不是放纸箱里、放木箱里，就是叫不出名的大黑漆的老式柜里，哪儿哪儿都藏着书。他的书没受过一丁点儿损失，他还攒旧唱片，胶木的，周璇是何老的最爱。何老好像是独自一人生活，屋里没有别人生活的一点痕迹，我去他家若干回也没碰到过别人。何老的文章发在新加坡、马来西亚，那边有一大帮周璇的歌迷，他送给我一大张《南华日报》，上面有一整版是何老的文章《桃花依旧笑春风》，纪念周璇诞辰的。那个版的栏目名称"老骨董"。后秀才胡同后来拆了，何老搬进了离胡同不远的新楼房，三室一厅。旧貌换新颜，一下子做了九组书柜书架，没听我的建议，被街头木工糊弄了，书放上没几天隔板就压弯了。

京城各色爱书人藏书者，见识过不少，何老是另一路的代表。

11月9日　星期四

昨收董寄来的《青鹤》，竟为嘉业堂藏书楼之旧物。

11月14日　星期二

给杨义打通了电话，很客气，看来那套台湾版《新文学图志》有希望了。

11月23日　星期四　小雪花

仍阴仍雪，静静的上午，正如周作人在信子死后对鲍耀明信中所言："这老僧古庙似的孤寂生活对我倒相宜。"此话移作我如今的心境又如何？

中午外出购报，《精品购物报》A3版满是《今生只为书癫狂——谢其章其人》，小宋真能编，什么"三室二厅全装满了书"。不过人家写此类报道文字确有一套思路。

12月13日　星期日　晴

托小青带的书今天到了，她说我要的书太老，只买到这几本：余秋雨两本，董桥两本，余光中两本，罗青一本。从被国内删去的一文中得知一九八四年中英谈判时董桥到过学院胡同、屯绢胡同、松鹤枣林一带，按院胡同肯定也路过了。

12月20日　星期三　晴

天气好，在于无风。上午到龙岗，下午奔琉璃厂。王雪涛的画顺利卖出，杨真大老板气派。于荣光艺廊购《邮典》合订本。于中国书店见《天地人》全，《论语》全。《论语》标价一万六千元，几合一百元一册，翻了几个专号，都是丰子恺绘封面画。归途中于民族文化宫参观"光明家什展"。

12月24日　星期日　晴

中午外出复印，归后门上插一名片——中央电视台舒波。因我投"我读老舍"征文，由舒乙再由吕国庆介绍知道我，呼他，约下午来。待一个半小时，约好下礼拜拍我。

1999年

《旧墨记》缘自"八道湾十一号周启明宅"；喜得"新中国第一刊"；"我读老舍"三等奖；谁人识得何挹彭？《北

京青年报》连载"京城书痴"。冯雷上门取走书稿；与马未都同场拍节目；《科学时报·读书周刊》召集作者会；北京电视台纪念《北京晚报》出报一万期；《藏书家》周晶约稿；卖书总赔钱。

1月9日　星期六

武装成球了，八点多入场。今日见有一通周作人一九六一年六月二十三日致人文社预支稿费信函，带人文社批文，带信封，信封上有"八道湾十一号周启明宅"字样。卖主索价一千五百元，被一方姓者买去，问我值吗。我说你如无周手迹，可买。晚与方先生聊天并告之查资料一九六一年有此事。听说还有周写给康生的，要价是"面议"。今购台湾一九六七年二月全份《中央日报》，价二十元，及香港《新晚报》一九六五年三月合订本，价二十元。

今读报知将有新《万象》出刊，甚合吾心。

[补注]

此"方姓者"，即《旧墨记》（北京图书馆出版社二〇〇五年三月版）作者方继孝先生，现在熟了以兄相称。方兄收存名人书札，国内排得上号，后来我力劝他出书，果然出了，叫《旧墨记》，而且赶上"国文时代"，印制极精美。八十年代郑逸梅出《逸梅藏名人书札》，图片黑乎乎惨不忍睹，太可惜了。郑老一九四九年之前即有长文《谈尺牍的收集》，最高峰时达万余通，他老人家的藏品如能制成现在的水平，该是何等悦目之"逸品"。

1月12日　星期二

上午先至万寿路邮局取稿费四百六十五元，然后是三里河—三味书屋—六部口。后至太庙，北京人此时多上班揾食，公园里游人甚少，交完存档费，从容散步，远眺故宫，心怀远古之寂寥，但愿长此以往，都似这个上午的静境。返程到横二条，终于圆了《人民画报》第一期梦，价也不低，品相属上等货。前几日于潘家园市场听某人讲："没有××还算玩邮票？"换言之，没有《人民画报》还算玩创刊号？晚打电话给姜德明，他居然也后悔当初没多收存解放区书刊。

[补注]

一九四九年之后的杂志，值得收藏的没有几种，整齐划一的文风毁了许多有才华的人。有多少极具水准的封面，一翻内容就叫人丧气，只好不买。《人民画报》《解放军画报》《民族画报》，时称"三大画报"。我碰见过多次《人民画报》创刊特大号，书品均不佳，这次于横二条中国书店报刊门市撞上一本品相上等货，当下掏钱。丁聪当时参与了《人民画报》的版式设计。

1月17日　星期天

今日有约，下午出发，先至三联，碰到贾俊学，手持两册旧书，一册一九五二年版《呐喊》，有周作人印，一本毛边李小峰作品。三点到座谈会地点，好雅的居所，女主人丈夫为法国人，室内中式家具乃从张德祥处购来。来客皆为女性作者，唯我一男性，颇窘。这些女作者颇开放与前卫，语言不搭界。挨着我的是160台心理热线主持，她看过《精品报》上讲我的那篇。出来奔小赵家，聊一小时辞出。

1月22日　星期五

五点即醒，心里有事即睡不实，六点起，到小庄才八点多，在报社门口正巧拦住要外出的姜德明。小胡随后到，先去《人民日报》海外版交稿，然后同访姜府，延入书房，聊七十五分钟。我携《相思一片》等三书请他签名。姜德明拿去年发稿记载及待出的六本书名：山东一，文汇一，宁夏一，湖南一，北京二。自姜宅出辗转奔琉璃厂，途中于前门门框胡同吃锅贴。今天看拍卖预展的人很多，彭经理告我那篇《〈小说月报〉竞拍记》引徐舰注意，问作者何许人也。何许人也，因书致祸者也。

收到《万象》寄赠的创刊号，颇兴奋，准备给它写稿。收薛冰、龚明德信，等龚明德寄赠的《凌叔华文存》毛边本。

2月6日　星期六

七时方起，九点多入市，得《中国一日》初版本，红色封面，大而厚，书品稍逊，内页完整，价一百二十元。后转隆福寺修绠堂，好像也不愿卖给我们这样的人，莫非"常来不是客"？

2月10日　星期三

上午柯兄如约而来，亦称"过斋谈书"罢。他藏鲁迅旧藏《淮南旧注校理》，钤一枚"鲁迅"小圆印，查鲁迅日记知一九二五年十月二十八日购于广州。

晚抄"步行串连日记"，当年年少，我们多么坚强。今意志早已消沉殆尽。

得龚明德信。又开始寻许定铭《书人书事》。

3月5日　星期五　有风

八点出发，九点半到北京日报社会议厅，"我读老舍"颁奖会，到会约四十人。先请舒乙在《宇宙风》上《骆驼祥子》

首发处题几个字。吕国庆、舒乙主持,一等奖葛翠玲,她和崔道怡发言。舒乙讲一百七十一篇征文无一例外提到老舍之死。散会后连逛灯市口、隆福寺、三联、文物。

3月8日　星期一

杨良志来电话,讨论与倪墨炎合编古董散文一书,并说倪从我提供的篇目中就猜出这是谁提供的了。

山东刘国兴来电,选题通过,命我六月交稿。

3月27日　星期六

昨给姜德明电话,汇报海淀书市战况,并说眼下旧书店的书价是"九爷团副胡彪(标)",毫无办法,而且早已有强力者先入先挑过了,我们只能吃点剩的。我说如果书能出请他写序。

今收中国书店拍卖目录,惊见《藏书纪事诗》上钤"北平何挹彭藏书印",是六十七号拍品。五十二号拍品有周作人、周丰一的字迹。

[补注]

旧杂志《古今》《杂志》中有"何挹彭"者书话多篇,多署"挹彭"。《聚书脞谈录》连载《古今》三期,《眠雨堂记》《东西二场访书记》刊于《杂志》。何挹彭室名"眠雨堂",典出"人生难得秋前雨,乞我虚堂自在眠"(姜白石句),与唐弢一样的斋号(见《晦庵书话》一九八〇年版260页《北平笺谱》首行:我曾以所藏《凯绥·珂勒惠支版画选集》喻眠雨堂镇库之物)。两人又都在邮局工作过,我当初甚至以为"挹彭"若即是唐弢,还一个原因是俩人喜欢收集的新文艺书刊太相像了。终究不是一个人。

4月5日　星期一　清明

上午听半导体,《闲话京城》播音我的《珍藏过去的老舍》。自己写的文章被播音员念出来,通过念才知好歹。能上广播,也算一种经历。

夜读新购王朔《看上去很美》,文章及少年时的心理及语言叫我夜半时分笑出声来。躲避崇高,说得好而准。

4月24日　星期六

大前天在拍场遭重创,心情一直不好,何挹彭与我无缘。今早奔潘家园市场,用二百七十元买了上礼拜看中的《文艺学习》四十五册,全份,品佳。又帮小胡买下《紫禁城》一至三十三期,几年了,还不如我当年二本的价,叫人叹气不止。

4月30日　星期五

中午接《北青报》陈新电话,叫准备六月"京城藏书家"的五篇稿子,问我有人选吗。

5月12日　星期三

下午接刘国兴电话问书稿进展,命六月上旬交稿。上午又照了一卷书影图片,下午取,凑合可用。晚接陈新电话,稿子还要补充。中午小红来电话,给我算了一命,今年成绩不会差。

5月30日　星期日

小赵今天于潘家园有重大收获,得十七至二十一期《天地》,正是我所缺期数者。《北京晚报》今刊吾文《新旧补破》,篇名编辑改得好。

继续抄书稿,怕得脖子发直的病。晚九点多《南方日报》周洪威来电话约稿,难写。刘国兴来电,复印图片别折,怕影响效果。

6月7日　星期一

"京城藏书家"首篇姜德明刊出,斗大的字。上午与田涛通话,他直接把图片传给陈新吧。收到金性尧寄赠新版《风土小记》。姐来电话,说《新旧补破》写得不好。

6月23日　星期三

今天可以说把书稿抄完了,晚去复印小姑娘不耐烦了,中国人就这德行,我也在内。

7月8日　星期四

昨晚冯雷来两次电话,她人在北京,明天来取书稿。上午九点冯雷到,换鞋,让进老虎尾巴。把书稿分两包包好,大图则卷起来,怕折。冯送我四本书。待一小时离去,嘱我多给《老漫画》写,明年七月五日前可见书乎,我欲停笔一问之。

7月29日　星期四

《北青报》将《安得广厦千万间》改成《难忘大杂院岁月》

刊出，甚喜，又盼得奖。

上午刘国兴来电，正抓紧看书稿呢。

《北京晚报》周家望来电话，约下礼拜三开征文座谈会。

8月4日　星期三

上午奔三联，得一刊三报。隆福寺灯市口两书店衰败得不成样子，一本能入眼的书也没有。书店似乎依然活得挺滋润，都像我们这种买书法能让书店饿死。

耗到二点到《北京晚报》开座谈会。

8月11日　星期三

知道就那么回事，还是和小春出发了。先到呼家楼中国书店，屁也没有。一点半找到二十一世纪饭店，上一个节目才拍了一半，等。北京电视台梁小姐叫我带《人民画报》创刊号参加节目。一眼看见了马未都，这些人里就他对藏品的见识高人一等，什么东西他都能说出具体的感性和理性双重认知，确实是藏界一个奇才。刘淑芳唱的《宝贝》唱片今天也有人带来，刘淑芳本人也到场了，算是名人效应。

8月12日　星期四

昨天把人耗乏了，今晨惦记书市勉强爬起。提前开门了，入市，小赵已得《立春以前》，五十元。小胡得《初期白话诗稿》，价一百八十元。出来又与杜春耕同逛古籍书店，《万象》标七万元，《永安》标两万一千元，都是多一个"零"的高价。

8月20日　星期五

下午如约去秦杰家，胡、赵已到，屋里桌面上已摆好三摞书，甚令人惊诧，尤以杂志品相为佳，皆来自上海他这一年多的"驻沪生涯"，谈了不少沪上访书见闻趣事。畅聊五小时方散。得出结论，上海旧书刊比北京便宜一大块。

8月21日　星期六

中午出发去拍卖场，元尚已到，枯坐三小时，原定的十件一件也没拍到，极败兴。孟宪钧中途退场，告之见我小文，欲交流。

给《北京日报》孙毅打电话，谈《文学》纪念鲁迅特辑，他告我写好寄来可也。

8月31日　星期二

上午先到海淀，仅购书一册。逛到二点至中关村乙三号《科学时报》会议室，认识了焦国标与几位编辑，都是过去只闻其声不曾谋面的几位女编，号称读书版"五朵金花"。来了三十位，每人发言，我是第四个，不着边际地说了十五分钟。

昨下午接《北京日报》马益群电话半小时。

9月6日　星期一

今年葡萄由于天旱，既便宜又甜，十元六斤正可大吃。一点出发，一点四十五分到北京电视台，来了上百人，分给入场券，必须坐前排，内定我发言。田歌与刘心武主持，来者有：苏小明、朱明瑛、北京男足谢朝阳、女足刘军、叶永烈、方汉奇、邓拓之子、"六十一个阶级兄弟"平陆县新老县长及当年中毒者二人、悦宾饭馆女主人、《北京晚报》"老记"郭仲义、苏文洋。进行了三小时，我第三个被田歌问，说得不怎么样。本月十六日播出。闷热，饿，回家极乏困。

9月28日　星期二

上午接刘国兴电话，书稿看一大半，待清样出来再请姜德明写序。今年能否出书,我看不行,只剩三个月了。晚接孟宪钧电话,他也对"何挹彭"感兴趣,藏有何钤印之书。孟最近去过上海,拜访过黄裳。

小春接同事电话,外院一同事全家中煤气熏死,人生岂能如此不小心?

10月8日　星期五

全上班了。上午将龙应台吵架稿寄《科学时报》。下午两点接《人民画报》邹毅电话,欲刊我《新中国第一刊》文,约定礼拜一来拍几张图片。如成,将刊明年一月号《人民画报》。

10月17日　星期日

晚饭后与小春去中国画研究院小胡处看书,小春总说小胡沏的茶香,那是茶叶高级。胡展示新购之《旧都文物略》,书品甚佳,可称"新若未触",惜他携归时不小心叫车筐划了一道子,又是在封面上,教训教训。我说那天如我在场此书即是我的了。又看了他收存的杂书,其中《十年建筑》中竟有洪茂沟之建筑图,当年是样板工程。

10月27日　星期三

下午一点到中国文化报社，在楼梯口见到了听了一年半亲切声音的陆璐，认真地挑了几幅图进去扫描。

赵峥呼我，晚上来此小坐，原来是女儿考上语言学院了，故有闲工夫串门，话不太多，一句一句的。几十年来总算是第一位小学同学登门来访吧。悠悠白云悠悠岁月，小学时代今何在？

接《藏书家》周晶电话，对《古今》一文有兴趣。

［补注］

想到欧美、日本，类于《藏书家》一类的刊物很多，名称也起得有诱惑力。我们这里终于有同志大胆地出《藏书家》了，突出了一个"藏"字就是为了和"读书"的"读"划清界限。至于"家"不"家"的就任人唾沫星子横飞吧。《藏书家》自一九九九年至二〇〇五年，共出十辑。由于一直给它写稿，和主编周晶也多交往频仍，他排除俗见，坚持发表有关近现代书刊的文章，方使小文能连刊八期，只是一头一尾没赶上。第十辑本来也有我的稿，一时疏忽误了截稿日子。周晶上有八十多老母，自己身体也不好，看稿子多了血压就上来。偏偏又认真，问我文中的"几百种同名的《小说月报》"是否属实，有那么多的《小说月报》吗？《藏书家》有严格的发放稿酬制度，每次总给作者寄来付酬发票（收据），图片多少钱，文字多少钱。

11月27日　星期六

天大冷，去报国寺，感受寒冬之威力，寺内稍好，遮风挡寒。上来就得十册《明报》，十一块钱，里面果有好文章。本月四个礼拜全出动，甚不简单。

12月15日　星期三

上午八点小田打来电话，九点人到，很快讲妥一元一本，总计四百七十元，算四百五十元，他挺高兴，用个小三轮装了三层，这是我最大规模的一次卖书。买来兴冲冲，卖掉捆载而去，加上一九九四年、一九九七年两次卖书，总共卖了近两千元，以一赔三计算，损失至少六千元。下午小胡来电，聊的尽是卖书如何如何赔钱，今后我们还干叫今后后悔的事不？

晚，楼下散步，高悬的明月四旁一圈"风圈"，插队时老乡就讲过，风圈表示第二天必起大风。

原西单老胡打来电话问《二十四史》该如何摆，一部《二十四史》，叫我如何说起呢。摆也是摆样子当背景墙。

在中国书店买书

孙卫卫

这两天,我常常去东四南大街的中国书店买书。

我几乎是一本一本地看,每次都看到他们下班,营业员催着走。

我找到了大陆最早登《小王子》的杂志,《世界文学》一九七九年第三期。从目录页写的名字看,应该是女生的,谢谢她这么爱惜,二十七年过去了,除了纸张变了颜色,并没有大的改变。我到孔夫子旧书网上去看,居然没有这本杂志,可以想象它的珍贵。

《托起明天的太阳——中国"希望工程"纪实》是海军政治部创作室作家黄传会二十世纪九十年代的作品。与这本书几乎同时出版的还有他的《中国乡村教师》,我当时买了两本,一本寄给我初中语文老师,我没有给他写信,他看完书给我写信,说和书上的那些老师相比,自己很惭愧,比不上那些老师的思想境界，要向人家学习。我给我的老师寄书，是想让他知道，中国还有很多和他一样的乡村教师，为了责任和使命，在讲台上站着，虽然腰身已不再挺拔。《托起明天的太阳》，香港文汇出版社一九九三年出版，印刷和设计特别漂亮，原定价港币三十五元，现在四元人民币就可以买下。还买到了黄先生另一本写"希望工程"的书，《"希望工程"，苦涩的辉煌》，两本书放一起才好。

我上初中时喜欢过集邮，大学重新拾起，而且偏重于搜集儿童邮票，实在不好搜集，后来也没在这上面花工夫，又一次自生自灭。《世界儿童邮票集锦》仿佛是一本集邮册，让我看到了世界各国近二百枚儿童邮票，真是大开眼界。正如陈伯吹老人在序言中所说："这是一本十分美好的画册，一拿上它，就舍不得放开它了。"

我一九九四年夏天去南京大学中文系面试的时候，前系主任陈白尘先生不幸去世，也是那次我第一次听到他的名字，后来读他的文章，先后买过他的《牛棚日记》《云梦断忆》《对人世的告别》《缄口日记》。江苏省戏剧家协会原副主席梁冰在回忆文章中说陈白尘的一生是热爱光明、追求光明、捍卫光明、讴歌光明的一生。回忆文章出自《舞台与讲台——戏剧家陈白尘》一书。是呀，绝大多数人都喜欢光明，但是能否有勇气和力量去追求，用正义去捍卫，去大胆地讴歌，并不是每个人都愿意去做，都能做到。

我在南京上学的时候，知道有一个杂志叫《民国春秋》，但是不知道里面有一个很有学问的编辑叫王春南。我看他的文章《有书可读是一大乐趣》，真是佩服。一九七五年，在北京工作，夫妻两地分居，每日在单位食堂吃过晚饭后，便坐到办公室看书，读完了《列宁全集》和《鲁迅全集》。"文革"后把《二十四史》读了一半，《资治通鉴》览阅了一遍，看完了《四库提要》和《四库提要辨证》。有人借给他一本薄薄的英国出版的海洋学通俗读物，他正自学英语，把它翻译成中文，又看了很多海洋学的书，写了一本十万字的《海底漫游》。为提高书法水平读书史、书论，居然出了四五本有关书法的书。到了四十五岁，将主要精力放在民国史和书法研究上，又出了好几本重要的著作。这是我在南京大学出版社一九九六年出版的《江苏学人随笔》上看到的。书里的所有文章，要么讲个人经历，要么讲如何治学。读它们，好像在浦口校区听大家们讲座，思绪已飞过巍巍钟山，越过滔滔长江，奔腾到大海。

程千帆先生的《治学小言》，对我来说，也是一本励志的书。在鼓楼校区北园，我多次看到他和老伴蹒跚着去系里拿信，大家都很尊敬他，没有机会和他们打招呼的，就远远看他们幸福地走着。他的女儿程丽则老师曾任我们的教务员，也是一大好人，会生活的人，前些年自费出版了诗文集，送给朋友和学生，把一份快乐变成多份。

我的第一本连环画是《表》，三叔上中学时给我买的，那时我还没上学,也许只认得"表"这个字。二〇〇三年,在首都机场看到《表》的连环画,虽然要二十多元,还是买了。《表》的小说躺在中国书店,也许一直在等着我把它带回家。这是俄国作家连卡·班台莱耶夫的作品,鲁迅曾翻译过这篇小说,用的是德译本,并参考日译本。

我在中国书店买了将近六十本书,也包括自己的一本儿童小说。我的这本小说是送给一位著名文学评论家的,没想到在书店见到。我看到中国书店不少书都是作者签名送出,后又来到这里。有人可能觉得把收到的书当废旧书卖让人看到不好意思,干脆把题赠的那一页撕掉。我一边买我的书一边想,以后再也不乱送书了,像易中天教授前些年一篇文章写的那样——"恕不赠书"。

我能做到吗?

逛旧书摊记

秋禾

青岛昌乐路旧书集市

二〇〇六年六月十一日是星期天，近九时退房，集体坐车至市内昌乐路文化市场游观。

入院内见其地已规划为各功能区，类似北京潘家园内，找到旧书地摊浏览一周，仅得萧乾《一本褪色的相册》（百花文艺出版社一九八一年四月版）、冰心《关于女人》（宁夏人民出版社一九八〇年十二月版）、李黎《西江月》（中国青年出版社一九八〇年十月版）、白夜《剪影》（新华出版社一九八一年十一月版），以及《历代书信体散文译释》（黑龙江人民出版社一九八三年六月版）。

宁文得书六本：蒋星煜《包拯的故事》（少年儿童出版社版）、赵世杰编译《阿凡提的故事》（中国少年儿童出版社版）、屠岸译《十四行诗集》（上海译文出版社版），均一二元之物。唯其以十元所得铁牧编著《外国铜版石版画集》，仅印四千五百册，颇为珍贵，书品为七成。见［荷兰］伦勃朗之《风景》、［美］博恩之《风景》、［苏联］库尔多夫之《白桦树上的野乌鸡》、［苏联］维连斯基之《沼地风光》，意境疏远，其"编后记"述：

　　铜版画和石版画发源于西方。公元十五世纪，欧洲开始有刻铜的技艺，主要用于宫廷、教堂的器皿和装饰，从事制作的是工匠，后来，由此演变出凹版印刷术。十六世纪初，荷兰画家梵莱登发明分层腐蚀法以后，铜版画逐渐流行。但在那时，还主要是用作复制绘画的一种方法。铜版画作为一门独立的艺术，是十七世纪才确立的。石版画的历史较短，十八世纪，欧洲开始使用石印技术，到十九世纪，有不少画家创作石版画，使石版画艺术迅速发展起来。我国……独立的创作版画（包括木刻、铜版画和石版画）都是本世纪二十年代开始从欧洲传进来的。

　　……铜版画和石版画具有版画艺术的共同点：属于小型绘画，以黑白为基础，重视线条造型，讲究绘画、制版、印刷的技巧，运用单纯的形式造成丰富的效果，可以大量印刷，每张都是原作。与木刻相比，铜版画和石版画的色调层次更丰富多彩、柔和、细致。铜版画兼具钢笔画和水墨画的情趣，刚劲，潇洒,尤适于渲染气氛和光影的变化。石版画仿佛木炭素描,苍老,润泽。在构图上都不拘一格,用笔或刚或柔,情志所致,挥洒自如。除单幅画、组画外,多用作书籍插图。铜版画在欧洲一直是很名贵的艺术品种,很多家庭、办公室、客厅悬挂铜版画原作。石版画还可作漫画、政治招贴或商业广告。

接着游观青岛山炮台,原德军地下指挥中心。薛原为主人,午餐于登州路五十六号"青啤之家",饮用醇厚独特之青岛啤酒厂特供鲜啤,爽极。

饭后至火车站,游走栈桥。三时许上车,一宿无话。

银川旧书摊

二〇〇七年二月九日,周五,抵银川。晴。

……下午忆二〇〇四年暑假,在银川自发形成之北京东路、北塔巷口旧物旧书摊淘书有所得,购归晓风编《我与胡风》(宁夏人民出版社一九九三年一月版)、《霍达文集》卷六散文集、《笔耕犁痕》(北京十月文艺出版社一九九九年八月版)等约一二十册,明天周六,决计前往一探。

二月十日,周六,在银川。晴。

十时许,步行十来分钟,见此地摊市场,依然只有旧书摊和旧物摊各四五个而已。

路口阳光中首见一摊,摊主与我年龄相仿,摆有自内蒙古收购来之大十六开活页本"文革宣传画"一本,经议价付以五十元。随后选购其单页对开之"文革张贴画"二十五张,付以一百元。老板见此商机,即告知略等,他骑车回去再取一册、一卷来,复付以一百五十元,购置"文革宣传画"一本,"文革张贴画"三十五张。附近摊主闻讯纷来推销其类此所有,乃于别摊再得"文革宣传画"两本,"文革张贴画"数十张。

至书摊淘书时,囊中将空,但尚得旧书若干,每册价在三五元之间,贵不过十元。以十元所得《大学梦圆:我们的1977、1978》(宁夏人民出版社二〇〇五年十二月版),意必可从书中翻检到有关"文革"期间"知识青年"求书若渴纪实也。

检视所得,有为纪念鲁迅诞辰一百周年所编《鲁迅书信集》上、下卷(人民文学出版社一九七六年八月版),残存上册之鲍昌、邱文治所编《鲁迅年谱(1881—1936)》(天津人民出版社一九七九年六月版,上册内容至于一九二九年十二月),以及二手旧书《回忆鲁迅资料辑录》(上海教育出版社一九八〇年六月版),其书扉页有原购买者杨庆余先生所写"一九八一年九月廿五日鲁迅诞辰百周年于银川"。

又,巴金《爝火集》(人民文学出版社一九七九年十二月版)、巴金之弟纪申《记巴金及其他:感想·印象·回忆》(宁夏人民出版社一九九四年十一月版)。传记得郭沫若《洪波曲》

（百花文艺出版社一九七九年九月第二版）、《赵丹传》（百花文艺出版社一九八六年二月版）和《胡风传》（宁夏人民出版社一九九四年十二月版）。诗论、诗集得艾青《诗论》（人民文学出版社一九八〇年八月版）、贺敬之《放歌集》（人民文学出版社一九七二年九月第二版），以及《田间诗选》（人民文学出版社一九八三年二月版）。

《田间诗选》由柳成荫设计封面，草绿底色上满打细小"田字格"，仅印诗作者书名手记"田间诗选"，简练大方而又切题。卷首扉页后插页为"作者像"，乃是当年出版风尚。

此行所得书装设计有鉴赏价值者，还有西戎小说集《宋老大进城》（人民文学出版社一九八〇年二月版），为施力行先生设计，封面画一个围着白羊肚头巾的老汉扬着鞭，正穿过庄稼地，赶着满载麦子袋的大车进城，车上坐着悄然闲话的老伴和闺女……意其构思，必来自作家名篇《宋老大进城》中有关描写，但不知将骡车改为马车，是否其有意为之。扉页饰以一只茶水罐、两丛麦秸秆、三只粗瓷碗、数把长镰刀……极具五十年代北方乡村风味，乃是不可多得之书装佳作。

巴金《爝火集》亦施力行先生设计。所谓"爝火"，顷查《辞海》知，指古人烧苇把以祓除不祥之祭火也。《庄子·逍遥游》云："日月出矣，爝火不息，其于光也，不亦难乎！"寓意为"小火把"，清初人士李天根于一七四七至一七四八年间撰有编年体南明史《爝火录》三十二卷、附录一卷。施先生封面画为悬崖上……

施力行先生生于一九二七年七月，浙江吴兴人。擅长中国画、美术设计。一九四八年在上海美专学习。一九五一年入中央美术学院华东分院干部训练班学习。曾在浙江省文化局从事美术工作。中国革命博物馆美工组组长，副研究员。作品有《新居》，装帧设计《放歌行》，毛主席纪念堂陈列总体设计等。

韩瀚诗集《寸草集》（百花文艺出版社一九七九年一月版）、毛英长篇小说《一夏一冬》（解放军文艺出版社一九八三年二月版），亦朴素淡雅而各有其致。

另得辛一夫长篇小说《都市人家》（山西人民出版社一九八四年一月版），旨在用文学来描写中华人民共和国初期一个工商业城市的"成长"，小说中所谓"汉沽"实寓意为"津沽"也；又一册为《港台小说选》（宁夏人民出版社一九八八年一月版）。

真正半世纪前旧书，仅得《苏联文学艺术论文集》（学习杂志社一九五四年八月版）一册。以封面无足道，而当年所译介的内容已不为今人所取，故其价极廉。

在香港逛二楼书店

王璞

读书的朋友到香港来，免不了都要逛逛书店。当他们请我陪同，我往往领他们往旺角西洋菜街跑，因为那里别有洞天。

旺角没有三联、商务、天地图书这样的大书店，但它却有内地书店看不到的一种风景——二楼书店。

所谓二楼书店，顾名思义，就是开在二楼的书店，当然，也不一定是在二楼，像洪叶书店，就开在三楼。而文星书店，更开在十一楼。二楼在这里是个符号，代表那种回归书店本来意义的非商业化书店。在香港逛二楼书店的感觉，有点像在法国逛莎士比亚书店。店面虽小，却有浓郁的文化气息。莎士比亚书店以发现、扶持并团结了一大批作家而闻名于世。庞德、乔伊斯、海明威都是它的常客。乔伊斯的《尤利西斯》就是它出版发行的。书店店面虽小，但常成读书会、诗歌朗诵会、文化茶座等聚会的场地。香港的二楼书店往往也身兼这类文化功能。比如青文书屋，也同时是间小小出版社，店面只有三四十平米的一间屋子，老板一人身兼了店员、编辑、校对、文化聚会组织人数职。像尚书堂、牛棚书店那样比较有名的二楼书店，还常常主办文学活动、文学奖，有时还举办文学讲座和文学短训班。

旺角和中环是香港二楼书店的集中地，而尤以旺角为最。尚书堂的八家分店，就有三家在旺角，其中有两家在西洋菜街。西洋菜街那短短的一里路小街，集中的二楼书店至少有八家；除了上面提到的尚书堂两家，还有洪叶、乐文、文星、田园、开益、榆林等家。所以对于目标明确的社科图书搜购人来说，若时间不多，到西洋菜街逛书店是个最好的选择。半天之内就可以上上下下地把这些书店一网打尽。

我住在美孚新村的时候，偷得浮生半日闲，便常会搭几站地铁去西洋菜街，在那些书店消磨一个下午。

我是个很少买书的人，因香港的图书馆条件甚好。尤其大学里的图书馆，似乎什么书都可以借到，借期长达两个月。而半生漂泊，搬家时书成了最大的负担，搬又搬不动，丢又舍不得。因此我去书店时往往告诫自己：千万不要买。但结果常常事与愿违，逛不到两小时，手上又是一叠书了——皆因实在受不住那些书店环境的诱惑。

二楼书店环境有何特色呢？第一是书不多但有品位。不像那些商业化大书店，看去一片书海，细看却鱼目混珠，老实说是鱼目多珍珠少，尤其是摆在最醒目位置上的推销书籍不可信。而最想找的书往往告缺。于是浪费大把时间却收获少少。这些二楼书店的书却十分专业。基本上是文史哲社会科学类经典作品和新书。而除了刚上市的新书，书价一般都打折。由两折到八折不等。我曾在这里买过多本台湾时报出版社的大师名作坊系列书，都是七至八折。像艾柯的《悠游小说林》，七折购得。当然比起内地版本要贵一些，但内地在原著出版十年之后才见中译本，比台湾这个版本足足迟了五年。

第二，内地书可以一比一的书价购得。即内地标价人民币多少，港元也收多少。二〇〇〇年以来，这里的二楼书店率先推出这样的服务。其中文星图书公司无论在图书种类、引进速度还是服务手段方面，都首屈一指。所以我后来要买内地书就不用去深圳了。文星的内地书固然比深圳少，但它有个绝招：可以预订。只要你写出书名作者，他们就可以为你将书购来，且免邮费。我那套四卷本的《四库全书总目》便是如此得来。运气好的话，有时候还会有意外收获，可在这里找到内地出版社早年出版的绝版廉价书。吕澂那本《中国佛学源流略讲》，我就在这里以二十元价钱购得。是一九八八年的中华书局版本。当时标价二元九毛五分。而现在的新版本，就是在内地买，也要三十多元。

第三，二楼书店特别安静。老板和顾客皆为读书发烧友，流行书购书人大抵不会摸到这里来。来这里的多是真正的爱书人。所以包括老板在内，人人都在抓紧时间看自己的书。看着看着就陷进去了，何不买回去细看？有一次我带朋友来买书，因下一步要去逛街，遂下定了决心不买书，为了免遭诱惑，干脆背对店堂坐定在一堆旧书上。不料乍抬头，却见对面角落里一本书正对我美目倩兮——那真是一本美丽得令人心旌神摇的书：聂鲁达的《二十首情诗与绝望的歌》。台湾一家出版社出版的绘图本。封面就是一幅淡雅宜人的油画。拿起来一翻更是爱不释手。啊，每一首诗都飘浮在一幅色彩迷离的油画里。没奈何，只好乖乖摸出钱来买下。付钱时，眼睛不小心朝旁边一溜，怎么！竟有一本《徐訏纪念专刊》在柜台后一堆旧书中隐现，一九八〇年香港浸会大学版，这是我搜遍香港各间图书馆都没有找到的绝版书。拿起来一看，哗！区区五块钱！赶紧又掏钱。

爱书和藏书

宋遂良

我喜欢书，喜欢读书，也喜欢买书，但算不上藏书家，一则数量少，才万把册；二则五花八门，质量也不高；三则我出借书比较大方，好"露富"，凡得了好书，喜欢向同好推荐或显示，"与民同乐"。此时若有人来借，我必慷慨应允，有时候自己也还没有看或没看完，便被借走了。看官记住，凡是被借出的书，必定是好书（或热销的书）。君子们有借有还，有些"（年纪）小（的）人"，主要是学生们就不那么守信了，常常是"肉包子打狗——有去无回"，或者一年半载之后，还到你手里时已经是百孔千疮，遍体鳞伤，惨不忍睹，我也只有忍痛收下。例如前些年出版的黄仁宇的《万历十五年》，我就非常喜欢，向人推荐，先后买了七本，连借带送，我现在手头一本也没有了。我曾看见有人在自己的书橱棂上贴着"架上图书，概不出借"的告示，有的还加上一句"免开尊口"，我一见这种警示，便吓得连浏览的兴致也没有了。"己所不欲，勿施于人"，我从不写这类话。有时借书者要在本子上登记一下或开个借条，我都不好意思让他这么做。我想商人才写借条呢，读书人写什么借条，我的不少书，就这么"老虎借猪"被一借不复返了。这一点最够不上藏书家。凡藏书家一定是心"狠"手紧，嗜书如命的。我有一个朋友，书架上摆的都是一般的书，珍品、精品、极品书籍，他都是束之高阁或藏在看不见的地方的。

若问我喜欢珍藏的书，大约有三类：一类是我特别喜欢，对我产生过重要影响的书籍，如《约翰·克利斯朵夫》《静静的顿河》《红楼梦》《昭明文选》《李太白文集》《苏东坡集》《鲁迅全集》《傅雷家书》《居里夫人传》等。第二类是绝版或有纪念意义的，我有一本一九四六年临沂新华书店出版的《论文艺政策》即《在延安文艺座谈会上的讲话》，还有一九五一年出版的《武训历史调查记》（江青领着写的），一九五四年《文艺报》随刊送订户的《胡风对文艺问题的意见》即《三十万言书》，在"文革"期间印行的未收入《毛选》的毛泽东讲话，以及像《中国》杂志终刊号这一类有点历史价值，还有看见那本书便想起一个时代的那种书。第三是有书作者签名题赠而作者又已经去世的书，如黄秋耘先生送我的文集，莫应丰送我的《将军吟》，路遥送我的《平凡的世界》（书里还夹有他的一封信，但被借书人弄丢了），《孔孚集》等。睹书思人，便觉弥足珍贵。

我只是一个爱书者,算不上藏书家。我这近万册的书,值钱的不多。我琢磨死了以后捐赠给什么图书馆、希望小学之类,恐怕也不够规格,还是想留给自己的小女儿,她也好读书,让她来吸取其精华,剔除其糟粕吧。

旧书缘深解亦难

韦泱

作为一个旧书旧刊爱好者，我常常感喟：时下可淘之书难以寻觅，旧书店亦愈来愈少。然而痴心不改，执迷难悟，每有空隙，就会拔脚往旧书店跑。友人欲找我，我顺口回应一句：我不在旧书店，就在通往旧书店的路上。

记得二十世纪七十年代中期，我还是一个懵懂的中学生，就开始去福州路上的"上海书店"（即现今古籍书店新址）。那时上海旧书店改名为上海书店，刚恢复旧书刊业务，二楼还开设了"单位内部供应处"。匾额是茅盾先生所书，高悬在宽大的门面上，颇有气派。在这家书店，我常揣着学校宣传组开的介绍信，到内供处购买了若干美术书籍后，就去对马路的古籍书店，买几本书法碑帖，似乎是民国年间的线装拓本。这些都成了我初习字画的启蒙读物。当时旧书的标价仅两毛钱一册。现在说起这个书价，简直是天方夜谭了。

从福州路旧书店总店再扩散开去，我时常光顾的有南京西路、淮海中路、四川北路上的几家旧书店分店。在我眼中，这四处堪称上海图书公司旗下旧书店的"四大金刚"。

后来的情势就不太妙了。这些驻扎在上海顶级马路上的旧书店，门面不断缩水，直至一家家悄然"蒸发"。一些旧书店的退休职工亦为此感到可惜，他们真想发挥余热，利用自己对旧书刊熟悉的一技之长，自愿抱成团开家旧书店。果真在不甚热闹的长乐路上，挂出了"新文化服务社"的店牌，专售旧书旧刊。闻听此事，我追循而去。又过了十来年，这家沪上颇具规模的旧书店，突然销声匿迹了。在原址我找到一张破旧的布告，说因市内绿化建设之需，书店搬迁至瑞金二路近打浦桥附近云云。这是无声的召唤，我不由自主地又跟了过去。终于在石库门弄堂内七转八弯，找到了"新文化服务社"的门面，并且成了这里的常客。一来二去，就与书店的人员混熟了，有旧书业的老前辈吴青云先生，还有萧顺华、李慧珍等"老法师"。除了淘书，还要跟他们拉拉家常聊聊天。斋藏不少旧书刊，均得自于此。在一楼有个"店中店"，一般不对外人开放，我是绝对可以自由进出人士。二楼有个"九华堂"，专售民国以前的书刊，亦是我常常登临之地。有的珍稀书刊，在别的地方难见芳容，只有在这里有幸相遇，并捧入我的怀中。比如全套九期的《万象十日谈》，开本别致，品相完好，是陈蝶衣先生主编《万象》时的一种副产品，它随《万象》的兴旺而诞生，又随《万象》的经济拮据而率先停刊。那天在旧书店巧遇现代诗歌理论史家潘颂德先生,我想买下此刊,征询他的意见,他干脆地说:值。我就毅然购下。时过数年,到过多少家旧书店,都未曾见到同样旧刊露过面。在这家旧书店,我还淘得不少好书,如楼适夷先生的译作《海的儿女》,上海莽原书局印行,民国三十五年五月初版;谭正璧于民国三十年编著的《诗词入门》等。还有施蛰存、王西彦等一些作家的签名本。缘此,我写过一篇《石库门·隐秘花园》的散文,唠叨的就是这家旧书店。

记得,在福州路原古籍书店后门的一条小弄(现扩建为艺术书坊),有两个仅一开间门面小屋,一为旧书收购处,一为旧书店,这样的地方,如同石库门弄内,亦是不太引人注目的,只有爱好旧书的老主顾,才会三天两头来这里转悠。这种隐蔽之地的好处是人少幽静,你尽可以漫不经心地挑拣,绝对无人与你争抢。在这里,我淘得巴金爱情三部曲的单行本《雾》《雨》《电》,怕打扰年迈的巴金,就一直没有去请老人签名。直到巴老辞世,我才取出这三册民国版书,一并请巴老的女儿李小林老师钤上巴金印章,以为留念。同样,淘得开明书店主办的《中学生》旧刊,使我完成了对此刊唯一健在的老编辑欧阳文彬的访谈,写就《听欧阳谈〈中学生〉》一文。

现在,我常常去的旧书店,除福州路上的,还有福建中路与福建南路上的两家,似乎是"上海旧书店"与"新文化服务社"的分店。福建中路因靠近福州路一端,去的概率更多些。总是不抱任何希冀地进去随意逛逛,却常有意想不到的收获。你愈感到没有什么可淘,愈会给你一个惊喜。这就是淘旧书的定律,亦是淘书之所以吸引人的魅力所在。那天匆匆路过,正犹豫着:进还是不进?一念之下,就决定进去,有否可淘之书还在其次,权作过过旧书瘾吧。在店堂里间的桌上,放着一些真正有点年份的旧书刊。我随意一扫,立马就显出了精神:嗨,《唐驼习字帖》,第一种、第二种两册赫然入目。唐驼,一个熟悉的名字。郑逸梅先生有过一文《写市招的圣手唐驼》,说唐驼的正楷骨肉匀当,四平八稳,很受店主青睐。老介福、中华书局的招牌,就出自其手笔。因为他背部隆起,人称唐驼子,他便以唐驼自号。有人说唐驼店招写多了,不免流入俗媚。究竟如何,我总想有机会多看几个。眼下机会来了,其字果然工整坚挺,亦不乏俊秀,功力显而易见。

此两册出版于民国十六年的线装字帖,价格计二十元,当不算贵。

这样的惊喜,现在是"额骨头碰不到天花板"了。一些前辈学者书人,知我爱淘旧书,就常与我讲一些旧书旧况。诗人兼藏书家吴钧陶老师对我说起,建国初期上海的旧书店真多,除福州路、老西门外,还有复兴路、常熟路一带,盘踞着不少旧书店,他常在旧书店遇见巴金,只轻轻招呼一下,彼此就沉入茫茫旧书之中。美术史家王观泉老师亦说,那时旧书店东西多,价钿是便宜极了,多则几毛钱,少则几分钱,倘若花几块钱便可买到民国版的精品画册了。直听得我一愣一愣的。我说现在民国版的旧平装,几百上千元是家常便饭不稀奇的,他们听后同样显得咋舌不已。昔岁阿英有《城隍庙的书市》《海上买书记》,姜德明先生有《沪上访书记》等,尽显旧书盛况。余生亦晚,是永远赶不上那种淘书人的好日子了。我到北京、南京、杭州、苏州等地淘过旧书,相比之下,仍觉生活在上海的旧书爱好者如我,当是幸福之人。尽管时下旧书业呈衰落之势,但仍有较多的淘书处可去。外省薛冰、龚明德等甲等旧书"发烧友"莅沪,我义不容辞做他们的淘书向导。我曾写过小文《沪上淘书地图》,一一列数淘书胜地。比如文庙书市,比如云洲地摊,我的淘书日记中亦不时会出现这些字眼。但我仍然钟情于老字号的旧书店,只要有空,天天都可前往,像朝圣一样。无论严寒酷暑,无论刮风下雨,都照去不误。那里有露天旧书摊无可比拟的优势:屋檐下的温馨与悠闲。

何妨一上楼书店

傅月庵

台北大不同,越来越有趣。不仅大街小巷人行道平坦好走了,也在于性格渐成,传奇日多。一家书店,开在七楼,从老板自己喜爱的书卖起,开幕近半年,生意不恶,且有越来越好趋势。拥有这种书店的城市,谁说不适合人居住?!

书店主人文自秀爱读书,从小如此。原因是身体不好,哪儿也不准去,只能躲在家中乱看闲书。日本籍的祖母带她出去逛街,至今记忆最深刻的是满屋皆童书的东方出版社,跟一坐就是一下午的明星咖啡馆。大学英文系毕业,先到伦敦修完艺术行政,再飞到纽约读行销管理。返台后,一头栽进企管顾问的世界里,即使到了自组公司,为人做CI识别形象,她依然爱看闲书,却从来没想到开书店,顶多"案子少时,我就说,就算关门大吉,我还可以去书店当店员"。一头长发,面貌清秀的她边说边笑着。

然而，案子一直没有少，生意始终不错，二十世纪九十年代之后，她不得不穿梭海峡两岸，成了"空中飞人"。离乡的她，心绪在外游荡，工作之余，移情走入收藏世界，织物、绣品、月份牌、烟标，都曾是她的所爱。许多朋友也因她爱看书懂书，委托购买的日多，"受人之托，必须常逛书店，从新书店逛到旧书店，一头又栽进去了"。

栽进去哪里？这次是线装书的世界。大约从九十年代中期，文自秀开始游走京沪古书店，到处看，买线装书，"学费"缴了不少，兴趣也越来越浓厚。"因为旧书学问大，又方便携带，还可以读，只要没读过，虽旧如新"。通过参与中国书店、嘉得、文博这些著名古书拍卖会，她不但认识了诸多大陆藏书家，交换搜购到不少善本书，最后还跟中国书店老师傅发展出亦师亦友的亲切关系。"传统古书界，女孩子很少，老先生对有心的小女生难免多关照些，我是占了一点点便宜啦"，文自秀边说边从玻璃橱柜拿出一本线装书来。

摊放桌上的是明刊本《丧礼备要》，刻于万历年间，相关善本目录文献都未著录，判断或为孤本。这书最早被弃置在某位藏书家家中的一大堆残页里，又破又霉，谁都不在意。眼尖的她却一眼看出其中藏有"稀物"，花了一些钱，把成堆"断烂朝报"统统买回去，请出中国书店老师傅整辑修补，花了大半年时间，真的拼凑还原出一本书来了。"那段时间里，天天到书店探望，眼见到一本书死而复生，爱书人的喜悦油然而生。至于说什么抢救文物,那帽子就太沉重了。"她小心翼翼地翻弄指点书页,滔滔讲述明刊本、清刊本判断依据,桑皮纸特征为何?破书要怎样洗,怎样晒,如何镶补?黄昏的书店里,突然有了更多的光辉。

文自秀开书店纯属偶然。双鱼座的她颇有"人来疯"特质,新世纪后倦鸟思返,朋友打趣怂恿她开书店,加上在"远流博识网"旧书区闯出名号,"损友"越交越多,误打误撞,说说竟成真,就在和平东路上开起书店来了。书店定位很有趣:"一、先要卖自己喜欢的书,我爱鲁迅,我爱旧书,所以跟鲁迅、跟版本有关的书,没人买也要进。二、书店也当书库,万一没人买,就自己看。开在七楼,租金低,地方大,可以多放一些。三、卖书赚钱不算最重要,最重要的是找书的乐趣,所以乐于帮顾客找书,每一本书都要自己去找回来才行。"如此这般,书店便开成了,专卖大陆简体版新旧书籍,也展示她所搜藏的部分古书。店主人"怪怪"的,店名也很奇特:"何妨一上楼"。典故来自抗战时期著名学者闻一多在西南联大,终日躲在阁楼用功,同事遂称其为"何妨一下楼主人",文自秀反用其意,希望朋友们偷得浮生半日闲,何妨一上楼聊天,高兴了顺便买本书。

"何妨一上楼"开幕几个月,店主人进出大陆好多回,日日找书、扛书、寄书,乐而不疲。通过口耳相传,店名越荡越远,访客不少,不识趣的也有,"有个人一进门就嚷嚷我要什么什么，你们有没有？气势凌人，一副'花钱我最大'的模样。临走时，我跟他说谢谢，外加一句'下次请不要再来了'"。个性书店的主人，果然很有性格。问她万一生意越来越好怎么办，她的回答也很妙："做不来的就不接。"其意大约就如旧时手工师傅的坚持，宁可少卖几件，不能偷工减料。浮生闲谈结束下楼时，四月台风近，风吹云走，夜幕街头，凉风习习，"台北多奇人"！风景这边独好，渐渐竟有那么一些意思了。

附注："何妨一上楼"开业即成名，声闻遐迩，找书买书者络绎不绝于途，文自秀本来体弱，偏又人情难舍，勉力支撑，终于撑不住，二〇〇三年秋天起，暂时歇业。"生意太好"所以做不下去了，这大约又是台湾旧书业的一项纪录。但愿文自秀身体健康，这家有特色的书店，早日复业。

无名书店

傅月庵

旧书店老板有两种,一种是很懂书的,一种是不太懂书的;前者少,后者多。不太懂书的又有两种,一种是售价五折的,一种是五折之外的;前者多,后者少。无名书店属于后者。它没有店名,没有店招,只有一个白色亚克力带滚轮招牌,上面用红漆写着"低价书"三个大字,以及"平均约三点三折"的一行小字。每天下午两点之后,老板把它咕噜咕噜推到巷门摆着,路过罗斯福路台湾大学对面汤圆店、吉野家速食店旁的人,都可见到。

无名书店是台北市少有独栋独户的旧书店,店门口有块空地,还有棵茂密蔽天的大榕树,夏天时绿荫满地,清风习习,理论上景致不差,可惜大树旁的防火浴缸跟破馊水桶坏了风水,地上许多污渍,因此永远清除不完,斑斑难数。但无论如何,在寸土寸金的公馆商圈,有此三四坪的空地,还是奇迹，可称福地。因为是福地，所以月上柳梢头，人约黄昏后，人民保姆纷出巡逻时，无路可躲的流动摊贩们，很有默契地都会涌入此港避风。下班时间顺路闲逛，十有七次，那位忠厚的少年老板很可能正拿着一个便当边吃边跟"难民"聊天。

少年老板接掌此店不久，大约仅是两年多以前的事吧。更早的时候，是老板的父亲在经营："门虽设而常关"，"书虽有而凌乱"，一叠又一叠的新旧中西文书籍堆得满地都是，从来不整理。店内还有两个小房间，更是连叠都不叠，大小书籍随意抛弃齐腰高，每次看到总会心动忖思：底下应当有宝！但无论如何，也只敢窥望而不敢进去一游，原因是害怕如同电影中的雨林、沼泽、流沙阵一样，一个不小心，身陷其中，无力脱困，竟将慢慢灭顶……

老老板其实不老，看似五十岁出头，是条精壮汉子，皮肤黝黑，一口白牙，终年背心短裤，经寒耐暑，非常有性格。他卖书从不啰唆，随心情好坏，最贵也就是五折，更多时候，四折三折都敢卖，尤其"汉声精选绘本"这类书籍，还有低得不像话的"泄愤价"，因为他最痛恨不能分售的儿童套书！有一回跟他闲聊起来，才晓得以往他是专卖进口画册，摄影、建筑、戏剧、旅游、美术……无所不至，在台北圈内也算是小有名气的人物，不输"棠雍""雅典"等大角色。谁知后来一场水灾，把存书淹去大半，心灰意冷之下，才卖起旧书来的，这也就是店内为何那么多精装书册的由来。

　　无名书店地段虽好，老老板的性格经营，虽然有趣，却注定人气萧索命运；这世界上，甘心在霉味四溢、灰尘四起的仄屋里挥汗如雨翻弄旧书拼凑上下册者，毕竟不多。这种"卖与识者"的"看天田"景象，一直到了两年多前，少年老板退伍，才总算有了改变。

　　少年老板，原来是职业军人，据说干到连长退伍。"据说"是据他说，可我向来怀疑，原因是太忠厚老实了，怎么看都不像是干连长的料，除非他有一个够悍、够精明的辅导长。这是题外话了。总之，某年某月的某一天，我偶然再到店里时，书是人非事事不同。精壮汉子换成斯文后生，让人担心的"流沙房"，清出四面书架，整个店面虽然称不上整齐清洁、本本归定位，但也总算有模有样，空气流通，光线不错了。第一次跟少年老板买书，是一本一九四三年上海开明版的朱光潜《文艺心理学》。"老板，这本多少？"我心想这书只怕不便宜。"喔，这是古董书，按厚度跟大小卖的，五十元，这样可以吗？"清晰的声音透着一丝腼腆，我则当场傻眼，这种估价方式，这种征询态度，逛了二十几年旧书店，难道我终于逛到"君子国"了吗？后来我才发现，新人新气象，如今书价一律三折，旧版书跟洋文书架上则贴有"价钱依厚度及大小计算"的纸条，果然虎父无犬子，还是很有趣！

　　少年老板的有趣，除了每一笔生意，他都会翻到版权页向顾客絮叨说明:"我们这里是按定价的三折计算,这本定价是多少多少,所以是卖多少多少。这样可以吗?"不管生熟,买一次,说一次,绝不偷懒(我经常担心,假如有人回答:"不,不可以!"那他该怎么办?)。同时为了怕人找不到老板,他还在左胸口别了个识别证,上面写着"低价书",所以不写"老板",我相信,八成是害羞的缘故!

老实说,无名书店的存书不多,归类得也不算好,糟糟乱乱的,我却很爱去逛,一来是两位老板都有趣,无论碰到谁,聊上几句,顿觉人间存古意,值得活下去。二来因为书价实在太便宜,来逛的人随手都会带个一两本,许多书,根本还在骑楼整理,就被买光了。有一回,花了八十元买到一本香港圣经公会一九六〇年版的闽南语罗马拼音《圣经》,简直难以置信。"这是一位天主教神父的书。"少年老板微笑地说,牙齿也很白。"那批书呢?还有吗?"我心存侥幸地问。"喔,昨天进来很多,不过一下子就卖光了。"——这种"出土文物",不卖光才怪!从此以后,为了万一,下班前我总要去巡视一番,才肯回家。

人生贵自适,买书未必为了书,读书也未必为了知。王国维爱钻牛角尖,"但解购书哪计读,且消今日敢论句",这是内视生命惘惘难明,遣得一日算一日,其中自有深意;陶渊明豁达自放,"读书不求甚解,每有会意,便欣然忘食",这是张开视野,把书当成了指月的那根指头,得意忘形了。前贤典型历历在眼,买书卖书,藏书散书,论到底,也不过就是浮生梦尘之一耳,新旧良窳无论,千卷买进终复去,或许,来去之间的"那一点意思"才是更值得挂念宝贵的吧!

茉莉二手书店

傅月庵

茉莉小姐开店时，我有些担心。一年之后，茉莉书店成了我最常混迹流连的三家旧书店之一。

茉莉开店条件并不好，店面在餐厅地下室，蚊子多多，书量有限，书源也岌岌可危，除了号称"媲美诚品书店的装潢"之外，似乎没多少可取之处。然而，也正因为这一新闻点，一犬吠形，众犬吠声，接连的新闻报道，带来人潮，也带来了烦恼。有人没书，诸法皆空。我甚至悲观认为，要不了多久，这家店或许就要被媒体所"消费"掉了。

然而，茉莉小姐毕竟不凡，狂澜还是让她给力挽回来了。

我很早就认得茉莉小姐。茉莉先生早早在光华商场开了第一家茉莉书店，我常时闲逛，总会在那里找到不少书，书都整理得很好，价钱也公道。茉莉夫妻，一个出外收书，一个在家看店，茉莉小姐笑容可掬的模样，常让我想起我小学时代的一位老师。茉莉书店让人印象格外深刻,是他们会发贵宾卡,也举办周年摸彩赠奖等"现代化行销活动",这在始终坚守"一律五折,爱买不买随你"信条,数十年如一日,相对传统保守的台湾旧书界,算得上是少见的创举。

茉莉夫妻诚恳勤快,又会行销,天道酬勤,生意好是应该的。公馆分店开张时,我并不意外,也欢喜祝福:旧书雅道,毕竟不绝!然而逛了几趟,聊过几回,加上电视、报纸大肆报道,却让人害怕了,店还没站稳,书源有限,这样大肆行销,真的受得了吗?以"环保回收"为号召,是否陈意过高?店面大,人手多(四位,我见过旧书店最多的),成本回收得了吗?江湖走老、胆子走小的人,常爱对着茉莉小姐碎碎念,茉莉小姐别的本事不足道,"察纳谏言"这点,少有人赶得上。

大体而言,旧书店老板常有几种毛病,一是画地自限,认为这行业卑微不足道,无非讨个生活而已,因此不求甚解,看天吃饭,绝无所谓"永续经营"的概念;一是刚愎自用,认为自己见多识广,摸过的书比你吃过的盐还多,因此执意创造市场供需,随兴定价,孤芳自赏。茉莉夫妻则是出格的一对,卖旧书卖了几十年,却愿意相信自己对"旧书"所知仍有限,乐于多问多听多看。尤其茉莉小姐,精力过人,几乎像孔夫子入太庙,"每事问",问了不够,还真的就去做了。也因此,除了"环保回收""雇用残障""所得拨捐"几个理想原则不变之外,转益多师为我师,在多方狗头军师建议下,许多构想都改弦更张，多所修正，如今客源依旧，书源多有，总算站稳阵脚了。

茉莉小姐得道多助，除了许多鸡婆客人猛出主意外，几位工作人员也都秉持店风，各司其职，擦书、上书、收书、看柜台，耐磨耐造有挡头。有次我去，看到特价书架所有书都撤了下来，堆叠满地，笑问为什么。专跑外务收书的"盛哥"告诉我，茉莉小姐跑了一趟神保町，觉得依五十音序列排书很有道理，所以要跟着学，我们就按注音序列排书！我听后暗笑在心里，国情不同，看你撑多久？果不其然，几天之后便知难而退了。仅此一例或可知，茉莉小姐开店认真敢尝试，却也不拘泥硬撑，不行就转弯，有脸不怕丢，如此所学所得自然也就格外多了。

店中另一位有趣的"叮当"小姐，年纪不大，却甘愿断烂朝报葬年华，除了忙着收书、标价、上架之外，有空常爱逛别人的旧书店，看看同样一本书，别人标价多少？书本又是如何分类管理？来自花莲的她，不失朴实本色，自己制作一份秘笈，把好几家书店的书目汇集成套，请人勾画"重点书"，一边做一边学。周休假日，别人出门约会，她却约好茉莉小姐到福和桥跳蚤市场加减看加减学。每回试手气抱回一堆书，总要找"识途老马"一本一本跟她讲解，买到"好货"，夸她两句，就要快乐半天；听到"这个不行"腼腆笑一笑，下周再来！人生幸福很多，工作而能找到乐趣，边做还能边玩，那是真难得。茉莉书店要说有什么让人乐于亲近的,大概就是这种因为学习乐趣,致使全店充满欣欣向荣的活力。也正是这股活力,让早期"媲美诚品书店的装潢"这一号召所可能引发的"小布尔乔亚情调"之讥消逝于无形。好玩的旧书店从来都是很普罗的,旧书店一旦很"诚品",那就是拿旧书当古董的"古本屋",属于另一种范畴的了。

茉莉书店且战且走,边玩边走,拼命向前一年的结果,规模粗具,声名远播,几个特色,或者预告了新一代台湾旧书店的走向:

第一,店面够宽敞,可以多元经营,也提供更多空间给顾客休憩。目前除了新旧书区之外,还容下几张咖啡桌,让人闲坐。当然,几经变迁,最早"边喝咖啡边听音乐边看书"的幽雅立意,如今几乎已被满满的笑声人语给冲撞净尽,但大刺刺"叫杯咖啡检视战果"的买书乐趣,却可不假外求,就地实现,让人爽过再走。

第二,书籍分类清楚,进出流动快。除了按照书籍属性而有"文学""历史""传记"等大分类,方便顾客寻找之外,因应书籍销售状况,还有"特价书区"(每本四十元),"三本五十元区",沙中披金,随人所好。更重要的则是,每天都有"新书"上架,定期标识汰择"旧书"等级,新旧循环快速完成,就算每天逛,也常有惊奇发现。

第三,虚拟与实体结合。书店网站既经设立,有拍卖有零售，服务远方读者，扩大了营业范围。其策略则量力而为，利用既有网络资源，如远流博识网、e-bay拍卖网功能，借力使力，不致耗费太多人力、财力，分散重心，增加开销。

这些特色，讲到底都属硬体，要学要模仿都不难，茉莉书店真正难得之处，跟全世界好的旧书店一样，还在于"人的素质"。无论幕前幕后的工作伙伴，看来无不乐在其中地把"旧书"当作一种"事业"，乃至"志业"在经营学习，不卑不亢，天天猛想"新步数"，再玩一下，多玩一点。这点热情与诚意，或许才是这家旧书店所以跟别人更不一样的地方吧。"诚意吃水甜"，不都是这样说的吗？

海上淘书记

傅月庵

北京很大,上海相对小了。二环三环四环五环,动辄五十米的通衢大道,上海市区是没有的,两旁种满法国梧桐,宽不过十五米的弯曲马路,则触目皆是。因为马路窄,大楼却都盖得通天高,于是上海有了些纽约味道,就连湿润的空气、晶亮的地铁、还算干净的街道,也让人感觉很是"台北"——或者,就是因为这一延续性,"移民上海"才会成了台北热潮,甚至还是一本杂志名称。

有文化历史的城市,总是叫人兴奋。到了又称"海上""沪上"的上海,你会想起什么?巴金、张爱玲、苏青、邵洵美……当然,还有无处不在、宛如上帝的鲁迅。上海文人,一抓一大把,并且个个摩登,相对于"京派"的朴厚恬淡,"海派",与其说是时髦热烈,倒不如说是聪明灵转,能锋能卫。没错,这是个smart的城市,从制服整洁的计程车司机到笑脸迎人的餐厅接待,总会让你感觉他们的头脑好,效率高,察言观色第一流,有时候转得太快了,甚至让你不由得恍然"上海人势利"说法的可能由来:跟不上人家的快,只好说他坏!

上海曾经是个书窟。沪上出版人至今念念不忘的是,解放之前,上海才是"真正的中国出版中心"这件事。商务、中华、世界、开明、生活、读书……谁不是在这里发迹起家的?遥想当年,四马路上书店云集,卖书也印书;望平街头报馆林立,每天耗费的油墨、白纸,哪儿比得上?执念难泯,心总不平。所以,为了加入WTO,中国政府号召"造大船,搞集团",北京整合出了"中国出版集团",那是政治正确,上海的则自名之曰"世纪",隐然竟有与君逐鹿,"且看今日之世纪,竟是谁家之天下"的味道了。

上海人有志气,富了之后,也搞文化建设。年来梦想之一,就是要把上个世纪四马路上星罗棋布的旧书店恢复起来,让它能像北京潘家园、报国寺一样红红火火。这个志气是大的、好的,光听听就让一般"书人"激动不已。想想你也能和阿英、黄裳一样,来次"海上淘书",不计所得,光是"自我感觉",肯定就是"很好,很好"!

四马路,原名"布道街",属英租界,得名自传教士麦杜斯布道讲经的场所。前清时,新建跑马场,带动繁荣,书局报馆出版业、酒楼茶肆梨园,比比皆是。著名的荟芳里、同庆里、会乐里,都在附近,麇集了上海名妓花魁,粉味漫漫,近悦远来。一八六四年,大马路辟成。工部局某董事提议以其爱妾出生之地命名,居然获得通过,"布道街"从此更名"福州路",至今不变。

到了今天,福州路书店所剩不多,大概就是"思考乐"、上海古籍、大学城书店、社科书店、博古斋等几家,旧书店则多半都集中到上海图书公司的三楼里。二三十家店面,用书架、橱窗围成一格又一格的摊位,其氛围,跟北京潘家园、报国寺塑胶布一铺就地成摊完全不同。诸家老板三两闲聊,甚或下棋消遣的悠哉气氛,隐隐竟让人唤回了七十年代台北光华商场的记忆了。

此地书不算少,值得一买且普通人都买得起的,随翻即是。上海为洋场之地,外文书籍比例不少,仔细翻找常有惊喜。由于老板都属"固定坐贩",重视常客人脉,通谙经营之道,所以言谈格外客气,各种书籍,随人翻弄摆布,还会帮你调介邻摊货色,供君选购。就专业能力而言,未必很懂书,但追寻"能久可大"的经营理念,跟潘家园,甚至同为上海名所城隍庙散弹打鸟式的"流动走卖"比起来,算是高明的了。

此行来去匆匆,三个多小时,一层楼竟逛不完。随手抓来,颇见有趣之书,包括:记梅兰芳博士东瀛之行的《东游记》、吴晗解放前杂文结集之《投枪集》、徐懋庸译《列宁家书集》、黄裳早年剧评集《西厢记与白蛇传》(隔天拜访黄裳先生，即请签题，真是大收获！）、柯灵解放初期杂文集《暖流》、《胡适思想批判》等，以及大出意外的昭和十八年（一九四三）版井伏鳟二《多甚古村》，真是所费不多，所得不少！

  旅途迢遥之人，却偏爱与书同行，到得一处添一些，越添越重越难行。"仆仆风尘缘何事？烂额焦头为买书"，前人所说，真是一点儿也没错。书人浮生，最后大约都是这样"买断"了的吧！

二〇〇四年九月二十四日

旧书有什么好玩的？

傅月庵

某个春意正殷，路旁木棉树已经落叶生花的夜晚，我顺路走进尚有好些旧书店铺的光华商场，一个钟头后，带着九本小册子，满怀疑惑地走了出来。整个夜里，我都在翻查资料，而后终于能理解关于这些小册子的由来与作用。

这些小册，大不过巴掌，里面所载，都是闽南语老歌，包括趁着本土热如今又风光了、大家所熟知的文夏、洪一峰、陈芬兰、纪露霞等前辈歌星的成名曲。从其中两本"写"有日期者得知，出版时间当不会早于一九五九年。所以说"写"而不是"印"，原因是里面的歌词跟插图，一眼即可看出，是刻钢板手抄付印的，用这种方式抄写，或者当时印刷落后，排版工人不熟悉简谱排法，干脆手写了事；或者时间紧急，排版耗时，自写自画，速度会更快一点。到底是哪一种呢？疑惑由此而生，答案则必须从歌本名称说起。

这些歌本包括三类：《正声台语歌选》《李其灶歌选》《洪德成歌选》。第一种好理解，"正声"指"正声广播电台"，印歌本服务听众，自有其道理。第二种跟第三种，却让人雾水满头了。李其灶跟洪德成，按照册中简介，都是走红的广播明星（李每天有四个时段，播音至少七个小时），广播DJ为何也要印歌本？且是一集一集不停印下去，难道也是一种商业操作？背后还有其他玄机？

我把九册歌本通数翻读一次，边读边惊讶，翻出了不少已消逝的老旧记忆，譬如刊登广告的"听着狗声就想着狗标，延平北路算过来第九间，老牌老字号"的"狗标合发服装行"；原来宝岛歌王洪一峰，出道时艺名叫洪文昌；陈芬兰是永乐国小学生，她的恩师就是洪德成；这些小册子，很多本第一首都是"国语歌"。吓了一跳的歌曲包括：文夏唱的闽南语版"黛安娜"（没错，就是那首英文Diana改编的），纪露霞唱的《十三太妹》《爱情保险公司》等等。当然，边看边哼唱熟悉的老歌如《男儿哀歌》《心所爱的人》《无聊的人生》，那又是另一种趣味了。

解答关键，则在"点唱单"之上。这是附在书后的一种广告回函，上面写着"我爱听的歌＿＿＿＿＿＿，在李其灶广播歌选第＿＿集＿＿页，希望在＿＿月＿＿日＿＿时播出。点唱人＿＿＿"。填好贴上两角邮票，寄到电台就成了。原来近半个世纪以前，台湾广播节目就有"Call In点歌"的玩法了。由此切入,我也总算渐渐了解整体操作模式:节目主持人与唱片公司合作,新专辑还没发片,便将主打歌刊登在"歌选"中,抢先出版,听众花两块钱买一本,除了点歌、跟唱,还常有附赠的招待券。"点唱"也是一种"试听","听有嘎意",再到唱片行买。歌星的点唱单越多,代表越红,因此无不使足力气,希望更多人购买以他为专辑的歌选,此或所以多才多艺的洪一峰还要为歌本画插图的原因吧!在这种状况下,当红节目主持人,不但主持节目、开设歌唱训练班、举办歌唱比赛、选编歌本,甚至还写书出书,譬如又名"洪基华"的洪德成,便出版过言情小说《美丽的情仇》《爱的圣典》,通过当时最具威力的有声促销,应该卖得很好!

二十世纪五十年代,正是闽南语片与闽南语歌曲流行巅峰,一年生产达几百部、几千首(这些小册子,正是生气蓬勃的庶民见证)。政治上,却是"白色恐怖"风声鹤唳、人人自危的时代。这样的落差,不禁让人联想到晚明冯梦龙所采撷的《山歌》,同样政治黑暗,缇骑四出的年代,同样充满活泼生气、自得其乐的庶民记忆。这样的落差,所代表的意义为何?属于知识人的"大传统"跟庶民的"小传统"又是怎么回事?是否我们都忽略了,其实,每个国家、每个时代,社会可能都是断裂的,一个是为文化、求知识,"居庙堂之高,则忧其民;处江湖之远,则忧其君"的"上流社会",另一个则是为生活、求生存,"日出而作,日入而息,帝力于我何有哉"的"下流社会",两者鸡犬相闻,偶或往来,各成天地。然则,今天所谓"非参与不可的民主"、所谓"不投不行的公投",所代表的又是什么?这种动员,到底是上流社会的霸权显现?还是下流社会的欲望方向呢?……问题很多,值得好好继续研究!

有人问我关于"旧书有什么好玩的",我的经验如此,九册小歌本,就玩了一整个晚上,并且,意犹未尽!

二〇〇四年三月十二日

台北旧书街沧桑

傅月庵

"旧书"依附"新书"而生,从新书到旧书,时间是一大因素,更深入来看,"藏书"往往是造成旧书价值的先决条件。先要有人肯藏书,新书才会变成旧书;也要有人肯藏好书,旧书散出,才会有人接手收购。有需要自然产生供给,"旧书买卖"一旦而生,市场热络,摊商云集,于是有了"旧书街"。

"台湾无藏书之家。所谓缙绅巨室,大都田舍郎,多收数车粟,便欣然自足,又安知藏书之为何事哉!"一九三三年连雅堂先生这段《雅言》,有人认为是劝世成分居多,希望有钱人以"书香"驱逐"铜臭"。然而,与此同年,《台湾日日新报》社长河村彻在刚刚创刊的《爱书》杂志也说,日本与德国同为世界第一出版大国,台湾读书人少,书店也少,实在是一大憾事。再根据统计,一九三二年台湾本地图书出版品,共计一四八二种,扣除教科书、参考书、官文书,真正的"书籍",

实在有限。由此种种证据显示,日据时期的台湾,中日文书籍都仰仗进口,新书消费有限,遑论旧书。藏之不及,何由散出?寥寥可数的几间"古本屋",据河村彻所言,散落在新起町,也就是今天西门町以南长沙街一带,想来应该是惨淡经营的居多吧?!

牯岭街时代

"乱世藏黄金,太平宝文物",这是惯见的历史现象。一九四五年以前的台北佐久间町一带,原为台湾总督府宿舍区,包括军司令、高等文官等都散居在这块由今牯岭街所贯穿的区域,庭园宅邸、街巷修然。"二战"后,日人遣返在即,乃纷纷整理家当,将字画、古董、藏书等就地摆摊,低价出售。日本人走后,市集隐然成形,颠沛流离谋生拙,随着国民政府播迁来台的军公教人员,成了旧书来源的另一重要提供者,也是积极的消费者。于是以牯岭街为中心,渐渐蔓延到厦门街、福州街、宁波西街、南海路等相邻道路,处处都有人设摊开店,贩卖过期杂志、漫画、月历,用过的教科书、各种杂书,乃至绝版书、线装书、手抄本等等,最盛时期聚集了一百多家的摊商,有店面者二十余家,取名包括庆音、妙章、松林、易林、艺文、竹林、千秋、珍艺、人文……感觉还残留有几分东洋味,而"牯岭街"也几乎成为"旧书摊"的代名词。

作家刘大任便曾在他著名的小说《浮游群落》里这样形容牯岭街：

这一带的旧书店，不知什么时候发展起来的，近年颇成就一种市面。朋友一个带一个，不久都成了常客。逛旧书店是一门学问，胡浩常说：外行人，金子摆在眼前也看不见。老手的话，不但版本、价格心里有数，甚至培养出一种直觉，一堆堆小山样的破旧书刊里，眼睛一瞄，保管挖出好东西。

正因为点石成金看个人，且书价甚便宜。因此，"走，到牯岭街逛旧书摊"遂成为二十世纪七十年代中期以前，台北市民，包括大中小学学生、作家、学者、出版商、古董商乃至各行各业人士的休闲活动之一。许多人也真的在这里淘到许多宝贝。例如文学史料研究者秦贤次先生的三十年代文学作品，便主要是在牯岭街里一本一本搜集来的，这批辛苦得来的旧书，最后都捐赠给了"中研院"文哲所。再如一袭长袍的"文化顽童"李敖，也是此地常客，他几乎什么书都要买，本本都要讲价，由于语多幽默，妙趣横生，也几乎都让他如愿以偿，满载而归了。再如李敖口中盛赞的台湾史料大收藏家庄永明、林汉章、刘峰松，藏书票名家吴兴文等人，也都跟这条街脱离不了关系。庄永明先生便是在此以极低廉的价钱，把台湾文史学者陈汉光先生的"遗"书，整批接收回家的。散文作家舒国治，高中时代在此偶然购得一本小说家姜贵于一九六〇年以其"春雨楼"书斋之名限量自印五百本的《怀袖书》，至今欣然珍藏，他笔下六十年代的牯岭街是这样的：

六十年代的牯岭街，除书外，尚有很多字画、月历，临空悬起，又有日式小几、家具、瓶罐古玩，随处堆置，成叠的旧唱片，其中不乏七十八转的日据时代留下的古典音乐，另外尚有装订成册的电影本事、成叠连期的爱国奖券。种种物事，大约总是昔年人们宝爱，随岁月最终都先后离乡背井来聚于此。也于是牯岭街弥漫那股腐旧、闲逸的情气。

或许由于这种情气，被吸引而来的顾客、老板也都十分悠哉。后来也在光华商场经营"百城堂"的旧书店主人林汉章，当年还是个毛头小子，他自言很难忘怀的便是去到如今还在营业的"人文书舍"，方才从军官退伍下来的"眼镜张"张银昌老板便提着一个大茶壶，先把他带到榕树下坐着，为他斟上一碗茶，歇息一下，再慢慢翻看。想象这种情景，似乎正可印证舒国治的回忆：

静沉沉的午后，树荫下一张张支开的布棚，旧书及旧玩意毫无条理地散在架上、地上，任逛客站着蹲着，就着光斜着脖子盯着，摸前翻后把玩着，就这么消其永昼。这刹那，世界他处之要紧,全无干于此一角落。

说是无干,倒也未必。就算旧书店,毕竟还是脱离不了时代氛围的。旧书店卖禁书,无论色情书刊、涉及政治思想书籍或三十年代文学作品,向来都是牯岭街最重要的地下经济,加上偶有政府档案外流,因此警总人员不时也会便衣查访,一旦逮到,轻者歇业,重者恐怕就要家破人亡了。

另一方面,韩战之后,全球冷战态势形成,美国的"中国研究"也渐渐热络起来,由于铁幕紧掩,"自由中国"台湾便成为高鼻子蓝眼睛的洋人搜集文献资料的重要基地了。这一国际局势的改变,让台湾古籍出版大为兴盛,许多出版社老板不时要到牯岭街寻觅海内孤本的"书种子",好影印出版,卖给洋人,赚取外汇。有些美国学术机构如斯坦福的东亚图书馆、哈佛燕京社等,则干脆派人长期驻在台湾搜罗采购,像国语、闽南语、粤语都嘛会通的美国人甘乃元,身怀巨赀下牯岭,许多好书都被他整批买走了。秦贤次先生自言"有时恨得牙痒痒的,但一点也没奈他何"。

一九七四年三月,台北市政府为了整顿市容,拓宽马路,将牯岭街旧书摊移到八德路台北工专旁的光华商场。地点的转移,似乎也打乱了风水。自此,糅合东京神保町跟北京琉璃厂气味的牯岭街旧书摊走入了历史,台北旧书街换了一个新面貌,再也回不去了。

光华商场时代

　　光华商场跟牯岭街最大的不同，乃是以一般商展概念规划摊位，将整个商场地下室用木板隔间为几十个二到三坪大小的区间，每间一个单位，八十几家摊商凑成一个商场。理论上，看完一间再一间，左去右回看光光，十分便利。事实上，人少书便显得多，逛累了连个歇脚处也没有；人多书变得少了，摩肩接踵，寸步难行。竞相争看，倒尽胃口。再加上夏天湿热，地下室不通风，旧书霉气，遇热蒸腾，熏人难当。"畅逛"的闲情逸致，几乎杳不可得了。

　　再者，七十年代之后，台湾承平日久，有聚无散，旧书书源难为继，值得一买的好书日渐匮乏，送到书摊的几乎都是杂志期刊、教科书跟战后出版的二手书。也因此，整个七十年代里，光华商场乏善可陈，几乎都以学生为最大主顾，直到今天，教科书、参考书、考试用书，还是销路畅旺，最好卖！真正想淘几本好书的人，则非要大肆翻披，细细品鉴，方才有所收获。但由于空间狭小，老板也不爱让人翻找，顶好就是买完就走。所以真正熟悉门道者，大约都会趁商场刚开张，老板正把新货上架，人也比较少的十点半到十二点这段时间，忙里偷闲，沙里淘金。

　　八十年代之后，光华商场变迁不断，一方面地下经济蠢动，色情书刊、三十年代文学禁书成了大宗，当然，主要对象还是学生。另一方面，时间改变新书，五十年代出版品日渐稀罕，加上台湾热的加温，一时之间旧书仿佛又回春了，新一代的访书人也确实在这里找到了不少档案文献、图籍手稿、文物史料，而"文星丛刊""今日世界丛刊""台湾文献丛刊""台湾研究丛刊"和《文学杂志》《现代文学》《文学季刊》以及日据时期台湾前辈作家作品等等，也都是在这一时期慢慢成为抢手货的。至于原版大陆时期出版品，可说凤毛麟角，绝无仅有了。这时期，警察机关还是会来突击、会来临检，但出问题的，多半跟"下半身"有关，而少碍于思想的了。由上而下，这也算是一种时代的进步吧？

进入九十年代，光华商场一大事就是安装空调，让最为人所诟病的"闷热难当"，稍获纾解。这一改装，当然跟生意看好有关，但走俏的是日渐侵蚀、吞占商场的新书漫画、唱片CD光碟、运动器材等流行摊店，人潮则是由八德路上栉比鳞次的电子零件、电脑配备商家所带来，与旧书摊一无所涉，昔日"走，到牯岭街逛旧书摊"如今已变成"走，到光华商场买电脑，顺便逛旧书摊"。这"顺便"两字十足道尽了台北旧书街的许多沧桑。时不我予，其奈势何？

后　记

书有命，人有生死，万物皆有兴衰。台北城市不断在变迁，旧书街也随着无定起落。光华商场终将遭到拆除，几乎已是不可避免的命运了。与此同时，有形的台北旧书街，"集市"的经营方式，也从世纪之交，渐渐化为"散市"，如今以师大、台大为双中心，由捷运淡水线连接，又无形汇聚形成了将近三十家包括旧书店、中西文新书店、大陆简体字书店的书店区。这些书店，讲究行销包装，注重专业形象，结合网络社群，"旧书商量加邃密，新书培养转深沉"，或许，台北旧书街的源头活水，才正要由此汩汩涌现吧！

光华断想

傅月庵

口廾构造

  商场的构造，就像在一个"口"字里，放进一个"廾"字，线条就是通道。每一区块再以木板隔成十至十二间，全部总有八十个以上的摊位。蒋介石过世那年的秋天，我初履此地，楼下实际营业的书商，大约有七十余摊，其余有卖冰、文具、运动器材者；二楼则还有大约七八家掺杂在古董文物、电子零件店之间。彼时所卖皆为旧书，进门三面书墙，加上地上叠摆、头顶悬挂、走道置放者，平均每一家存书，总在五千到七千本之间。换言之，整个商场随时约有五十万本的书册等待你去翻索挑拣。人间沧桑过后，如今二楼全数沦陷，成了电脑组件大本营。地下楼层新书店、唱片行、光碟间、运动器材店林立。真正还在经营二手旧书的，算一算，也不过就剩二十余家了；设若存书不变，仍在五千到七千之间，那么逛一趟，可以入目的，也不过就是十余万本。从五十万到十万，正是商场三十年变化表征。那么，书都到哪里去了？初夏某个周末午后，我站在因恶疫影响而冷清少人的商场通道，从这端直视彼端，盘算着这一切，也想到了这个问题。随即，我有些心虚地回答自己，今天还是不要多买书了！

她

第一眼看到边看电视边顾店的那中学小男生，心里第一个念头是：这，会是她的儿子吗？绕了一圈回来，发现她正在呵骂他，桌下一只狗儿见怪不怪，无精打采躺卧着。我确定，这是她的小孩。她朝我笑了笑，我也点点头。"你儿子呀？""是呀。""这么大了？""越大越难教了。"长期抽烟的结果吧，我发觉她的牙齿不太白了。最早认识她，她还在念小学，下课后总会来帮忙顾店，反正就是照着书后手写定价出卖，谁都行的。小小年纪的她，出落得清秀，却也很"恰"。其他摊家主人常爱逗弄她，惹她生气，引来一堂欢笑。中学之后，她的出现次数减少，裙子越穿越短，脸上也显露叛逆之气，一个软趴趴的褪色蓝书包，经常随处丢在书堆之中。等到再相逢认出她时，已是退伍过后好久的事了，她离开学校结婚生子又离婚，现时有了一名男友，常时带着一只狗，边抽烟看电视边讲电话边照顾店头。商场因拆迁问题闹得沸沸扬扬之时，偶然跟她闲聊起来，听她犀利而明快地分析吐露各种情状，乃至公家的颟顸、警察的无理，我静看着她新涂画过的艳红嘴唇，惊讶于她理直气壮的说服能力，忽然感觉到命运的存在。换一个时空环境，或者，她也就是一位很好的民意代表，甚至学者吧？！

香肠摊

　　他的摊子很典型，脚踏车后座安装一个四方铝盒，上面内凹置摆横条，底下燃烧炭炉，生香肠则垂挂在铝盒之上"冂"形栏杆上晃荡。他常时的位置，多半在商场正面左侧入口边，一面随意拨弄翻烤着香肠，一面四处张望，戒备警察取缔。早年此地悠闲人少，他还有一个粗瓷海碗，让人掷赌骰子，如今人多警察也多，就不赌了。买条香肠边吃边逛，几乎成了我逛商场书摊的仪式之一，起源大约始于退伍后，原因在上学时，我根本吃不起五块钱一条的香肠，也不敢掷一次两块钱的骰子。当然，如今价格早翻了几番，跃上二十五元了。一根香肠，大约可陪我逛完半边商场，逛完后，如还不过瘾，我会再吃一条。这时候，多半他会在中段侧门闪避警察，假如还在正门，往往正跟警察闲聊着，此意味他已收到罚单了。警察一天只开一张罚单，这是默契。地头久了，彼此都认识，所以他也跟警察扯扯淡，不过，我确认，从来没见过警察吃他的香肠。

爱唱歌的老欧吉桑

我是先认识他的父亲,再认识他的。多年之前,他的父亲在邻街名为"新商场"的地下楼开了一家仄逼而无甚可观的小书店,我经常走过门口,偶尔也进去逛逛。无论何时,六十多岁的老欧吉桑总在收听喋喋谈话卖药播放闽南语歌曲的电台节目,令人讶异的是,几乎每一首歌,他都能自得其乐笑眯眯地跟着大声哼唱:"港都夜雨""淡水河边""快乐的出帆""再会夜都市""离别的月台票"……那还是闽南语黯淡没有卡拉OK电台不准点唱的年代,听到老欧吉桑的歌声,总会让我想到我那酒醉后便一定要大声唱歌直到睡去的父亲。后来,好长时日店门紧闭,我初不以为意。等到店头存书出现在商场另一书店时,我追问老板,才知道老欧吉桑已经过世,人手不够,只好把存书清到这边。他即是他的儿子。我一边向他致哀,一边翻寻老欧吉桑的"遗书"。难以置信竟看到一套细细包扎、保存非常完整的雍正刻本蓝鼎元《平台纪略》。"这是我父亲的宝贝,他往生了,才敢拿出来卖的。"他解释说。翻弄许久,问过价钱后,虽经好意减价,我毕竟黯然缩手,需要五分之一月薪的书,真是难呀。那天夜里,在中风父亲床边打地铺的我辗转难眠,起身垂看连睡眠都充满苦难的父亲的脸庞,想起昔日他酒后的自得歌声。"再无法唱了吧?!"我心中哀伤地想着。隔天,向人借了一笔钱,把书买了回来。再不久,父亲二度中风,连话也说不出来了。再后来,我把书捐出去义卖。再过几年,父亲又能唱歌了,想象正跟着老欧吉桑一起在天地某处大声高唱"男儿哀歌"吧?!

厕　所

这个厕所,如今是大大有名了,自从某一日大批记者摄影机簇拥着本市市长亲自前来打扫刷洗过后。当然,他的打扫,是在厕所整修,贴好瓷砖,改成自动感应冲水尿池,还有专人管理之后的事了。这个厕所,一直都湿,即使到了今天,成为市长样板戏舞台之后,原因未明,不过气味确实改善许多。许多年之前,曾跟一位女孩子同逛商场,归家前男女分途上厕所,当我跨跳过几摊污水解脱出来后,始终等不到她的出现,越等越有些急躁担忧,正当考虑该否请人进去看看时,她终于出现了。原来门锁故障,让她不知如何是好,最后只得发狠踹门而出。我看着她纤细柔顺的身材跟清秀优雅的脸庞,颇震惊于她在困境中的果断作为,竟不知该说些什么,只得一路无语地陪着她去搭乘公车。

宫本武藏

宫本武藏困在天花板下,是我把他解救下来的!我察觉他很久了，被红色塑胶绳捆绑，塞挤在天花板跟书架顶面之间的空隙里的武藏，满身灰尘，一头无奈。那当是我警觉到人的视野惯性局限，从而学会在商场找书必得不时抬头搜索高处后不久的事。我站在武藏身下，抬头仰望注视许久，从内凹的书脊题字判断，这该就是武藏本人没错了。"老板，那个可以拿下来看看吗？"我直指武藏。"那套不齐啦，很脏哩！"软钉子抛过来。他是位有个性却也爽快的老板，这样说后，我竟不好意思强力麻烦毫无起身意愿的他了。此后颇长一段时间，经过时，我总会停步向受困的武藏致意。我知道，这种位置，别人解救他的机会很低。看过一个夏天之后，有一天，老板不耐烦了，笑着起身："输给你了，我拿给你看吧！"武藏被便宜地解救出困，我花了一百五十元买到半套昭和十四年大日本雄辩会讲谈社出版的精装本吉川英治《宫本武藏》。最高兴的是，版权页三枚"英治检印"的版权章完好无缺；矢野桥村、石井鹤三的插画也完好无缺。被困美作村大杉树上、被困姬路城天守阁内、被困异岛商场天花板下，真正辛苦你了，武藏爷！

"解码光碟，要吗？"

他问我时，我照例笑笑摇头，他随即转向，搭理下一位来者。记不得从何时起，这句话成了步入商场的一种迎宾招呼，一如便利商店那声"欢迎光临"。大约也从那个时候起，商场的蜕变速度加快了,原本偷偷贩卖的色情书刊(《性史》、蓝毓莉《封面女郎》《宫泽理惠写真集》,啊,那古典而含蓄的日子!),纷纷转而成半公开的色情光碟。大约也贩卖盗版CD、影碟的唱片行跟着大举入侵,旧书摊一间一间败下阵来,转手出让图利,"价钱会好吗?"有一次我问一位老板。"不太好,一间一千万而已。"老板促狭地也许故意吓唬我说。我不太敢相信,但几经查证,确实离这个价钱不远。杀头生意有人玩,赔本生意没人做。投资一千万,总不能三十年才回收吧。于是R片、A片、解码片、本土自制、日本空运,什么感官器官都出笼了。"到商场买旧书"一变而为"到商场买大补贴"的附带事项。商潮带来人潮,人潮要的是"新"、是"畅销"。不愿卖光碟、唱片的老板,改卖新书、漫画,也许少些,照样很赚钱。等而上之,坚守岗位的古意头家,发现越旧的书越难卖,进书时选择标准也改为"十年内的二手书",商场繁华依旧,甚至更热闹,旧书古本却渐渐消逝不见了。于是,当我听到商场很快难逃拆迁一劫时,竟只有些许哀意,而不觉得有多少好悲伤的了。

百城堂书店

傅月庵

我是相信命运的。否则，又该如何解释林汉章这一生的转变？

从"观音山麓，淡水河畔"的农家子弟到"怒潮澎湃，党旗飞舞"的中华民国陆军军官；从满身油污、一脸肮脏的工厂黑手到"拥书万卷，何假南面百城"的旧书店老板、李敖先生绝口称赞的台湾史料收藏家。三十多年来的转变，竟是如此之大。有时候，匆匆路过八德路新光华商场地下室宽不过数坪的"百城堂"书店，一眼瞥见林汉章独坐书桌后，正拿起茶壶自斟自饮，待客上门的悠闲模样，我不免要想到罗马哲学家皇帝马库斯·奥里利乌斯（Marcus Aurelius）的那段话："时间就好像一条河，一条急流，里面含着无穷的变化。刚好发现一个东西，它已经消逝了，看呀，又有一个东西涌现，它又将消逝得杳无踪影。"浮生若梦，时不待人。所以即使知道很可能买不了什么书，却也忍不住要走进去，随意看看、信口聊聊才甘愿。

林汉章早已是这个城市的传奇之一了，就算报纸新闻不成篇累牍报道也一样。传奇由来，自然跟他的身份曲折转变有关，但那也仅只是某种戏剧性冲突所引发的人们的好奇心。真正实在叫人摸不透的是，为何他对书的热情始终不曾消歇？从买本书都要再三斟酌的农校时代开始，一直到戎马倥偬的军官生涯，除了看书、看书再看书，几乎没有其他嗜好。两万五千元退伍金，全数葬送在"牯岭街"而不是如电影、小说所爱演爱写的"华西街"。等到当上黑手了，自食其力，还是不愿娶妻生子、成家立业，一有空，不是在旧书摊，就是在往旧书摊的路上。家有爱书子，从来都是一种无奈的负担，也无怪乎他父亲收到邮局通知，要人去搬《吴稚晖全集》《国父全集》这种连邮差都懒得送的"怪怪大砖头"时，要气得大骂他是疯了！

因为爱书、买书、越买越多越不过瘾，干脆自己下海开家书店的，代代处处不乏其人。台北八德路、新生北路口的"百城堂"因此容易让人跟一百八十年前苏州玄妙观前的"滂喜园"联想在一起。"滂喜园"者何？乾嘉"书魔"黄丕烈晚年所开的书铺也。林汉章书心不歇，要说疯魔了，还真不过分。譬如早在二十世纪九十年代初，时人还在一片迷蒙观望之际，他便勇敢渡海登"陆"，大江南北猛搜书，风吹雨打不为苦，买回来了一批又一批的古籍旧刊。据他称,冒险犯难,光怪陆离,颇有不足为外人道者。再如近时周末假日,天才蒙蒙亮,他便从五股迢迢来到三重重新桥下跳蚤市场寻书觅宝,数年如一日,难得缺席。每次听他眉飞色舞谈及他在北京横冲直撞的"大款兼大胆"行径,总叫人有种怀疑,商人重利也有个限度,让人这样要书不要命,那背后,总还有个什么"念想"存在吧。

也许,同样就是这个"念想"在作祟,所以很多辛苦收集而来的文献史料,他不肯卖,却愿意捐、高兴送;很多被他看破"脚手"的专家学者,来者不拒,他照样卖,却卖得更"值钱";很多诚心请教的学生,他掏心掏肺,无条件协助撰写论文。也因此,誉满天下,谤亦随之。有人嗤之以鼻地说:"一书贾耳!"有人感恩不尽,倾心结交。已载满欢乐亦辛酸,用心做人做事又具性格者,最终都不免同此感慨吧。天下风云出我辈,一入江湖岁月催。不久之前,在林汉章宝座旁发现橱窗玻璃上粘贴一张稚龄小女孩的相片,我竟有了些欣慰,书海无涯家是岸。他总算结婚了?!我没问清楚,只在心底默默祝福。

说到底,如今我逛"百城堂"的机会并不大,原因是罗列其间的书籍文献,早超过"牯岭街"层次,进入到"琉璃厂"阶段,而林汉章也成了孙殿起、雷梦水等同一流的人物了。在我而言,早早逃出学界,早已超生了事,平日所读所要的,小说多于专著,笔记胜过论文。学无专精,所需有限。弥深宝窟实在不合我用,去的次数自然少了。就算去,大半也是摩挲多于翻阅,喝茶聊天多于抢书寻宝。绝不似十多年前研究生时代,每至,必满载始归,典尽春衣只买书。但尽管时过境迁,对于其店其人,我从来不隐藏尊敬之情,更常修订友人"太贵了"的说法:"那叫作'高而不贵',一分钱一分货,价钱高,但一点也不贵!"——台北旧书店走透透,夸大真正当得"吾之于书,殆为天授,非关人也"的透彻人物,毕竟也仅此、仅剩这一位了。